FROZEN KISSES - KÜSSE IM SCHNEE

HANNAH KAISER

INHALT

1

„Wie bitte? Ich höre wohl nicht richtig!" Madison schaut vom Kassenbuch zu mir hoch und sieht mich dabei an, als hätte ich ihr gerade verkündet, dass ich mir ein drittes Ohr implantieren lassen will. Sie mustert mich kurz mit diesem Blick, der selbst gestandene Männer zu weinerlichen Weicheiern mutieren lässt, dann schaut sie wieder auf ihre Zahlen. „Natürlich wirst du fahren!", verkündet sie, und eigentlich lässt ihr Ton keine Widerrede zu.

Eigentlich.

Denn Madison und ich sind schon seit dem Kindergarten beste Freundinnen, und ihre Einschüchterungsmasche zieht bei mir nicht.

„Kannst du dir mich in Las Vegas vorstellen? Allein? Was soll ich denn da?"

Seufzend klappt Madison ihr Kassenbuch zu und schiebt sich eine dicke Strähne roter Locken aus dem Gesicht.

„Autumn, das kann unmöglich dein Ernst sein! Du hast

einen superluxuriösen Wochenendtrip nach Las Vegas gewonnen inklusive bezahlter Shoppingtour, und jetzt denkst du darüber nach, hierzubleiben?“

„Fahr du doch, wenn du es so toll findest!“ Ich klinge zickiger, als ich es will, und verschränke die Arme vor der Brust. „Mir ist einfach nicht danach, verstehst du das denn nicht?“, füge ich dann sanfter und leiser hinzu.

Madison seufzt erneut.

„Doch. Natürlich kann ich dich verstehen. Die letzten Monate waren unglaublich hart für dich. Allerdings denke ich, dass du gerade deswegen nach Vegas fliegen solltest. Lass es dir ein paar Tage gut gehen, schalte ab und denk mal an dich. Wann hast du das letzte Mal so etwas gemacht? Etwas nur für dich?“

„Ist eine Weile her …“, murmle ich kleinlaut. Tatsächlich ist es sogar schon ewig her, so lange, dass ich mich kaum noch daran erinnern kann.

„Du kannst dich nicht mehr daran erinnern, stimmt’s?“, gibt Madison meine Gedanken laut wieder, und ich zucke schuldbewusst mit den Schultern. „Autumn, flieg hin. Es sind nur drei Tage! Flieg hin. Warum hast du denn überhaupt an dem Gewinnspiel teilgenommen, wenn du den Gewinn gar nicht haben willst?“

„Ich wollte die Küchenmaschine gewinnen! Der Hauptpreis hat mich nicht interessiert. Aber die Küchenmaschine, die es gab, war knallrot – und mit allen Extras, von denen ich schon immer geträumt habe!“ Seufzend lasse ich meine Finger über das glatte Holz ihres Schreibtischs streichen. „Außerdem rechnet man doch ohnehin nicht damit, zu gewinnen.“

„Du hast gewonnen, nun wirst du auch fliegen. Und

komm mir nicht damit, dass du Suzie nicht mit dem Laden alleinlassen kannst. Ich weiß ganz genau, dass du die Termine so gelegt hast, dass sie prima ohne dich zurechtkommt, weil du nämlich so ein verdammter Kontrollfreak bist und gar nicht anders kannst, als alles ständig zu planen und dabei an alle Eventualitäten zu denken. Hör mit den dämlichen Ausreden auf und tritt deinen Gewinn an. Ansonsten rede ich nie wieder ein Wort mit dir! Ich hole dich in zwei Stunden ab und bringe dich zum Flughafen."

Da Madison ihre Augen weiterhin fest auf ihr Kassenbuch gerichtet hält, bin ich mir nicht ganz sicher, ob sie ihre Drohung, nicht mehr mit mir zu sprechen, ernst meint oder nicht.

Vermutlich eher nicht, denn ich kenne sie lange genug, um zu wissen, dass sie zum einen ohnehin niemandem wirklich lange böse sein kann, und es zum anderen keine fünf Minuten aushalten dürfte, überhaupt den Mund zu halten.

Dennoch gebe ich mich geschlagen.

Vielleicht hat sie ja recht.

Trotzdem gehe ich in meinem Kopf sicherheitshalber nochmals alle Punkte durch, die dafür oder dagegen sprechen.

Pro: Ich habe die Reise gewonnen, und absagen wäre irgendwie schräg.

Pro: Ich könnte die Klamotten, die ich einkaufen darf, hinterher im Internet verkaufen, und könnte damit vielleicht ein paar offene Rechnungen bezahlen.

Kontra: Ich muss meinen Laden alleine lassen.

Kontra: Ich bin nicht da, wenn etwas mit meinem Dad sein sollte.

Kontra: Ich habe keine Lust dazu.

Pro: Madison redet auch weiterhin mit mir. Oder ist das vielleicht Kontra? An Tagen wie heute bin ich mir da nicht so sicher.

Dennoch gebe ich schließlich nach.

„Ich weiß gar nicht, was ich einpacken soll ...“, starte ich noch einen letzten, halbherzigen Versuch, doch Widerstand einzulegen.

Madison schaut zu mir hoch und lächelt, sie weiß ganz genau, dass sie gewonnen hat.

„Eine Jacke, Jeans, zwei Shirts, ein Kleid, genügend saubere Wäsche und Kondome. Mehr solltest du wohl kaum brauchen, du gehst ja eh noch shoppen.“ Sie zwinkert mir zu und ist nun deutlich besser gelaunt als noch vor wenigen Sekunden. „Und nun sei ein braves Mädchen und geh packen!“ Sie macht eine Handbewegung, als ob sie ein lästiges Tier aus ihrem Laden scheuchen wolle, und ich muss lachen.

„Du bist eine echte Tyrannin, weißt du das?“

„Anders bekommt man dich Sturkopf ja nicht dazu, die Dinge zu tun, die gut für dich sind.“

Ich kann dem Drang, ihr die Zunge herauszustrecken, einfach nicht widerstehen, und ich höre sie lachen, als die Tür ihres Büros hinter mir ins Schloss fällt. Ich drehe mich noch einmal um, starre die Tür an und überlege, warum ich sie überhaupt gefragt habe, statt gleich zu machen, was ich will, denn nun werde ich doch fliegen – was ich ja eigentlich *nicht* wollte.

Auf meinem Weg nach draußen lächle ich Madisons Mitarbeiterin zu, die gerade eine Bestellung aufnimmt, dann verlasse ich den kleinen Coffeeshop.

Draußen ist es kalt geworden. Die Luft riecht nach Schnee, und ich muss an den letzten Winter denken, in dem es hier in White Crossing so heftig geschneit hat, dass wir tagelang von der Außenwelt abgeschnitten waren und an eine Fahrt zum Flughafen überhaupt nicht zu denken war.

Vielleicht habe ich ja Glück und der Himmel öffnet alle seine Schleusen, sodass selbst Madison einsehen muss, dass eine Fahrt zum Flughafen der absolute Wahnsinn wäre.

Doch statt des erhofften Schneesturms fallen bloß ein paar einzelne Flocken vom Himmel, kleine, feine gefrorene Schneekristalle, von denen sich einer auf meine Hand setzt, nur um beinahe im selben Moment zu schmelzen.

Bevor ich nach Hause gehe, schaue ich noch einmal in meinem kleinen Fotoatelier vorbei. In der Vorweihnachtszeit ist bei uns der Hauptandrang. Süße Kinderfotos oder idyllische Familienfotos für die Großeltern, Portraitaufnahmen für den Schreibtisch im Büro des Ehemanns, Aktfotos für den Geliebten – professionell angefertigte Fotos sind immer ein beliebtes Geschenk. Auch wenn ich Menschen am allerliebsten fotografiere, halte ich mich den Rest des Jahres auch mit anderen Dingen über Wasser: Ich fotografiere Landschaften für Kalender oder für Onlineportale, auf denen man für die Verwendung von solchen Bildern bezahlt. Das meiste Geld verdiene ich, indem ich Artikel für einen Versandhauskatalog fotografiere, den ich zum Glück als festen Kunden gewinnen konnte.

Als ich die Tür öffne, klingelt das kleine Glöckchen darüber, das hier bereits hängt, seit ich denken kann, und vermutlich älter ist, als ich es selbst bin.

Beinahe im selben Moment kommt Suzie aus dem Hinterzimmer, wo unsere Computer sowie der neue Fotodrucker stehen, der ein kleines Vermögen gekostet hat und unter anderem schuld daran ist, dass ich kein Geld für die knallrote

Küchenmaschine habe, die ich so toll finde und derentwegen ich an dem bekloppten Gewinnspiel teilgenommen habe.

„Hi, Autumn." Suzie lächelt mich an. „Bist du noch gar nicht auf dem Weg nach Vegas? Ich dachte, du wärst schon längst weg."

„Madison fährt mich in zwei Stunden zum Flughafen. Ich wollte noch mal schnell vorbeischauen und fragen, ob du noch irgendetwas brauchst und bis Montag alleine zurechtkommst."

„Mach dir keine Gedanken – ich habe alles im Griff. Es ist ja nur bis Montag! Calvin kommt ab morgen Mittag, um mich mit dem Drucken der Bilder zu unterstützen. Wir schaffen das!" Sie lächelt, aber ich weiß genau, dass ich ihr mit meinem Nachgefrage ein bisschen auf die Nerven gehe. Trotzdem kann ich nicht anders. Das kleine Fotoatelier ist mein Ein und Alles, meine gesamten Ersparnisse stecken in diesem Laden, obendrein noch diverse Kredite, die ich wahrscheinlich erst abbezahlen kann, wenn ich hundertzwanzig Jahre alt werde und es mir ebenso lange gelingt zu arbeiten.

Wenn überhaupt. Denn um ehrlich zu sein, steht mir in finanzieller Hinsicht das Wasser gerade bis zum Hals. Was ein Problem ist. Zumal ich nicht gut schwimmen kann, aber meine private Situation ist momentan einfach sehr schwierig.

„Okay", antworte ich zögerlich und schiele in Richtung des zum Bersten vollen Terminbuchs. Eigentlich kann ich es mir nicht leisten, bis Montag zu verreisen. Andererseits habe ich alles schon lange geplant, und Suzie ist wirklich eine zuverlässige Aushilfe, die mal mehr, mal weniger in meinem Atelier aushilft, je nachdem, wie viel gerade zu tun ist.

Dafür schaffe ich es, dass Menschen sich entspannen, obwohl ich eine Kamera in der Hand halte, und ich liebe den

Moment, in dem sie das tun. Den Moment, in dem sie locker und sie selbst werden, in dem sie zu lächeln beginnen, weil sie sich wohlfühlen, und nicht, weil sie ein aufgesetztes Fotolächeln aufsetzen. Ich finde es einfach großartig, wenn sie sich selbst zeigen, wenn man beinahe den Eindruck bekommt, in ihre Seele blicken zu können, und sie mir erlauben, diesen Moment mit der Kamera festzuhalten.

„Entspann dich ein bisschen und amüsiere dich!“, unterbricht Suzie meine Gedanken und ist somit bereits die zweite, die mir genau das heute rät. Ich nicke brav, auch wenn ich mir gar nicht so sicher bin, ob ich überhaupt noch weiß, wie man das eigentlich macht. Wenn man meinem Ex Glauben schenkt, habe ich jedenfalls weder von dem einen noch von dem anderen Ahnung, zusätzlich bin ich auch noch langweilig, verklemmt und arbeite zu viel. Aber wer legt schon Wert auf die Meinung eines Idioten …

„Okay“, antworte ich also erneut. „Sollte irgendetwas sein, der Laden abbrennen, Mrs. Baker wieder Nacktaufnahmen machen lassen wollen oder sonstige Katastrophen auftreten: Ruf mich an!“

Suzie lacht.

„Damit du von Vegas aus die Feuerwehr rufen kannst? Meinst du, die kommen dann schneller? Ich denke, die paar Tage schaffen wir das auch ohne dich. Du wirst sehen: Alles wird gut – und am Montag hat der Alltag dich schneller zurück, als dir lieb ist!“

Wahrscheinlich hat sie recht.

Ziemlich sicher sogar.

Trotzdem habe ich dieses komische Gefühl in meinem Magen, als ich das Fotoatelier verlasse und wieder in die Kälte hinausgehe.

Seufzend kuschle ich mich enger in meinen Mantel, dennoch habe ich den Eindruck, dass die Kälte bis auf meine Knochen gekrochen ist, als ich wenige Minuten später mein Haus erreiche.

Mein Haus.

Nicht das meines Vaters.

Ich liebe dieses Haus.

Ich bin hier aufgewachsen, und als ich einundzwanzig geworden bin, hat mein Vater es mir überschrieben. Damit ich immer ein Dach über dem Kopf haben werde, hat er gesagt, und obwohl ich weiß, dass er an diesem Haus mindestens genauso sehr hängt, wie ich es tue, ist er ausgezogen, um in eine Erdgeschosswohnung zu ziehen, weil ihm seine Knie in den letzten Jahren immer mehr zu schaffen gemacht und ihm beim Treppensteigen so sehr zugesetzt haben.

Auf dem Weg nach oben gleitet meine Hand über das glatte Holz der Kommode, die hier schon steht, seit ich ein kleines Mädchen war; die wenigen Schritte bis zur Treppe würde ich vermutlich auch mit verbundenen Augen schaffen.

Ich kann mir kein anderes Zuhause als dieses vorstellen, und sosehr ich mir früher auch manchmal gewünscht habe, von hier wegzukommen, so sehr genieße ich es jetzt, hier sein zu dürfen.

Seit mein Dad im Frühjahr einen schlimmen Schlaganfall hatte und einfach nicht mehr derselbe ist, genieße ich es umso mehr, weil er das meiste in diesem Haus selbst gebaut und umgebaut hat und mich jede Ecke an die guten Zeiten erinnert, die wir miteinander hatten.

Daran, dass er stets versucht hat, mir ein guter Vater zu sein, auch wenn er manchmal damit überfordert gewesen ist, mich allein großziehen zu müssen, nachdem meine Mutter bei meiner Geburt gestorben ist.

Es erinnert mich daran, dass er mich immer geliebt hat und sich daran nichts geändert hat, auch wenn es Tage gibt, an denen es den Eindruck macht, dass er von dieser Welt nicht mehr sehr viel mitbekommt.

2

* * *

Zähneknirschend betrachtet Tate Birdie das aufgeschlagene Magazin, das ihm sein Manager gerade auf den Tisch gelegt hat.

„Was sagst du dazu?“ Carter sieht ihn erwartungsschwanger an, und Tate zuckt mit den Schultern.

„Was soll ich dazu schon sagen? Ja, ich kenne die Kleine. Ich habe sie nach dem Konzert in L. A. kennengelernt und ja, wir hatten Sex. Ich habe nicht aufgepasst und sie Fotos machen lassen, aber es war niemals von einer Beziehung oder Heirat die Rede. Meinen nackten Arsch hat sie übrigens nicht sehr gut getroffen. Er sieht ein bisschen schlapp aus, findest du nicht?“ Tate hält seinem Manager das Foto direkt vor dessen Gesicht, weil er genau weiß, dass ihn das ärgern wird.

„Ich bin nicht hier, um mich mit dir über Körperteile zu

unterhalten, die unterhalb deiner Gürtellinie liegen." Ärgerlich schiebt er das Magazin wieder zurück zu Tate.

„Ach so? Warum schleppst du diesen Mist denn dann an?"

Carter knirscht nun auch mit den Zähnen.

„Ich habe dir schon tausendmal gesagt, dass du vorsichtiger sein sollst. Du weißt selbst, wie der neue Chef der Plattenfirma ist." Seufzend fährt er sich mit den Händen durchs Haar. „Mann, Tate! Ich bin ja eigentlich der Meinung, dass so etwas keine Rolle spielen sollte, ganz im Gegenteil, dass es sogar das ist, was man von einem Typen wie dir erwartet. Aber du weißt, wie der neue Boss ist. Das Weihnachtsgeschäft steht kurz bevor, und niemand will an solchen Feiertagen was von Typen verschenken, die kurz vorher in einen Sexskandal verwickelt waren."

„Sexskandal?" Tate zieht die Augenbrauen hoch. „Du tust ja beinahe so, als hätte ich mich mit einem Haufen von Weibern und noch ein paar Kerlen nackt im Blut jungfräulicher Schweine gewälzt oder so etwas. Komm mal wieder runter, mir sind echt schon ganz andere Dinge unterstellt worden, als dass ich Sex hatte. Mit *einer einzigen* Frau. Die übrigens behauptet, dass ich sie heiraten will. Gerüchten zufolge soll so etwas vorkommen. Auch wenn es in diesem Fall nicht die Wahrheit ist."

„Eine feste Beziehung ist ja nun auch nicht gerade das, was deine Fans sich von dir wünschen. Zumindest deine weiblichen Fans nicht."

„Kann es sein, dass ich es dir heute nicht rechtmachen kann? Ich soll keine Beziehung haben, bitte auch keinen anonymen Sex, und ich wette mit dir, wenn ich ab sofort

Enthaltsamkeit predigen würde, wäre dir das auch nicht genehm."

„Tate, du weißt doch, wie das ist."

„Nein, verdammt noch mal, ich weiß es nicht. Wyatt und ich, wir sind mit den Black Jellybeans auch erfolgreich gewesen, bevor wir eine große Plattenfirma im Rücken hatten. Überhaupt haben die uns nur unter Vertrag genommen, *weil* wir so erfolgreich gewesen sind. Wir sind schließlich keine von diesen jämmerlichen Boygroups, die in irgendeinem Labor gezeugt worden sind, Carter! Wyatt ist verheiratet und hat drei Kinder, und ich würde meine Hand dafür ins Feuer legen, dass er seine Frau noch niemals betrogen hat. Da hat auch niemand etwas dagegen."

„Wyatt verhält sich allerdings ansonsten unauffällig. Und die anderen beiden Jungs auch."

„Die *anderen beiden Jungs?* Mal abgesehen davon, dass wir alle über dreißig sind, handelt es sich bei den anderen *beiden Jungs* um unsere Musiker. Und auch wenn die beiden wirklich gut und zuverlässig sind, sind sie beliebig austauschbar." Tate kneift sich in den Nasenrücken, weil er von solchen Gesprächen immer Kopfschmerzen bekommt. „Aber beruhige dich. Ich werde demnächst besser darauf aufpassen, die Frauen, die ich mit auf mein Zimmer nehme, rechtzeitig wieder hinauszuwerfen, und ihre Handys kontrollieren." Ärgerlich schüttelt er den Kopf. „Schon komisch, oder? Ich dachte immer, dass solcherlei ... wie nennst du es? *Sexskandale*? In meinem Business eigentlich zur Berufsbeschreibung gehören. Bisher zumindest sind wir mit der Nummer immer ganz gut gefahren."

„Ach Tate, so eine Scheiße." Carter haut mit den flachen Händen auf den Tisch. „Mir geht der neue Boss auch tierisch auf den Sack. Trotzdem ist er der Mann mit den Verträgen. Ich weiß ja, dass dir die Kohle ziemlich egal ist, doch Wyatt und die Jungs sehen das sicherlich anders. Zumal Wyatt bereits länger darüber nachdenkt, nach dem nächsten Album auszusteigen."

„Vielleicht sollte ich das auch tun", murmelt Tate und fährt sich mit einer Hand durch den Nacken. „Dann kann ich wenigstens meine Beziehungen führen, wie ich es für richtig halte."

„Die Kleine, die die Fotos gemacht hat, kann man ja nun kaum als *Beziehung* bezeichnen, oder? Weißt du überhaupt noch, wie sie hieß?"

„Jenny!" Mit dem Zeigefinger tippt Tate auf das Magazin. „Das steht da – und ich kann lesen, weißt du ..."

Trotzdem muss er seinem Manager recht geben: Eine Beziehung kann man das nicht nennen. Das letzte Mal, dass er etwas hatte, was diesem Begriff auch nur ansatzweise gerecht werden könnte, war er noch auf der Highschool.

Was nicht daran liegt, dass er generell keine Beziehung eingehen will, allerdings ist es in seinem Job einfach schwierig, jemanden zu finden.

Eigentlich gibt es bloß zwei Arten von Frauen: diejenigen, die wahrscheinlich alles dafür geben würden, sich einen reichen und prominenten Mann zu angeln, und diejenigen, die umgehend das Weite suchen, wenn ihnen der durchgeknallte Sänger einer Rockband über den Weg läuft.

Beides sind nicht unbedingt die Partnerinnen, die Tate sich so vorgestellt hat. Also hält er die Dinge gerne unverfänglich. Der Fairness halber lässt er allerdings niemals Zweifel daran, dass es sich einzig um ein Arrangement für eine Nacht handelt. Da es genug Frauen gibt, die damit kein

Problem haben, hatte er es niemals nötig, irgendeiner von ihnen etwas anderes zu versprechen – obendrein liegt es auch gar nicht in seiner Art.

Tate lehnt sich zurück und verschränkt seine Arme vor der Brust.

„Du weißt genau, wie ich die Dinge halte, Carter. Ich nehme niemals eine Frau für mehr als eine Nacht mit zu mir, und Wörter wie Hochzeit oder Zukunft sind in solchen Nächten aus meinem Wortschatz gänzlich gestrichen. Ja, ich hatte die Kleine mit in meinem Hotelzimmer. Übrigens im Hotel! Nicht zu Hause. Ich nehme sie niemals mit zu mir nach Hause, auch wegen Fotos wie dieser nicht!“ Mit dem Kopf deutet er auf ein Foto, auf dem seine Akustikgitarre neben einem Brief seiner Mutter, seinem iPod und einem Schlüsselbund auf einem Couchtisch in irgendeinem Hotel liegt. Diese verdammte, altmodische Briefeschreiberei! Warum kann seine Mom ihn nicht einfach anrufen, wenn sie etwas von ihm will, so wie Millionen anderer Mütter auf der Welt das auch tun? So sieht es tatsächlich aus, als ob das Foto auch bei ihm zu Hause aufgenommen worden sein könnte. Wer bekommt denn sonst schon Briefe seiner Mutter ins Hotel? Tate wirft noch einen letzten Blick auf die Bilder seiner Habseligkeiten und auf die Bilder, die seine nackte Kehrseite zeigen, während er schlafend im Bett liegt, dann klappt er das Magazin zu und dreht es um. „Anscheinend sollte ich mich zukünftig auch bemühen, nicht mehr einzuschlafen, wenn ich eine Frau bei mir habe. Die werden immer durchgeknallter. Neulich hat eine mein bereits getragenes T-Shirt mitgehen lassen.“ Das Shirt war zwar an sich nichts Besonderes, ein normales, dunkelgraues T-Shirt eben, aber es war vom vielen Tragen und Waschen weich und besonders bequem. Es war eines von Tates Lieblingsshirts, und er ärgert sich bis heute darüber, dass Kathie oder Kelly – oder wie sie auch immer hieß – es einfach hat mitgehen lassen. So etwas ist Diebstahl!

Er weiß nicht, wie das bei anderen Menschen ist, doch seine Mutter würde ihm bis heute die Ohren langziehen, wenn er sich so etwas leisten würde.

Wenn er es zur Anzeige gebracht hätte, wäre er wahrscheinlich ausgelacht worden, da das verdammte Ding keine zehn Dollar mehr wert war; obendrein hat er keine Lust auf die Scherereien, die er deswegen hätte – von den negativen Schlagzeilen mal ganz abgesehen. Kaum jemand hätte Verständnis dafür, dass ein Mensch, der mehrere Millionen im Jahr verdient, wegen eines simplen T-Shirts so einen Aufriss startet, dennoch wurmt es Tate, dass es jemand anscheinend völlig in Ordnung findet, seine Sachen mitgehen zu lassen.

Genau wie Fotos von ihm zu machen und zu verkaufen, ohne vorher seine Einwilligung einzuholen. Sehr private Fotos obendrein. Natürlich ist es nicht das erste Mal, dass man seinen nackten Hintern in der Presse sieht, aber ihm geht es zunehmend gegen den Strich, dass so etwas passiert.

„Übrigens finde ich nicht, dass dein nackter Arsch schlaff wirkt." Carter zwinkert ihm zu. „Die Frauen werden reihenweise in Ohnmacht fallen, wenn sie das sehen." Er zuckt mit den Schultern. „Dennoch solltest du in Zukunft deutlich vorsichtiger sein, hörst du?"

„Gehört und zur Kenntnis genommen." Tate tippt sich in der Imitation eines militärischen Grußes mit seiner Handkante an die Stirn. „Ich werde in Zukunft keine der Frauen mehr bei mir übernachten lassen."

„Dann sind wir uns ja einig!“ Carter zieht seinen ohnehin akkurat sitzenden Anzug gerade und nimmt das Magazin wieder an sich.

„Also dann …“ Mit einer einzigen, energischen Bewegung steht Tate aus seinem Schreibtischstuhl auf und geht in Richtung Tür, um Carter hinauszulassen.

Er hasst diese Art von Gesprächen, und auch Carters Einstellung geht ihm gehörig gegen den Strich. Normalerweise ist Tate völlig egal, was die Leute von ihm denken. Ihm sind schon die abstrusesten Sachen unterstellt worden, auch bezüglich seiner sexuellen Orientierung. Was er allerdings wirklich nicht leiden kann, ist es, in irgendeine Richtung gedrängt zu werden und vorgeschrieben zu bekommen, was er zu tun und zu lassen hat. Ganz egal, ob das nun verkaufswirksam sein mag oder auch nicht.

Kopfschüttelnd setzt er sich zurück an den Schreibtisch und setzt sich seine Brille auf, um an dem neuen Songtext zu schreiben, an dem er bereits den ganzen Tag lang herumbastelt, weil er einfach nicht so richtig stimmig ist und obendrein noch nicht zu der Melodie passen will, die Tate dazu im Kopf hat.

* * *

Ich suche ein paar Kleidungsstücke zusammen und packe ein wenig Kosmetik dazu sowie zwei Paar Schuhe, doch mein Koffer fühlt sich noch immer ziemlich leer an.

Was vermutlich gut ist, denn mein Gewinn beinhaltet eine bezahlte Shoppingtour im Wert von dreitausend Dollar, und irgendwie muss ich die ganzen Klamotten ja auf dem Rückweg transportieren.

Dreitausend Dollar!

Ich wünschte, ich würde diese Summe in bar ausbezahlt bekommen, ich hätte das Geld mehr als nötig. Jeden Monat, wenn die Post die Rechnungen bringt, sitze ich da und rechne verzweifelt hin und her, überlege, welche Rechnungen ich eventuell auch noch nächsten Monat überweisen könnte, auch wenn ich mir darüber bewusst bin, dass das mein Problem nur aufschiebt und nicht vermindert.

Im Prinzip würde meine Arbeit genügend abwerfen, um meine Kosten zu decken und wahrscheinlich auch meinen Kredit abzubezahlen, auch wenn es jeden Monat knapp wäre. Ich habe hin und her gerechnet, habe durchschnittliche Jahres- und Monatsverdienste als Grundlage genommen, einen Faktor x für unvorhergesehene Ausgaben dazugezogen ... Ja, es wäre knapp geworden, aber es war durchaus realistisch, mit meinem Verdienst gut über die Runden zu kommen.

Doch seit ich für den Platz meines Vaters im Pflegeheim aufkommen muss, ist an kostendeckend nicht mehr zu denken. Egal, wie ich es drehe und wende, ich mache jeden Monat rote Zahlen, und ich habe keine Ahnung, wie es weitergehen soll.

Ich könnte das Haus verkaufen, aber das würde mir das Herz brechen – und meinem Dad ebenfalls.

Ich könnte mein Atelier aufgeben oder zumindest Teile des zugegeben sehr teuren Equipments verkaufen – in diesem Fall würde ich allerdings noch weniger Geld verdienen und wüsste noch viel weniger, wie ich meine Rechnungen bezahlen soll.

Man hört häufiger Geschichten, in dem Angehörige ihre pflegebedürftigen und hochgradig dementen Verwandten einfach an der Straße ausgesetzt haben, ohne Papiere oder irgendwelche Unterlagen, die auf die Identität hinweisen. Wenn die Identität eines Pflegebedürftigen nicht nachgewiesen werden kann, kommt der Staat für sie auf.

Auch wenn mich mein schlechtes Gewissen deswegen beinahe umgebracht hat, gab es Nächte, in denen ich darüber nachgedacht habe, ob ich es nicht auch so machen würde, wenn eine Chance bestehen würde, damit durchzukommen.

Ich kann ihn nicht zu Hause pflegen, weil er seit seinem Schlaganfall kaum noch etwas allein kann. Er kann nicht mehr allein essen, er kann nicht mehr allein zur Toilette gehen, sich nicht allein anziehen oder sich die Zähne putzen. Mein Dad war immer gesund, immer aktiv. Als Kind dachte ich, er wäre absolut unverwüstlich, und ich glaube, er hat dasselbe von sich gedacht.

Er gehört zu dieser typischen, sturen Sorte von Männern, die denken, zum Arzt zu gehen oder jemanden um Hilfe zu bitten, Schwäche zu zeigen, Schmerzen oder Probleme zuzugeben, würde sie irgendwie unmännlicher machen. Das war schon immer so. Hilfe anzunehmen macht einen schwach, das hat er mir immer vorgelebt. Leider ist das eine Art zu leben, die einem früher oder später auf die Füße fällt. Bei meinem Dad ist genau das geschehen, denn im Nachhinein hat sich herausgestellt, dass dies vermutlich nicht sein erster Schlaganfall gewesen ist – nur hat er alle Anzeichen zuvor einfach ignoriert.

„Was uns nicht umbringt, macht uns härter“ ist leider ein ziemlich riskantes Lebensmotto, und der Preis, den man dafür bezahlen muss, ist wie im Falle meines Dads mitunter exorbitant hoch.

Es ist hart für mich, ihn so zu sehen, und noch viel härter ist es sicherlich für ihn selbst.

Ich denke, selbst jemand, der weniger stolz und stur wäre als mein Vater, hätte mit diesen Dingen Probleme. Sich nicht mehr selbst um seine Körperhygiene kümmern zu können, nicht mehr im eigenen Tempo essen zu können, sich nicht mal mehr selbst den Po abwischen zu können – ich würde mir solch ein Leben nicht wünschen, und mein Dad hasst es, so vor sich hin vegetieren zu müssen.

Ich denke, wenn er die Möglichkeit dazu hätte, hätte er sich schon längst umgebracht, aber zum Glück hat er keine Gelegenheit dazu, und ich bin einfach noch nicht bereit, ihn so ohne Weiteres gehen zu lassen. Außerdem habe ich die Hoffnung auf eine Besserung seines Zustands immer noch nicht aufgegeben.

Manchmal bin ich so unendlich wütend auf ihn, dass er sich nicht früher Hilfe geholt hat, nicht früher zum Arzt gegangen ist – vielleicht wäre unsere Situation dann vermeidbar gewesen, zumindest in diesem Ausmaß.

Dennoch liebe ich ihn, und er ist alles an Familie, was ich noch habe, und ich weiß durchaus zu schätzen, dass er immer für mich da war, wenn ich ihn gebraucht habe.

Seufzend stelle ich mich wieder vor meinen Kleiderschrank und überlege, was ich an Bekleidung dringend brauche und was ich kaufen könnte, um es anschließend zu Geld zu machen.

Ich bin mir darüber bewusst, dass die meisten anderen Frauen und vermutlich auch die meisten Männer über solch einen Gewinn völlig aus dem Häuschen wären.

Allerdings bin ich noch nie wirklich gerne shoppen gegangen. Nicht, weil ich keine schönen Dinge mögen würde, sondern weil ich es unglaublich anstrengend finde. Ich werde wohl nie begreifen, was Menschen daran gefällt, sich von einem Laden in den nächsten zu schleppen, Kleiderständer zu durchsuchen, sich ständig an- und auszuziehen, auf die Schnelle Entscheidungen zu treffen und sich auch noch mit Verkäuferinnen auseinandersetzen zu müssen, die einem unbedingt helfen wollen.

Für Menschen wie mich muss irgendwer das Internetshopping erfunden haben. Das geht bequem vom Sofa aus, ich kann alles in Ruhe anprobieren und muss mich erst entscheiden, was ich behalten möchte und was nicht, wenn ich das Für und Wider vorher gründlich abgewägt und mindestens eine Nacht darüber geschlafen habe.

Madison hat mir mal den Namen Miss One-Night verpasst, und das nicht, weil ich so viele One-Night-Stands gehabt hätte – genau genommen hatte ich noch keinen einzigen –, sondern weil ich es hasse, Entscheidungen zu treffen, ohne nicht mindestens eine Nacht darüber schlafen zu können.

Zwei Stunden sind schneller vorbei, als ich gedacht habe, und ich bin gerade dabei, meinen Ausweis in die Handtasche zu stecken, als Madison auch schon vor der Tür steht, um mich abzuholen. Auch die Fahrt bis zum Flughafen, die mir sonst mitunter so lang vorgekommen ist, ist heute schneller vorbei, als es mir lieb ist.

„Ich wünsche dir ganz viel Spaß, meine Süße!" Madison umarmt mich und drückt mir einen Kuss auf die Wange, anschließend schiebt sie mich in Richtung des Check-ins. „Amüsiere dich gut, und mach bitte nichts, was ich nicht auch tun würde." Sie zögert einen Moment. „Obwohl, wenn ich genauer darüber nachdenke: Eigentlich solltest du lauter Dinge machen, die ich nicht tun würde. Vergnüge dich mit ein paar wildfremden Kerlen, hab Spaß und lass mal die Sau raus. Aber pass bitte trotzdem gut auf dich auf, ja?"

„Das werde ich!" Weil ich nicht sicher weiß, ob ich nicht doch einfach hierbleibe, wenn ich jetzt nicht gehe, winke ich ihr kurz zu und drehe mich dann in Richtung des Schalters, um mich beim Check-in anzustellen.

Madison ist, von meinem Dad mal abgesehen, das, was einer Familie für mich am nächsten kommt.

3

* * *

Auf einer Bühne vor zigtausend Fans zu stehen, gehört wahrscheinlich zu den Dingen, die für Tate niemals alltäglich werden, egal, wie oft er es macht.

Obwohl er mittlerweile über fünfzehn Jahre Bühnenerfahrung vorzuweisen hat, ist er noch immer vor jedem großen Auftritt so aufgeregt, dass ihm deswegen speiübel wird. Erst wenn er endlich auf der Bühne steht und die ersten Takte gesungen hat, legt sich seine Aufregung langsam; wenn er merkt, dass die Atmosphäre stimmt, dass das Publikum zu hundert Prozent bei ihm ist und er es mitreißen kann, schmilzt der unangenehme Klumpen in seinem Magen zusammen und wird durch etwas Kribbelndes ersetzt, was ihn dazu bringt, anderthalb Stunden wie ein Irrer herumzuhüpfen, zu singen, eine Show zu liefern und einfach alles zu geben, bis er an dem Rand der völligen Erschöpfung angelangt ist.

Er liebt diese Momente auf der Bühne; in den letzten Jahren hat er für beinahe nichts anderes gelebt als für die Tourneen und Auftritte.

Natürlich gehört weit mehr zu seinem Job, als auf der Bühne zu stehen.

Die Presseauftritte, die Stunden im Tonstudio, um ein neues Album aufzunehmen, all das sind Dinge, die er als notwendiges Übel ansieht, um seinen wahren und großen Berufungen nachgehen zu können: nämlich zu komponieren, Texte zu schreiben und auf der Bühne zu stehen.

Seitdem er einen Collegeabschluss in der Tasche hat – darauf haben seine Eltern damals bestanden –, hat er sich voll und ganz der Musik gewidmet, mit allen Konsequenzen, mit Herz und Seele.

Sein Erfolg und der Erfolg seiner Band liegt neben Talent und Glück auch in jeder Menge Fleiß und Disziplin, in Hingabe und einer gehörigen Spur Besessenheit von diesem Job, dem besten Job der Welt.

Außerdem spielt natürlich die enge Freundschaft, die ihn mit seinem Schlagzeuger Wyatt verbindet, eine große Rolle. Viel zu oft gehen Bands kaputt, weil es Kleinkriege und Streit untereinander gibt.

Egal, wie sehr ihn manche Dinge mitunter nerven, zum Beispiel die Bilder seines nackten Arschs in irgendwelchen Klatschzeitschriften, dieser magische Moment, in dem er auf der Bühne steht und die ersten Töne eines Songs anstimmt, der entschädigt ihn für alles.

Er liebt diese Spannung, die in der Luft liegt, wenn seine Band und er die Bühne betreten, und er liebt es, wenn sie sich beinahe explosionsartig löst, sobald er die ersten Takte anstimmt, wenn das Publikum völlig aus dem

Häuschen gerät und sie es irgendwann schaffen, die Menschen um ihn herum und sich selbst in eine Art Trance zu bringen, in der es nichts anderes mehr gibt als die Musik.

Am Ende eines solchen Konzertes ist er erschöpft, aber glücklich, und manchmal, wenn die Endorphine aufhören zu wirken, fühlt er sich auch, als würde er in ein tiefes Loch fallen. Mitunter bekommt er Kopfschmerzen, und auch wenn seine Fans sich vermutlich vorstellen, dass es nach jedem Konzert eine wilde Party gibt, findet diese, wenn es sie überhaupt gibt, in der Regel ohne Tate statt.

Er hat ziemlich schnell erkannt, dass Alkohol und Partys nicht die beste Idee sind, wenn man mehrere Konzerte an mehreren Tagen hintereinander gibt, und dass er auf seinen Körper und seine Stimme gut achtgeben muss, wenn er diesen Job mehr als ein oder zwei Jahre durchhalten will.

Er hatte schon immer wenig Interesse daran, in den Club 27 einzutreten und sich, so wie viele seiner Kollegen, im zarten Alter von siebenundzwanzig Jahren mit einer abgesägten Schrotflinte das Hirn wegzublasen oder an einer Überdosis von was auch immer zu krepieren.

Tate hat für sich anderes geplant – eigentlich hat er sich stets ein langes, erfülltes Leben gewünscht und sich vorgestellt, eines schönen Tages als alter Opa mit einer Horde Urenkel um sich herum auf einer Holzveranda in einem Schaukelstuhl zu sitzen und Geschichten von früher zu erzählen. Wenn nur die Sache mit den Frauen nicht wäre!

* * *

Mein Flug nach Las Vegas läuft angenehm und ereignislos. Teil meiner Luxusreise ist ein Platz in der ersten Klasse, und ich bemühe mich die ganze Zeit, all den Luxus zu genießen, ohne mir ständig auszurechnen, was das alles kostet und wie lange mir das Geld ein paar Sorgen weniger bescheren könnte, wenn ich es mir hätte auszahlen lassen können.

Leider geht das nicht, aber wahrscheinlich hat Madison völlig recht: Irgendwie habe ich mir die paar Tage Auszeit verdient, und ich sollte wirklich versuchen, so viel Freude wie möglich daran zu empfinden. Außerdem gibt es hier bestimmt alle möglichen spannenden Motive für Fotos, Motive, die mich vor ganz neue Herausforderungen stellen, denn es macht einen großen Unterschied, ob man Landschaften, Architektur oder Menschen fotografiert, ob man in der Stadt oder auf dem Land ist. Das Licht, die Größe, die Bewegung ... all das spielt für ein gutes Bild eine wichtige Rolle.

Nach der Landung warte ich nur kurz auf mein Gepäck, und als ich mich in Richtung Ausgang bewege, sehe ich einen Mann im schwarzen Anzug, der ein Schild mit meinem Namen darauf hochhält.

Was für ein Service! Auch wenn es sich ein bisschen albern anfühlt, zu ihm zu gehen und zu sagen: „Ich bin Miss Holmes."

Wenn ich in Städten wie dieser bin, bin ich immer wieder aufs Neue fasziniert von den Menschenmassen, die sich auf so engem Raum bewegen, von den Wolkenkratzern, bei denen in einem einzigen mehr Leute leben als in ganz White Crossing.

Ich könnte mir so ein Leben auf die Dauer gar nicht

vorstellen, denn eigentlich vermisse ich schon jetzt die Wälder und die Weite meiner Heimat.

Dennoch versuche ich während der Fahrt ein paar Fotos zu schießen, manchmal kann so etwas zu spannenden Effekten führen.

Als ich schließlich in meinem Hotelzimmer ankomme, bin ich völlig überwältigt. Auf dem auf Hochglanz polierten Tisch steht ein riesiges Blumengesteck – sogar auf Hochzeiten habe ich schon weniger üppige Exemplare gesehen – und das Zimmer selbst ist gigantisch.

Es ist riesig für ein Hotelzimmer – oder zumindest riesig im Vergleich zu den Hotelzimmern, die ich kenne.

Na ja, eigentlich kenne ich nur ein einziges Hotelzimmer genauer, nämlich das winzige Zimmerchen, das ich mir mit Madison geteilt habe, als wir nach Cancún in Mexiko geflogen sind, um dort unseren einundzwanzigsten Geburtstag nachzufeiern. Vorher hätte mir mein Dad eine solche Reise niemals genehmigt, und auch dann hat er noch getobt, aber es war mir egal. Ich habe diese Reise von meinem eigenen Geld bezahlt, von meinem ersten Gehalt, das ich als Fotografin verdient habe, und auch diesen Urlaub hatte ich mir wirklich verdient.

Das Zimmer hier ist kein Vergleich zu der besseren Besenkammer von damals.

Das Schlafzimmer ist riesig und beinhaltet sogar eine großzügige Sitzecke mit einem Sofa sowie zwei Sessel; der Blick über Las Vegas aus dem Panoramafenster ist absolut umwerfend. Kein Wunder, wir sind immerhin in der sechsundzwanzigsten Etage, und wenn ich schwindelfrei wäre, so würde ich vermutlich den ganzen Tag an diesem Fenster stehen und hinausstarren und die in allen Regenbogenfarben blinkenden Leuchtreklamen bewundern.

Ich streife mir meine Sneakers von den Füßen und kicke sie in die Ecke neben der Eingangstür, und keine Sekunde später versinken meine Füße in dem unglaublich weichen, weißen Teppich.

Weißer Flauschteppich in einem Hotel – ich will nicht mal darüber nachdenken, wie aufwendig es sein muss, diesen sauber zu halten. Dennoch fühlt er sich einfach himmlisch unter meinen Fußsohlen an. Ich schwöre, dies hier ist der flauschigste Teppich, den ich jemals gesehen habe, und wenn ich mir dabei nicht völlig bekloppt vorkommen würde, würde ich auf den Bauch fallen und die einzelnen Fasern mit der Kamera festhalten.

Mit einem wohligen Seufzen auf den Lippen gehe ich zu der Tür hinüber, die vermutlich zum Badezimmer führt, und öffne sie beinahe ehrfürchtig.

Das Zimmer ist fast genauso groß wie der Schlafraum und beinhaltet neben einer zum Glück ziemlich normal aussehenden Toilette eine Regendusche sowie einen gigantischen Whirlpool, und es gibt sogar eine Infrarotsauna mit dazugehörigen Ruhebänken.

Ich fühle mich ein bisschen, als hätte ich mich in ein Leben eingeschlichen, das mir gar nicht gehört, und ich bin mir dabei noch nicht ganz sicher, ob mir das gefällt oder ob ich es eher ziemlich gruselig finde.

Vorsichtshalber mache ich ein paar Bilder davon, spiele mit der Beleuchtung herum und versuche, so viel Glitzer wie möglich ins Bild zu bekommen.

Für heute Abend ist der einzige Programmpunkt, der auf meinem Plan steht, ein Abendessen beim hoteleigenen

Italiener. Für morgen gibt es eine große Shoppingtour sowie abends eine Einladung zu irgendeiner angeblich superexklusiven Party, auf die ich nicht vorhabe zu gehen, und für übermorgen steht ein Besuch im Hotelspa auf meinem Plan.

Es könnte eindeutig schlimmer sein.

* * *

MEISTENS HAT Tate nach einem Auftritt Schmerzen an Stellen, von denen andere Menschen vermutlich nicht einmal wissen, dass sie überhaupt in der Lage sind, wehzutun. Mit jedem Jahr, das er älter wird, wird es tatsächlich schlimmer. Wahrscheinlich ist man, wenn man über dreißig ist, einfach nicht mehr dafür gemacht, wie ein Geisteskranker auf einer Bühne hin und her zu springen, und manchmal denkt er, dass er vielleicht einen Gang zurückschalten sollte.

Leider liegt Zurückschalten so überhaupt nicht in seiner Natur, denn wenn er etwas macht, dann gibt er immer zweihundert Prozent, und er lebt ganz und gar für den Augenblick.

„Hey, Mann – du siehst völlig fertig aus!“ Wyatt, sein Schlagzeuger, klopft ihm mit so viel Wucht freundschaftlich auf den Rücken, dass die meisten Menschen erst einmal ein paar Schritte vorwärts stolpern würden, aber Tate ist diese wenig zarte Behandlung seit Jahren gewohnt.

„Du hast gut reden, Wyatt. Wenn ich nur die komplette Zeit hinter meinem Schlagzeug *sitzen* würde, wäre ich jetzt nicht total erledigt.“ Er grinst Wyatt an, denn sie wissen beide, dass der Drummer der Black Jellybeans an einem

Abend wie diesem ebenfalls ganze Arbeit leistet und vermutlich so viel Kalorien wie ein Hochleistungssportler verbrennt – ebenso wie Tate und der Rest der Band.

„Die Jungs wollen noch feiern gehen …“ Wyatt macht eine Kopfbewegung in Richtung des Bassisten und des zweiten Gitarristen. Die beiden sind erst seit einem guten Jahr Teil der Black Jellybeans und beinahe zehn Jahre jünger als Tate und Wyatt. „Ich komme nicht mehr mit. Ich werde auf mein Zimmer gehen und mit Lara telefonieren. Sie war heute beim Frauenarzt; vielleicht erfahren wir endlich, ob es dieses Mal ein Junge wird.“

Wyatts Frau Lara ist zum mittlerweile vierten Mal schwanger, die ersten drei Kinder waren Mädchen. Wyatt hat die Hoffnung auf ein männliches Familienmitglied jedoch immer noch nicht aufgegeben.

„Wie lange willst du denn noch versuchen, einen Sohn zu zeugen? Bis ihr ein neues Haus kaufen oder anbauen müsst?“ Tate zieht fragend eine Augenbraue in die Höhe, und Wyatt grinst, während er sich versonnen über seinen blonden Bart streicht.

„Wenn es diesmal nicht klappen sollte, dann muss ich wohl einen Hund kaufen, um Verstärkung zu haben. Ich dachte an einen Wolfshund oder so etwas. Einen Rüden natürlich.“

„Natürlich!“ Tate grinst ebenfalls. „Als ob Lara es zulassen würde, dass du so einen stinkenden Flohfänger mit nach Hause bringst. Wenn du das machst, kannst du wahrscheinlich zusammen mit dem Hund in einer Hundehütte schlafen.“ Tate geht zum Waschbecken hinüber und wäscht sich gründlich Gesicht und Hände, bevor er sie langsam abtrocknet. Wenn er nachher zurück im Hotel ist, wird er in aller Ruhe eine heiße Dusche nehmen, denn wenn er ganz ehrlich sein soll, kann er sich selbst momentan nicht mehr riechen. Durch die Hitze der Scheinwerfer und die körperliche Anstrengung versagt auch das beste Deo früher oder später, und er kann es kaum erwarten, endlich wieder sauber zu sein und in frische Klamotten steigen zu können.

„Willst du mir damit etwa sagen, dass ich unter dem Pantoffel meiner Frau stehe?" Lächelnd verschränkt Wyatt seine Arme vor der Brust und sieht dabei nicht so aus, als würde es ihn ernsthaft stören, wenn das tatsächlich der Fall wäre. Seine hellblauen Augen blitzen vergnügt, als er sich eine Flasche Wasser nimmt und sie ohne abzusetzen leert.

„Niemals würde ich es wagen, so etwas zu sagen." Tate greift ebenfalls nach dem Wasser, das hier für sie bereitgestellt wurde, neben diversen Flaschen Bier und jeder Menge Essen; viel mehr, als sie je werden essen können, zumal der Hunger sich zumindest bei Tate ohnehin erst später einstellen wird, wenn er ein bisschen zur Ruhe gekommen ist.

Auf dem Flur sind jetzt laute Stimmen zu hören, das grölende, tiefe Lachen eines Mannes, gefolgt vom hellen, überdrehten Kichern einer Frau.

„Sieht so aus, als hätte jemand bereits Beute gemacht." Wyatt dreht sich in Richtung der Tür und schaut auf ihren Bassisten, der gerade zur Tür hereinkommt, im Schlepptau eine vollbusige Brünette, deren Lippenstift sich über ihr ganzes Gesicht verteilt hat und obendrein auf Mund sowie auf dem Hals des Bassisten zu finden ist.

Tate begrüßt die beiden mit einem Kopfnicken, und als er den hungrigen Blick der Brünetten auf sich selbst bemerkt, beschließt er, dass es höchste Zeit ist, zu gehen.

Er teilt seine Frauen nicht, auch nicht mit Bandkollegen und auch dann nicht, wenn sie keine weitere Bedeutung für ihn haben; außerdem muss er morgen früh raus, und wenn er das Konzert morgen Abend mit voller Leistung durchstehen will, sollte er bis dahin dringend ein paar Stunden schlafen.

* * *

ICH HABE NOCH NIEMALS ZUVOR in einem Whirlpool gelegen, zumindest in keinem, den ich ganz für mich allein hatte.

Die einzigen Whirlpools, die ich kenne, sind in Schwimmbädern, und man muss sie sich mit einem Haufen anderer Menschen teilen, bei denen man nie so genau weiß, was diese gerade unter Wasser mit ihren Händen anstellen oder ob sie womöglich ins Wasser pinkeln, und ich muss gestehen, dass mich das sehr daran hindert, mich nachhaltiger zu entspannen.

Aber einen Whirlpool ganz für sich allein zu haben ist einfach wunderbar, und ich kann förmlich spüren, wie meine Muskeln weich und weicher werden, während meine Haut bereits zu schrumpeln beginnt und ich langsam, aber sicher aussehe wie eine jahrhundertealte Schildkröte, was mich allerdings nicht im Geringsten stört.

Ich glaube, ich komme hier erst wieder heraus, wenn ich völlig aufgeweicht bin. Vielleicht kann ich mich ja im Anschluss in der Sauna trocknen lassen, bis ich wieder entschrumpelt bin – einen Versuch wäre es zumindest wert.

Das Abendessen heute war nett, das Essen eigentlich köstlich, doch allein zu essen macht einfach keinen Spaß.

Dafür gibt es hier die unglaublichsten Fotomotive, wo immer man auch geht und steht: die glitzernden Geldmünzen im Brunnen der Lobby, die die Gäste dort aus Aberglauben hineingeworfen haben und die für die Hoffnung stehen, an diesen Ort zurückkehren zu können. Die lachenden Menschen im Casino, die sich über einen Gewinn freuen, und die verbissenen Mienen derer, die gerade dabei sind zu verlieren.

Es fühlt sich so an, als wäre man in einem Mikrokosmos gefangen, in dem es ganz eigene Regeln und Gesetze gibt, nach denen sich alle Lebewesen hier zu richten haben, und alles wird mit einer gehörigen Prise von künstlichem Glanz und Glitzer präsentiert.

Vielleicht wird diese Reise doch kein vollkommenes Desaster, allerdings befürchte ich mittlerweile beinahe, dass ich mich an all den Luxus hier viel zu schnell gewöhnen könnte.

Seufzend lasse ich mich tiefer in das warme Wasser sinken.

Scheiß drauf.

Wenn ich mich zu sehr daran gewöhne, dann muss ich mich halt wieder umgewöhnen, wenn ich zu Hause bin; doch dieses Wochenende werde ich in vollen Zügen genießen.

O Mann ... ich bin so leicht zu haben! Ein flauschiger Teppich, Motive für meine Kamera, eine Wanne voller warmen Wassers und ein paar Blubberblasen, und schon werde ich schwach, auch wenn ich das noch vor wenigen Stunden niemals für möglich gehalten hätte.

Ich bin eben nichts weiter als ein Mädchen vom Lande, das ziemlich einfach zu beeindrucken ist!

* * *

Eine heiße Dusche ist ein Luxus, den man nicht unterschätzen sollte, auch wenn es sich dabei um so etwas Simples handelt. Genau wie das bequeme Bett, in das Tate sich gleich sinken lassen wird, um mindestens sieben Stunden zu schlafen.

Viel mehr Luxus braucht es für ihn gar nicht, damit er sich wohlfühlt.

Klar, Frauen sind eine tolle Sache, aber alles hat seinen Platz und seine Zeit, und heute Nacht ist in seinem Bett nur Platz für eine Person: für ihn selbst.

Wenn er morgen auf der Bühne steht, sind dort Leute, die eine Menge Geld dafür ausgegeben haben, ihn spielen zu sehen, und er ist es ihnen schuldig, ihnen etwas für ihr Geld zu bieten. Das funktioniert aber nicht, wenn er verkatert und unausgeschlafen ist.

Bevor Tate schlafen geht, ruft er noch bei seiner Mutter an, schon allein, um sie zu ärgern. Sie behauptet immer, dass sie Telefonate hassen würde – so wie auch alle möglichen anderen Dinge, die von den meisten Menschen als selbstverständlich betrachtet werden, bei seiner Mutter jedoch als „neumodischer Quatsch" bezeichnet werden. Sie wäscht ihr Geschirr noch immer per Hand ab, besitzt keinen Fernseher, sondern nur ein Radio, und all ihre Fußböden sind mit Holzdielen und losen Teppichen versehen, die sie fegt, wischt und im Garten mit einem Teppichklopfer bearbeitet, statt sie einfach abzusaugen.

Man könnte sicherlich behaupten, dass Tates Mutter eine Spur merkwürdig ist, allerdings ändert das nichts an der

Tatsache, dass sie die beste und liebevollste Mom ist, die er sich vorstellen kann.

Lächelnd wählt er ihre Nummer und nach dem dritten Klingeln hebt sie schon ab.

„Hallo, mein Sohn!“ Ihre Stimme ist voll, tief und melodiös, die weibliche Version seiner eigenen.

„Hi, Mom.“ Er lässt sich in einen der Sessel fallen, so ein modernes Designerstück, das das Hotel anscheinend als stylish erachtet und das so unbequem ist, dass er es nie länger als ein paar Minuten darin aushält. „Woher weißt du eigentlich, dass ich es bin? Es könnte ja auch dein Steuerberater sein, der dich anruft.“

„Ich weiß, dass du es bist, das haben mir meine Karten verraten.“ Ach ja, noch so eine Macke von seiner Mutter. Sie glaubt fest an die Vorhersagekräfte ihrer Tarot-Karten. Angeblich hat sie auch sonst hellseherische Fähigkeiten, die sie auf das Erbe ihrer Großmutter mütterlicherseits zurückführt, die angeblich über dieselben hellseherischen Fähigkeiten verfügt hat.

Tate hat Schwierigkeiten, an solchen Unsinn zu glauben, allerdings würde er es niemals wagen, seine Mutter darauf hinzuweisen. Obendrein hat er sie noch nie bei einer falschen Vorhersage ertappt. „Was verschafft mir denn die Ehre deines Anrufs? Falls es um deinen nackten Hintern auf der Titelseite dieses Klatschmagazins gehen sollte: Den habe ich schon entdeckt. Mrs. Winterbitter stand heute bei Mollys Market davor und hat das Bild bestimmt fünf Minuten lang inspiziert, bevor sie sich anschließend über den Verfall der Werte und Normen in unserer Gesellschaft im Allgemeinen und der Jugend von heute im Speziellen echauffiert hat. Wenn du mich fragst, war sie aber vor allem enttäuscht, dass nur deine Kehrseite im Bild war. Ich glaube ja, dass sie heimlich auf dich steht."

„Mom! Bitte! Das gehört zu den Dingen, die ich wirklich nicht hören will." Tate schüttelt sich und presst kurz die Augenlider zusammen. Mrs. Winterbitter ist die Nachbarin seiner Mutter und eine Frau um die sechzig, die allerdings schon immer alt wirkte; zumindest kann sich Tate an nichts anderes erinnern. Wobei sie nicht auf die gute Art alt aussieht, nicht irgendwie reif oder weise oder so etwas, sondern verknittert und verbittert. Sie gehört zu den Menschen, die vor lauter Unzufriedenheit so aussehen, als hätten sie gar keinen Mund und bestünden stattdessen nur noch aus einer zu spitzen Nase, zusammengekniffenen Augen und den Zornesfalten auf der Stirn. Kurzum: Mrs. Winterbitter ist wirklich eine der letzten Personen, bei denen Tate sich vorstellen möchte, dass sie gerne mal sein bestes Stück begutachten würden.

Seine Mutter seufzt, und er kann hören, wie die vielen Armreife an ihrem Arm gegeneinander klimpern, als sie sich bewegt. Vielleicht trägt sie auch irgendwas, woran kleine Glöckchen angenäht sind, wundern würde es ihn zumindest nicht.

„Tate, mein Junge, seit wann bist du denn so prüde?"

„Ich bin nicht prüde, Mom! Aber alles hat Grenzen. Und meine sind erreicht, wenn ich mir vorstelle, dass dieser vertrocknete Dörrapfel, der sich deine Nachbarin schimpft, solche Gedanken über mich haben könnte."

„Du meinst sexuelle Gedanken?"

Tate schüttelt sich.

„Ich kann das Wort in diesem Zusammenhang nicht einmal aussprechen, Mom!"

Seine Mutter lacht.

„Du bist ein guter Junge, das warst du schon immer. Aber manchmal mache ich mir doch ein wenig Sorgen über deine Verklemmtheit. Mach dir keine Gedanken, mein Schatz. Ich werde heute ein paar Räucherkerzen für dich anzünden, die dein Sakralchakra vielleicht ein wenig entstören können."

„Sakralchakra, Mom?" Eigentlich sollte er es besser wissen und solche Dinge nicht hinterfragen, doch leider gelingt ihm das einfache Prinzip von *erst denken, dann sprechen* nicht immer.

„Dein Sexualchakra, du Dummerchen! Es scheint irgendwie blockiert zu sein!"

In solchen Momenten macht ihn seine Mutter jedes Mal sprachlos. Was soll man auf eine solche Aussage erwidern? Dass die Kleine, die die Fotos von ihm veröffentlicht hat, anscheinend vergessen hat zu erwähnen, dass es seinem Sexualchakra, was auch immer das genau sein mag, bestens geht? Nicht unbedingt ein Thema, über das er sonderliche Lust hat, mit seiner Mutter zu sprechen.

Tate räuspert sich und richtet sich in dem unbequemen Sessel auf.

„Ähm, danke, Mom." Was soll er auch sonst dazu sagen? „Ich werde dann mal schlafen gehen." Wobei er hoffentlich nicht von Mrs. Winterbitter und irgendwelchen Sexualchakren träumen wird und schon gar nicht von beidem auf einmal.

4

* * *

Das Bett im Hotel ist wunderbar bequem, und ich schlafe mehr oder weniger gut – in fremden Betten habe ich damit meistens Probleme.

Dennoch fühle ich mich erholt, als ich aufwache, und bei einem Blick auf die Uhr stelle ich fest, dass ich mich beeilen muss, da ich sonst zu spät zu meiner Shoppingtour komme.

Schnell springe ich unter die Dusche und schlüpfe anschließend in ein Paar Jeans und meinen grauen Lieblingspullover, trage ein bisschen Mascara auf, streife meine Sneakers über meine Füße und stürme los, nur um kurz darauf noch mal umzukehren und meine Jacke sowie meine Handtasche mitzunehmen.

Ich bin nervös, weil ich überhaupt keine Ahnung habe, was mich erwartet und wie der Tag heute ablaufen soll.

Als ich in der Lobby des Hotels ankomme, wartet bereits der Chauffeur von gestern auf mich.

„Guten Morgen, Ma'am. Ich werde Sie zum Shoppingcenter fahren, wo wir uns mit Ihrer Einkaufsberaterin treffen werden." Stylistin! Was für ein Wort. Ich fühle mich beinahe, als wäre ich ein Promi.

Ich folge dem Fahrer in Richtung des Ausgangs und beobachte dabei zwei Teeniemädchen, die gerade mitten im Weg kichernd stehen bleiben und zu tuscheln beginnen. Die eine reißt die Augen auf, während die andere sich die Hand vor den Mund schlägt, und ich habe den Eindruck, als könne sie jeden Moment in Ohnmacht fallen. Die beiden starren wie gebannt in eine Richtung, aber als ich versuche herauszufinden, was sie so in Aufruhr versetzt, sehe ich nur einen breiten, männlichen Rücken in einem blauen Trainingsshirt, der gerade im Aufzug verschwindet.

Schulterzuckend wende ich mich ab. Ich habe von Promis wie Schauspielern oder Musikern sowieso nicht viel Ahnung und könnte mit den meisten von ihnen wohl auch dann nichts anfangen, wenn sie ein Namensschild um den Hals tragen würden.

Ich beeile mich, hinter dem Chauffeur herzukommen, um den Anschluss nicht zu verpassen – eindeutig eine bessere Beschäftigung, als andere Menschen anzuglotzen.

Acht erschöpfende Stunden später liege ich auf dem Bett in meinem völlig überdimensionierten Hotelzimmer und betrachte die vielen neuen Sachen, die ich heute eingekauft habe.

Mein Zimmer sieht aus, als hätte ich einen Knall und obendrein Geld wie Heu, das ich gerne mal mit beiden Händen zum Fenster hinauswerfe.

Man bekommt verdammt viele Klamotten für dreitausend Dollar! Ich musste mir sogar einen zweiten, riesigen

Koffer kaufen, weil ich sonst unmöglich alles wieder mit nach Hause bekommen hätte. Wahrscheinlich muss ich die nächsten fünf Jahre keine neue Kleidung mehr kaufen, und das, obwohl das ganze Zeug deutlich teurer war als die Sachen, die ich mir sonst kaufe.

Wer hätte gedacht, dass Shopping so viel Spaß machen kann, wenn man nur richtig beraten wird? Die Einkaufsberaterin war unheimlich nett und hat ganz genau geschaut, was mir steht und was nicht. Wir sind von Geschäft zu Geschäft gegangen, und sie hat mir Outfits zusammengestellt und mich anprobieren lassen, von denen ich niemals gedacht hätte, dass sie mir stehen.

Seufzend lasse ich meine Finger über das seidig glatte Material des violetten Kleides fahren, das meine Augen intensiv leuchten lässt und meinem sonst eher langweiligen, hellbraunen Haar einen rötlichen Schimmer verleiht. Ich konnte diesem Kleid einfach nicht widerstehen und überlege mir, zu welchem Anlass ich es wohl tragen könnte.

Hier in Vegas wäre das sicherlich kein Problem, aber morgen fliege ich schon zurück nach Hause, und White Crossing ist eigentlich eher der Ort für Jeans, Flanellhemden und schwere Arbeitsschuhe als für elegante Cocktailkleider.

Es ist der Vorort einer kleineren Stadt, ein Ort, in dem jeder jeden kennt und sich Fuchs und Hase Gute Nacht sagen.

Dort legt man Wert auf Funktionalität, nicht auf Eleganz.

Natürlich versuche ich, stets ordentlich auszusehen, aber selbst die hochhackigen Schuhe, die ich manchmal auf der Arbeit trage, sind darauf ausgelegt, dass ich den ganzen Tag damit laufen und stehen kann, ohne dass es sich abends anfühlt, als würden mir die Füße abfallen.

Vielleicht kann ich Madison ja überreden, dass wir an meinem nächsten Geburtstag in Midway superschick essen gehen.

Oder, noch viel besser, ich verkaufe es einfach, sobald ich zurück bin.

Seufzend greife ich nach der Fernbedienung, die auf meinem Bett liegt, und zappe mich unmotiviert durch die Programme, als mein Telefon zu klingeln beginnt. Da ich, selbst bei mir unbekannten Telefonnummern, immer panisch bin, dass etwas mit meinem Vater oder dem Atelier sein könnte, habe ich beim zweiten Klingeln mein Handy in der Hand.

„Hallo?“, sage ich ein wenig atemlos.

„Spreche ich mit Autumn Holmes?“, antwortet eine männliche Stimme. Der Typ klingt ein kleines bisschen zu euphorisch, beinahe überdreht, dann fährt er fort, ohne eine Antwort meinerseits abzuwarten. „Hier spricht Cliff Gidget, ich bin einer der Redakteure des Starhearts-Magazins. Ich wollte nur fragen, wann wir uns heute Abend auf der Party treffen, um Fotos der glücklichen Gewinnerin für unsere Leser zu machen. Sie haben doch eine Einladung bekommen? Und sich heute hoffentlich ein schickes Kleid gekauft, das sie unseren Leserinnen vorführen können?“

„Ja, natürlich …“, stottere ich ein bisschen überrumpelt. Die Einladung für die Party habe ich zwar bekommen, aber eigentlich hatte ich nicht vor, dort auch hinzugehen.

„Wunderbar! Dann sehen wir uns in einer Stunde?“

Eine Bestätigung sowie einen Abschied murmelnd, lege ich schließlich auf.

Verdammter Mist! Ich hatte eigentlich gehofft, um diese Party drumherum zu kommen. Ich war noch nie eine große

Partylöwin, und auf eine solche Veranstaltung zu gehen, ohne dass es da jemanden gibt, den ich kenne, erscheint mir ungefähr so attraktiv wie Bauchschmerzen, und zwar die von der schlimmen Sorte.

Aber zumindest habe ich so die Gelegenheit, mein Kleid auszuführen, und außerdem gibt es dort bestimmt jede Menge kostenlose Drinks und mit ein bisschen Glück auch ein paar Häppchen – und Gratis-Essen konnte ich noch nie wirklich gut widerstehen.

Mein Blick fällt wieder auf das violette Seidenkleid, und plötzlich kommt es mir gar nicht mehr so schlimm vor, heute noch ausgehen zu müssen.

Ich springe vom Bett auf, streife mir Jeans und Bluse vom Körper und lasse sie achtlos neben das Bett fallen, bevor ich beinahe ehrfürchtig in das neue Kleid schlüpfe.

Der Stoff fühlt sich einfach toll an auf meiner Haut, ich habe vorher noch nie etwas aus echter Seide besessen, und ich muss zugeben, dass es kein Vergleich zu dem künstlich glänzenden Satinzeug ist, das ich bis jetzt gekannt habe.

Ich suche die Schuhe aus der Einkaufstasche, die goldenen mit den Riemchen, die ich passend zum Kleid erstanden habe, anschließend krame ich weiter, bis ich die Ohrringe gefunden habe, die aussehen wie ein Wasserfall aus Gold.

Als ich im Badezimmer das Licht anschalte, bin ich von dem ganzen Marmor und Gold erneut geblendet; vor dem riesigen Spiegel stehend muss ich jedoch zugeben, dass die Beleuchtung tatsächlich gut gemacht und vermutlich ausnahmsweise einmal durchdacht ist – nicht so wie in dem Hotel in Cancún, in dem man nie ganz sicher sein konnte, ob man völlig überschminkt ist oder ob man überhaupt schon

Make-up aufgelegt hat, weil man aufgrund der miserablen Lichtverhältnisse kaum etwas gesehen hat.

Ich betone meine Augen mit braunem und goldenem Lidschatten, bis sie mit meinen Ohrringen um die Wette glänzen, und lege ein bisschen Lipgloss auf.

Mein Haar raffe ich im Nacken zusammen und stecke es mit ein paar Haarnadeln an nur einer Seite hoch; an der anderen lasse ich es offen, sodass es in weichen goldbraunen Wellen über meinen Arm und meine Schulter fällt.

Dann drehe ich mich um, sodass ich mich in dem großen Ganzkörperspiegel betrachten kann, und mustere mich kritisch.

Ich sehe zwar noch immer nicht unbedingt wie ein Model oder eine Hollywoodschönheit aus, und auch den Kellnerinnen unten im Restaurant kann ich nach wie vor nicht das Wasser reichen, aber ich fühle mich trotzdem attraktiver als je zuvor in meinem Leben.

Das Make-up und die goldenen Ohrringe betonen die Farbe meiner Augen, das Kleid lässt meinen hellen Teint interessant statt nur blass wirken, der seidige Stoff umschmeichelt meine Figur, betont meine Oberweite und kaschiert die kleinen Fettdepots an meinem Bauch und meinen Hüften.

Lächelnd schieße ich ein Selfie, das ich an Madison schicke, anschließend schnappe ich mir meine Handtasche sowie einen breiten Schal, den ich als Stola tragen kann, falls ich später frieren sollte.

Auf dem Weg zum Fahrstuhl kommt mir ein Pärchen entgegen, beide sind etwa in meinem Alter, und ich nehme zu meiner großen Freude wahr, dass er mich anerkennend mustert, während sie mir böse Blicke zuwirft.

Nicht, dass ich mich drüber freuen würde, dass sie jetzt eifersüchtig ist, aber ... na ja. Vielleicht freue ich mich doch darüber, einfach weil es ein mir völlig unbekanntes Gefühl ist. Normalerweise nehmen mich andere Menschen nicht wirklich wahr, und Männer schon gar nicht, und wenn, sind sie eigentlich so gut wie nie attraktiv, sondern eher der Typ, auf den man auch gut und gerne verzichten könnte.

Oder aber sie sind solche Arschlöcher, wie Henry eines ist. Mein Ex-Verlobter, der mich an dem Tag verlassen hat, an dem mein Dad ins Krankenhaus gekommen ist, weil Henry der Meinung war, ich würde die falschen Prioritäten setzen.

Ich brauche eine gefühlte Ewigkeit, bis ich den Saal finde, in der die Party stattfinden soll. Wer hätte gedacht, dass ein Hotel so groß sein kann wie eine Kleinstadt? Die Dimensionen sind wirklich unglaublich, und wenn man so wie ich aus dem Vorort einer Kleinstadt kommt, ist es zugegeben ziemlich überwältigend, beinahe schon beängstigend, und ich überlege mehr als einmal, wieder umzukehren und den restlichen Abend auf meinem Zimmer zu verbringen, doch dann stolpere ich beinahe in die beiden Securitytypen, die vor der Tür der richtigen Location stehen.

Ich zeige meine Einladung vor und werde zu einer Art Empfang weitergeleitet, an dem eine Frau in einem unglaublichen, engen, schwarzen Kleid steht und meinen Namen

auf der Einladung mit der Liste abgleicht, die vor ihr liegt.

„Herzlich willkommen, Miss Holmes!“, sagt sie mit einem professionellen Lächeln, das eine Reihe von weißen Zähnen entblößt, die so stark gebleicht sind, dass sie mich beinahe blenden. „Wenn Sie bitte einen kleinen Augenblick Geduld haben würden ...“ Sie tippt etwas auf ihrem Tablet ein und greift an ihr Headset. „Mr. Gidget? Ihre Gewinnerin ist da! Ja, kein Problem, ich sage ihr, dass sie warten soll." Sie wendet sich wieder mir zu. „Sie sollen bitte kurz warten, Mr. Gidget wird gleich hier sein und Sie mitnehmen." Noch einmal dieses künstliche, viel zu weiße Lächeln, dann dreht sie sich von mir weg, wobei ihr Lächeln umgehend erstirbt, und tippt erneut auf ihrem Tablet herum, ohne mich weiter zu beachten.

Ich bleibe stehen, wo ich bin, und warte. Ich warte, warte und warte, bis ich mir völlig bescheuert vorkomme.

Ich überlege mir gerade ernsthaft, doch wieder zu gehen, als ein Mann in einem schwarzen Anzug auf mich zukommt. Er ist vielleicht fünf Jahre älter als ich, also ungefähr Mitte dreißig, und versucht, die lichter werdenden Stellen auf seinem Kopf mit seinem restlichen Haar und jeder Menge Haargel zu vertuschen. Sein Lächeln ist noch künstlicher und noch weißer als das der Dame vom Empfang.

„Sie müssen Autumn sein!" Er hört sich an, als hätte ihm gerade jemand mitgeteilt, dass er im Lotto gewonnen hat und ich seine Glücksfee bin, und als er die Hände nach mir ausstreckt, weiche ich unwillkürlich einen Schritt nach hinten aus.

Ihn lässt das allerdings völlig unbeeindruckt, und er überbrückt die Distanz, die ich gerade so eilig zwischen uns geschaffen habe, mit einem einzigen großen Schritt. Dann schafft er es, mich binnen einer Sekunde von oben bis unten zu mustern, bevor sein Blick an meinem Ausschnitt hängen bleibt.

Vielleicht hätte ich doch ein anderes Kleid anziehen sollen, denn während ich mich vorhin noch unglaublich sexy darin gefühlt habe, hat es jetzt eindeutig zu wenig Stoff, und ich muss mich dazu zwingen, nicht nervös daran herumzuzupfen.

Zum Glück hat sich der Kerl vor mir nun wieder halbwegs gefangen und reicht mir seine Hand, die ich eher mit Widerwillen ergreife. Sie ist zu warm und ein bisschen feucht, und sein Händedruck ist so schlaff, als käme er von einer toten Hasenpfote.

Ich greife extra fest zu, aber ihn lässt das völlig unbeeindruckt.

„Ich freue mich sehr, Sie kennenzulernen! Ich bin Clifford Gidget, einer der Redakteure vom Starhearts-Magazin. Sie können gerne Cliff zu mir sagen. Ich bin hier, um Sie noch einmal herzlich willkommen zu heißen."

Eigentlich würde ich am liebsten gar nichts zu ihm sagen, nur meine gute Kinderstube zwingt mich dazu, dennoch gute Miene zum bösen Spiel zu machen.

„Es freut mich, Sie kennenzulernen, Cliff!" Es ist eine faustdicke Lüge, natürlich ist es das, aber ich bin mir sicher, dass selbst mein bei so was sehr strenger Dad es mir als Notlüge durchgehen lassen würde, denn jemanden anzulügen ist immer noch besser, als ihn zu beleidigen.

„Oh, und mich erst!" Er legt seinen Arm um meine Taille und zieht mich mit sich. „Ich habe schon von unserer Einkaufsberaterin gehört, dass die Gewinnerin unseres Hauptpreises eine echte Schönheit sein soll, und wenn Sie mich fragen, hat sie gnadenlos untertrieben." Er schafft es, mir binnen weniger Augenblicke erst auf den Po und dann wieder in den Ausschnitt zu starren. „Ich schätze, der eigentliche Gewinner bin wohl ich, weil ich Sie kennenlernen durfte."

Kotz.

Mal ehrlich, was soll man denn zu so einem Geschleime sagen?

Ich befreie mich aus seiner Umklammerung, wickele meine eigenen Arme um mich herum und presse meine Handtasche an die ihm zugewandte Seite, sodass er hoffentlich nicht mehr auf die Idee kommt, mich erneut an sich zu ziehen.

„Ich freue mich auch über meinen Gewinn!", antworte ich vorsichtig und ärgere mich dabei über mich selbst, weil es mir nicht gelingt, etwas souveräner zu sein.

„Sehr schön, Süße. Dann wollen wir noch schnell ein Foto machen, wäre das in Ordnung? Unsere Leser wollen schließlich wissen, wer der Glückspilz war, der gewonnen hat."

„In Ordnung!", antworte ich schwach und laufe hinter ihm her. Je kooperativer ich bin, desto schneller bin ich ihn hoffentlich wieder los.

Zum Glück ist der Fototeil tatsächlich im Nu erledigt. Cliff zieht mich in eine Ecke, während eine Fotografin ein paar Bilder von uns schießt, und als er mich diesmal eng an sich zieht, um mich auf beide Wangen zu küssen, wird mir beinahe übel von dem aufdringlichen Geruch seines Aftershaves. Wahrscheinlich war es schweineteuer, aber selbst das teuerste Duftwässerchen wird penetrant und ekelhaft und wirkt irgendwie billig, wenn man zu viel davon verwendet.

„Also, Autumn!" Er tätschelt mir noch einmal die Schulter. „Ich wünsche Ihnen noch einen schönen Abend. Ich muss leider weiter." Er zeigt mit dem Kopf in Richtung einer Blondine mit den größten Brüsten, die ich jemals gesehen habe und die ihm gerade zulächelt.

„Äh, ja, dann wünsche ich noch einen gigantischen Abend."

Cliff sieht mich etwas irritiert an, aber ich lächele nur, so naiv und unschuldig ich eben kann, und schüttele den Kopf, als er schließlich verschwindet, um der Blondine beinahe ins Dekolleté zu fallen.

Wie primitiv kann man eigentlich sein?

5

So froh ich bin, Cliff losgeworden zu sein: Es ist doch ein seltsames Gefühl, ganz allein auf einer Party herumzustehen.

Nachdem ich verzweifelt versucht habe, etwas zu essen zu bekommen – die Lachshäppchen sind wirklich scheußlich, ich mochte Fisch noch nie sonderlich gerne –, nippe ich jetzt an einem Glas Champagner, das mir vermutlich ziemlich schnell zu Kopf steigen wird, und stelle fest:

Partys, auf denen man keine Menschenseele kennt, sind langweilig.

Zumindest dann, wenn man so wie ich nicht zu der Kategorie Mensch gehört, die keinerlei Probleme damit haben, wildfremde Personen kennenzulernen.

Es gibt ja so Menschen, die stets und ständig jemanden kennenlernen und zum unterhalten finden.

Ich gehöre definitiv nicht dazu.

Stattdessen fühle ich mich ein bisschen wie eine Voyeurin, aber ich kann nicht einmal behaupten, es sonderlich spannend zu finden, fremden Leuten dabei zuzusehen, wie sie feiern, auch wenn sie alle den Eindruck machen, als würden sie den ganzen Tag nichts anderes machen.

Ich muss gestehen, dass ich in diesem Moment ein bisschen Heimweh habe.

Vielleicht mag es besonders cool sein, wenn man in einer großen Stadt lebt, vielleicht eröffnen sich einem in einer Stadt wie dieser Perspektiven, die man in White Crossing niemals haben kann. Dennoch habe ich gerade Heimweh nach der Geborgenheit und der Überschaubarkeit meines Zuhauses.

In White Crossing kennt jeder jeden und ich würde niemals allein auf einer Party herumstehen, und auch Fremde würden das nicht tun müssen, weil sie eine solche Rarität sind, dass sie jeder gleich belagert.

Ziemlich unmotiviert schlendere ich durch den Raum und entdecke schließlich doch noch einen Kellner, der kleine Lachs-Häppchen serviert. Sie sind eindeutig besser als gar nichts. Ich nehme mir so viele vom Teller, wie ich es riskieren kann, ohne zu gefräßig auszusehen, und stecke mir gerade das erste in den Mund, als ich es spüre.

Es ist, als würde die Spannung im Raum sich irgendwie verändern, als hätte sich das Gleichgewicht auf einmal verschoben, und mein Blick wandert wie von selbst in Richtung des Eingangs.

Dort steht der schönste Mann, den ich jemals gesehen habe. Ungelogen.

Er wirkt wie aus irgendeinem Magazin entsprungen. Er ist so groß, dass er die Dame in Schwarz-Weiß mit dem künstlichen Lächeln um mehr als einen Kopf überragt. Die Jeans, die er trägt, ist bestimmt hundertmal gewaschen worden, und auch seine schwarzen Boots und die schwarze Lederjacke haben sicherlich schon bessere Zeiten gesehen – wobei ich mir nicht sicher bin, ob die Gebrauchsspuren tatsächlich vom vielen Gebrauch stammen oder ob sich irgendein hippes Modelabel ein kleines Vermögen dafür bezahlen lässt, dass die Klamotten genau so aussehen.

Am faszinierendsten sind aber seine Augen. Sie sind groß und dunkel, und selbst von hier kann ich die unglaublich langen und dichten Wimpern erkennen, die ihm etwas Weiches und Verletzliches in seinem sonst beinahe übertrieben männlichen Gesicht verleihen.

Ich merke, dass es anscheinend nicht nur mir so geht, denn nach und nach drehen immer mehr Frauen den Kopf in seine Richtung, und auch ein Teil der Männer starrt ihn nun an. Es gibt eben Menschen, die eine ganz besondere Präsenz haben, eine unglaubliche Ausstrahlung besitzen, und dieser Typ gehört eindeutig dazu.

Ihm scheint es nicht mal aufzufallen, dass jeder ihn ansieht, und falls doch, ist es offenkundig nichts, was ihn sonderlich stört, vielleicht ist er es auch einfach gewohnt. Auf alle Fälle kann ich nicht das kleinste Anzeichen davon erkennen, dass ihm die Situation irgendwie unangenehm wäre.

Trotzdem wandert sein Blick plötzlich in meine Richtung, als hätte er gespürt, dass ich ihn beobachte, doch bevor er bei mir ankommt, wende ich mich ab.

Gerade noch rechtzeitig, denn um ein Haar hätte ich angefangen zu sabbern.

Ich muss mich dringend auf etwas anderes konzentrieren.

Typen wie er spielen außerhalb meiner Liga, und er hat schon genug Bewunderer, ich muss mich da nicht noch anschließen. Da mein Magen gerade laut und vernehmlich zu knurren beginnt, beschließe ich, mir noch etwas zu essen zu suchen. Was könnte es für eine bessere Ablenkung geben als Nahrung?

Entschlossen recke ich meinen Kopf und halte nach einem weiteren Kellner Ausschau.

Ich werde mir noch ein paar Häppchen besorgen, so lange, bis ich satt bin, und dann werde ich von hier verschwinden.

Vielleicht nehme ich noch ein Bad in der supercoolen Whirlwanne, wenn ich wieder zurück bin, schon allein, um das ekelhafte Gefühl loszuwerden, das Cliff verursacht hat, als er seinen Arm um meine Taille legte.

Ich lächle und finde, dass das nach einem ganz hervorragenden Plan klingt.

* * *

Es gibt Tage, an denen er seinen Manager nicht im Geringsten leiden kann, zum Beispiel, wenn er ihn zwingt, auf bekloppte Veranstaltungen wie diese zu gehen.

Dennoch hat er sich seit einer Weile abgewöhnt, nach den genauen Gründen zu fragen, denn meistens regt er sich ohnehin nur darüber auf, und an den meisten anderen Tagen macht Carter seinen Job ziemlich gut.

Wahrscheinlich hat es auch durchaus triftige Gründe, warum Tate und der Rest der Band heute hier sein sollen, und tatsächlich hat Tate auch schon mehrere Pressefuzzis entdecken können, die für wichtige Zeitschriften arbeiten.

Immerhin hat ihn niemand dazu gezwungen, einen

Anzug zu tragen, denn er hasst diese unbequemen Dinger über alles, genau wie Abende wie diesen.

Er schaut auf die Uhr und versucht ein verzweifeltes Kopfschütteln dabei zu vermieden.

Der Rest der Band verspätet sich, er ist anscheinend der Einzige, der es geschafft hat, halbwegs pünktlich zu kommen. Aber zumindest hat er so eine Chance, früher wieder zu verschwinden.

Gelangweilt verschränkt er die Arme vor der Brust und schaut sich um.

Früher fand er Partys wie diese spannend. Schöne Frauen, viele Prominente ... Aber nach und nach hat er eines feststellen müssen: Eigentlich ist all das immer gleich, und um ehrlich zu sein, frustriert es ihn. Er kennt einige der Anwesenden hier und mag keinen von ihnen leiden. Ein Lächeln bedeutet hier mitunter alles, nur keine Freundlichkeit, und es ist, als würden die Menschen Masken aus Make-up und Vortäuschungen tragen. Er hat nach solchen Veranstaltungen sogar schon Frauen mit auf ein Hotelzimmer genommen, die selbst ihren Orgasmus vorgetäuscht haben, und das auch noch schlecht.

Eigentlich erwartet er auch für heute Abend nichts anderes, dennoch schweift sein Blick wie von selbst durch den Saal, als könne er trotzdem noch irgendetwas Spannendes entdecken.

Dann entdeckt er es tatsächlich: ein Paar Augen, das überall hinsieht, nur nicht zu ihm.

Alter, teurer Whisky.

Die Art von Whisky, die ölig-schwer am Glas klebt und nach Karamell und Vanille schmeckt.

Genau das ist die Farbe der Augen der Frau, die sich

unauffällig in eine Ecke gedrückt aufhält, so, als würde sie eigentlich gar nicht richtig hierhergehören.

Sie hat ihn nicht eines einzigen Blickes gewürdigt, seitdem er hier aufgekreuzt ist, und gerade ist sie damit beschäftigt, sich irgendwelche der widerlichen Häppchen zu sichern, die heute Abend angeboten werden.

Nicht, dass Tate sonderlich eitel wäre und es an seinem Ego kratzen könnte, wenn ihn mal jemand nicht bemerkt – doch es ist ziemlich ungewöhnlich, dass ihn jemand so gar nicht wahrzunehmen scheint.

Die Leute kennen ihn, oder sie meinen zumindest, ihn zu kennen, was beinahe zwangsläufig dazu führt, dass sie ihn auch anstarren, wahrscheinlich ob sie wollen oder nicht.

Wenn irgendwo jemand auftaucht, der von öffentlichem Interesse ist, schauen die Leute hin. Selbst dann, wenn es sich um keine mehr oder weniger durchgeknallten Fans oder Reporter handelt, es ist, als könnten die Leute einfach nicht wegsehen.

Im Laufe der Jahre hat Tate sich an das ewige Gestarre gewöhnt, es ist Teil seines Lebens geworden, vor allem aber ist es Teil seines Jobs.

Seltsamerweise ist es Tate zwar gewohnt, dass andere *ihn* anstarren, aber dass *er* es ist, der seinen Blick einfach nicht von jemandem lassen kann, ist eine völlig neue Erfahrung für ihn.

Es ist nicht so, als würde er sich nicht für andere Menschen interessieren, und vor allem ist es nicht so, als würde er sich nicht für Frauen interessieren – im Gegenteil. Es ist nur so, dass er es nie lange nötig hat, eine Frau anzusehen, um zu bekommen, was er will, denn die meisten bieten sich ihm freiwillig an, und es ist mitunter eher schwierig, sie wieder loszuwerden.

Er beobachtet die Frau eine Weile lang, bis ihm auffällt, dass sie es anscheinend vermeidet, in seine Richtung zu blicken, als wäre es ihr unangenehm, ihn anzuschauen.

Ein zufriedenes Lächeln macht sich auf seinem Gesicht breit.

Meine!

Der Gedanke taucht in seinem Kopf auf, ohne dass er weiß, wo er auf einmal hergekommen ist.

Vielleicht wird dieser Abend doch nicht so furchtbar, wie er befürchtet hatte.

* * *

„HI!" Die Stimme hinter mir ist tief, und selbst bei dieser einen Silbe kann ich schon erkennen, dass sie etwas ganz Besonderes ist. Langsam drehe ich mich um, und eigentlich bin ich nicht einmal sonderlich überrascht, als ich den Typen hinter mir entdecke, den ich versuche, nicht anzustarren, seit er den Raum betreten hat.

„Hi!", antworte ich und anders als seine Stimme klingt meine nicht sonderlich sexy und eine Oktave höher als normal.

Scheiße.

Ich sollte souveräner wirken und unnahbar, aber der Typ steht so dicht vor mir, dass ich erkennen kann, dass seine Augen gar nicht einfach nur braun sind, sondern sich hellbraune Kränze um seinen Iriden befinden, wie eine Sonne, die ihre Strahlen teilweise zu seinen Pupillen schickt. Das wirkt irrsinnig schön und ich habe meine Kamera nicht dabei!

Wie sieht souverän und unnahbar noch mal aus?

Ich räuspere mich und versuche es erneut.

„Hi!", sage ich dann, jetzt zum Glück wieder in meinem normalen Tonfall.

Er lächelt, und ich schwöre, dass der Raum leicht zu schwanken beginnt, als sich dieses Lächeln über sein ganzes Gesicht ausbreitet.

Ein richtiges, echtes Lächeln, eines, das dafür sorgt, dass sich um seine Augen kleine Fältchen bilden und sie plötzlich eine halbe Nuance heller erscheinen. Ein Lächeln, das etwas in mir dazu bewegt, unbedingt zurücklächeln zu müssen, und keines von den gekünstelten Grimassen, die ein Lächeln vortäuschen sollen, die ich sonst auf dieser Party zu Gesicht bekommen habe.

Irgendetwas sagt mir, dass er auf diese Art und Weise nicht sehr oft lächelt, und es fühlt sich so an, als hätte er mir ein Geschenk gemacht.

Ich muss hier weg, und zwar schnell.

Ich bin wahrlich keine Expertin, was Männer angeht – aber selbst ich erkenne, dass Typen wie er Frauenherzen mit einer Leichtigkeit brechen dürften, die ihresgleichen sucht, und ich bin wirklich nicht in Stimmung, mir das meine brechen zu lassen.

„Ich bin Tate Birdie!" Er streckt mir die Hand entgegen und mustert mein Gesicht genau, während er mir seinen Namen nennt; so, als würde er auf eine ganz bestimmte Reaktion von mir warten.

Allerdings bin ich viel zu sehr damit beschäftigt, meine Hormone wieder in den Griff zu bekommen, die auf einmal verrücktspielen. Einen Mann wie ihn habe ich noch nie aus der Nähe gesehen. Typen wie ihn gibt es nur auf Fotos oder im Fernsehen, und aus der Nähe ist er noch viel attraktiver als von Weitem.

Sein Haar ist dunkel, beinahe schwarz und an den Seiten kurz geschnitten. Oben auf dem Kopf trägt er es länger und ein bisschen verwuschelt, ein Haarschnitt, der ihn wirken lässt, als wäre eine ganze Horde von Frauen mehrfach mit ihren Händen durch sein Haar gefahren.

Ich frage mich, was er will, warum er sich mir vorstellt, aber mein Gehirn ist gerade nicht in der Lage, meine Überlegungen zu irgendeinem zufriedenstellenden Ergebnis zu bringen.

Eigentlich will ich immer noch einfach verschwinden. Wenn Typen wie er alles flachlegen, was nicht bei drei auf dem Baum ist – und ich bin mir sicher, dass er das tut –, dann sollte ich doch zusehen, selbst bei drei so hoch geklettert zu sein, wie ich kann.

Dumm ist bloß, dass wir bestimmt schon bei fünf angelangt sind und irgendwas in mir den Gedanken, von Tate Birdie flachgelegt zu werden, ziemlich cool findet.

Tate Birdie.

Was für ein bekloppter Name!

Ich sollte jetzt wirklich gehen.

Doch die einzige Reaktion, zu der ich fähig bin, ist, seine Hand zu ergreifen und außerdem ziemlich grenzdebil zu lächeln. Es ist beinahe so, als hätte sich mein Gehirn einfach mit einem letzten Zucken abgeschaltet, seit er hier vor mir steht.

„Ich bin Autumn Holmes."

Seine Hand fühlt sich warm und fest an, ich muss mich

zwingen, sie irgendwann loszulassen. Ich atme ein paarmal tief durch, um mich etwas besser in den Griff zu bekommen.

„Es freut mich sehr, dich kennenzulernen, Autumn." Erneut dieses Lächeln, und es sorgt diesmal dafür, dass seine Worte ernst gemeint klingen und nicht nur wie eine hohle Floskel. Es sorgt dafür, dass ich mich etwas entspanne, und auch dafür, dass ich nun wieder ein bisschen klarer denken kann. „Gefällt dir die Party?"

Die Frage überrascht mich, wahrscheinlich, weil ich sie mir selbst in dieser Deutlichkeit noch gar nicht gestellt habe. Nachdenklich sehe ich mich um, sehe lauter künstliches Lachen über künstlichen Brüsten und ausgetauschte Freundlichkeiten, die ebenso unecht sind wie alles andere hier.

Natürlich ist so etwas normal, ich meine: Wir alle haben doch schon mal gelächelt, obwohl uns gar nicht danach war, weil wir unser Gegenüber einfach nicht mögen oder weil es uns in diesem Moment nicht gut ging, wir aber nicht darüber sprechen mochten. Wir alle haben schon mal gelogen und das selbst gekochte Essen einer Freundin gelobt, obwohl es uns nicht geschmeckt hat, weil wir sie nicht verletzen wollten. Oder aber das neue Outfit unserer Chefin als schick bezeichnet, obwohl wir es grässlich fanden, weil wir bei ihr nicht in Ungnade fallen wollten. Vermutlich macht jeder Mensch so etwas, und die meisten von uns machen es sogar zigmal am Tag. Aber heute Abend, da habe ich ein völlig neues Ausmaß im Austausch von unechten Belanglosigkeiten kennengelernt. Ich meine, es sollte einem doch wenigstens noch ein klitzekleines bisschen bewusst sein, dass es nicht ganz in Ordnung ist, was man da macht, oder? Dass man es mit solchen kleinen Lügen nicht übertreiben sollte, weil sie auf Dauer unmöglich guttun können.

Erst jetzt fällt mir auf, dass Tate Birdie mich noch immer ansieht und nach wie vor auf eine Antwort von mir wartet.

„Eigentlich …“, sage ich und drehe mich in seine Richtung, „eigentlich finde ich es furchtbar hier und wollte gerade gehen.“

So.

Das wäre geschafft.

Bloß noch umdrehen und verschwinden, so schnell ich nur kann, und ich muss mir heute Abend weder Gedanken um mein Herz noch um mein Höschen machen und kann stattdessen ein entspannendes Bad genießen.

* * *

„Das trifft sich hervorragend.“ Tate lächelt und ist mit der Situation überaus zufrieden. „Ich wollte nämlich auch gerade gehen. Ich mochte Veranstaltungen wie diese hier noch nie leiden.“

„Oh!“ Autumn sieht ihn mit leicht schief gelegtem Kopf an, und ihre Augen schimmern nun ganz golden.

Tate ist sich völlig im Klaren darüber, dass sie gerade nach einem netten Weg sucht, um ihm mitzuteilen, dass sie vorhat, *allein* zu gehen, aber er denkt nicht mal daran, ihr eine Gelegenheit dazu zu lassen.

Er hat den ganzen Abend leichte Kopfschmerzen gehabt, doch seit Autumn in der Nähe ist, haben sie sich gebessert, als wäre sie heute Abend der einzige Mensch, den er um sich herum ertragen kann.

Irgendetwas an ihr zieht ihn an, dabei ist es bereits Ewigkeiten her, dass eine Frau ihn wirklich fasziniert hat.

Kurzum: Er ist auf gar keinen Fall dazu bereit, sie schon gehen zu lassen.

„Also, wohin wollen wir?“ Er beugt sich ein bisschen zu ihr hinüber, wohl wissend, dass er sie gerade völlig überrumpelt, und sie schnappt tatsächlich nach Luft und hält dann einen Moment inne. Gut so. Jetzt nur keine Zeit zum Nachdenken lassen. Ihr knurrender Magen, den er trotz der lauten Stimmen und der leisen Musik hören kann, kommt ihm zu Hilfe. Tate lächelt. „Als Erstes sollten wird dir wahrscheinlich etwas Anständiges zu essen besorgen.“

Sanft genug, um sie nicht zu erschrecken, aber bestimmt genug, dass ihr klar ist, dass sie eigentlich keine Wahl hat, fasst er nach ihrem Arm und bugsiert sie durch die Menge nach draußen.

Dabei ignoriert er jeden, der versucht, ihn anzusprechen.

Diese Vollidioten hier haben ihn schon viel zu viel Zeit gekostet, als er sich vorhin auf den Weg zu Autumn machen wollte. Doch nun hat er seine Schuldigkeit getan, er hat sich auf der Party blicken lassen, er hat mit ein paar Leuten gesprochen und nervige Fragen beantwortet.

Jetzt gehört der Abend ihm, und er ist nicht bereit, ihn noch mit jemandem zu teilen außer mit dem faszinierenden Wesen an seiner Seite.

Beim Hinausgehen sieht er Wyatt und nickt ihm kurz zu, bevor er mit Autumn zusammen endlich den Raum verlässt.

6

* * *

Ohne so wirklich zu wissen, wie das so schnell passiert ist, stehe ich plötzlich mit Tate Birdie vor der Tür des Saals, in dem diese seltsame Party noch in vollem Gange ist.

Er hat mich überrumpelt, und zwar gründlich, und ich habe keine Ahnung, wie ich nun noch auf meinen rettenden Baum kommen soll, zumal ich befürchte, dass es dafür schon zu spät ist.

Seine Hand ruht auf meinem Rücken, und obwohl sie in einem durchaus züchtigen Abstand zu meinem Po platziert ist, sind die Gefühle, die Tate dadurch bei mir auslöst, alles andere als züchtig.

Ich kenne solch eine Reaktion auf einen Mann von mir sonst gar nicht. Normalerweise verhält sich mein Körper deutlich zurückhaltender, und ich bin bisher immer davon ausgegangen, dass es eher Männer sind, die auf diese Art auf eine Frau reagieren – und nicht umgekehrt.

Dennoch reicht die leichte Berührung durch Tates Hand auf meinem Rücken aus, um meinen Körper zum Kribbeln zu bringen, um ein sehnsuchtsvolles Ziehen in meinem unteren Rücken auszulösen, das sich bis in meine Mitte fortsetzt und dafür sorgt, dass ich unruhig und zappelig werde.

„Also, was möchtest du gerne essen, Autumn?" Er betrachtet mich mit diesen unglaublichen Rehaugen, und mein Kopf ist auf einmal wie leer gefegt.

Hatte ich bis gerade noch Hunger?

Ich horche in meinen Körper hinein, versuche alle anderen Gefühle, die sich dort abspielen, zu ignorieren, und dann knurrt mein Magen erneut.

Es war wirklich ein langer Tag, und außer einem Muffin beim Shoppen und den paar ekligen Lachshäppchen auf der Party habe ich nichts zu mir genommen.

„French Fries", sage ich, weil es das Erste ist, das mir in den Sinn kommt, und man dafür außerdem kein Vermögen ausgeben muss – denn ich habe noch exakt zwanzig Dollar in meiner Handtasche, und diese müssen ausreichen, bis ich wieder zu Hause bin.

„Du willst Pommes essen gehen?" Tate sieht mich an, als hätte ich irgendetwas Ungewöhnliches gesagt, und als ich nicke, lächelt er und scheint mit meiner Antwort sehr zufrieden zu sein. „Also gut! Gehen wir Pommes essen. Hast du irgendwelche Vorlieben bezüglich des Restaurants?"

„Ich habe heute ein kleines Diner entdeckt, gleich um die Ecke." Wir sind mit dem Auto daran vorbeigefahren und es liegt ein bisschen abseits, sodass ich hoffe, dass die Preise dort etwas moderater sind als hier im Hotel, doch das werde ich vor einem völlig Fremden natürlich nicht weiter ausführen.

Ohnehin muss ich verrückt sein, einfach so mit einem Unbekannten wegzugehen, aber ich bin mir ziemlich sicher, dass ich ihn so ohne Weiteres ohnehin nicht wieder loswerden dürfte. Außerdem gibt es genug Verrückte auf der Welt – wer weiß, was passiert, wenn ich *nicht* mit ihm zusammen etwas essen gehe und *dann* auf einen psychopathischen Massenmörder treffen sollte. So habe ich wenigstens noch Tate, der mich beschützt, und er sieht tatsächlich so aus, als wäre er ziemlich gut in Form. Nicht, dass ich etwa heimlich auf seine Brustmuskeln gestarrt hätte, die sich unter seinem Shirt abmalen. Selbstverständlich versuche ich mir gerade auch nicht die Situation irgendwie schönzureden, denn, verdammt noch mal, ich *will* mit Tate Birdie weggehen. Und sollte er der psychopathische Massenmörder sein, vor dem ich mich fürchten muss, besteht zumindest die Chance, dass diese unglaublich schönen Rehaugen das Letzte sind, was ich sehe, bevor ich sterbe.

Wahrscheinlich wäre ich davon so entzückt und fasziniert, dass ich von meinem eigenen Tod gar nicht viel mitbekommen würde, denn wenn ich ehrlich bin, lenken sie mich auch jetzt bereits so sehr ab, dass ich kaum fähig bin, noch geradeaus zu laufen. Dabei kann ich sie momentan bloß von der Seite anschauen.

„Hoppla!" Tate schlingt seinen Arm um meine Taille, weil ich eine Teppichkante übersehen habe und vermutlich gestolpert wäre, wenn er mich nicht festgehalten hätte.

Verdammt.

Anscheinend geht heute Abend die allergrößte Gefahr von mir selbst aus, aber ich war ohnehin schon immer gut darin, mich in Schwierigkeiten zu bringen, weil ich manchmal nicht richtig aufpasse. Vor allem, wenn ich auf der Jagd nach dem schönsten Kameramotiv bin. Tate wäre auch eines ...

„Verzeihung ...“, murmle ich leicht verlegen, aber Tate lacht nur leise.

„Alles gut! Passiert.“ Sein Griff um meine Taille wird noch ein bisschen fester, und obwohl ich längst wieder sicher stehe, lässt er seinen Arm einfach dort.

Es ist das erste Mal in meinem Leben, dass ich meine Tollpatschigkeit nicht verfluche, denn so fühlt es sich noch viel besser an, als wenn sein Arm auf meinem Rücken liegen würde.

* * *

AUTUMN.

Der Name passt gut zu ihr.

Diese goldenen Augen, dazu das hellbraune Haar mit den honigfarbenen Strähnchen, die helle Haut und diese unglaublich roten Lippen: Diese Frau sieht aus, wie man sich einen Herbsttag von seiner allerschönsten Seite vorstellt: buntes Laub, weiße Wolken und rot glühende Sonnenuntergänge. Eindeutig ist der Herbst von heute an seine neue Lieblingsjahreszeit – und seine erste, denn vorher hat er sich über so etwas noch nie wirklich Gedanken gemacht.

Er hat keine Ahnung, wo genau sie mit ihm hingehen will, aber er hat überhaupt keine Probleme damit, sich von ihr führen zu lassen. Wenn er in Vegas ist, lässt er sich normalerweise Essen auf sein Zimmer kommen oder isst etwas in den zahlreichen Hotelrestaurants. Das ist unkomplizierter und erregt weniger Aufsehen, denn Tate kann es nicht leiden, beim Essen ständig von Fans gestört zu werden, doch abweisen mag er sie in der Regel auch nicht. Zumindest dann nicht, wenn sie sich normal und nett verhalten.

Als sie vorhin das Hotel verlassen haben, hat er sein Basecap aus seiner Jacke hervorgeholt und es sich tief ins Gesicht gezogen.

Auf diese Art und Weise wird er nicht ganz so schnell erkannt, und die meisten Menschen trauen sich nicht, ihn anzusprechen, wenn sie sich nicht völlig sicher sind, dass er tatsächlich Tate Birdie ist.

Natürlich gibt es immer noch welche, die ihn trotzdem erkennen, aber vielleicht hat er ja heute Glück und kann den Abend ungestört mit der Frau an seiner Seite verbringen, die sich gerade noch ein bisschen enger an ihn kuschelt.

„Ist dir kalt, Honey?“ Er würde ihr ja seine Jacke anbieten, allerdings würde das bedeuten, dass er Autumn loslassen muss, um die Jacke auszuziehen, und danach hätte er vermutlich keinen triftigen Grund mehr, um Autumn wieder an sich zu ziehen. Doch genau so, wie sie jetzt nebeneinander hergehen, fühlt es sich gut an, beinahe perfekt.

„Alles bestens!“, antwortet sie. „Wir sind ohnehin gleich da.“

Tatsächlich ist es nicht sonderlich weit bis zu dem Diner, aber weil er in einer Nebenstraße liegt, ist es hier erstaunlich ruhig.

Der kleine Laden wirkt wie aus einem alten Film entsprungen: lange Bänke mit rotem Kunstleder bezogen, damit man sie leicht abwischen kann, und die Art von Licht, bei dem man immer ein bisschen krank aussieht, dazu ein Fliesenboden im Schachbrettmuster. Trotzdem ist es nicht ungemütlich, nur eben ziemlich funktionell.

„Setz dich, such uns doch schon einen Platz. Ich hole uns etwas zu essen. Möchtest du auch French Fries?"

Ungläubig starrt er sie an.

„Du willst mich zum Essen einladen?"

Auf ihrem süßen Gesicht breitet sich ein kleines Lächeln aus.

„Genau das habe ich gerade gesagt." Ihr Lächeln vertieft sich. „Oder gehörst du zu dieser Sorte von Mann, die es irgendwie unmännlich finden, wenn eine Frau sie zum Essen einlädt?"

Tate denkt einen Moment darüber nach, ob es sich um eine Art Fangfrage handeln könnte, aber bevor er dazu kommt, ihr zu antworten, ist sie schon in Richtung des Tresens gegangen, um für sie beide zu bestellen.

Er kann sich gar nicht mehr daran erinnern, wann ihn das letzte Mal jemand zum Essen eingeladen hat, das muss Jahre her sein; wahrscheinlich ist er damals noch zur Schule gegangen und hat kein eigenes Geld verdient.

Es fühlt sich ungewohnt an, trotzdem ist es gut, und irgendwie rührt es ihn, dass sie sich die Mühe macht, ihn einzuladen.

Er sucht sich einen Platz ganz hinten in dem kleinen Selbstbedienungsrestaurant, halb hinter einer großen Tafel verborgen, die Werbung für das Menü des Tages macht.

Hier ist er vor fremden Blicken halbwegs geschützt, hat aber trotzdem eine ungehinderte Sicht auf Autumn, die gerade für sie beide bestellt und bezahlt.

* * *

Natürlich gefällt es mir, wenn ein Mann mich zum Essen einlädt. Ich mag solche klassischen Gesten. Aber es gefällt mir auch, so etwas für einen Mann zu tun, und ich finde es albern, wenn Männer sich dabei unbehaglich fühlen. Wir leben schließlich im einundzwanzigsten Jahrhundert, da sollte so etwas möglich sein.

Außerdem hat es noch einen weiteren Vorteil, denn wenn ich diejenige bin, die das Essen bezahlt, bin ich hinterher niemandem etwas schuldig, auch wenn es bloß ein paar Pommes sind. Ich muss mich zu nichts verpflichtet fühlen, ich kann einfach gehen, wann immer es mir passt, und erwecke somit mutmaßlich auch keine falschen Hoffnungen.

Denn mal ehrlich: Jeder Mann, der eine Frau zum Essen einlädt, erhofft sich zumindest heimlich, dass an diesem Abend noch mehr gehen wird als nur ein bisschen gemeinsame Nahrungsaufnahme.

Aber auch wenn ich mich zu Tate sehr hingezogen fühle, liegt es schlicht nicht in meiner Art, mit einem Mann, den ich gerade erst kennengelernt habe, weiterzugehen als einen flüchtigen Gute-Nacht-Kuss. Wenn ich überhaupt so weit gehe.

Bevor ich die Bestellung aufgebe, rechne ich im Kopf die Kosten zusammen, denn ich könnte mir kaum etwas Peinlicheres vorstellen, als ihn erst einladen zu wollen, um anschließend nicht bezahlen zu können. Zum Glück sind die Preise hier für die unglaublich teuren Vegas-Verhältnisse halbwegs bezahlbar, sodass neben den French Fries auch noch je eine Cola für uns beide drin ist, auch wenn meine Bargeldreserven dann so gut wie aufgebraucht sind.

Mir kommt es wie eine Ewigkeit vor, bis das doofe Essen endlich fertig ist und ich es auf einem Tablett endlich zu Tate balancieren kann.

* * *

French Fries und Cola.

Es ist eine Weile her, dass er so etwas das letzte Mal gegessen hat, denn normalerweise achtet er ziemlich pingelig auf seine Ernährung.

Allerdings schmeckt es absolut köstlich, und Autumn beim Essen zuzuschauen ist ohnehin ein Genuss für sich.

Sie sieht das Essen an, als wäre es das Beste, was sie jemals hatte, und seufzt leise, als sie sich die erste Pommes in den Mund schiebt.

Sofort fragt sich Tate, ob sie solche Geräusche wohl auch beim Sex von sich gibt, und sein Schwanz richtet sich auf, weil er sich Hoffnungen darauf macht, es herauszufinden.

Tate räuspert sich.

„Danke für das Essen!“ Er greift ebenfalls nach einer Pommes und muss zugeben, dass sie sehr lecker sind, fettig, heiß, knusprig und mit genau der richtigen Menge Salz versehen.

„Sehr gerne.“ Autumn verdreht genussvoll die Augen. „Ich weiß ja, dass es schrecklich ungesund ist, aber das hier schmeckt so viel besser als diese seltsamen Lachshäppchen. Ich hatte solchen Hunger. Und ich mag keinen Fisch! Egal, wie gesund er auch sein mag wegen der Omega-3-Fettsäuren und diesem ganzen Zeug.“

Tate muss schmunzeln.

„Du bist wohl kein großer Fan von gesunder Küche?"

„Doch, eigentlich schon", antwortet Autumn und sieht dabei ein bisschen schuldbewusst aus. „Auch wenn ich mich nicht immer so gesund ernähre, wie ich es sollte, was aber vor allem am Zeitmangel liegt. Manchmal komme ich einfach nicht dazu, gesund für mich zu kochen."

„Dann hast du niemanden zu Hause, der das für dich erledigen könnte?"

„Willst du wissen, ob ich Single bin?" Sie grinst, und auf ihren Wangen zeigen sich zwei süße Grübchen.

„Und? Bist du's?"

„Ja. Bin ich." Sie greift nach der Serviette, um sich die Finger abzuwischen, auch wenn Tate und sein Schwanz sich wünschen würden, dass sie sie ableckt. „Ich habe mich gerade von meinem Verlobten getrennt und … Ach, egal. Lassen wir das." Ihr Blick verdunkelt sich für einen Moment, und in Tate keimt der Wunsch auf, ihren Ex-Verlobten zu verprügeln, weil er ihr anscheinend Kummer bereitet hat. „Ich glaube, das ist kein gutes Thema für heute Abend und ohnehin rede ich schon die ganze Zeit. Lass uns doch lieber über dich sprechen. Was machst du so, wenn du keine Partys in Vegas besuchst?"

Tate sieht sie ungläubig an, aber anscheinend weiß sie wirklich nicht, wer er ist.

„Ich spiele in einer Band", sagt er schließlich und fügt hinzu: „Ich bin der Sänger."

Autumn hält kurz inne und hört auf zu kauen.

„So richtig professionell, oder hast du eher so eine Kellerband? So etwas, wo sich deine Jungs und du in der Garage von irgendwem treffen, Bier trinken und ein bisschen herumklimpern und dann behaupten, sie wären voll kreativ gewesen?“ Mit schief gelegtem Kopf mustert sie ihn kritisch, als könne sie die Antwort auf seine Frage von seinem Gesicht ablesen.

Tate muss lachen und lehnt sich auf der Bank, auf der er sitzt, zurück, um Autumns hübsches Gesicht zu betrachten.

„Wir machen das hochprofessionell. Wir sind echte Superstars, weißt du ...“ Das ist die reine Wahrheit, auch wenn er das normalerweise niemals so ausdrücken würde. Allerdings ist er sich ziemlich sicher, dass Autumn ihm ohnehin kein Wort glauben wird. Tatsächlich schaut sie erst skeptisch und beginnt dann wieder zu lächeln.

„Komischerweise ist das genau das, was ich gedacht habe, als ich dich vorhin zum ersten Mal gesehen habe. Ich habe mir gedacht: Autumn, der Typ ist bestimmt ein Superstar. Vielleicht ist er auch ein Superheld.“ Ihr Grinsen reicht nun von einem Ohr zum anderen, bevor sie sich eine weitere Pommes in den Mund steckt.

* * *

TATSÄCHLICH WÜRDE ES DINGE GEBEN, die ich weitaus abstruser finden würde, als wenn Tate Birdie ein Superstar wäre. Er hat so etwas an sich, eine gewisse Aura, die ihn umgibt, etwas, was einen zwingt, ihn anzustarren, ob man nun will oder nicht.

Wie bei einem Verkehrsunfall, nur eben im Positiven.

Mir fällt erst jetzt wirklich auf, wie anstrengend es vorhin gewesen ist, irgendwo anders hinzuschauen als zu ihm. Doch nun, wo ich einmal damit begonnen habe, ihn anzustarren, kann ich gar nicht mehr damit aufhören.

Wenn er sich auf den blutroten Lederpolstern des Diners zurücklehnt, wirkt er, als würde er hier hingehören, als wäre er ein Filmstar aus den Fünfzigerjahren und die Frauen würden reihenweise seinetwegen in Ohnmacht fallen.

Ich glaube allerdings, dass er immer und überall so aussieht, als würde er genau an den Ort gehören, an dem er gerade ist.

Sein Selbstbewusstsein, die Sicherheit, die er ausstrahlt, ist einfach unglaublich, dabei wirkt er nicht, als hätte er ein völlig überblähtes Ego, so wie es bei manch anderem vielleicht der Fall wäre.

Wenn ich jetzt meine Kamera hätte ... mit einem Typen wie ihm könnte man einen ganzen Kalender füllen, ohne dass es langweilig wird.

„Was hörst du für Musik, Autumn?" Seine Frage reißt mich aus meinen Gedanken – und aus meinen Betrachtungen. Ich hoffe, dass ich ihn nicht zu offenkundig angestarrt habe, aber wenn doch, dann stört es ihn anscheinend nicht sonderlich, denn er sitzt noch immer genauso lässig da wie zuvor.

„Ich höre gerne Country und solche Sachen." Ich nippe an meiner Cola, um ein unbehagliches Lächeln zu verbergen. „Das war früher das Einzige, bei dem mein Vater nicht ausgerastet ist, wenn ich es gehört habe. Und irgendwann habe ich mich daran gewöhnt."

„Ich mag Countrymusik", antwortet mir Tate und trinkt ebenfalls einen Schluck von seiner Cola. „Das ist nichts, wofür man sich schämen müsste. Country war übrigens der Vorläufer für viele Musikrichtungen, die wir heute gar nicht mehr damit in Verbindung bringen."

Anscheinend kennt er sich wirklich gut aus, und wenn ich mir überlege, wie toll sich seine Stimme bereits anhört, wenn er einfach nur spricht, würde es mich nicht wundern, wenn er ein wirklich großartiger Sänger wäre.

Er betrachtet mich eingehend, und als sein Blick an meinem Mund hängen bleibt, habe ich plötzlich keinen Hunger mehr, zumindest nicht auf mein Essen. Ich schiebe es von mir und trinke stattdessen einen weiteren Schluck von meiner Cola.

„Wollen wir noch spazieren gehen? Ich könnte dir ein bisschen was von Las Vegas zeigen. Oder warst du schon öfters hier?"

Ich schüttle mit dem Kopf. „Nein, es ist das erste Mal, dass ich hier bin. Ich verreise nicht sehr viel." Ich halte den Blick eine Weile auf meine Hände gerichtet, die meinen Colabecher umfassen, und überlege, wie der Abend weitergehen soll. Ich könnte mich jetzt höflich von Tate verabschieden, anschließend zurück auf mein Zimmer gehen und mich früh schlafen legen. Ganz das vernünftige Mädchen, das ich immer bin und zu dem mein Vater mich erzogen hat. Oder aber ich könnte mit ihm mitgehen. Mir Las Vegas von ihm zeigen lassen und wer weiß was alles noch.

Pro: Mehr Zeit mit einem faszinierenden Mann zu verbringen und meine Reise nach Vegas wirklich zu genießen.

Kontra:

Mir fällt nichts ein für Kontra.

Vielleicht habe ich mir etwas eingefangen und werde krank.

Eine bessere Erklärung dafür habe ich nicht.

* * *

Autumn starrt ihre Hände an, als würde ihr das helfen, eine Entscheidung darüber zu treffen, wie der Abend weitergehen soll.

Dass sie eigentlich keine der Frauen ist, die ohne darüber nachzudenken mit einem wildfremden Kerl mitgehen, war ihm auch vorher schon klar, trotzdem ist ihr Zögern irgendwie niedlich.

Tate lehnt sich zurück und beobachtet sie ganz genau.

Er kann beinahe dabei zusehen, wie die Stimmen in ihrem Kopf miteinander ringen, wie sie das Für und Wider in ihrem Kopf gegeneinander abwägt.

Aber im Gegensatz zu ihr weiß er bereits, wie sie sich entscheiden wird – zumindest hofft er es zu wissen.

Er hat gemerkt, wie sie auf ihn reagiert, angefangen von dem kurzen Zwinkern, als er vorhin auf der Party zu ihr gegangen ist, das leichte Zittern, als sie ihm die Hand gereicht hat, und das kleine Seufzen, das sie vermutlich selbst kaum bemerkt hat, als er den Arm fester um sie legte, als sie gestolpert ist.

Wenn sie behaupten würde, ihn nicht ebenso sehr zu wollen wie er sie, dann belügt sie sich selbst.

Dennoch ist er erleichtert, beinahe euphorisch, als sie endlich zu ihm hochschaut.

„Also los!“ Sie strafft ihren Rücken und drückt die Schultern nach hinten, als ob sie sich selbst Mut zusprechen wolle. „Was hat Vegas zu bieten, was ich noch nicht kenne?“

7

* * *

„Dieser Ort hier ist der vermutlich kitschigste in ganz Las Vegas, aber ich finde ihn trotzdem immer wieder beeindruckend."

Tate und ich sitzen auf einer Bank, und er zieht mich an sich, sodass ich seitlich gegen seine Brust gelehnt bin. Er hat mir seine Jacke über die Schultern gehängt, der sein schwerer, würziger Duft anhaftet, und ich frage mich, was davon er selbst und was ein vermutlich sauteures Aftershave ist. Ich habe noch niemals zuvor einen Mann getroffen, der so wunderbar riecht, und mir wird beinahe ein bisschen schwindelig davon.

Mit weit aufgerissenen Augen starre ich auf den Brunnen des Bellagios, eines der größten Hotels in Las Vegas, und mir fehlen die Worte.

Brunnen ist eigentlich gar nicht das richtige Wort; es handelt sich vielmehr um ein gigantisches Wasserspiel in der

Größe eines Footballfeldes, das aus den unterschiedlichsten Fontänen besteht und zusammen mit Musik und Beleuchtung eine gigantische Show liefert.

Ich bekomme den Mund vor lauter Staunen beinahe nicht mehr zu.

Es ist überwältigend. Es ist kitschig, künstlich und völlig übertrieben, aber es ist absolut überwältigend.

Es fühlt sich so an, als würde man sich mitten in einem Märchen befinden, und eigentlich fehlt bloß noch die Elfenkönigin, die auf einem gold-silbernen Einhorn um die Ecke geritten kommt.

„Das ist … wirklich beeindruckend!"

„Es freut mich, dass es dir gefällt." Tate senkt seinen Kopf ein bisschen, und ich bin mir nicht sicher, ob er an mir schnuppert oder nur sein Gesicht von den beiden jungen Frauen abwendet, die uns die ganze Zeit anstarren.

Obwohl, vermutlich starren sie eher Tate an, und ich kann ein stolzes Grinsen kaum unterdrücken, weil er mit mir hier ist und mir auf eine Art und Weise seine Aufmerksamkeit schenkt, die keine Zweifel daran lässt, dass er für kaum etwas anderes Augen hat.

So, als stünde er kurz davor, zu verhungern, und als wäre ich das letzte bisschen Nahrung, das es auf dieser Welt gibt; und jedes Mal, wenn er mich so ansieht, stellt dieser Blick seltsame Dinge mit meinem Unterleib an.

Wir bleiben eine gefühlte Ewigkeit hier sitzen. Irgendwann wandert seine Hand in meinen Nacken, seine langen Finger spielen mit dem Kragen seiner Jacke herum, die er mir vorhin geliehen hat, dabei streifen sie immer wieder die empfindliche Haut meines Halses und meines oberen Rückens.

Ich kann ein tiefes Seufzen nicht unterdrücken und Tate sieht sehr zufrieden mit sich aus. Ich kuschele mich noch ein bisschen enger an ihn, zum einen, weil die Nacht wirklich kühl ist, zum anderen, weil sich das einfach viel zu gut anfühlt.

„Ist dir kalt, Honey?“ Tate reagiert sofort, er ist wirklich unglaublich aufmerksam.

„Ein bisschen vielleicht!“, gebe ich ziemlich kleinlaut zu, denn im Gegensatz zu mir ist ihm nur noch ein weißes Hemd geblieben, das obendrein bis zu den Ellenbogen nach oben gekrempelt ist, aber trotzdem strahlt er eine unglaubliche Hitze aus.

Es muss wunderbar sein, so einen Mann in kalten Winternächten in seinem Bett liegen zu haben!

Oh, und es muss großartig sein, ihn überhaupt in seinem Bett liegen zu haben.

Ich beobachte ihn dabei, wie er aufsteht und mir seine Hand entgegenstreckt. Er ist groß, bestimmt an die zwei Meter, und er weiß jeden einzelnen Zentimeter seines Körpers perfekt zu bewegen und einzusetzen.

Beinahe möchte ich darauf wetten, dass er niemals ins Stolpern oder Straucheln gerät, so wie es mir ständig passiert, vor allem, wenn ich nervös bin.

„Komm, Honey, gehen wir irgendwohin, wo es warm ist.“

Ich ergreife seine ausgestreckte Hand und ich kann die Wärme seiner Finger bis tief in meinen Bauch hinein spüren.

Wir gehen langsam zurück in Richtung unseres Hotels, und ich weiß nicht, ob ich das gut oder schlecht finden soll. Hier draußen mit ihm zu sitzen war wunderschön und gleichzeitig irgendwie unverfänglich. Was soll hier draußen, in aller Öffentlichkeit, schon groß zwischen uns passieren?

Ich will nicht weg von hier, und trotzdem gehe ich mit, weil es vermutlich seltsam wäre, ihm zu widersprechen, und weil ich mir Gedanken darüber mache, ob er nicht vielleicht auch friert, und ihn nicht in Verlegenheit bringen möchte.

Trotz der späten Stunde sind hier draußen noch jede Menge Menschen unterwegs, die, so wie wir, den Brunnen bewundern oder einfach herumschlendern.

Dennoch müssen wir nicht einmal stehen bleiben, denn die Leute weichen Tate aus, als wäre es sein gutes Recht, überall ungehindert entlanggehen zu können. Dabei wirkt er kein bisschen unfreundlich, er hat bloß diese Art an sich, die andere dazu bringt, stehen zu bleiben und ihm entgeistert hinterherzustarren.

Wir kommen in Rekordzeit wieder in der weitläufigen Lobby des Hotels an, und das helle Licht blendet ein bisschen in meinen Augen.

Tate ergeht es anscheinend ähnlich, denn er zieht sich den Schirm seines Basecaps noch etwas tiefer in die Stirn.

„Wie machst du das nur?“, frage ich ihn.

Er starrt mich verwirrt an. „Wie mache ich was?“

„All die Leute, die uns unterwegs begegnet sind – du musstest nicht einmal stehen bleiben, um ihnen auszuweichen. Sie machen alle Platz für dich.“

Er sieht mich an, zumindest vermute ich das, denn ich kann seine Augen nicht richtig erkennen, da sie im Schatten seines Basecaps liegen; dafür starre ich auf seinen Mund, auf feste, volle Lippen, die sich bestimmt grandios auf meinen anfühlen würden.

Er beugt sich zu mir herunter und nimmt endlich das blöde Basecap ab.

„Ich habe dir doch gesagt, dass ich ein Superstar bin. Ein Superstar mit Superfähigkeiten, und eine davon ist es, überall entlanggehen zu können, ohne dass mich jemand behelligt."

Völlig entgeistert starre ich ihn einen Moment lang an.

„Du spinnst", sage ich schließlich und schüttle grinsend den Kopf.

„Du spinnst wirklich total."

„Stimmt." Er grinst ebenfalls und enthüllt damit zwei Reihen wunderbar gleichmäßiger Zähne. „Könnte auch eine Superfähigkeit sein, meinst du nicht?"

Tate zwinkert mir zu, und obwohl ich in meinem Leben bestimmt schon geistreichere Antworten gehört habe, beginne ich zu kichern, und zwar so laut, dass sich ein paar japanische Touristen nach mir umdrehen und ich mir erschreckt die Hand vor den Mund presse.

Kichern.

Ich wusste gar nicht, dass ich zu so einem Laut überhaupt in der Lage bin. Das letzte Mal, dass ich gekichert habe, war ich vermutlich noch ein Teenager. Mein Vater hat es gehasst, wenn ich gekichert habe, genau wie alles andere übertrieben Mädchenhafte. Er hat sich immer einen Sohn gewünscht – und mich manchmal auch wie einen behandelt. Nur wenn es ums Kochen ging, hatte er nichts dagegen, dass ich diesen Part übernehme.

Aber mein Vater ist die letzte Person, an die ich gerade denken will.

Eigentlich möchte ich im Moment gar nicht mehr denken, denn wenn ich damit anfange, werde ich hinterher noch vernünftig – und dafür ist ab Montag genug Zeit.

„Komm mit ...", flüstert Tate nah an meinem Ohr, doch

selbst wenn er flüstert, habe ich den Eindruck, dass das tiefe Timbre seiner Stimme in meinem Bauch widerhallt.

Seine Lippen streifen mein Ohr und mein Körper reagiert prompt mit einer Gänsehaut.

„Wohin gehen wir denn?"

„Irgendwohin, wo uns niemand sieht."

Verdammt, hat da wirklich gerade eine der Japanerinnen ein Foto von uns gemacht?

Ich kann es ihnen nicht verübeln, ich denke schon den ganzen Abend darüber nach, wie gerne ich Tate mal fotografieren würde. Dennoch finde ich es irgendwie dreist von ihr, und ich stelle fest, dass es mich ärgert. Ich will ihn für mich haben und nicht, dass ihn andere Frauen anstarren und fotografieren, während ich mit ihm hier bin.

Besitzergreifend schlinge ich meinen Arm um seine Taille und werfe der kichernden Japanerin hinter mir einen bösen Blick zu.

Er ist mit mir hier! Bitch.

Am liebsten würde ich kämpferisch eine Faust in die Luft reißen, und innerlich muss ich über mich selbst den Kopf schütteln.

„Mein Hotelzimmer ist im sechsundzwanzigsten Stock", sage ich, bevor mir eigentlich klar wird, was ich gerade für eine Einladung ausgesprochen habe.

Tate zieht eine dunkle Augenbraue in die Höhe und mustert mich grinsend.

„Du willst mich mit auf dein Zimmer nehmen, obwohl wir uns erst ein paar Stunden kennen? Denkst du etwa, ich wäre leicht zu haben?"

Ich spüre, wie ich erröte. Das Blöde am Erröten ist, dass man nichts dagegen machen kann, wenn man einmal damit anfängt. Bei meinem hellen Teint fällt es obendrein sofort auf.

„So war das nicht gemeint ...“, stottere ich und bin plötzlich furchtbar verlegen.

Tate beginnt zu lachen und zieht mich zu sich heran, bis meine Stirn an seiner Brust liegt. Ich atme tief ein, sauge seine Wärme und den Duft seines Körpers in meine Lungen ein.

Ich habe noch niemals jemanden wie ihn kennengelernt, und ich habe noch nie erlebt, dass jemand eine solche Anziehungskraft auf mich hat.

Es fühlt sich an, als würden die Pheromone, die er aussendet, sich an mein Hirn heften und dort große Teile außer Kraft setzen, mich als ein sabberndes, williges Häufchen weiblicher Hormone zurücklassen.

„Es tut mir leid, Honey. Ich wollte dich nicht wirklich in Verlegenheit bringen – auch wenn ich zugeben muss, dass es mir gefällt, wenn du rot wirst. Das ist wirklich süß.“ Er schiebt mich ein Stückchen weg, sodass er mir in die Augen schauen kann. „Du bist wirklich süß. Süß und unglaublich sexy. Es wäre mir eine Ehre, wenn du mich mit auf dein Zimmer nehmen würdest, um dort mit mir zu veranstalten, wonach immer dir gerade zumute ist. Meinetwegen auch nur reden. Ich mag es, mit dir zu reden.“ Mit den Fingerknöcheln streicht er über meine Wange, bevor er sich wieder zu mir herabbeugt. „Falls du mich gerne ausziehen und lauter schmutzige Dinge mit mir anstellen möchtest, hätte ich allerdings auch nichts dagegen.“ Seine Stimme ist tief und rau, und mein Herzschlag beschleunigt sich um ein Vielfaches. „Du musst dich trotzdem zu nichts verpflichtet fühlen, aber ich wollte es der Vollständigkeit halber wenigstens erwähnt haben.“ Seine Finger fahren mit einer sanften Bewegung von meinem Ohr aus über meinen Hals, verharren kurz an meinem Schlüsselbein. Dann lässt Tate seine Hand sinken, irgendwie unschlüssig, und lächelt mich ein bisschen schief an. „Also, Honey, auf welcher Etage war noch gleich dein Zimmer?“

Ohne eine Antwort abzuwarten, zieht er mich in Richtung der Aufzüge, und ich stolpere hinter ihm her wie ein kopfloses Dummchen und muss mich mit aller Gewalt davon abhalten, nicht wieder mit dem albernen Gekicher anzufangen.

Vielleicht liegt es an der Aufregung dieser Reise. Vielleicht liegt es an Las Vegas, das ebenfalls eine berauschende Wirkung auf mich zu haben scheint. Höchstwahrscheinlich liegt es an Tate, in dessen Nähe ich gleichzeitig entspannt und aufgeputscht, auf eine angenehme Art und Weise überdreht bin.

Fakt jedoch ist, dass ich mich heute Abend so lebendig und glücklich wie schon lange nicht mehr fühle und auf gar keinen Fall will, dass diese Nacht jemals vorbeigeht.

8

* * *

Es scheint Stunden zu dauern, bis der Aufzug endlich ankommt und die Türen sich öffnen. Zum Glück ist er leer, und Tate greift nach Autumns Hand, um sie hineinzuziehen.

Die kleine Kabine ist komplett verspiegelt, er hat mal gelesen, dass das gegen Klaustrophobie helfen soll; aber er kommt auf ganz andere Gedanken, wenn er sich und Autumn darin sieht und ihr Bild vielfach wiederholt wird.

Er zieht sie an sich, sodass ihr Rücken an seiner Brust lehnt, und er kann spüren, wie ihr Körper sich anspannt, als würde sie plötzlich nicht mehr wissen, ob es richtig ist, ihn mit auf ihr Zimmer zu nehmen.

„Alles gut, Honey!", flüstert er an ihrem Ohr, streicht ihr Haar zur Seite und legt so ihren Hals frei. Langsam beugt er sich hinab und küsst sie auf die seidig glatte Haut kurz unterhalb ihres Pulses. Im Spiegel kann er sehen, wie sie die

Augen schließt und ihren Kopf nach hinten gegen seine Brust lehnt. Trotzdem ist sie noch immer genauso angespannt wie vorher. „Entspann dich, Autumn. Alles ist gut." Er greift nach ihren Schultern und beginnt sie sanft zu massieren. Er muss dringend etwas finden, was sie ablenkt, sie auf andere Gedanken bringt und dazu führt, dass sie wieder die fröhliche, unkomplizierte Frau wird, die sie war, bevor sie in den verdammten Lift gestiegen sind.

Tates Blick fällt auf eine Fliege, die über eine der verspiegelten Wände krabbelt.

„Wusstest du eigentlich, dass Insekten die artenreichste Klasse der Tiere ist?"

„Wie bitte?" Abrupt öffnet sie ihre Augen wieder und sieht ihn irritiert an.

„Doch, wirklich. Es gibt fast eine Million beschriebener Arten von ihnen. Und man vermutet, dass es noch jede Menge unentdeckter Arten gibt." Er lächelt sie im Spiegel an, und sie dreht sich zu ihm herum, sodass sie sich direkt in die Augen schauen können.

„Insekten, hm?", fragt sie, nach wie vor irritiert, doch zumindest lächelt sie wieder, und auf ihrer Wange kommt ein kleines Grübchen zum Vorschein.

Tate beugt sich vor, um dieses Grübchen zu küssen, anschließend küsst er ihren Mundwinkel, während Autumn einen kleinen Seufzer von sich gibt.

„Insekten sind faszinierende Tiere. Hast du gewusst, dass jedes Insekt vier Flügel hat? Ein Flügelpaar auf jeder Seite. Bei manchen von ihnen kann man das kaum erkennen, aber trotzdem ist das eines der wichtigsten Merkmale von Insekten." Er wendet sich Autumns anderem Mundwinkel zu, um diesen zu küssen. „*Insekt* bedeutet so viel wie *eingeschnitten*", fährt er mit seinem Vortrag fort und Autumn beginnt zu lachen. „Das bezieht sich auf ihren stark untergliederten Körper. Bei einigen Insekten erkennt man das besser, bei anderen schlechter. Denk nur an Ameisen, da kann man die Unterteilung ganz wunderbar sehen.“ Er zieht sie an sich. Ihr Haar duftet nach Zimt und Vanille.

Er kann spüren, dass sie sich langsam wieder entspannt.

Tate schielt auf die Anzeige des Aufzuges. Noch vier Stockwerke, dann sind sie da, doch leider hält der verflixte Aufzug ausgerechnet zwei Stockwerke vor ihrem Ziel an, und eine Gruppe bereits ziemlich angetrunkener junger Männer steigt ein, vermutlich ein Junggesellenabschied. Sie lachen laut und unterhalten sich, klopfen sich gegenseitig auf die Schultern und rühmen sich damit, was sie heute Abend alles unternehmen und gewinnen wollen, von Geld über Höschen bis hin zu Frauenherzen, und würdigen Autumn und ihn zum Glück keines Blickes.

Tate beachtet sie nicht weiter, stattdessen nimmt er Autumns Gesicht zwischen seine Hände und schiebt sanft ihren Kopf nach hinten, sodass er sie ansehen kann.

„Du musst mich jetzt küssen, Honey.“

„Muss ich das?“ Sie lächelt und leckt sich über die Lippen. „Ja, als Tarnung, damit mich niemand erkennt.“

„Ah, ich habe fast vergessen, dass du ja ein Promi bist.“ Ihre kleine hübsche Nase zieht sich kurz kraus, als würde sie ihm das noch immer nicht wirklich glauben.

„Ganz genau, Baby. Ich sehe, du lernst schnell.“

Mit dem Daumen fährt er die Kontur ihrer vollen Unterlippe nach, dann beugt er sich über sie, um langsam seine Lippen auf ihre zu legen.

Er ist sich ziemlich sicher, dass er sie dazu bringen

könnte, ihren Mund für ihn zu öffnen und seiner Zunge Einlass zu gewähren, trotzdem will er es lieber langsam angehen lassen, zumal sie jeden Moment da sein müssten.

Tatsächlich hält der Aufzug in diesem Moment an, und mit einem leisen Pling öffnen sich die Türen.

„Wir sind da, Baby, komm!“ Er greift wieder nach Autumns Hand und zieht sie sanft, aber bestimmt aus dem Fahrstuhl.

„Hey, bist du nicht dieser Sänger? Dieser durchgeknallte?“, ruft ihm nun einer der Kerle hinterher und Tate dreht sich noch einmal lächelnd zu ihm um.

„Nein, leider nicht. Allerdings werde ich ziemlich oft mit ihm verwechselt!“

Er zwinkert dem Typen zu, der ihn nun mit offenem Mund anstarrt. Zum Glück schließen sich die Fahrstuhltüren in genau dem richtigen Augenblick. „Nichts wie weg hier, Honey. Wo genau ist dein Zimmer?“

* * *

Obwohl ich vor wenigen Minuten noch gedacht habe, dass ich verrückt geworden sein muss, einen wildfremden Mann mit auf mein Zimmer zu nehmen, kommt es mir jetzt schon wieder wie die beste Idee vor, die ich jemals hatte.

Ich ziehe Tate an meiner Hand hinter mir her, bis wir an der richtigen Zimmernummer angekommen sind, und vergewissere mich noch einmal, dass sie auch wirklich mit der übereinstimmt, die auf der Papphülle zu meiner Schlüsselkarte steht. Denn irgendwie sieht hier alles gleich aus und Zahlen konnte ich mir noch nie sonderlich gut merken.

Als sich die Tür mit einem leisen Klicken öffnet, atme ich erleichtert aus und mache einen Schritt zur Seite, um Tate reinzulassen.

„Du beharrst also auf der Superstargeschichte, hm?“

„Allerdings!“ Er grinst breit und blickt sich dann in meiner Suite um. „Nettes Zimmer!“, murmelt er, und sein Blick fällt auf die vielen unausgepackten Tüten, die von meinem heutigen Shoppingmarathon noch überall verteilt stehen. „Du hattest wohl heute Langeweile?“

„Ich habe nie Langeweile.“ Ich betrachte ebenfalls die Tüten, und ich muss zugeben, dass mein Zimmer so wirkt, als wäre ich ein klitzekleines bisschen irre ... oder shoppingsüchtig ... oder vielleicht sogar beides. „Eigentlich wollte ich gar nicht herkommen, weißt du? Aber ich habe diesen Trip in einer Zeitschrift gewonnen. Es war der Hauptgewinn ... den ich nicht gewinnen wollte. Ich war nur auf die Küchenmaschine scharf.“

Tate lässt sich auf mein Bett fallen und zieht mich mit sich. Ich bin ein bisschen atemlos, als ich neben ihm liege und er den Arm um mich schlingt, meinen Kopf auf seiner Brust bettet.

„Eine Küchenmaschine, hm?“

„Ja, wirklich.“ Ich habe Schwierigkeiten, mich zu konzentrieren, wenn ich ihm so nah bin wie gerade. Er duftet unglaublich gut. Weil ich nicht richtig weiß, wie ich mich jetzt verhalten soll, rede ich einfach weiter. Ich hatte noch nie einen sexy Typen mit auf meinem Zimmer. „Sie ist rot und hat diverse Aufsätze. Unter anderem eine Getreidemühle und einen Aufsatz zum Herstellen von Ravioli.“ Ich klinge ein wenig seltsam, als wäre ich eine übermotivierte Hausfrau, aber Tate scheint das nicht zu stören.

„Du kochst gerne?“

Mit dem Daumen streicht er über die Rückseite meines Halses, vom Nacken bis hoch zu meinen Kopfgelenken und wieder zurück. Es fühlt sich herrlich an und ich entspanne mich wieder.

„Eigentlich backe ich vor allem gerne.“ Ich kuschle mich ein bisschen enger an ihn, streife mir die unbequemen Schuhe von den Füßen und lasse sie auf den Boden vor dem Bett fallen. „Ich habe eine Schwäche für Brot. Aber nicht das pappige weiße Zeug, das man meistens bekommt, sondern richtiges Brot aus Roggen- oder Vollkornmehl mit einer knusprigen Kruste.“

„Das hört sich ziemlich lecker an.“ Seine Hände wandern etwas tiefer, und nun massiert er meine Schultern und streift immer wieder zwischen meinen Schulterblättern entlang.

„Ist es auch ...“, murmle ich und schließe die Augen, um seine Berührung noch besser genießen zu können. „Was du da machst, fühlt sich großartig an.“

„So?“ Ich kann das Lächeln hören, das in seiner Stimme mitschwingt, dann zieht er vorsichtig seinen Arm unter meinem Kopf hervor und lässt mich auf das Bett gleiten. Plötzlich ist er über mir, und als ich die Augen wieder öffne, ist mir sein Gesicht so nahe, dass ich die kleinen Fältchen um seine Augen herum erkennen kann.

Er lächelt mich an, bevor er mein Gesicht umfasst, über meine Kieferknochen streichelt und sich ganz langsam weiter zu mir herabbeugt.

Schließlich landen seine Lippen auf meinen, es ist kaum mehr als ein Hauch von einem Kuss, kurz und leicht, wie der Flügel eines Schmetterlings.

Wie von selbst öffnet sich mein Mund ein kleines Stück und Tates Lächeln wird breiter.

Erneut beugt er sich über mich und lässt diesmal eine Vielzahl kleiner Küsse auf meinen Mund herabregnen. Er küsst meinen rechten Mundwinkel und meinen linken, widmet sich meiner Ober- und meiner Unterlippe, sanft, vorsichtig, als wäre er sich nicht sicher, ob er mich verschrecken könnte, wenn er eine zu schnelle oder hektische Bewegung macht. Ich weiß nie, wo ich ihn als Nächstes spüre, dabei sind seine Berührungen so leicht, dass ich mich darauf konzentrieren muss, ihn überhaupt zu spüren, denn ich will auf gar keinen Fall etwas von ihm verpassen. Ich muss mich voll und ganz auf ihn konzentrieren und ziemlich schnell vergesse ich dabei alles andere.

Mein Herz schlägt laut und dröhnend, und all meine Nervenenden scheinen auf einmal in Flammen zu stehen, während ich Tates nächsten Kuss erwarte.

„Und das, Honey? Wie fühlt sich das an?“

Erneut küsst er meinen Mund, dieses Mal lässt er seine Lippen ein wenig länger auf meinen verharren, verleiht seiner Berührung mehr Nachdruck. Nach den sanften Küssen von vorhin empfinde ich seine Berührung nun viel intensiver, als sie vermutlich ist, und ich schließe die Augen, bis er sich wieder von mir löst.

„Noch viel besser ...“, flüstere ich und bin darüber erstaunt, dass ich überhaupt einen zusammenhängenden Satz herausbekomme.

„Okay. Gut zu wissen.“ Er lächelt und sieht mit sich selbst sehr zufrieden aus. „Du bist so süß, Autumn. Und du schmeckst noch viel süßer, als ich mir das vorgestellt hatte.“

Er ist immer noch zurückhaltend, immer noch vorsichtig,

aber jetzt kann ich seine Zunge spüren, die sanft die Konturen meines Mundes erforscht, und ich öffne meine Lippen, um ihn einzulassen. Er schmeckt nach Pfefferminz, vermutlich von dem Kaugummi, das er nach dem Essen gekaut hat, und als seine Zunge tiefer in meinen Mund eindringt, klammere ich mich am Saum seines Shirts fest und beginne daran zu zerren, bis ich die glatte, warme Haut seines Rückens unter meinen Händen spüren kann.

Ich habe bereits mehr als einen Mann in meinem Leben geküsst, doch ich schwöre, ich habe dabei noch niemals zuvor so in Flammen gestanden wie mit Tate.

Meine Finger krallen sich in seine festen Muskeln, als er seinen Kuss noch intensiviert, und er lacht rau auf, bevor er sich schließlich von mir löst.

„Du bist wunderschön, Autumn. Und du schmeckst so verdammt gut. Ich könnte die ganze Nacht einfach nur so daliegen und dich küssen."

Er stützt sich auf einen Ellenbogen, um mich anzusehen, und streicht mir eine verirrte Haarsträhne aus dem Gesicht. „Ich mag Vegas nicht sonderlich, ich mochte es noch nie. Natürlich übt es eine gewisse Faszination aus, wenn man es zum ersten Mal sieht. Aber hier ist nichts echt. Alles ist künstlich, von den Pflanzen im Foyer über die Brüste der Kellnerinnen in den Clubs bis hin zum Lächeln des Portiers am Hotel. Dieser Ort ist nur schöner Schein, mehr nicht. Wer hätte gedacht, dass ich ausgerechnet hier auf einen Schatz wie dich treffe?"

Wieder lächelt er mich an, und ich kann spüren, wie etwas in mir dahinschmilzt wie Eis in der Sonne.

* * *

Tate war bereits mit mehr Frauen auf einem Hotelzimmer, als er zählen kann. Vor allem zu Beginn seiner Karriere hat er mitgenommen, was er bekommen konnte. Natürlich ist er in den letzten Jahren ruhiger geworden. Viele Dinge verlieren irgendwann einfach ihren Reiz, anonymer Sex mit schönen Frauen gehört auch dazu. Manchmal hat er sich seltsam leer gefühlt, wenn sie gegangen sind, und er hat ziemlich lange gebraucht, um zu begreifen, dass sie ihn letztendlich genauso benutzen wie er sie: Die meisten von ihnen waren nur scharf darauf, sich hinterher damit rühmen zu können, dass sie es mit einem Star getrieben haben. Dass Frauen ihn in der Regel attraktiv finden, hat dabei auch eine Rolle gespielt – aber er ist sich ziemlich sicher, dass die meisten von ihnen auch mitgekommen wären, wenn er entsetzlich hässlich wäre.

Mit Autumn ist es anders. Natürlich ist es anders mit ihr, weil sie anscheinend wirklich keinen blassen Schimmer davon hat, wer er ist, allerdings ist Tate fest davon überzeugt, dass das letztendlich keine Rolle spielt.

Er hat beinahe vergessen, dass es Menschen wie sie noch gibt. Normale Menschen, normale Frauen, die mit einem Mann mitgehen, weil sie ihn nett finden, weil er ihnen gefällt, und nicht, weil sie sich am nächsten Tag bei ihren Freundinnen damit profilieren wollen.

Er haucht Autumn einen kleinen Kuss auf die empfindliche Stelle hinter ihrem Ohr, da wo ihre Haut zart und seidig ist und sie besonders hinreißend riecht, und sie erschaudert leicht, bevor sie mit ihren Fingernägeln sanft über seinen Rücken kratzt.

„Ich könnte die ganze Nacht einfach nur so mit dir daliegen und dich küssen!“, flüstert er so nah an ihrem Hals, dass seine Lippen dabei über ihren Puls streichen, und er freut sich, als er feststellt, dass sie mit einer Gänsehaut reagiert.

„Ich habe so etwas noch nie zuvor gemacht ..." Autumn errötet leicht.

„Was denn, geküsst?", fragt Tate grinsend.

„Nein, einen Mann auf mein Zimmer mitgenommen. Ich meine, ich bin auch noch nie mitgegangen. Normalerweise halte ich mich sogar mit küssen beim ersten Date zurück. Und eigentlich hatten wir ja nicht einmal ein richtiges Date."

Tate küsst sie erneut.

„Du brauchst dir keine Sorgen zu machen, Honey. Ich halte dich nicht für eine Schlampe, nur weil du mich mitgenommen hast. Es ist wunderschön mit dir, und ich freue mich, dass du mir so viel Vertrauen entgegenbringst. Außerdem habe ich dir ja gesagt, dass wir nichts machen müssen außer reden. Und ... na ja. Wenn ich dich auch weiterhin ein bisschen küssen dürfte, wäre ich schon ein sehr glücklicher Mann."

Seltsamerweise ist das die Wahrheit.

Es ist nicht so, als ob er sie nicht wollen würde, im Gegenteil. Sein Schwanz ist bereits hart geworden, als er sie vor Stunden auf der Party gesehen hat. Trotzdem ist gerade alles gut so, wie es ist.

Autumn sieht ihn aus diesen ungewöhnlichen goldbraunen Augen an, als könne sie damit direkt in seine Seele blicken, und umfasst sein Gesicht mit beiden Händen.

„Du bist wirklich ein komischer Vogel, Tate Birdie!", sagt sie, während sie ihn wieder auf sich hinabzieht.

„Glaub mir, das höre ich nicht zum ersten Mal!"

„Ich mag dich. Und ich mag es, wie du mich küsst."

Irgendetwas an ihren Worten bewegt etwas ganz tief in seinem Herzen, von dem er gar nicht mehr wusste, dass es da ist, und bringt ihn dazu, sich nach Dingen zu sehnen, die er nicht genauer benennen kann.

Allerdings kommt er auch nicht dazu, genauer darüber nachzudenken, denn nun ist Autumn dabei, die Initiative zu ergreifen. Sie rollt sich unter ihm hervor, um sich dann auf ihn zu setzen, ihr süßes Gesicht auf ihn herabzusenken und unzählige kleine Küsse auf seinem Gesicht zu verteilen.

Das hier fühlt sich so gut an, dass er es nicht durch Grübeleien zerstören will, er will es einfach nur genießen.

9

* * *

Es ist doch erstaunlich, wie falsch man Menschen einschätzen kann, wenn man sie nur nach ihrem Äußeren beurteilt.

Als ich Tate heute Abend entdeckt habe, war ich fest davon überzeugt, dass er ein unverbesserlicher Frauenheld ist. Einer von den Typen, die gut aussehen und darüber genauestens Bescheid wissen und bereit sind, ihre Attraktivität und ihre Ausstrahlung zu ihrem Vorteil einzusetzen, ohne dabei sonderliche Rücksicht auf die Gefühle der Frauen zu nehmen, die sich solchen Kerlen zu Füßen werfen.

Ich hätte gedacht, dass er zu den Typen gehört, die versprechen, dass sie einen nach einer gemeinsamen Nacht anrufen, und stattdessen die Nummer wegwerfen, kaum dass sie außer Sichtweite der Frau sind, der diese Nummer gehört.

Vielleicht ist er auch so. Vielleicht macht er all diese Dinge.

Doch heute Nacht, hier mit mir, ist er der vollendete Gentleman.

Ich bin mir nicht sicher, ob er eigentlich weiß, wie verrückt er mich macht, wie sehr ich ihn will. Wenn er mich dazu drängen würde, nur ein winzig kleines bisschen, ach was, es würde sogar schon genügen, dass er mich darum bittet: Ich würde all meine Klamotten in die nächste Ecke werfen und mich willig von ihm nehmen lassen.

Er drängt weder noch bittet er.

Stattdessen küsst er mich, immer und immer wieder, und dann zieht er mich in seine Arme, und wir reden über Gott und die Welt.

Er erzählt mir von all den verrückten Dingen, die er in seiner Kindheit angestellt hat, und ich erzähle ihm von meinem Vater und davon, wie es für mich war, als Henry sich gleichzeitig von mir getrennt hat. Obwohl zumindest Letzteres vielleicht nicht das passende Thema ist, wenn man mit einem anderen Mann im Bett liegt, fühlt es sich gut und natürlich an, mit Tate über alles zu reden, was mich beschäftigt.

Zwischendurch küssen wir uns, und obwohl ich völlig verrückt nach Tate bin, will ich den Zauber dieser Nacht nicht damit zerstören, weiterzugehen.

Vielleicht wäre es großartig, mit Tate Birdie zu schlafen.

Aber das, was wir hier und heute Nacht haben, ist auch so schon großartig. Es ist eine besondere Nacht, eine, die ich niemals vergessen möchte.

Irgendwann, in den sehr frühen Morgenstunden, schlafen wir eng aneinander gekuschelt ein, und als ich aufwache, beginnt es draußen gerade hell zu werden.

Ich befreie mich aus Tates Armen, weil ich mal dringend

auf die Toilette muss. Da ich denke, dass Tate noch schläft, schleiche ich mich so leise wie möglich zurück, aber als ich die Tür öffne, sehe ich, wie er mit verschränkten Armen an dem großen Panoramafenster steht und nach draußen schaut.

Der Himmel über Las Vegas verfärbt sich von Samtblau zu Zartrosa, und Tate steht mit verschränkten Armen und zerwühlten Haaren im morgendlichen Zwielicht, betrachtet den Horizont und wirkt völlig in seine Gedanken versunken, beinahe melancholisch und verletzlich, trotz der vielen Muskeln.

Er sieht wunderschön aus, so wie er dasteht.

Ohne darüber nachzudenken, schiebe ich das auf einer Kommode liegende Seidentuch beiseite, das ich gestern gekauft habe, und ziehe meine Kamera hervor, um ein Foto von Tate zu machen, wonach ich mich schon den ganzen Abend gesehnt habe.

Ich liebe Fotos von Menschen, die gar nicht mitbekommen, dass sie fotografiert werden; ich liebe Fotos von Menschen in den Momenten, in denen sie ganz und gar sie selbst sind.

Meine Kamera ist leise, sie kommt beinahe vollständig ohne lästiges Klicken aus, und es gelingt mir, unbemerkt mehrere Bilder von Tate zu schießen, bis ihm auffällt, dass ich wieder da bin und er sich zu mir umdreht.

In der ersten Sekunde ist sein Gesicht noch weich und offen, ein Lächeln liegt auf seinen Lippen. Bis er die Kamera bemerkt, die ich habe sinken lassen.

Ab diesem Augenblick ist er wie ausgewechselt.

Er wirkt wütend.

Wütend und enttäuscht.

„Hast du mich gerade fotografiert?“, fragt er überflüssigerweise, während sich sein Blick auf meine Kamera richtet.

Ich muss schlucken und brauche einen endlos scheinenden Moment, bis ich endlich meine Stimme wiederfinde.

„Ja?“, sage ich, und es klingt eher wie eine Frage als eine Feststellung. Ich bin auf einmal völlig verunsichert.

„Hast du noch mehr Fotos?“ Seine Stimme durchdringt schneidend scharf den ansonsten so stillen Raum.

„Wie bitte?“

Mit wenigen Schritten ist er bei mir und nimmt mir die Kamera aus der Hand.

„Ich habe gedacht, du wärst anders und ich könnte dir vertrauen, Autumn. Von wegen, du hättest keine Ahnung, wer ich bin.“

„Tate, was soll das?“, frage ich, und langsam fange ich an, wütend zu werden. „Es waren bloß ein paar Fotos!“ Obendrein ist es ja nicht so, als hätte ich seinen nackten Hintern fotografiert. Natürlich hätte ich ihn vorher fragen können, doch dann wäre der Moment, den ich festhalten wollte, unwiederbringlich vorbei gewesen.

„Du bist also Fotografin!“ Er betrachtet meine Kamera, meine Profikamera, für die ich auf ein neues Auto verzichten musste, weil ich sie mir sonst niemals hätte leisten können.

„Ja, ich bin Fotografin!“ Wir haben die Nacht über alles Mögliche gesprochen, nur nicht über unsere Berufe – manchmal spreche ich nicht gerne darüber, weil viele Menschen nicht nachvollziehen können, dass es etwas anderes ist, Fotografin zu sein oder ab und an mal ein paar Fotos zu machen. Ich hasse es, wenn in diesen Momenten jemand sagt: *Oh, ich fotografiere auch sehr gern* – weil es eben einfach nicht dasselbe ist. Aus solchen Gründen habe ich mir irgendwann abgewöhnt, viel über meinen Beruf zu sprechen. Hätte ich gewusst, dass es eine Bedeutung für ihn hat, hätte ich es ihm erzählt. Aber wer kann denn erahnen, dass er so ein Problem damit hat? Es ist ja nicht so, als wäre ich Drogendealerin oder würde beruflich kleine Hundewelpen quälen.

„Gib mir die Speicherkarte." Er ist so wütend, dass ich hören kann, wie er mit den Zähnen knirscht, und sein sonst so schönes Gesicht ist auf einmal völlig verzerrt. Ungeduldig hantiert er mit meiner Kamera herum, und aus Angst, dass er sie kaputtmachen könnte, reiße ich sie ihm wieder aus der Hand, drücke sie schützend an mich und mache einen Schritt nach hinten. Wenn er sie zerstört, dann habe ich ein Problem, denn ich kann mir momentan keine neue Kamera leisten. Natürlich habe ich noch eine zweite, ältere in White Crossing in meinem Fotostudio, die Suzie momentan benutzt, aber diese hier ist mein absoluter Liebling. Ich will auf keinen Fall, dass sie kaputtgeht. Diese Kamera ist mein Baby, mein Kleinod, meine Art, die Welt zu betrachten, und sie ist durch Geld nicht zu ersetzen.

„Autumn! Gib mir jetzt die verdammte Speicherkarte oder ich komme und hole sie mir." Drohend macht er einen Schritt in meine Richtung. Obwohl mein Instinkt mir sagt, dass er nicht zu den Typen gehört, die körperliche Gewalt gegenüber Frauen anwenden würden, bin ich mir nicht so sicher, wie das bei einem leblosen Gegenstand wie einer Kamera aussieht. Tate sieht wirklich wütend aus. Sehr, sehr wütend.

Mit zittrigen Händen öffne ich das Fach, hinter dem die Speicherkarte verborgen ist, und ziehe sie heraus.

„Hier hast du die verdammte Karte!“, zische ich und spüre Panik in mir aufsteigen.

„Gut!“, zischt Tate zurück und lässt sie in seiner Hosentasche verschwinden. „Hast du sonst noch irgendwelche Aufnahmen gemacht?“ Suchend sieht er sich im Raum um. „Tonbandaufnahmen? Videoaufnahmen? Irgendwelche versteckten Kameras?“

„Spinnst du?“, frage ich völlig entgeistert. „Denkst du, dass ich versucht habe, irgendwelche Sextapes von uns zu machen, oder was?“

„Nein.“ Er sieht mich an, betrachtet mich von oben bis unten, mustert mein neues Kleid, das ich nach wie vor trage und das mittlerweile völlig zerknittert ist. „Nein, keine Sextapes. Ich würde vermuten, dafür bist du viel zu prüde!“

Was für ein Arschloch! Was auch immer hier momentan schiefläuft, ich will es nicht mehr geradebiegen, ich will einfach nur noch, dass er verschwindet – und das möglichst schnell.

„Du solltest jetzt gehen!“, sage ich und versuche meine Stimme dabei so ruhig wie möglich klingen zu lassen. Auch wenn er eigentlich ein Fremder für mich ist, war die Nacht, die wir zusammen verbracht haben, unvergleichlich intim, und sein Verhalten verletzt mich. „Such deine Sachen zusammen und verschwinde. Ich gebe dir eine Minute, wenn du dann nicht weg bist, rufe ich den Sicherheitsdienst des Hotels an und sage ihnen, dass du mich bedrohst.“

Ohne ihn noch eines weiteren Blickes zu würdigen, drehe ich mich zu dem Fenster um, durch das Tate bis vor wenige Minuten noch geschaut hat, und halte weiterhin die Kamera schützend an mich gedrückt. Mit klopfendem Herzen beobachte ich den spektakulären Sonnenaufgang, aber ich muss gestehen, dass ich kaum etwas davon wahrnehme. Meine ganze Aufmerksamkeit gilt den Schritten, die ich hinter mir hören kann, und schließlich dem Klappen der Tür, als sie hinter Tate ins Schloss fällt.

Dann ist er weg.

10

Ich bleibe noch eine ganze Weile am Fenster stehen und schaue nach draußen, ohne dort wirklich etwas wahrzunehmen.

Ich will mich nicht umdrehen, weil mir dann klar werden wird, wie leer mein Zimmer ist und wie alleine ich gerade bin.

In den letzten Monaten habe ich mich unendlich oft allein gefühlt, und selbst in der Zeit davor, als es meinem Dad noch gut ging und Henry noch von Hochzeit gesprochen hat, kam es immer wieder vor, dass ich einsam war.

Wenn ich ehrlich sein soll, dann gab es mit Henry und mir eher ein Neben- als ein Miteinander. Wir kennen uns bereits unser Leben lang, und irgendwie war es für alle immer selbstverständlich, dass wir mal ein Paar werden und heiraten. Ich habe das immer als gegeben hingenommen, ohne es jemals zu hinterfragen. Ohne mich je zu fragen, ob es wirklich das ist, was ich will; ob Henry wirklich das ist, was ich will.

Im Nachhinein bin ich ihm manchmal dankbar dafür, dass er die Beziehung beendet hat, dass er den Mut hatte, sich einzugestehen, was ich selbst nicht sehen wollte: nämlich, dass wir zwar freundschaftlich miteinander verbunden sind, dass wir uns sehr vertraut sind, aber dass wir einander nicht lieben – zumindest nicht so, wie sich ein Paar wahrscheinlich lieben sollte.

Henry und ich hatten im Prinzip keine gemeinsamen Interessen.

Er wollte immer aus White Crossing weg, etwas von der Welt sehen.

Ich hingegen fühle mich wohl in White Crossing, es ist meine Heimat. Ich wollte eine Familie gründen, Kinder bekommen ... Manchmal glaube ich, dass Henry eigentlich nur einen Grund gesucht hat, um sich endlich von mir zu trennen, denn wenn man sich so lange kennt wie wir beide und jeder von einem erwartet, dass man eines Tages heiratet, dann ist es schwer, einfach zu gehen. Noch schwerer als sonst.

Ich fühle mich gerade, als hätte mir jemand das Paradies gezeigt, nur um mir dann die Tür vor der Nase zuzuschlagen und sich köstlich über mich zu amüsieren.

Ich kann noch immer nicht verarbeiten, was heute Morgen genau passiert ist.

Ich meine, natürlich gibt es immer wieder mal Leute, die es hassen, fotografiert zu werden, vor allem ungefragt; aber ich mache diesen Job schon seit Jahren. Ich werde engagiert, um auf Hochzeiten und runden Geburtstagen die Brautpaare und die Jubilare, aber auch die Gäste zu fotografieren, und wenn das während der Feier geschieht, frage ich auch nicht jedes Mal um Erlaubnis.

Ich habe es bisher nur ein einziges Mal erlebt, dass mich jemand darum gebeten hat, die Bilder von ihm zu löschen, und ich habe es sofort getan, ohne weitere Fragen zu stellen. Eine höfliche, begründete Bitte ist das eine, eine fast körperliche Attacke etwas anderes. Vor allem, nachdem man eine Nacht zusammen verbracht hat.

Kopfschüttelnd drehe ich mich endlich um. In zwei Stunden beginnt mein heutiger Wellnesstag und vorher sollte ich duschen, mir etwas anderes anziehen, und vielleicht gelingt es mir ja sogar, am Frühstücksbuffet etwas Leckeres zu essen zu finden, auch wenn ich gerade eigentlich gar keinen Appetit habe.

Seufzend suche ich mir eine schwarze Yogahose und eine graue Wickeljacke aus meinem Gepäck heraus, lege saubere Unterwäsche dazu und verschwinde im Badezimmer, ohne einen Blick auf das zerwühlte Bett zu werfen, das mir nur allzu bewusst ist.

* * *

ALLES SCHLAMPEN AUßER MOMMY.

Vielleicht hätte er sich den Spruch doch auf seinen Arm tätowieren lassen sollen, und zwar in Blockschrift, damit er ihn ständig vor Augen hat und niemals vergisst.

Er ist schon lange auf keine Frau mehr hereingefallen, vielleicht, weil er für gewöhnlich nichts mehr von ihnen erwartet als eine heiße, willige Nummer. Allerdings hat Autumn einen wirklich oscarreifen Auftritt hingelegt.

Autumn.

Falls sie überhaupt so heißt.

Tate hat keine Probleme damit, fotografiert zu werden. In seinem Leben waren bereits so viele Kameras auf ihn gerichtet, dass es sich beinahe selbstverständlich anfühlt. Womit er aber durchaus ein Problem hat, ist, verarscht zu werden.

Von wegen, sie hat keine Ahnung, wer er ist!

Autumn hat ihm Nähe vorgeheuchelt und ein Gefühl, das er schon lange nicht mehr hatte: nämlich, dass sich jemand für ihn interessiert. Nur für ihn, weil er er selbst ist, und nicht nur, weil er bekannt und reicher als Krösus ist.

Er mochte dieses Gefühl, mehr als ihm lieb war, und umso tiefer war die Enttäuschung, als er erkannt hat, dass alles nur eine ausgedachte Geschichte gewesen ist.

Wer hat schon durch Zufall eine Kamera dabei, die mehrere tausend Dollar kostet, und macht damit Fotos von ihm, und zwar in einem Moment, in dem er überhaupt nicht damit gerechnet hat?

Dabei rechnet er eigentlich ständig damit, fotografiert zu werden, selbst dann, wenn normale Leute niemals auf den Gedanken kommen würden, dass sie ins Visier einer Kamera geraten könnten; beispielsweise dann, wenn er eine öffentliche Toilette benutzt, sich ein Eis kauft oder mit seiner Mom einen Sonntagsausflug in eines dieser veganen Hippiecafés macht, die sie so sehr liebt.

Manchmal hat er es satt, dass ihm ständig jemand mit einer Kamera auflauert; meistens ist es ihm völlig egal.

Aber zumindest spielen ihm all diese Leute nicht erst stundenlang etwas vor, schleichen sich … nun ja, in einen Winkel seiner Seele ein, der sonst nur besonderen Menschen vorbehalten ist, so, wie Autumn es getan hat, um ihn dann zu verraten.

Denn genau so hat es sich angefühlt, als sie plötzlich

Bilder von ihm gemacht hat: wie ein Verrat.

Sie ist nicht die Person, die sie vorgegeben hat zu sein.

Stattdessen ist sie vermutlich irgendein Presseflittchen, das sich für eine tolle Journalistin hält und der nichts zu schade ist, um an eine exklusive Story über ihn sowie ein paar private Fotos von ihm zu kommen. Es ist doch immer wieder erstaunlich, dass es anscheinend Menschen gibt, die für ein bisschen Kohle sogar bereit wären, ihre Seele zu verkaufen.

Erbärmlich.

Normalerweise hat er ein gutes Gespür für solche Leute, das sich über die Jahre hinweg durch jede Menge unangenehmer Erfahrungen noch verschärft hat, aber bei Autumn hat keine seiner sonst so zuverlässigen Alarmglocken angeschlagen.

Sie war so süß, so natürlich und so entzückend unsicher.

Außerdem so hübsch, ohne dabei auszusehen, als wäre sie aus Plastik oder ständig auf Diät, wie es so viele Frauen tun, denen man begegnet, wenn man im Showbusiness beschäftigt ist.

Autumn kam ihm vor wie ein Traum. Es war zu schön mit ihr, um wahr zu sein.

Er hätte es wirklich besser wissen müssen, denn wenn Dinge zu schön sind, um wahr zu sein, dann sind sie in der Regel auch nicht wahr.

Zähneknirschend zieht Tate die Speicherkarte aus seiner Tasche, die er Autumn vorhin abgenommen hat, und wirft sie in Richtung der Tür, die in diesem Augenblick aufgeht.

Statt gegen die Tür zu prallen, trifft die Speicherkarte den Mann, der gerade den Raum betreten wollte, mitten gegen die Stirn.

„Au!“ Wyatt reibt sich die schmerzende Stelle und bückt sich gleichzeitig nach der Karte. „Was hat das kleine Stück Elektroschrott dir denn getan? Und noch viel wichtiger: Was habe ich dir getan?“ Er betrachtet kopfschüttelnd die Speicherkarte in seiner Hand, dann wandert sein Blick zu Tates Gesicht. „Alter, du siehst scheiße aus. Lass mich raten: Mit der Kleinen, mit der du gestern von der Party verschwunden bist, lief es nicht so gut?“

Tate lacht rau, bevor er aufsteht und zur Minibar hinübergeht.

„Ganz im Gegenteil. Es lief sogar alles bestens. Sie war entzückend, etwas ganz Besonderes.“ Er lacht erneut, ohne dabei auch nur eine Spur fröhlich zu klingen, und nimmt sich einen Tomatensaft aus der Minibar.

„Besonders inwiefern?“

„Sie hat mir die halbe Nacht von ihrem kranken Vater erzählt, von ihrem Leben in irgendeinem kleinen Kaff in der Nähe der kanadischen Grenze, vom Brotbacken und von Küchenmaschinen.“ Mit einer energischen Bewegung dreht Tate die Flasche Saft auf und wirft einen Blick auf Wyatt, der mit verschränkten Armen neben der Tür lehnt. „Sie hat über alles Mögliche geredet, aber leider hat sie wohl vergessen zu erwähnen, dass sie Journalistin ist und nur auf eine Story von mir scharf.“

„Wie hast du es herausgefunden?“

„Heute Morgen hat sie mich plötzlich fotografiert. Mit einer von diesen mehreren tausend Dollar teuren Kameras, wie nur Profis sie benutzen.“

„Autsch!“

„Ja ... autsch.“ Tate klingt resigniert. Seufzend lässt er sich in einen Sessel sinken und trinkt den Tomatensaft mit wenigen Zügen aus. „Manchmal bin ich es so leid, ständig auf der Hut sein zu müssen. Ich habe manchmal das Gefühl, ich leide an Verfolgungswahn!“ Genervt wirft er die leere Flasche in Richtung des Papierkorbs neben der Minibar und verfehlt ihn. „Und weißt du, was das Schlimmste ist? Ich leide gar nicht an Verfolgungswahn, die Leute sind wirklich ständig hinter mir her. Vielleicht wollen sie mich nicht entführen und umbringen, aber trotzdem wollen sie ein Stück meines Lebens, das ich nicht bereit bin, ihnen zu geben.“

Wyatt zuckt mit den Schultern.

„Das hört sich wirklich anstrengend an, Mann. Aber du weißt, dass ich bei diesem Thema nur bedingt mitreden kann. Ich habe Lara schon gekannt und geliebt, bevor wir auch bloß ansatzweise wussten, wie man erfolgreich überhaupt schreibt – und von allen anderen Frauen halte ich mich fern.“ Er setzt sich Tate gegenüber und streckt die langen Beine aus, überkreuzt sie an den Knöcheln. „Die Kleine von gestern sah wirklich nett aus, nicht wie eine von den durchgeknallten Groupies oder Presseleuten, die dich sonst so belagern. Ich habe mich natürlich nicht näher mit ihr unterhalten, aber vermutlich wäre ich auch auf sie hereingefallen.“ Er runzelt die Stirn. „Sie wirkte so normal und irgendwie desinteressiert. Seltsame Methode, wenn man sich an jemanden heranschmeißen will.“ Nachdenklich betrachtet Wyatt die Speicherkarte in seiner Hand.

Nun zuckt Tate mit den Schultern.

„Es hat funktioniert. Sie hat meine Aufmerksamkeit erweckt“, antwortet er schließlich und klingt dabei so enttäuscht, dass es ihm beinahe schon peinlich ist.

11

* * *

Zu Hause.

Das sollte einen doch eigentlich mit einem wohligen Gefühl erfüllen, aber ich spüre dieses Mal einfach rein gar nichts.

Mein Haus ist still und leer, nur im Briefkasten warten ein ganzer Haufen Rechnungen auf mich, die ich auf meinen Küchentisch lege, von wo aus sie mich nun vorwurfsvoll anschauen.

Madison muss heute arbeiten, aber ihr Verlobter Janos hat mich vom Flughafen abgeholt. Er gehört zum Glück zu den Typen, die nicht gerne reden, sodass sich unsere Kommunikation nur auf das Nötigste begrenzt hat. Auf eine Begrüßung und ein paar gegrunzte Laute beschränkt, die wahrscheinlich „Wie war's?" und „Schön, dass du wieder da bist" heißen sollten, und den Rest der Fahrt über herrschte Schweigen.

Mir war das nur recht, denn ich bin heute alles andere als gesprächig, und auch wenn mir Madison wirklich am Herzen liegt, bin ich froh darüber, dass sie mich heute nicht abgeholt hat. Im Gegensatz zu Janos hat sie nämlich ein untrügliches Gefühl dafür, wenn mit mir etwas nicht stimmt, und obendrein keinerlei Bedenken, mich auszuquetschen, bis ich ihr alles erzählt habe, was sie wissen will.

Mir ist heute aber nicht sonderlich nach reden. Eigentlich ist mir nach gar nichts zumute, außer mich aufs Sofa zu legen und Löcher in die Luft zu starren.

Ich fühle mich seltsam. Enttäuscht und wütend, so, als hätte mich jemand bestohlen, und ich wüsste noch nicht so richtig, was mir eigentlich fehlt, und dabei sind es nicht nur die vielen Fotos, die ich in Vegas gemacht habe und die nun verloren sind.

Seufzend räume ich meine Koffer aus und sortiere, was ich behalten will und was ich verkaufen kann.

Dann gehe ich arbeiten.

Auch wenn ich dazu ausnahmsweise keine Lust habe, ist es zumindest eine sinnvolle Beschäftigung, und vielleicht bringt es mich auf andere Gedanken.

* * *

„TATE? Sorry, dass ich dich störe, Kumpel. Deine Haushälterin hat mich reingelassen und meinte, du wärst hier oben." Wyatts tiefe Stimme durchdringt den Raum, und Tate schaut von seinem immer noch leeren Blatt auf. Seit drei Tagen will er an neuen Songs für das nächste Album schreiben, aber seine Konzentration und seine Inspiration scheinen in Vegas geblieben zu sein, um dort noch wilde Partys zu feiern. Jedenfalls sind sie ihm irgendwo abhandengekommen.

„Du störst mich nicht, Wyatt. Ich wollte sowieso gerade eine Pause machen." Seufzend schiebt Tate die Blätter vor ihm zusammen und lässt sie in einer Mappe verschwinden, um sie Wyatts Blicken zu entziehen. Es kommt nicht oft vor, dass er etwas schreiben muss und ihm nichts einfällt, aber wenn es so ist, hasst er es, wenn es ein anderer mitbekommt. Dann fühlt er sich in der Regel noch mehr unter Druck gesetzt, und Druck kann er gerade wirklich nicht gebrauchen.

„Erinnerst du dich noch an die Kleine aus Vegas? Die mit den ungewöhnlichen Augen, die hinterher die Fotos von dir gemacht hat?"

„Ja!" Natürlich erinnert er sich noch, zu seinem großen Ärger muss er nämlich ständig an sie denken. Ständig tauchen ihre Goldaugen in seinem Kopf auf und lenken ihn von allem ab, was er gerade tut.

„Du hattest mich mit der Speicherkarte beworfen, und ich habe sie eingesteckt, eigentlich eher aus Versehen. Lara hat sie beim Waschen gefunden und die Bilder darauf angesehen. Du weißt ja, wie neugierig sie ist ..."

„Und?", fragt Tate ungeduldig. Er will eigentlich nicht über Autumn oder über die Sache mit den Fotos sprechen. Die ganze Angelegenheit gehört zu den Episoden, die er innerlich gerne abhaken würde, denn im Prinzip ist ihm ja nichts passiert, was ihm nicht schon unzählige Male zuvor auch passiert wäre, und ein wirklicher Schaden ist auch nicht entstanden. Dass Autumn ihn trotzdem immer noch beschäftigt, ärgert ihn schon genug.

„Na ja …“ Wyatt wirkt irgendwie verlegen. „Sie ist tatsächlich Fotografin.“

„Ach …“, antwortet Tate gedehnt. Das ist nun wahrlich keine große Neuigkeit.

„Ja, aber nicht so, wie du es vermutet hast. Nachdem Lara die Bilder angeschaut hat, hat sie ein bisschen recherchiert. Autumn Irene Holmes hat ein Fotostudio in einem kleinen Kaff namens White Crossing. Sie fotografiert. Das ist ihr Beruf. Sie ist anscheinend ziemlich talentiert, die Bilder, die sie gemacht hat, sind wirklich super. Nicht unbedingt das, was man von einer Kleinstadtvorortfotografin erwartet.“ Wyatt zuckt mit den Schultern. „Vor allem sind die Bilder, die sie von dir gemacht hat, wirklich schön geworden. Sie sind schon irgendwie intim, aber nicht so, wie du vielleicht denkst. Sie zeigen den Tate Birdie, den man nur sieht, wenn man ihn ein bisschen besser kennt, nicht die unnahbare Version, die du gerne in der Öffentlichkeit mimst. Ich glaube nicht, dass das Fotos sind, die man an die Presse verkaufen kann. An sich sind sie nicht sonderlich spektakulär. Man sieht noch nicht mal deinen nackten Hintern darauf.“

„Was willst du mit alledem sagen?“, fragt Tate und runzelt die Stirn. Er kennt Wyatt gut genug, um zu wissen, dass er nicht nur hergekommen ist, um ihm ein paar hübsche Fotos zu zeigen.

Wyatt setzt sich auf die Kante seines Schreibtischs und schiebt die Speicherkarte über den Tisch.

„Vielleicht irre ich mich ja, aber ich hatte den Eindruck, dass die Kleine endlich mal eine Frau war, in der du mehr gesehen hast, als die Chance auf ein bisschen Matratzenakrobatik.“

„Wir hatten überhaupt keinen Sex in dieser Nacht“,

antwortet Tate, ohne groß darüber nachzudenken, und könnte sich sofort dafür auf die Zunge beißen, als er Wyatts breites Grinsen entdeckt.

„Na also – das sagt mir eigentlich schon alles, was ich wissen muss. Ich kann dir nur raten: Schau dir die Fotos an, Kumpel. Ich glaube tatsächlich, dass sie einfach nur fotografiert hat, weil sie das vermutlich ständig tut und du eben ein tolles Motiv abgibst.“ Er zwinkert Tate zu. „Lara hat dir übrigens die Adresse vom Fotoatelier herausgesucht, falls dich das interessiert.“ Zu der Speicherkarte legt Wyatt nun auch noch einen kleinen Zettel. „Und jetzt wünsche ich dir noch einen angenehmen Tag, Kumpel. Und falls du einen guten Rat von mir haben willst …“

„Will ich nicht!“, brummt Tate. „Wollte ich noch nie. Du verteilst trotzdem immer angeblich *gute* Ratschläge. Vor allem, wenn es um Frauen geht.“

Wyatt beginnt zu strahlen.

„Weil ich ein Experte bin, was Frauen angeht!“

„Du bist überhaupt kein Experte. Du bist exakt mit drei Frauen im Bett gewesen, bevor du Lara geheiratet hast. Damals warst du erst zwanzig!“

Das ohnehin schon breite Grinsen auf Wyatts Gesicht intensiviert sich noch, und Tate fragt sich, wie breit das Lächeln seines Freundes wohl werden könnte, wenn er keine Ohren hätte, die dessen Mundwinkel irgendwann behindern.

„Du sagst es! Ich bin seit achtzehn Jahren mit derselben Frau zusammen, und das sehr glücklich und trotz eines Berufs, der solche Dinge nicht unbedingt einfacher macht. Ich bin ein Experte für Frauen! Groupies in die Kiste bekommen: Das kann jeder. Eine Frau dazu zu bringen, auf Dauer glücklich mit einem zu sein: Das hingegen, mein lieber Freund, ist eine große Kunst."

Tate gibt nur ein paar unverständliche, brummende Laute von sich, während er die Speicherkarte und den Zettel betrachtet. Als Wyatt noch immer keine Anstalten macht zu gehen, blickt er wieder in seine Richtung.

„Also los, erteil mir schon deinen guten Rat, damit du endlich von hier verschwindest und ich meine Ruhe habe."

„Ich wusste doch, dass du es auch willst." In Wyatts Augen funkelt der Schalk, und er mustert Tate einen Moment lang, bevor er wieder ernst wird. „Du weißt, dass ich nach dem nächsten Album aussteigen werde. Ich habe ein Leben jenseits der Bühne, auch wenn ich die Musik wohl niemals ganz aufgeben werde. Ich freue mich darauf, endlich mehr Zeit für Lara und die Kinder zu haben." Lächelnd legt er den Kopf leicht schief. „Dieses Leben, so wie wir es führen, ist toll. Aber irgendwann ist es auch genug. Irgendwann ist es einfach an der Zeit, aufzuhören, und nicht erst, wenn man schon aussieht, als würde für den Fall der Fälle bei jedem Konzert der Leichenwagen hinter der Bühne parat stehen. Ich weiß, dass du dir auch nicht vorstellen kannst, bis an dein Lebensende Platten aufzunehmen und Konzerte zu geben. Wir haben schließlich mehr als einmal darüber gesprochen. Aber auf eine Frage wusstest du bisher keine Antwort: Was willst du machen, wenn es die Black Jellybeans nicht mehr geben wird? Womit willst du deine Zeit verbringen? Willst du wirklich bis ans Ende deiner Tage auf der Bühne stehen?" Tate holt Luft, um etwas zu sagen, doch Wyatt hebt abwehrend die Hand. „Das war eine rhetorische Frage, Kumpel. Ich will auf etwas hinaus, und Achtung, das folgt jetzt: Natürlich wirst du noch eine ganze Weile prominent und attraktiv genug sein, um dich fröhlich weiterhin durch nationale und internationale Betten zu vögeln. Da du ziemlich viel Kohle hast, wird dich die eine oder andere Frau wohl auch noch nehmen, wenn du alt und schrumpelig bist. Aber ist es wirklich das, was du willst? Für mich klingt es trotz allem ziemlich einsam, weil du so nämlich nie jemanden finden wirst, der dich wirklich liebt, weil du bist, wie du bist – und nicht, weil du ein dickes Bankkonto hast. Dicke Bankkonten sind nämlich austauschbar!“

„Du rätst mir also, genauso spießig und sesshaft zu werden wie du? Und ich soll die Kleine von letzter Woche am besten gleich heiraten?“

Wyatt lächelt nachsichtig und beugt sich noch ein Stück zu Tate vor.

„Eigentlich, mein Freund, rate ich dir vor allem dazu, endlich mal erwachsen zu werden. Von heiraten hat niemand gesprochen. Aber wenn du eines schönen Tages mal so etwas wie eine ernsthafte Beziehung führen würdest, würde ich mir deutlich weniger Sorgen um dich machen. Du brauchst jemanden, der dich nach Höhenflügen und Abstürzen wieder zusammensetzt, jemanden, der für dich da ist, wenn es einsam und dunkel wird. Und ich werde in Zukunft nicht mehr nach jedem Auftritt an deiner Seite sein.“ Nach wie vor lächelnd schiebt er den Zettel und die Speicherkarte noch weiter in Tates Richtung. „Und gib die verdammte Speicherkarte zurück. Jemandem so etwas einfach abzunehmen ist Diebstahl. Denk mal darüber nach.“

Wyatt steht auf, klopft Tate freundschaftlich auf die Schulter und verlässt dann das Studio, während Tate ihm nachsieht, bis er den Raum verlassen hat. Dann fällt sein Blick wieder zurück auf die Speicherkarte.

* * *

„Erzählst du mir jetzt endlich, was in Las Vegas passiert ist?“ Madison schiebt mir einen Kakao mit extra viel Schlagsahne über den Tresen, dann geht sie zur Ladentür, schließt ab und dreht das Schild, das dort hängt, von „Open“ auf „Closed“.

Obwohl ich schon fast eine Woche aus Vegas zurück bin, sind wir bisher nicht dazu gekommen, uns zu treffen, weil wir beide im absoluten Vorweihnachtsstress waren.

Im Fotoladen ist die Hölle los, und Suzie ist ausgefallen, da eines ihrer Kinder krank ist.

Bei Madison war es auch nicht viel besser, wenn auch aus anderen Gründen: Ihre Mitarbeiterin hat sich mit einem Magen-Darm-Infekt krankgemeldet, sodass Madison von morgens um fünf Uhr bis abends um acht Uhr allein im Laden gestanden hat.

Natürlich hätte ich trotzdem schon viel früher mit ihr sprechen können, wenn ich das gewollt hätte. Aber um ganz ehrlich zu sein, war ich mir lange Zeit gar nicht sicher, ob ich es auch tatsächlich will.

Die Nacht mit Tate Birdie hat mich verwirrt und ich erkenne mich im Nachhinein selbst kaum wieder. Obendrein ist die Geschichte einfach völlig schräg, wenn ich sie mit Abstand betrachte. Um die verlorenen Bilder tut es mir nach wie vor sehr leid. Ich war in Vegas und habe nichts als die Gewinnerfotos, die eine Kollegin von mir mit dem Widerling Cliff geschossen hat.

Seufzend greife ich nach dem Keks, der neben meiner Tasse liegt, tunke ihn in den Kakao und ziehe ihn, leicht eingeweicht und voller Schlagsahne, wieder hervor, bevor ich von ihm abbeiße. Ich würde Madison gerne beim Aufräumen helfen, aber ich weiß, dass sie mich doch nicht lässt, da ist sie ziemlich eigen.

„Sagt dir der Name Tate Birdie etwas?"

„Natürlich sagt er mir etwas. Er ist der Sänger der Black Jellybeans, und sie sind quasi Kult. Wie kommst du jetzt auf Musik?"

Ich seufze erneut.

„Nicht Musik, Maddy. Männer."

Madison hört kurz damit auf, die Kaffeemaschine auf Hochglanz zu polieren, und schaut mich mit gerunzelter Stirn an.

„Das musst du mir bitte ein bisschen genauer erklären."

Kopfschüttelnd zucke ich mit den Schultern.

„Ich habe mich nie sonderlich für Musik interessiert, das weißt du ja. Ich bin, na ja, ein bisschen altmodisch, was das angeht. Ich höre gerne Country und so."

„Weil das die einzige Musikrichtung war, bei der dein Vater dir nicht ständig den Strom abgestellt hat, wenn du sie ein bisschen lauter gehört hast, und manche Songs leise einfach keinen Spaß machen." Sie wirft den Lappen in den Korb mit der schmutzigen Wäsche.

„Vielleicht, aber das spielt letztendlich auch keine Rolle. Fakt ist: Ich hatte bis zu meinem Besuch in Las Vegas nicht den blassesten Schimmer, wer Tate Birdie ist. Ich hatte noch nie von ihm gehört, und ich hatte auch keine Ahnung, wie er aussieht."

„Dann warst du in Vegas auf einem Konzert?"

Ich kann Maddy ansehen, wie ungeduldig sie langsam wird, und ich muss lächeln.

„Nein, kein Konzert. Ich habe ihn auf einer Party kennengelernt und hatte keine Ahnung, wer er ist. Aber irgendwie hat er mir gefallen."

„O ja, Tate Birdie ist heiß, der würde mir auch gefallen." Sie macht große Augen. „Aber Moment mal, du bist ihm persönlich begegnet? Konntest du mit ihm sprechen?"

Ich räuspere mich und schaue auf meine Kakaotasse.

„Um ehrlich zu sein, haben wir die Nacht miteinander verbracht", platzt es aus mir heraus, und ich schaue zu ihr hoch, weil sie gerade laut scheppernd einen Korb voller Teelöffel hat fallen lassen.

„Du verarschst mich doch!", sagt sie voller Inbrunst und ich muss lachen.

„Als ob ich über solche Themen Witze machen würde." Ich seufze. „Allerdings hatten wir keinen Sex. Wir haben nur geknutscht und geredet."

„Bist du dir sicher, dass es sich tatsächlich um Tate Birdie gehandelt hat? Nach allem, was ich von ihm gehört habe, ist er nicht unbedingt der Typ, der nur ein bisschen knutschen will. Es wird behauptet, dass er es ziemlich gerne und wild und mit jeder treibt, die nicht bei drei auf dem Baum ist."

Ich muss über Madisons besorgten Gesichtsausdruck lachen.

„Ja, ich bin mir ganz sicher, dass es tatsächlich Tate Birdie war. Und ich habe solche Dinge auch über ihn gelesen." Im Nachhinein habe ich mich über ihn schlau gemacht, und es ist mir beinahe peinlich, dass ich ihn nicht kannte und ihm obendrein nicht geglaubt habe, dass er tatsächlich ein Superstar ist. Aber ich meine, wer glaubt so was auch? Normalerweise begegnet man solchen Menschen ja nicht im wirklichen Leben, und schon gar nicht verbringt man die Nacht mit ihnen.

„Und? Habt ihr Telefonnummern getauscht oder so etwas?“ Madison bückt sich nach den hinuntergeworfenen Teelöffeln, und ich komme zu ihr hinter den Tresen, um ihr beim Einsammeln zu helfen.

„Nein. Wir haben uns nicht so wirklich im Guten getrennt.“

„Ist er aufdringlich geworden und du hast ihm kräftig in die Eier getreten? Wenn er dich belästigt hat, finde ich heraus, wo er wohnt, und kastriere ihn. Mit meiner Schrotflinte.“

„Nein, ist er nicht. Außerdem bin ich mir ziemlich sicher, dass eine Schrotflinten-Kastration strafbar wäre.“

„Meiner Schrotflinte wäre das egal.“ Madison sammelt den letzten Löffel ein und bringt sie alle in die kleine Spülküche.

„Er war nicht aufdringlich. Kein bisschen. Eigentlich war er sogar sehr aufmerksam und rücksichtsvoll.“ Ich seufze tief. „Bis ich ihn fotografiert habe. Ohne ihn vorher zu fragen.“

Madison steht in der Küchentür und sieht mich an, wartet darauf, dass ich weitererzähle. „Er ist ein bisschen ausgerastet ... Ich habe es erst nicht verstanden, aber ich vermute, dass er mich für irgendeine durchgeknallte Klatschreporterin gehalten hat oder eine bekloppte Tussi, die eine Story und ein paar Fotos von ihm zu Geld machen will. Er hat darauf bestanden, dass ich ihm meine Speicherkarte gebe, dann ist er verschwunden.“

Nachdem Madison die Löffel weggebracht hat, schnappt sie sich das große Vorratsglas mit den weltbesten Cookies mit Cashewkernen und weißer Schokolade, die sie von einer Kleinunternehmerin aus Boston erhält, und setzt sich neben mir auf einen der Barhocker am Tresen.

„Oh, verdammt noch mal, Autumn Irene Holmes!“ Sie sieht mich kopfschüttelnd an, auf ihrem Gesicht zeigt sich ein breites Grinsen. „Dich kann man wirklich nicht alleine lassen. Tate Birdie! Also wirklich. Wer hätte gedacht, dass du auf Bad Boys stehst.“

Tja, wer hätte das gedacht. Ich kann es eigentlich selbst kaum glauben. Außerdem bin ich mir bis heute nicht sicher, ob ich froh darüber bin, diese eine verrückte Nacht mit ihm verbracht zu haben, oder ob ich mir wünsche, dass ich einen weiten Bogen um Tate gemacht hätte. Nicht, weil es nicht schön war. Ganz im Gegenteil. Es war viel zu schön, und nun habe ich Sehnsucht nach etwas, was ich wahrscheinlich nicht werde haben können. Aus verschiedensten Gründen. Anscheinend kann man mir meine Gedanken am Gesicht ablesen, denn Madison hört plötzlich auf zu grinsen, beugt sich zu mir herüber und legt mir den Arm um die Schultern. „Du hättest dir einen anderen Ausgang für die Nacht gewünscht, die du mit Tate Birdie verbracht hast, oder?“

Ich runzle die Stirn und denke kurz darüber nach, bevor ich ihr antworte.

„Um ehrlich zu sein, bin ich mir da gar nicht ganz sicher.“ Nachdenklich rühre ich in meinem Kakao herum, bis sich die geschlagene Sahne aufgelöst hat. „Natürlich fand ich es scheußlich, dass er morgens so wütend auf mich war und meine ganzen Fotos von der Reise verloren sind. Andererseits … nun ja. Es hat mich desillusioniert, aber auf die gute Art und Weise. Es hat mich davor bewahrt, mir Illusionen zu machen. Die Nacht mit ihm war etwas ganz Besonderes, und ich bin mir sicher, dass ich mehr gewollt hätte, wenn sie anders geendet hätte. Und du weißt genauso gut wie ich, dass dieses *mehr* momentan aus mehreren Gründen nicht sein kann. Ich habe weder Zeit noch Kraft für ein *mehr*. Schon gar nicht mit einem Mann wie Tate Birdie."

„Ich bin der Meinung, dass jeder Mann sich glücklich schätzen sollte, wenn er dich zu seiner Partnerin haben könnte."

„Henry war anderer Meinung." Ich lache auf und schüttle gleichzeitig den Kopf. „Er hat mich als gefühlskalt bezeichnet, gesagt, ich sei langweilig im Bett, und außerdem meinte er, ich hätte einen Vaterkomplex."

„Das hat er gesagt, weil er ein Volltrottel und obendrein ein Narzisst erster Güte ist. Er konnte es nicht ertragen, dass du dich um jemand anderes kümmerst als um ihn. Ganz egal, wie alt und krank er ist." Sie schnaubt empört auf. „Autumn, mal ernsthaft: Henry hat sich beschwert, dass du an eurem Jahrestag deinen kranken Vater ins Krankenhaus gebracht hast und bei ihm geblieben bist, als die Ärzte gesagt haben, dass er einen schweren Schlaganfall hatte. Mal ehrlich, was für ein Mensch kann denn in so einem Moment ernsthaft von seiner Partnerin verlangen, dass sie alles stehen und liegen lässt, um so etwas Beklopptes wie einen Jahrestag zu feiern?"

„Ich weiß es nicht ...", flüstere ich ein bisschen kleinlaut. Meine Beziehung zu Henry war kompliziert. Dennoch hat es mich wahnsinnig verletzt, als er sich von mir getrennt hat. Ich kannte Henry schon mein Leben lang, und ich dachte, dass ich mich auf ihn verlassen kann. Ich dachte, dass er für mich da wäre, dass er mich liebt. Stattdessen ... Ach, ich weiß gar nicht genau, was stattdessen zwischen uns war.

Aber am Ende stand ich allein da.

Henry war weg und Dad musste in einem Heim untergebracht werden.

„Du weißt es nicht?" Madison klingt zugleich wütend, entschlossen und traurig. „Aber *ich* weiß es. Henry ist ein Vollidiot und ein Arschloch. Du hast weitaus Besseres verdient." Sie greift nach meiner Hand und drückt sie fest. „Ich weiß, dass es in letzter Zeit nicht leicht für dich war, und ich weiß auch, dass die Trennung von Henry zu einem denkbar ungünstigen Zeitpunkt für dich kam. Dennoch kannst du froh sein, dass du ihn los bist."

„Ja, wahrscheinlich hast du recht."

„Ganz sicher habe ich recht!" Sie sieht mich an und schüttelt wieder mit dem Kopf. „Tate Birdie! Ich kann es gar nicht glauben!"

Ich kann es auch nicht glauben. Ich habe die letzte Woche jede freie Minute damit verbracht, über ihn zu recherchieren, mir Bilder von ihm anzusehen und über seine Frauengeschichten zu lesen, und es ist unglaublich, was man da alles findet.

Anscheinend gab es wirklich lange Phasen, in denen Tate alles mitgenommen hat, was er bekommen konnte, aber in letzter Zeit ist es diesbezüglich still um ihn geworden, was die Presse zu den merkwürdigsten Spekulationen veranlasst hat. Angeblich wird er nie mit einer Frau zweimal gesehen, und sobald die Presse doch mal Wind davon bekommt, wird diejenige gleich als seine neue Freundin abgestempelt.

Zuletzt geschehen mit einer Savannah Cane, die ich vorher nicht kannte, aber die wunderhübsch und wie ein Model aussieht, schlank, dunkelhaarig, elegant; also das genaue Gegenteil von mir.

* * *

DIE HALBE NACHT schon klickt sich Tate durch die Bilder, die er auf Autumns Speicherkarte gefunden hat.

Sie hat wirklich Talent, es ist unglaublich, wie gut es ihr vor allem gelingt, Menschen, die sie fotografiert, einzufangen. Wenn man die Bilder betrachtet, hat man den Eindruck, jede einzelne Person zu kennen.

Im Internet hat er außerdem einige Bilder von ihrem Atelier gefunden, ebenso von Autumn selbst mit diesen ungewöhnlichen goldbraunen Elfenaugen.

Eines davon hat er sich sogar ausgedruckt und …

Ach … fuck!

Er hat wirklich ein Problem.

Eigentlich lassen ihn Frauengeschichten eher kalt, es ist lange her, dass er noch groß an eine von ihnen gedacht hat, wenn die Nacht mit ihr vorbei war.

Aber Autumn bekommt er nicht aus dem Kopf.

Zum bestimmt hundertsten Mal greift er nach der Speicherkarte und dreht sie zwischen seinen Fingern hin und her.

Schließlich steht er auf.

Wenn er sowieso weder zum Schlafen noch zum Arbeiten kommt, kann er die Zeit auch für etwas Sinnvolles nutzen.

Manchmal ist es gut, Dinge einfach in Angriff zu nehmen, statt sich lange Gedanken darüber zu machen.

„Entscheide aus deinem Bauch und deiner Seele heraus, mein Junge. Alles andere macht auf Dauer Kopfschmerzen und schlechtes Karma.“

Seine Mom mag manchmal merkwürdig sein, aber diesbezüglich hat sie meistens recht. Tate hat in seinem Leben schon einige irrational erscheinende Entscheidungen getroffen, die sich hinterher als goldrichtig herausgestellt haben.

Was sein Karma angeht – na ja. Mit so etwas kennt er sich nicht wirklich gut aus.

* * *

Auch heute ist es spät geworden. Morgen ist zum Glück Sonntag, und ich habe beschlossen, mir einen freien Tag zu gönnen.

Ich meine einen wirklich freien Tag, einen, an dem ich weder Rechnungsbücher nachschaue noch das Atelier aufräume oder Steuerunterlagen durchgehe.

In wenigen Wochen ist Weihnachten, und da ich dieses Jahr nicht vorhabe, groß zu feiern – mit wem auch –, habe ich dann noch genug Zeit, alles auf den neuesten Stand zu bringen, denn von einem Besuch bei meinem Vater mal abgesehen habe ich nichts weiter vor.

Ich bin müde und ich freue mich auf mein gemütliches Sofa, ein Glas Rotwein und irgendeinen Film im Fernsehen, bei dem es nicht schlimm ist, wenn ich zwischenzeitlich einschlafe, weil ich sowieso nichts verpasse.

Ich will noch schnell ein bisschen aufräumen und das gröbste Chaos hier beseitigen, dann mache ich Feierabend.

Suzie ist schon vor drei Stunden nach Hause zu ihrer Familie gegangen, aber es macht mir nichts aus, abends allein zu arbeiten; eigentlich genieße ich diese Stunden sogar, weil sie einfach etwas ruhiger sind.

Ich räume gerade ein paar Requisiten in eine Kiste, die vorher liegen geblieben sind, weil im Laden die Hölle los war, als ich die Türglocke höre.

Es ist mittlerweile beinahe 21:00 Uhr, und ich ärgere

mich, dass ich nicht abgeschlossen habe, weil ich wirklich kaputt bin und eigentlich nur noch nach Hause will. Andererseits kann ich natürlich jeden Kunden und jeden daraus resultierenden Dollar Gewinn mehr als gut gebrauchen, und das Letzte, was ich will, ist, mir Kundschaft zu vergraulen, indem ich sie wegschicke. So viele Leute habe ich sonst das ganze Jahr zusammen nicht im Laden.

„Ich bin sofort da! Ganz kleinen Moment bitte!", rufe ich aus der Abstellkammer, in der ich meine Requisiten lagere, und räume ein Paar Engelflügel sowie eine Weihnachtsmannmütze weg.

Als ich zurück in den vorderen Teil des Ladens will, halte ich so abrupt in meiner Bewegung inne, dass ich beinahe über meine eigenen Füße stolpere.

Er steht direkt neben der Tür, die Kapuze tief in die Augen gezogen. Eine dunkle Gestalt mit verschränkten Armen, und weil ich das Licht in meinem Atelier zum Teil schon ausgeschaltet habe, ist er kaum mehr als eine geisterhafte Silhouette, stumm und starr wie eine Statue.

Mein Herz bleibt für einen Moment stehen, es setzt aus, nur um anschließend im dreifachen Tempo weiterzuschlagen; dennoch registriert es immer noch schneller als mein auf einmal völlig überlastetes Gehirn, was hier eigentlich gerade geschieht.

Ich hole tief Luft, habe aber dennoch den Eindruck, dass ich an akuter Sauerstoffunterversorgung leide. Schwankend halte ich mich am Tresen fest und fühle mich wie eine Schlafwandlerin.

„Tate ..." Meine Stimme klingt völlig tonlos und fühlt sich so surreal an wie die gesamte Situation.

„Autumn.“ Langsam schiebt er seine Kapuze zurück und auf seinem Gesicht macht sich ein unsicheres Lächeln breit.

Unsicher.

Er!

Als wir uns in Vegas begegnet sind, ist er die Selbstsicherheit in Person gewesen, ein Tiger unter lauter Antilopen, während ich selbst nicht mal eine Antilope war, eher eine kleine Maus.

Jetzt gibt mir seine Unsicherheit Kraft, auch wenn ich völlig verwirrt bin. Er ist hier. Hier in White Crossing. Er ist die ganzen vielen Meilen aus New York hergekommen, zu mir.

„Tate!“, wiederhole ich, um dann die Frage aller Fragen zu stellen: „Was machst du hier?“

Er kommt ein paar Schritte auf mich zu und bleibt dann zögerlich stehen, als würde er sich nicht näher herantrauen.

„Ich bringe dir deine Speicherkarte zurück.“ Er zieht sie aus der Tasche seines Hoodies hervor und hält sie mir auf seiner ausgestreckten Hand entgegen, als würde es sich um eine Opfergabe handeln.

Möglichst unauffällig lehne ich mich nach hinten gegen den Tresen, um den Halt nicht zu verlieren, denn meine Beine fühlen sich auf einmal an, als hätten sie weder Knochen noch Muskeln in sich.

Ich möchte etwas sagen, doch meine Stimme gehorcht mir nicht, und ich muss mich räuspern, ehe ich wieder sprechen kann.

„Du bist den ganzen weiten Weg von New York hergekommen, nur um mir meine Speicherkarte zu bringen?“ Ich starre weiterhin auf seine ausgestreckte Hand. „Es gibt heutzutage die Möglichkeit, solche Dinge einfach mit der Post zu schicken, weißt du?“

„Ich weiß.“ Er wirkt enttäuscht, beinahe verletzt und lässt seine Hand wieder sinken. „Aber ich habe Mist gebaut, und ich bin gekommen, um mich bei dir zu entschuldigen.“

Zögerlich mache ich ein paar Schritte vom Tresen weg und auf ihn zu, während mein armes und völlig überlastetes Hirn verzweifelt zu verarbeiten versucht, was gerade eigentlich geschieht.

Mein dummer, dummer Körper sehnt sich nach Tate, er hat seine Küsse noch nicht vergessen.

Er ist hier, verdammt noch mal!

„Autumn …“ Aus seinem Mund klingt mein Name wie etwas Kostbares, wie etwas Seltenes, und der Klang seiner Stimme lässt meinen Körper vibrieren.

Obwohl ich mich am liebsten in seine Arme werfen würde, halte ich Abstand. Mein Herzschlag dröhnt laut in meinen Ohren.

Ich meine … er ist hier. Tate Birdie ist hier, in White Crossing, bei mir. Dabei ist White Crossing nicht unbedingt ein Ort, bei dem man zufällig mal eben vorbeikommt, weil man in der Nähe ohnehin etwas zu erledigen hat. Es gibt nichts, was tatsächlich in der Nähe liegt. Selbst bis Midway ist es fast eine Stunde Fahrt, und auch das ist nur ein kleines Städtchen, kein Ort, in dem große Konzerte stattfinden.

Das Einzige, was wir haben, ist eine Eishockeymannschaft.

„Bist du Eishockeyfan?“, frage ich, um ganz sicherzugehen, dass es kein Zufall ist, dass Tate hergekommen ist; dass es wirklich meinetwegen ist.

„Wie bitte?“ Irritiert runzelt er die Stirn. „Nein, ich bin

eher Baseballfan. Eishockey interessiert mich nicht sonderlich."

„Okay." Mein Herz schlägt jetzt so schnell, dass ich befürchte, es fällt jeden Moment aus. Er ist tatsächlich einzig meinetwegen gekommen, hat den ganzen mühsamen Weg auf sich genommen, nur um mich zu sehen. „Du bist also hier, um mir meine Speicherkarte zurückzugeben?"

Er nickt und streckt sie mir erneut hin, aber ich habe Angst davor, was passiert, wenn ich ihn dabei versehentlich berühre, Angst vor den Gefühlen für ihn, die dabei zwangsläufig an die Oberfläche brechen werden. Statt nach der Speicherkarte zu greifen, mache ich mit dem Kopf eine Bewegung in Richtung des Tresens hinter mir. „Du kannst sie mir dort hinlegen." Vorsichthalber gehe ich noch einen Schritt zur Seite, um Tate auf keinen Fall zu nahe zu kommen.

Verdammt noch mal, ich bin seit meiner Rückkehr wie besessen von ihm, habe an nichts anderes mehr denken können, und ich will mir auf gar keinen Fall falsche Hoffnungen machen. Ich will ihn nicht berühren, weil ich mir sicher bin, dann verloren zu sein, immer mehr von ihm zu wollen. Noch mehr, als ich ohnehin schon will.

Tate mustert mich ein paar Sekunden lang, dann geht er an mir vorbei. Er macht einen großen Bogen um mich herum, ohne mich dabei jedoch aus den Augen zu lassen, und legt die Speicherkarte wie befohlen auf dem Tresen ab.

Wir beäugen uns vorsichtig, lauern darauf, wer den ersten Schritt macht. Den ersten Schritt von was auch immer. Ich habe keine Ahnung, wie lange wir hier stehen, aber es kommt mir wie eine Ewigkeit vor.

Schließlich kann ich sehen, wie Tate aufgibt. Ich kann

erkennen, wie seine Schultern um wenige Zentimeter nach unten sinken und sein Blick auf seine Füße fällt, bis er ihn wieder auf mich richtet.

„Ich bin nicht nur wegen der Speicherkarte hier, sondern auch deinetwegen. Ich wollte dich sehen."

O mein Gott, o mein Gott, o mein Gott …

Zu meinem großen Stolz gelingt es mir, irgendwie die Contenance und somit ein bisschen Würde zu wahren.

„Du wolltest mich sehen?" Einzig das kleine Zittern in meiner Stimme verrät wahrscheinlich, dass ich doch nicht so ruhig bin, wie ich vorgebe zu sein. Das und meine butterweichen Knie.

„Ja …" Tate reibt sich über seinen Brustkorb, direkt über seinem Herzen. „Vielleicht können wir irgendwohin gehen und reden? Wo wir ungestört sind? Ein Restaurant oder so etwas?"

„In Ordnung", flüstere ich. „Ich hole nur schnell meinen Mantel."

* * *

Den ganzen Weg hierher hat er darüber nachgedacht, ob es wirklich so eine gute Idee war, überhaupt herzukommen.

Vielleicht hätte er die Dinge einfach auf sich beruhen lassen, die verdammte Speicherkarte in einen gepolsterten Umschlag packen und mit der Post schicken sollen.

Denn eigentlich kennt er sie ja gar nicht.

Sie haben eine Nacht miteinander verbracht.

Eine einzige.

Ein paar Stunden, nach der zwei völlig Fremde sich vielleicht nicht mehr ganz so fremd waren, aber die eigentlich niemals ausreichen dürften, um dafür zu sorgen, dass man einen Menschen dermaßen vermisst.

Trotzdem ist es so gewesen.

Er hat jeden verdammten Tag an Autumn gedacht, an ihre verhexten Goldaugen, an ihre Küsse und daran, wie sich ihr Körper unter seinen Händen angefühlt hat. Er hat sich vorgestellt, wie es wohl wäre, mehr mit ihr zu haben.

Sex, richtigen Sex.

Außerdem Gespräche.

Sich mit ihr zu unterhalten, in jener Nacht, das hat sich gut angefühlt. Bei ihr zu sein hat sich gut angefühlt. So, als könne er einfach nur er selbst sein.

Es hat ihm keine Ruhe gelassen; er hat sich ständig gefragt, was passieren würde, wenn sie sich wieder treffen, noch mehr Zeit miteinander verbringen, sich besser kennenlernen.

Wird es dann besser, noch besser, noch intensiver?

Oder verliert all das, was er mit ihr erlebt hat, seinen Zauber, weil sie eigentlich doch gar nicht so großartig ist, wie er es dachte?

Manchmal gibt es keine andere Möglichkeit, als den Dingen auf den Grund zu gehen, denn sonst steht man eines Tages da und bereut es. Bereut es, Möglichkeiten nicht ergriffen zu haben, weil man zu faul oder zu feige gewesen ist, und deshalb auf etwas Wesentliches verzichten zu müssen.

Obendrein hat seine Mom ihn genervt und ihn dreimal täglich angerufen – obwohl sie sonst nie telefoniert! –, nur um ihn zu fragen, ob er schon zu seiner Reise aufgebrochen sei, weil das ihre Karten vorhersagen würden, immer und immer wieder.

Jetzt steht er hier und starrt auf den Rücken der Frau, derentwegen er heute Morgen in New York aufgebrochen ist, sich in ein Flugzeug gesetzt hat und anschließend noch fast zwei Stunden in einem Mietwagen hergefahren ist.

So viel Aufwand für eine Frau – und bisher bereut er nichts davon.

Fasziniert vom sanften Schwingen ihrer Hüften, das selbst der warme Wintermantel nicht verbergen kann, starrt er ihr auf die Rundung ihres Pos.

Allein dieser Anblick war den Aufwand schon wert.

Autumn geht vor ihm her, ohne sich umzublicken und zu schauen, ob er auch hinterherkommt, und nach wenigen Minuten hält sie vor einem kleinen Fachwerkhaus an, von dem man im Dunkeln ansonsten nicht viel erkennen kann.

„Es gibt kein Restaurant in der Nähe, in dem wir ungestört wären." Sie zuckt entschuldigend mit den Schultern. „Wenn wir irgendwo hingehen, hätte sich wahrscheinlich binnen weniger Minuten herumgesprochen, dass der legendäre Tate Birdie hier aufgekreuzt ist, und wir würden von Heerscharen Schaulustiger belagert werden."

Sie schließt die Haustür auf und lächelt schief, während sie einen Schritt zur Seite macht, damit er hineingehen kann.

Anscheinend hat sie sich über ihn erkundigt und weiß nun, wer er ist.

Was natürlich gut ist, weil es bedeutet, dass er ihr nicht völlig gleichgültig gewesen sein kann, sonst hätte sie sich wohl kaum die Mühe gemacht.

Andererseits hat es ihm gefallen, dass sie es nicht wusste.

Menschen verhalten sich anders, wenn sie erst mal

herausgefunden haben, dass man ein verdammter Promi ist. Als würde einen das zu einem anderen Menschen machen. Es sind immer die anderen, die das aus einem machen, und er hat es geliebt, dass er bei Autumn ganz normal sein durfte.

Na ja, zumindest so normal, wie er eben sein kann.

Im Haus schaltet Autumn das Licht an und hängt ihren Mantel an eine Garderobe, bevor sie sich die Stiefel von den Füßen streift und sie ein wenig unachtsam in eine Ecke schiebt, wobei einer der beiden Schuhe umfällt.

Dann geht sie weiter, ohne Tate zu beachten.

Er zieht sich ebenfalls Jacke und Schuhe aus und stellt seine Boots neben Autumns Stiefel.

Der Raum, in dem sie stehen, ist Wohnzimmer und Küche in einem, ein gemütlicher kleiner Raum mit Möbeln, die vermutlich schon bessere Zeiten gesehen haben, aber dennoch ist alles sehr wohnlich.

Seufzend geht Autumn zur Spüle hinüber, wäscht sich die Hände und trocknet sie sorgfältig ab, bevor sie eine Schranktür öffnet und eine Flasche Rotwein hervorzieht. Anschließend lässt sie zwei Gläser folgen und stellt alles auf einen kleinen Esstisch aus Holz.

„Bitte, mach das doch schon mal auf!" Sie deutet auf die Flasche und rafft dann hektisch Unterlagen zusammen, die überall auf dem Tisch verstreut gelegen haben, und lässt sie in einer Schublade verschwinden.

Tate wäscht sich ebenfalls die Hände, bevor er sich an den Tisch setzt, um den Wein zu öffnen, während er Autumn dabei beobachtet, wie sie ein paar Dinge wegräumt, Dinge, die vermutlich zu persönlich sind und die sie vor seinen Augen schützen möchte.

Obwohl es mehr als verständlich ist, ärgert es ihn

irgendwie, dass es Dinge gibt, die sie vor ihm verbirgt. In der Nacht in Vegas war sie so offen, sie hat so viel von sich erzählt, so vieles preisgegeben, dass er das Gefühl hat, eigentlich ein Anrecht darauf zu haben, dass sie ihm mehr vertraut.

Er will, dass sie ihm vertraut, und zwar voll und ganz.

Da sie keinen Korkenzieher auf den Tisch gelegt hat, holt Tate ein Taschenmesser aus seiner Hose hervor, entfernt die Hülse der Weinflasche und zieht anschließend den Korken heraus.

„Falls du lieber Bier möchtest: Es kann sein, dass es in der Abstellkammer noch welches gibt. Es ist allerdings nicht gekühlt." Autumn bleibt stehen und lehnt sich gegen die Arbeitsplatte, als würde sie auf einmal nicht mehr wissen, was sie mit sich anfangen soll.

„Nein, Rotwein ist großartig."

„Okay." Sie nickt und seufzt gleichzeitig. „Ich habe heute noch nicht sonderlich viel gegessen, wäre es in Ordnung, wenn ich einfach eine Pizza in den Ofen schiebe? Ich meine … möchtest du auch eine essen?"

Tate lächelt.

„Pizza ist ebenfalls ganz großartig."

Eigentlich ist es ihm völlig egal, was sie ihm vorsetzt, Hauptsache, er kann es mit ihr zusammen essen.

Autumn nickt erneut, geht zum Gefrierschrank hinüber und holt zwei Pappkartons mit Pizza heraus, entfernt die Verpackung und legt die Pizzen auf ein Backblech.

* * *

Ich will dieses verdammte Backblech bloß in den Ofen schieben. Eine simple Handlung, die ich schon tausendfach in meinem Leben ohne Probleme bewältigt habe, doch heute Abend ist anscheinend nichts so, wie es sein sollte.

Meine Hände zittern und meine Knie machen nach wie vor dieses seltsame Puddingding, und dass ich Tates Blicke permanent in meinem Rücken spüren kann und weiß, dass er jede meiner Bewegungen verfolgt, macht das Ganze auch nicht besser.

Als ich den Ofen mit der einen Hand öffne und das Backblech dabei in die andere nehme, fällt es mit einem lauten Scheppern zu Boden.

So laut, dass ich selbst vor Schreck zusammenzucke.

„Scheiße ...", fluche ich leise, obwohl ich das sonst so gut wie nie tue, und auf einmal ist mir nur noch zum Heulen zumute.

Heimlich habe ich mir genau das hier gewünscht. Ich habe mir gewünscht, dass Tate herkommt, dass er mich um Verzeihung bittet und wir genau dort weitermachen können, wo wir in Vegas aufgehört haben.

Das Problem ist allerdings, dass ich es für ebenso wahrscheinlich gehalten habe wie das Pony, das ich jahrelang auf meiner Wunschliste an Santa stehen hatte.

Ich meine, mal ehrlich: Er ist Tate Birdie. Wahnsinnig attraktiv, eine Legende, steinreich und er wurde schon zusammen mit den attraktivsten Frauen Hollywoods gesehen – ach, was sage ich, mit den attraktivsten Frauen der ganzen Welt.

Und ich selbst?

Ich bin ein Mädchen aus dem Vorort einer Kleinstadt. Ich bin pleite. Ich bin bestenfalls interessant, aber keinesfalls hübsch. Ich bin ... na ja. Ich bin eben einfach ich. Durchschnittlich. Nicht gerade der Typ, dem die Männer sonst scharenweise hinterherlaufen, und, verdammt noch mal, ich habe ernsthafte Schwierigkeiten damit, zu verarbeiten, was gerade vor sich geht.

„Setz dich.“ Auf einmal steht Tate hinter mir und legt mir sanft seine Hand auf meine Schulter. Ich kann die Wärme, die von ihr ausgeht, in meinem ganzen Körper spüren, und die kleinen Härchen in meinem Nacken richten sich auf.

„Setz dich!“, sagt er noch einmal. „Trink schon mal ein Glas Wein. Ich mache das hier. Pizza aufbacken bekomme ich gerade noch hin. Ich bin ein Rockstar, weißt du ... wir kennen uns mit Junkfood aus.“ Er zwinkert mir zu, und ich lasse mich auf einen Stuhl fallen, dankbar, dass ich mich hinsetzen kann, weil ich nicht sicher bin, wie lange es noch dauert, bis meine Knie endgültig ihren Geist aufgeben.

Mit nach wie vor zittrigen Händen greife ich nach einem der Weingläser, trinke einen großen Schluck und überlege kurz, es einfach auf ex zu trinken, lasse es dann aber doch sein, weil ich heute viel zu wenig gegessen habe und befürchte, dass mir davon schlecht werden könnte.

Tate hebt das Backblech mitsamt der Pizza auf, stellt den Ofen auf die richtige Temperatur ein, stellt an meinem alten Küchenwecker die Zeit ein, die die Pizza brauchen wird, und als er das alles erledigt hat, setzt er sich mir gegenüber und greift nach meiner Hand.

Er hat so schöne warme Hände! Meine eigene erscheint mir eisig im Vergleich zu seiner, und ich schließe einen kurzen Moment lang die Augen, um seine Wärme zu genießen.

Als ich meine Augen wieder öffne, geht es mir besser.

Ich atme ein paarmal tief ein und aus, dann schaue ich Tate an, und er lächelt das erste Mal an diesem Abend dieses Lächeln, das ich so sehr an ihm mag.

„Hallo, Tate. Schön, dich zu sehen." Irgendwie ist mir gerade danach, unser Aufeinandertreffen an diesem Abend noch einmal von Neuem zu beginnen, und Tates Lächeln verstärkt sich.

„Du weißt gar nicht, wie schön es ist, *dich* zu sehen, Honey." Er nimmt meine Hand in seine beiden, die so viel größer sind als meine, und zieht sie dann an seine Lippen, um einen Kuss darauf zu hauchen. Anschließend lässt er sie nicht wieder los.

Ich habe so viele Fragen an ihn, dass mein Kopf beinahe davon überquillt.

Doch gerade in diesem Augenblick genieße ich das Schweigen, das zwischen uns herrscht. Ich will nichts weiter als in meiner Küche sitzen, während Tate meine Hand hält und ich langsam verarbeiten kann, dass er tatsächlich hier ist.

12

Wir bleiben einfach so sitzen, unsere Hände ineinander verschlungen, genau wie unsere Blicke, bis das schrille Scheppern meines Küchenweckers die Stille in der Küche unterbricht.

„Bleib sitzen, Honey!", sagt Tate, als ich Anstalten mache, aufzustehen. „Ich mach das schon."

Er nimmt zwei Teller aus meinem alten Küchenbuffet, holt Besteck aus dem Korb, der auf der Arbeitsplatte steht, und kurz darauf erscheint ein Teller mit herrlich duftender Pizza vor mir.

„Guten Appetit!", murmle ich, und dann essen wir, noch immer schweigend.

Trotz aller Aufregung schaffe ich es, meinen Teller komplett leer zu essen. Als ich den Tisch abräumen will, schüttelt Tate den Kopf.

„Du setzt dich aufs Sofa, ich mache das. Hier, nimm den Wein mit." Er drückt mir die Flasche und mein Glas in die

Hand. „Du siehst müde aus, Honey. Ich bin mir sicher, dass du eine Pause verdient hast."

Widerstandslos setze ich mich auf mein Sofa und beobachte Tate dabei, wie er das Geschirr abspült und anschließend ordentlich zurück auf seinen Platz räumt.

Tate Birdie steht in meiner Küche und wäscht ab, und ich sitze auf meinem Sofa und sehe ihm dabei zu.

Es ist so simpel, aber es fühlt sich völlig surreal an.

Ich habe so viel über ihn gelesen, und ich habe mir Songs von ihm angehört; ich kann durchaus nachvollziehen, warum er bei seinen Auftritten dafür sorgt, dass reihenweise kreischende Tussis wahlweise ihre Höschen oder ihr Bewusstsein verlieren.

Nachdem mir nicht mehr so schwindelig ist wie noch vor dem Essen und sich meine Knie wieder anfühlen, als hätten sie Struktur, sollte ich mir wahrscheinlich auch ernsthafte Gedanken um mein Höschen machen, denn verdammt noch mal, der Kerl ist wirklich sexy.

Nachdem er meine Küche aufgeräumt hat, setzt er sich zu mir, legt seine Arme um mich und zieht mich an seine Brust.

So ähnlich haben wir schon in Vegas zusammengelegen, und ich atme seinen einzigartigen Duft ein, spüre seine Wärme an meiner Wange und seufze tief, so tief, dass es mir beinahe unangenehm ist.

„Erzählst du mir, warum genau du hier bist, Tate?"

Er streicht über mein Haar, küsst mich auf den Scheitel.

„Weil ich den Gedanken nicht ertragen könnte, dich niemals mehr wiederzusehen. Weil du mir gefehlt hast, auch wenn das eigentlich unmöglich sein sollte, da wir uns ja kaum kennen. Ich bin hier, um dir deine Speicherkarte zurückzugeben und mich bei dir zu entschuldigen, weil ich dir so gemeine Dinge unterstellt habe."

„Ich habe das Foto von deinem nackten Hintern gesehen, das erst ein paar Tage vorher aufgetaucht ist." Ich versuche zu lächeln, obwohl ich grundlos eifersüchtig bin, denn zu dem Zeitpunkt, zu dem das Bild entstanden ist, kannten wir uns ja noch gar nicht. „Wenn ich dich so fotografiert hätte, hätte das Foto deutlich besser ausgesehen."

„Natürlich, daran habe ich keinen Zweifel." Tate lacht, tief und melodisch, dann wird er wieder ernst. „Meinst du, wir könnten vielleicht irgendwann so weit kommen, dass du meinen nackten Hintern fotografierst?"

Ich zögere einen Moment, bevor ich ihm antworte.

„Fragst du mich gerade, ob wir irgendwann mal Sex miteinander haben werden?"

„So direkt wollte ich das nicht ausdrücken." Er lacht erneut. „Aber es geht mir nicht nur um Sex. Ich habe versucht, dich zu vergessen, und dabei festgestellt, dass ich dich eigentlich viel lieber besser kennenlernen würde."

Das klingt bei ihm so einfach, so unverfänglich. Was soll schon Schlimmes daran sein, sich ein bisschen besser kennenzulernen?

Ich kann gar nicht anders, als dem zuzustimmen.

„Okay …", murmle ich und kuschle mich noch enger an seine Brust. „Dann machen wir das so. Lernen wir uns besser kennen."

„Okay." Ich kann das Lächeln in seiner Stimme hören, und ich leiste keinerlei Widerstand, als er meinen Kopf sanft in seine Richtung dreht, um mich zu küssen.

Ich habe gedacht, dass ich mich an jeden seiner Küsse noch ganz genau erinnere, aber anscheinend war ich mir gar nicht mehr darüber bewusst, *wie* sagenhaft er tatsächlich küssen kann.

Seine Lippen legen sich sanft, doch entschlossen auf meine, und ich öffne meinen Mund für ihn, ohne auch nur eine Sekunde darüber nachzudenken.

Ich könnte ihn die ganze Nacht lang küssen, ach, was sage ich, den ganzen verdammten Rest meines Lebens.

„Gut!", sagt er und löst sich langsam wieder von mir. „Das ist sehr, sehr gut." Er schiebt mich von sich weg und steht auf, und ich verstehe die Welt nicht mehr.

„Wo gehst du hin?"

„Ich habe ein Zimmer in einer Pension. Wir sehen uns morgen, okay?"

„Du willst jetzt gehen?" Es ist zwar offensichtlich, ich muss es trotzdem hören, um es glauben zu können. Tate kommt noch einmal zurück zu mir und streicht mir mein Haar aus dem Gesicht.

„Ich habe das ernst gemeint, Honey. Ich will dich kennenlernen. Natürlich will ich auch Sex mit dir, glaub mir. Einige Körperteile von mir wollen das sogar so sehr, dass sie mir schon wehtun. Aber ich will das nicht versauen; ich will, dass wir uns Zeit lassen, verstehst du?"

Ich beiße mir auf die Unterlippe, denn ich verstehe zwar, was er sagt, bin mir allerdings nicht ganz sicher, ob ich ein Fan davon bin, mir Zeit zu lassen. Dennoch nicke ich, auch wenn ich eigentlich nicht bereit dazu bin, ihn jetzt gehen zu lassen. „In Ordnung." Er küsst mich auf die Stirn. „Hast du morgen frei?" Ich nicke erneut. „Dann komme ich morgen zu dir, ich bringe Frühstück mit. Was sagst du?"

„Das klingt großartig." Nicht so gut, wie es sich für mich anhören würde, wenn er die Nacht einfach hierbleiben würde, aber dennoch deutlich besser als alle anderen Pläne, die ich für diesen Sonntag hatte.

„In Ordnung." Diesmal küsst er mich auf den Mund, anschließend dreht er sich um, um zu gehen. Als er in der Haustür steht, wirft er noch einmal einen Blick auf mich. „Bis morgen, Honey!" Seine Stimme allein genügt, damit ich eine Gänsehaut bekomme.

Wenige Augenblicke später fällt meine Haustür hinter ihm ins Schloss, und er ist verschwunden, während ich auf meinem Sofa sitze und ihm hinterherschaue wie ein liebeskrankes Hündchen.

* * *

TATE LEHNT sich von außen gegen Autumns Haustür und atmet ein paarmal tief durch.

Er hat sich diese ganze Sache mit dem Warten irgendwie romantisch vorgestellt, als würde sie der Angelegenheit mehr Ernst, mehr Tiefe verleihen, aber gerade in diesem Augenblick kommt ihm die Idee einfach nur noch bescheuert vor.

Sein Schwanz drückt gegen seine Hose, wie schon den gesamten Abend, und wahrscheinlich werden ihm morgen die Eier wehtun, bloß weil er der Meinung ist, es wäre clever, zu warten.

Vielleicht sollte er einfach an die Tür klopfen und wieder hineingehen, Autumn in ihr Schlafzimmer und ins Bett zerren und sich so tief in ihr versenken, dass es sich anfühlt, als wäre er ein Teil von ihr.

Verdammt.

Er hätte ihr den ganzen Mist mit dem Zeitlassen nicht erzählen sollen. Schließlich ist das Leben kurz, und die Nächte sind kalt, wenn man sie um diese Jahreszeit allein verbringt.

Ihm kam es richtig vor, denn er hat so viele Nächte mit Frauen verbracht, die ihm nichts bedeuten, um sie daraufhin niemals mehr wiederzusehen. Es muss demzufolge mehr bedeuten, wenn man die Nacht absichtlich allein verbringt.

Als eine Art Opfergabe, um welche Götter auch immer gnädig zu stimmen.

Nur wer will schon ernsthaft dicke Eier geopfert bekommen?

Er flucht erneut.

Tates Blick fällt zurück auf Autumns Haus, auf das Licht im Wohnzimmer, das gelöscht wird, bevor es in der oberen Etage angeht, vermutlich in ihrem Schlafzimmer.

Vom Himmel fallen ein paar vereinzelte Schneeflocken, und Tate dreht sich um und geht, ohne sich noch einmal umzusehen, weil er genau weiß, dass er ansonsten schwach werden würde.

Sein Wagen steht vor Autumns Atelier, aber bis dahin sind nicht mehr als ein paar Schritte zu laufen. Dafür liegt die Pension – die einzige, die es weit und breit gibt – ein Stück außerhalb, und die Pensionswirtin ist wirklich schräg.

Momentan ist Tate anscheinend der einzige Gast, Mrs. Baker hat allerdings bereits mehrfach betont, dass die fünf Zimmer, die sie zu vergeben hat, zu dieser Jahreszeit oft ausgebucht seien.

Als er ankommt, ist sie, entgegen Tates Hoffnungen, noch wach.

„Guten Abend, Mr. Birdie!“, flötet sie und kommt aus der

Tür mit der Aufschrift *Privat*, hinter der sich vermutlich ihre Wohnung befindet. „Hatten Sie einen angenehmen Abend in unserem wunderschönen White Crossing?“ Sie streicht sich über ihren Pulli, so ein seltsames pinkes Teil aus einem fransigen Garn, vermutlich selbst gestrickt, der sie wie einen Truthahn aussehen lässt, und zwar einer, der kurz vor dem Platzen steht. Dabei ist sie gar nicht mal so unglaublich dick, aber in den Klamotten, die sie trägt, würde jede Frau absolut seltsam aussehen.

„Ja, danke, ich habe eine Bekannte besucht.“ Kaum dass er es ausgesprochen hat, ist sich Tate auch schon darüber bewusst, dass das ein Fehler war. Ein saudummer Fehler obendrein. Er war irgendwie abgelenkt, denn normalerweise ist er mit solchen Äußerungen mehr als vorsichtig und …

„Oh, wen haben Sie denn besucht?“

Ganz genau das passiert, wenn man nicht aufpasst, was man sagt.

Jetzt gibt es bloß wenige Optionen, eine davon wäre lügen, allerdings hilft das einzig dann, wenn man sich halbwegs sicher sein kann, dabei nicht ertappt zu werden. In diesem Falle schwierig, denn Mrs. Baker kennt vermutlich jeden hier im Ort. Obendrein ist Lügen schlecht fürs Karma, zumindest behauptet das seine Mutter.

Die nächste Möglichkeit ist, gerade genug von der Wahrheit preiszugeben, um eine zufriedenstellende Antwort zu geben, dabei jedoch nicht mehr Informationen als eben nötig herauszurücken.

„Ich habe Autumn Holmes besucht wegen einiger Fotos.“ Nur die Wahrheit und nichts als die Wahrheit. Seine Mom wäre sicherlich stolz auf ihn. Obendrein klingt es auch noch so, als wäre sein Besuch hier eine geschäftliche Angelegenheit. Perfekt!

„Autumn ist so ein Schatz, finden Sie nicht?“ Mrs. Baker strahlt, und ihr grellpink geschminkter Mund zieht sich dabei über ihr halbes Gesicht. „Sie hat von mir neulich auch Fotos gemacht, wollen Sie sie sehen?“ Tate nickt, weil er die Hoffnung hat, dass Mrs. Baker so ausreichend abgelenkt ist und keine weiteren Fragen mehr stellen wird. Normalerweise ist so etwas die perfekte Taktik, auch bei anstrengenden Fans. Das Thema auf sie selbst lenken. Natürlich könnte er auch einfach auf sein Zimmer verschwinden – allerdings waren solch grobe Unhöflichkeiten noch nie wirklich seine Art. Obendrein interessieren ihn Autumns Arbeiten, denn die wenigen Bilder, die er bisher von ihr zu Gesicht bekommen hat, waren wirklich sehr gut.

Mrs. Baker klatscht erst erfreut in die Hände und macht anschließend mit ihrem Zeigefinger eine Geste, als wäre sie die böse Hexe und würde ihn in ihr Pfefferkuchenhaus locken wollen. Sie öffnet die Tür zu ihrer Wohnung, die, wie auch der Rest der Pension, erstaunlich geschmackvoll eingerichtet ist, und führt ihn dann zum Kamin. „Da, sehen Sie? Sind die nicht wunderschön geworden?“

Tate sieht es – und wünscht sich, er hätte woanders hingesehen, denn auf den Bildern, die auf Mrs. Bakers Kaminsims stehen, ist sie in einem Hauch von Nichts fotografiert worden. Dieser Hauch von Nichts ist obendrein mindestens zwei Nummern zu klein. Dazu trägt sie Smokey Eyes, die vermutlich verrucht wirken sollen, sie jedoch wirken lassen wie einen Waschbären. Einen Waschbären, der sich als Rollbraten verkleidet hat.

Er hat so etwas noch nie gesehen – wirklich nicht, und

obwohl die Beleuchtung und die Perspektive super sind, wirken die Bilder einfach grotesk.

Tate räuspert sich.

„Ich würde sagen, da hat Autumn wirklich ganze Arbeit geleistet …“ Keine Lüge. Sein Karma dürfte Purzelbäume schlagen vor Freude.

„Ja, nicht wahr?“ Mrs. Baker strahlt. „Autumn hatte mir vorgeschlagen, mich in eine Decke oder ein transparentes Tuch zu wickeln, aber ich fand meine Dessous einfach frecher.“ Verliebt betrachtet sie ihre Bilder. „Ich habe einen neuen Lebensgefährten, wissen Sie … Die Bilder sollen eine Überraschung für ihn sein zu Weihnachten. Allerdings sind sie so gelungen, dass ich mich gar nicht daran sattsehen kann. Also stelle ich sie immer hier auf, wenn er nicht da ist.“ Kichernd schlägt sie sich die Hand vor den Mund. „Oh, das klingt nun ein bisschen selbstverliebt, oder? So etwas sollte man vermutlich über seine eigenen Bilder nicht sagen.“

Tate räuspert sich erneut.

„Es ist wirklich schön, wenn Sie so zufrieden sind.“ Dagegen ist ja auch generell nichts einzuwenden, auch wenn Eigen- und Fremdwahrnehmung in diesem Fall ziemlich auseinandergehen. „Und die Überraschung wird Ihnen sicherlich gelingen.“ So viel ist jedenfalls gewiss, und all das war schon wieder keine Lüge. Vielleicht sollte er gleich noch seine Mutter anrufen, um ihr davon zu erzählen. „Also ich finde, Autumn ist wirklich talentiert.“ Hah! So langsam hat er den Dreh echt heraus. „Da ich gleich morgen früh einen Termin mit ihr habe, sollte ich jetzt besser schlafen gehen.“ Ist es gelogen, wenn man sagt, man habe einen Termin, obwohl es eigentlich eher ein Date ist? Oder ist das einfach eine Interpretationssache? Er ist sich nicht ganz sicher, wahrscheinlich dürfte es maximal unter *flunkern* fallen, und das kann ja nicht so schlimm sein.

„Oh, natürlich!“ Mrs. Baker lächelt. „Sehen Sie zu, dass Sie ins Bett kommen, junger Mann, damit Sie morgen früh gut aussehen.“ Sie senkt ein wenig ihre Stimme. „Nicht, dass Sie das nicht sowieso schon täten, aber Ringe unter den Augen will schließlich niemand sehen ...“ Mit beiden Händen macht sie eine Bewegung in Richtung Tür, als wolle sie ein paar Hühner verscheuchen. „Also, husch, husch ...“

Tate lässt sich das nicht zweimal sagen und verlässt beinahe fluchtartig den Raum, um in seinem Zimmer zu verschwinden und sorgfältig hinter sich abzuschließen.

13

* * *

Er hat gesagt, dass er heute Frühstück mitbringen wird, allerdings hat er mir nicht mitgeteilt, wann er herkommt, und ich habe auch keine Handynummer, um nachzufragen.

Das führt dazu, dass ich um sechs Uhr morgens schon wach bin, und um halb sieben bin ich geduscht und angezogen, nur um mich wieder auszuziehen und mich doch für ein anderes Outfit zu entscheiden. Zum vierten Mal.

Letztendlich trage ich eine enge Jeans und einen weiten, grauen Wollpulli, eines der wenigen Kleidungsstücke, die ich in Vegas gekauft und auch behalten habe.

Der Pulli an sich ist vielleicht nicht sonderlich sexy, aber er hat einen schönen, weiten Ausschnitt, ohne dass mir gleich alles herausfällt, und, was am wichtigsten ist: Ich fühle mich darin wohl.

Nach einem letzten Blick in den Spiegel laufe ich die

Treppe hinunter. In der Küche schiebe ich die Gardine zur Seite und schaue aus dem Fenster. Auch wenn ich mir selbst einrede, dass ich nur einfach so hinaussehe, suche ich natürlich eigentlich nach Tate, obwohl ich mir ziemlich sicher bin, dass er noch nicht da ist. Es ist ja erst halb sieben am Morgen und vermutlich schläft er um diese Zeit tief und fest.

Draußen ist es noch fast dunkel, aber das Licht reicht aus, um zu erkennen, dass es zu schneien begonnen hat. Kleine, perfekte weiße Flocken, die vom Himmel segeln, als wären es Daunen.

Es sieht so friedlich aus, so ruhig, während ich innerlich viel zu angespannt bin, um das Szenario genießen zu können. Mit einer energischen Bewegung ziehe ich den Vorhang zurück vor das Fenster, weil das die einzige Möglichkeit für mich ist, mich nicht völlig verrückt zu machen. Würde ich die Vorhänge geöffnet lassen, würde ich mich vermutlich die ganze Zeit nur damit beschäftigen, hinauszustarren und nach dem kleinsten Anzeichen von Tate Ausschau zu halten.

Ich hätte ihn gestern Abend zum Bleiben bewegen sollen; ich hätte ihn in mein Bett zerren sollen und dort dazu bringen, dass er nie wieder gehen will.

Ich wollte gestern Abend, dass er nie wieder geht.

Und ich wollte ihn in meinem Bett.

Wer weiß, ob er jetzt zurückkommt, ob er es sich nicht vielleicht über Nacht noch mal anders überlegt hat, nur um festzustellen, dass es keine gute Idee ist, überhaupt jemals hier aufgetaucht zu sein.

Genervt von mir selbst gehe ich in die Küche und schalte das Licht an.

Ich brauche Tee, mit viel Milch und noch mehr Honig.

* * *

Am liebsten hätte er die vergangene Nacht vor Autumns Haus campiert, um bloß nicht zu verpassen, wenn sie aufsteht und er endlich zu ihr kann.

Er hat sogar kurz mit dem Gedanken gespielt, einfach auf der Bank vor ihrem Haus Stellung zu beziehen, auf diese Art wäre er ihr so nahe, wie es im Moment möglich ist. Vielleicht wäre das eine gute Idee, dann wäre er sogar Mrs. Baker und ihren seltsamen Fotos entgangen, die sich auf ziemlich unerfreuliche Art in sein Gedächtnis gebrannt haben. Egal, wie viel Geld Autumn bekommt, für solche Aufgaben wird sie eindeutig zu schlecht bezahlt.

Noch besser wäre es natürlich gewesen, wenn er gestern gar nicht erst gegangen wäre.

Er wollte sie nicht unter Druck setzen, ihr Zeit lassen, damit sie sich an den Gedanken gewöhnen kann, dass er hier ist – und er wollte nicht, dass sie denkt, dass er nur auf Sex aus ist.

Dabei ist er durchaus *auch* auf Sex aus, und er hat beinahe die ganze Nacht wach gelegen und sich gefragt, ob es nicht bessere Methoden gegeben hätte, um Autumn von der Ernsthaftigkeit seiner Absichten zu überzeugen, als abends zu verschwinden und sie allein zu lassen.

Nun sitzt er hier und wartet, als wäre er ein liebeskranker Teenager. Vor einer halben Stunde ist bereits das Licht in der oberen Etage angegangen, anscheinend ist Autumn heute früh auf den Beinen. Zum Glück.

Vor ein paar Minuten hat sie auch in der Küche Licht angemacht, sodass er davon ausgeht, dass sie wach und gesellschaftsfähig sein dürfte, auch wenn er nichts dagegen hätte, falls sie noch ihr Nachthemd trägt.

Was Tate allerdings vermeiden möchte, ist, dass sie denkt, er hätte hier auf der Lauer gelegen und nur darauf gewartet, dass sie endlich wach ist – auch wenn es natürlich den Tatsachen entspricht. Also bleibt er noch ein paar weitere Minuten sitzen, bis er schließlich seinen Wagen verlässt, damit es nicht ganz so auffällig ist.

Er schnappt sich die Tüte mit den Croissants und die andere mit den Einkäufen, die er heute Morgen in aller Frühe an einer Tankstelle getätigt hat, die durchgehend geöffnet ist.

Mit wenigen Schritten ist er an der Haustür angekommen und klopft gegen die Tür, die beinahe umgehend geöffnet wird.

„Hey, Honey!" Er mustert die Frau, die ihm gegenübersteht, und er muss sich zusammennehmen, um sie nicht in seine Arme zu nehmen und sie anschließend zu küssen, bis sie beide keine Luft mehr bekommen.

Er versucht, nicht zu sehr daran zu denken, wie unglaublich gut sie küssen kann, weil er befürchtet, dass er sie dann anflehen wird, mit ihm wilden und hemmungslosen Sex zu haben, gleich hier auf dem Fußboden, noch vor dem Frühstück.

Sein Blick wandert zu ihrem Ausschnitt hinunter, und er ist sich nicht sicher, ob er vielleicht gerade zu sabbern beginnt.

Heilige Scheiße!

Er steckt wirklich in Schwierigkeiten.

Sie war jede Sekunde des Wartens wert. „Du siehst wunderschön aus!" Autumn lächelt nervös, und er beugt sich vor, um sie auf die Stirn zu küssen, während er die Einkäufe auf seinem Arm balanciert.

„Komm doch rein ...“ Sie geht einen Schritt zur Seite.

In ihrer Küche riecht es wunderbar, nach Kaffee, nach Tee und Gewürzen. Es riecht so, wie er sich vorstellt, dass es in einem zu Hause im Winter zu riechen hat. Warm. Heimelig. Nach Kindheitserinnerungen und Geborgenheit.

Vorsichtig stellt er seine Einkäufe auf dem Tisch ab, den sie bereits begonnen hat zu decken.

„Ich habe Kaffee gemacht – möchtest du welchen?“ Sie hantiert an der Kaffeemaschine herum, und Tate nickt mechanisch, bis ihm einfällt, dass sie das gar nicht sehen kann. Er starrt auf ihren Hintern, und seine Stimme klingt rau, als er sagt:

„Ja, bitte. Kaffee wäre hervorragend.“ Schon allein, weil er dann etwas hat, was er festhalten kann, und die Gefahr sinkt, Autumn zu betatschen. Er ist sich nicht sicher, ob sie es wirklich gutheißen würde, wenn er jetzt unaufgefordert zu ihr hinübergehen und ihren süßen Hintern fest mit beiden Händen kneten würde.

Wahrscheinlich würde sie ihm dafür die Eier zerquetschen.

Obwohl er gar nichts gegen seine Eier in ihrer Hand einzuwenden hätte. Nicht im Geringsten.

Ach, verdammt.

Schwierigkeiten.

Und zwar ganz, ganz große!

* * *

Wir frühstücken zusammen, allerdings könnte ich nicht sagen, was ich eigentlich gerade esse. Dafür sind all meine Sinne viel zu sehr auf Tate gerichtet, ach, was sage ich, sie sind auf ihn *fixiert.* Wenn er nicht all die vielen Meilen gereist wäre, nur um mich zu sehen, wäre es mir wahrscheinlich peinlich, dass ich ihn die gesamte Zeit über anstarre und mit Blicken förmlich verschlinge, aber so?

Ich habe vielleicht nicht das beste Selbstbewusstsein aller Zeiten, aber mal ehrlich: Tate Birdie in meiner Küche und sieht mich an, als wäre eigentlich *ich* das Frühstück. Wenn das nicht gut fürs Ego ist, dann weiß ich es auch nicht.

Wir sitzen hier und sagen kein Wort, und obwohl er mir in Vegas so unglaublich souverän vorgekommen ist, habe ich heute das Gefühl, dass er eigentlich genauso nervös ist, wie ich es auch bin.

Als wir endlich damit fertig sind, Essen zu uns zu nehmen, das nach nichts schmeckt, sowie Getränke zu trinken, von denen ich nicht mal sagen könnte, was sie für eine Temperatur haben, schiebe ich seufzend meinen Teller zur Seite.

„Verrätst du mir jetzt, warum du mich wiedersehen wolltest? Was dich dazu bewegt, mich näher kennenlernen zu wollen?" Die Frage mag vielleicht gemein sein, aber ich finde sie durchaus berechtigt. Obendrein war er ja in Vegas auch nicht gerade nett zu mir, und ein bisschen Rache muss einfach sein. Natürlich wäre es cooler gewesen, wenn ich auf diese Idee schon gestern Abend gekommen wäre, aber da war ich einfach viel zu nervös und zu überrumpelt.

Tate sieht mich an, und sein Blick ruht auf mir, als könne er etwas in mir erkennen, was andere nicht sehen können.

Dann verzieht sich sein Mund zu einem kleinen Lächeln.

„Mich hat noch nie eine Frau zum Essen eingeladen." Er sagt es, als wäre es eine völlig logische Schlussfolgerung, deshalb extra hierherzukommen.

„Wenn diess das Rezept für einen Besuch von dir ist, sollte ich es vielleicht verkaufen. Ich könnte bestimmt eine Menge Geld damit machen." Geld, das ich sehr gut gebrauchen könnte, denn meine Bank sitzt mir im Nacken, ich bin mit den Raten drei Monate im Rückstand, und sie drohen damit, das Haus versteigern zu lassen, wenn ich nicht bezahle. Ja, ich hätte allen Grund dazu, ein paar intime Fotos von Tate zu machen und sie mit meinem geheimen Geheimrezept zusammen an die Presse zu verkaufen. Lade ihn zum Essen ein und gewinne sein Herz. Aber allein der Gedanke daran, etwas von ihm mit anderen zu teilen, lässt eine eifersüchtige Welle in meinem Bauch hochschwappen.

Das ist nicht gut.

Wirklich.

Ich kenne ihn ja kaum, und diese Gefühle sind gar nicht gut.

* * *

Autumn steht auf, um den Tisch abzuräumen, und eigentlich will er ihr dabei helfen. Doch dann sieht er, wie sich ihr süßer Hintern unter diesen engen Leggins bewegt, und in seinem Kopf setzt irgendetwas aus.

Er steht auf und ist mit drei schnellen Schritten bei ihr, muss sich dabei zusammenreißen, um nicht laut zu knurren, packt sie an den Schultern und dreht sie zu sich herum, während sie ein erstauntes Geräusch von sich gibt.

Mit einem lauten Klirren fällt irgendetwas zu Boden und zerbricht, aber ihm ist es völlig egal, was auch immer es ist, es lässt sich bestimmt ersetzen, und er hat sich wahrlich lang genug wie ein Gentleman benommen. Ein Gentleman, der er nicht ist, niemals war, niemals sein wird. Niemals sein will.

Was er wirklich will, ist, diese Frau in seinen Armen zu halten. Er hat noch fünf Stunden Zeit, bis er von hier wegmuss, weil heute Abend ein verdammtes Konzert ansteht.

Wer ist nur auf die völlig bekloppte Idee gekommen, eine Weihnachtstour zu starten? Wer, verdammt noch mal? Er sollte denjenigen entlassen, und zwar umgehend. Oder zumindest dann, wenn er wieder klar denken kann, denn gerade schmiegt sich Autumn auf diese unglaubliche Art und Weise an ihn, wie sie es bereits in Vegas getan hat. So, als wäre ihr Körper für seinen geschaffen worden. Ihre Brüste drücken sich gegen ihn, gleichzeitig öffnet sie den Mund ein kleines Stückchen, weil sie dem Ansturm seiner Zunge nachgibt, und all seine Sinne drohen zu explodieren.

Sie schmeckt so himmlisch, nach Tee, nach Honig und Gewürzen, darunter nach Autumn, und er ist sich nicht sicher, ob er je wieder damit aufhören kann, sie zu küssen. Oder ob er es jemals will.

Ihre kleinen, weichen Hände schieben sich unter sein Shirt, erkunden die Haut seines Rückens, und als sie schließlich mit den Fingernägeln darüberfährt, ist er völlig verloren.

„Honey …“ Er holt zittrig Luft, aber bevor er noch etwas sagen kann, hat sie ihre Lippen erneut auf seine gepresst, und er ist sich sicher, dass sie ihn genauso sehr will wie er sie.

* * *

O.

Mein.

Gott.

O mein Gott, o mein Gott, o mein Gott!

Ich stehe in Flammen. Zumindest glaube ich das, denn ich befürchte, dass es mir gar nicht auffallen würde, wenn es wirklich so wäre, denn all meine Empfindungen reduzieren sich auf die Stellen, an denen Tate und ich uns berühren.

Wir haben uns schon ein paarmal geküsst und es war immer unglaublich gut, aber es war nie so, dass ich das Gefühl hatte, mich jeden Moment auflösen zu müssen.

Er schmeckt so großartig, und all meine Sinne spielen völlig verrückt. Ich will ihn küssen, ihn berühren, mit meinen Zähnen über seine Haut kratzen, ihn auf mir und in mir spüren, unter mir und hinter mir, und das bitte alles auf einmal.

Kurz lasse ich von seinem Mund ab, weil ich glaube, keine Luft mehr zu bekommen, doch Tate nimmt keine Rücksicht auf mich.

Zum Glück nimmt er keine Rücksicht auf mich, denn in dem Moment, in dem ich aufhöre, ihn zu küssen, fällt mir auf, dass ich seine Küsse viel dringender brauche als Luft.

Atmen ist eine völlig überflüssige Angelegenheit, wenn man stattdessen Tate Birdie küssen kann.

Meine Finger krallen sich in sein Haar, das etwas kürzer ist, als es in Vegas war, und sich seidig und doch fest unter meinen Händen anfühlt.

Ich halte seinen Kopf fest, damit er mir nicht entkommen kann, auch wenn er dazu gar keinen Anlass bietet, ganz im Gegenteil. Manchmal muss eine Frau einfach auf Nummer sicher gehen.

Mir geht das alles hier nicht schnell genug, da sind all diese störenden Schichten von Bekleidung zwischen uns. Widerstrebend lasse ich sein Haar los und beginne stattdessen an seinem Shirt zu zerren, bis er es endlich für mich auszieht.

Obwohl ich bis vor zwei Sekunden noch dachte, dass ich nicht mehr damit aufhören kann, ihn zu küssen, kann ich jetzt nicht mehr damit aufhören, ihn anzustarren.

Ich habe keine Ahnung, wie viele Stunden in der Woche oder sogar am Tag ein Mann mit Training verbringen muss, um so auszusehen – aber verdammt noch mal, vor mir stehen knappe zwei Meter an männlicher Perfektion.

Ich starre ihn mit offenem Mund an, begaffe die Täler und Berge seiner Muskeln und die Tattoos darauf, die seinen Rücken und seine Oberarme einnehmen, sich über seine Schultern nach vorn ziehen, und ich möchte jede einzelne Kontur mit meiner Zunge nachfahren.

Tate lächelt, als er meinen Blick bemerkt, doch er wirkt eher erleichtert als geschmeichelt.

„Du bist wunderschön!“, flüstere ich, weil meine Stimme plötzlich jeglichen Klang verloren hat, und Tate lacht. Er lacht ein raues, fröhliches Lachen, das sich in meinem Körper fortzusetzen scheint und ihn zum Vibrieren bringt.

„Das musst du gerade sagen, Autumn.“ Er überbrückt die wenigen Zentimeter, die zwischen uns liegen, indem er seinen Oberkörper zu mir beugt. „Ich kann seit Tagen an nichts anderes mehr denken als an deine Goldaugen.“ Er lacht erneut. „Oh, und natürlich an diese herrlichen Titten, deinen entzückenden Hintern, verdammt, das Teil ist wirklich sexy, und dann ist da noch dein Mund.“ Er zieht einen Mundwinkel nach oben, und sein Lächeln wird gleichzeitig sexy und ein bisschen verschlagen. „Einige Teile von mir denken besonders gerne an deinen Mund und daran, was du wohl alles damit anstellen kannst." Ich spüre, dass ich rot werde, und schiebe Tate ein Stück von mir weg, auch wenn ich das Gefühl habe, dass mich das beinahe umbringt.

„Du gehörst also zu der Art von Männern, die mit ihrem Unterleib denken statt mit ihrem Kopf?"

Er lässt seine Zähne aufblitzen und kommt wieder näher.

„Glaub mir, Honey, alle Männer denken in deiner Anwesenheit mit ihrem *Unterleib*. Es sei denn, sie sind schwul. Oder tot. Eine andere Entschuldigung gibt es nicht."

Dann umfasst er meinen Po mit beiden Händen und hebt mich so mühelos hoch, als wäre ich eine Puppe – dabei bin ich wirklich alles andere als zierlich.

Er trägt mich zum Sofa hinüber, und als er mich dort ablegt und seinen unglaublichen Körper zwischen meinen Beinen positioniert, spüre ich, dass er bereits hart für mich ist. Ich spüre es genau an der Stelle, an der ich es am nötigsten brauche, und gebe ein Stöhnen von mir.

Tate registriert es mit einem wölfischen Lächeln sowie einer leichten Kippbewegung seines Beckens, und er reibt erneut über meine empfindlichste Stelle.

Ich stöhne wieder auf.

„Du weißt gar nicht, wie sexy du bist." Er klingt atemlos, und ich bin erleichtert, dass ich nicht die Einzige bin, die hier kurz davorsteht, die Beherrschung zu verlieren.

* * *

GIER. Gier und Begehren.

Wollust.

Wahnsinn.

In seinem Kopf purzeln Wörter durcheinander, ohne dass er eines davon festhalten könnte.

So ist es, seit er Autumn das erste Mal getroffen hat.

Normalerweise fallen ihm Wörter nicht schwer. Sie fallen ihm quasi zu.

Er schreibt Gedichte und Songtexte, seitdem er denken kann, und selbst in den außergewöhnlichsten Situationen fällt ihm immer noch etwas ein, bilden sich Zeilen in seinem Kopf, die er später zu Papier bringen kann. Doch gerade in diesem Augenblick ist da nichts mehr, was er in Worte fassen könnte. Da ist nur wildes Chaos, ein Strudel aus Begehren, aus Empfindungen und aus diesen Küssen, die sie ihm gibt, diesen saugenden, alles verzehrenden Küssen.

Sie ist gar keine Elfe, sie ist eine Hexe. Eine Frau mit magischen Fähigkeiten, anders kann es gar nicht sein.

„Tate …“, flüstert sie flehentlich, und jetzt ist es nicht mehr nur ihr Mund, der seine Magie auf ihn auswirkt, sondern auch ihre heiße Mitte, die sie gerade gegen ihn schiebt und – verdammt – damit beginnt, sich an ihm zu reiben.

Er löst sich von ihrem Mund und betrachtet sie, wie sie unter ihm liegt.

Im Gegensatz zu ihm trägt sie noch all ihre Klamotten, dafür ist ihr Blick offen und verletzlich, ihre Goldaugen schimmern und geben Dinge von ihr preis, die sie viel nackter erscheinen lassen, als die Abwesenheit von Bekleidung es jemals könnte.

Sie kippt ihr Becken und er lässt seines dagegen kreisen.

Der Gedanke, sie so zum Kommen zu bringen, ist auf einmal machtvoll und fühlt sich völlig unvermeidlich an.

Er reibt sich an ihr, und sie stöhnt, kehlig und tief; es ist das erotischste Geräusch, das er jemals gehört hat.

„Du bist so unglaublich sexy …“, flüstert er an ihrem Ohr und lässt von ihren Lippen ab, um ihren Hals zu küssen.

Er beißt ihr in die Stelle, an der ihr zarter Hals in ihre runde, wunderschöne Schulter übergeht, gerade fest genug, dass sie es morgen noch sehen und sich an ihn erinnern wird.

Autumn stöhnt, und ihr Becken zuckt nach oben.

Er will sie kommen sehen, und zwar jetzt gleich.

Mit der einen Hand umfängt er ihr Gesicht, mit der anderen zerrt er ihre Hose hinunter, zusammen mit ihrem Höschen, bis sich beides irgendwo an ihren Knien befindet.

Seine Finger suchen nach der Stelle zwischen ihren Beinen, an der sie feucht, heiß und bereit ist.

So unglaublich feucht und heiß!

Er dringt erst mit einem, dann mit zwei Fingern in sie ein, und sie starrt ihn aus weit aufgerissenen Augen an.

Er will sie so sehr, aber noch viel mehr will er ihr in aller Ruhe dabei zuschauen können, wie sie sich gehen lässt und die Kontrolle verliert. Wie sie sich fallen lässt, wenn sie zum Höhepunkt kommt.

Langsam, gemächlich zieht er die Finger aus ihr heraus, nur um sie gleich wieder in sie zu schieben, sein Daumen streift über ihre kleine, empfindliche Perle, und sie zuckt zusammen. Ihr Kopf fällt nach hinten, sie stöhnt auf und schließt die Augen.

„Nicht doch, Honey. Sieh mich an.“

Ihre Goldaugen öffnen sich und richten sich auf ihn, er

kann erkennen, dass sie Mühe damit hat, ihren Blick zu fokussieren, während er damit beschäftigt ist, sie immer weiter zu stimulieren.

Unter seinen Berührungen beginnt sie sich zu winden, und seine Finger drohen aus ihr herauszurutschen; aber instinktiv folgt er jeder ihrer Bewegungen.

Irgendwann krümmt er seine Finger ein wenig und findet diesen empfindlichen Punkt in ihrem Inneren, beginnt damit, ihn unbarmherzig zu stimulieren.

„Tate!", stöhnt sie wieder, und obwohl er geglaubt hätte, dass das gar nicht mehr möglich ist, wird er noch ein bisschen härter.

Sein Schwanz drückt beinahe schmerzhaft gegen seine Hose, aber er will, er kann jetzt nicht aufhören, nicht, bevor Autumn das erste Mal gekommen ist. Er weiß genau, wie kurz sie davorsteht, kann es in jedem Zucken, in jedem ihrer abgehackten Atemzüge erkennen.

Tate nutzt seine freie Hand, um ihren Pulli nach oben zu schieben und ihre Brüste freizulegen.

Sie hat perfekte, dunkelrote Nippel, und er kneift erst sanft und dann fester hinein, so lange, bis sie die Augen verdreht und um seine Hand zu zucken beginnt.

„Sieh mich an, Honey!", flüstert er rau, und sie tut es. Sie blickt ihm fest in die Augen, während sie kommt, und es ist das Schönste, was er jemals in seinem ganzen Leben zu Gesicht bekommen hat.

14

* * *

Ich brauche eine Weile, bis ich wieder hier auf der Erde angekommen bin, denn das, was Tate da gerade mit mir veranstaltet hat, war ... Ach, eigentlich gibt es dafür gar keine Worte.

Er betrachtet mich, sein Blick ist voller Stolz, voller Hingabe und voller Erregung.

Instinktiv weiß ich, dass er das alles genauso sehr genossen hat wie ich, und obwohl ich ihm wahrscheinlich eine ziemlich hübsche Show geliefert habe, die mich unter normalen Umständen vermutlich im Nachhinein verlegen werden lassen würde, fühle ich nichts außer Zufriedenheit.

Zufriedenheit gepaart mit einem Gefühl von weiblicher Macht, denn ich habe gesehen, wie sehr es ihn fasziniert hat, all diese Dinge mit mir anzustellen, und ich bin mir ziemlich sicher, dass es im Moment kaum einen Wunsch gäbe, den er mir abschlagen würde. Zumindest keinen sexuellen.

„Danke schön ...", murmelt Tate und küsst mich. „Das könnte ich den ganzen Tag machen. Du siehst einfach großartig aus, wenn du für mich kommst."

Wenn du für mich kommst ...

Wenn er das so sagt, hört es sich beinahe so an, als hätte ich ihm einen Gefallen getan, dabei war ja er derjenige, der mir einen Dienst erwiesen hat, ohne wirklich eine Gegenleistung dafür zu erhalten.

Jedenfalls bisher nicht, denn ich bin zu allen Schandtaten bereit.

Ich weiß nicht, wohin das mit uns führen wird, doch selbst wenn wir uns in Zukunft niemals mehr wiedertreffen sollten: Ich bin bereit, alles für ihn zu geben, was ich habe, und im Gegenzug alles von ihm zu nehmen, was ich bekommen kann.

Ich fühle mich gierig, was etwas völlig Neues für mich ist.

„Küss mich noch mal!", sage ich und ziehe ihn zu mir runter, bis er auf mir liegt und ich meinen Körper eng an seinen drücken kann. Dann ist plötzlich etwas da, was mich irritiert, ein Brummen, ein Vibrieren ...

„Ähm, Tate, entweder du verfügst über ganz großartige Special Effects, die ich noch nie zuvor bei einem Mann bemerkt habe, oder dein Handy klingelt."

Er beginnt zu fluchen, während er sich aufrichtet, um das Handy aus seiner Hosentasche zu holen, und ich muss lachen, weil er so verzweifelt wirkt. Er wirft einen Blick auf das Display, dann flucht er noch lauter als zuvor.

„Es tut mir so leid, da muss ich drangehen. Das ist mein Manager ..."

Ich beobachte ihn, wie er aufsteht und mir den Rücken zudreht, während er den Anruf entgegennimmt.

Seine Muskeln bewegen sich unter seiner Haut, und ich kann seine Tattoos genauer betrachten.

Ich bin mit so etwas nicht sonderlich vertraut, aber ich finde, sie wirken ziemlich kunstvoll. Verschiedene Motive in erstaunlich intensiven Farben, die sich über seinen Rücken ziehen, der aussieht, als wäre man mitten in einen Zauberwald geraten.

Überall ranken sich Blätter entlang, zwischen Bäumen schaut ein Wolf hervor, es gibt bunte Schmetterlinge, einen Adler und sogar einen Bachlauf mit Fischen. Dazwischen finden sich graphische Muster, die mich an Stammestattoos erinnern. Eigentlich fahre ich nicht so sehr auf solche Dinge ab, ich bin eher ein einfaches Mädchen, ein Landei eben, und ja, wahrscheinlich bin ich in vielen Dingen ziemlich spießig, aber an Tate Birdie gefällt mir das alles unglaublich gut.

Ich bin so sehr damit beschäftigt, ihn anzustarren, dass ich kaum mitbekomme, worüber er am Telefon spricht, aber als er sich wieder zu mir umdreht, ist sein Gesicht ernst, seine Kiefer sind fest aufeinandergepresst.

„Es tut mir leid. Ich muss jetzt schon los." Kopfschüttelnd lässt er sich zu mir aufs Sofa fallen und zieht mich an sich. „Ich hatte gehofft, wir hätten noch ein bisschen mehr Zeit, aber das war mein Manager. Wir geben heute Abend noch ein Konzert in New York, und die Plattenfirma hat irgendein beklopptes Interview organisiert, das unbedingt vorher stattfinden soll. Sie haben mir eine Privatmaschine gechartert, damit ich es noch rechtzeitig schaffe." Laut knirscht er mit den Zähnen, und ich lege meine Hand an seine Wange.

„Hör auf, mit den Zähnen zu knirschen, sonst bekommst

du noch Kopfschmerzen." Ich ziehe meine Hand weg und küsse ihn sanft.

Er lässt mich los, stützt die Ellenbogen auf die Knie und lässt den Kopf hängen, und als er schließlich wieder zu mir schaut, wird sein Blick ganz weich.

„Es tut mir so leid, ich hätte so gerne noch mehr Zeit mit dir verbracht!" Er küsst mich auf die Nasenspitze. „Gibst du mir deine Telefonnummer, damit ich dich anrufen kann?" Dabei klingt er beinahe schüchtern, und ich muss lachen, weil er sich ernsthaft so anhört, als würde ich ihm diesen Wunsch abschlagen können.

Mein Handy liegt noch oben, also stehe ich auf und hole stattdessen einen Kugelschreiber vom Küchentisch. Da ich keinen Zettel finde, nehme ich mir Tates Unterarm, und er schaut mir lächelnd dabei zu, wie ich meine Nummer auf seine Haut notiere.

„Ist das eine Art Love-Tattoo?", fragt er mich schmunzelnd und ich schreibe grinsend meinen Namen neben die Ziffern und male ein Herzchen drumherum.

„Jetzt ist es eins." Ich zwinkere ihm zu, bevor ich den Stift wieder zur Seite lege.

„Cool!" Tate betrachtet lachend seinen Unterarm. „So etwas wollte ich schon lange haben."

Ich schaue ihm dabei zu, wie er nach seinem Shirt sucht und es sich über den Kopf streift, dann kommt er wieder zu mir und zieht mich in seine Arme.

„Ich melde mich bei dir, okay?"

„Okay!", flüstere ich und bin auf einmal ganz traurig. „Fahr vorsichtig, ja?"

„Immer."

Ohne sich noch einmal zu mir umzudrehen, zieht er

seine Jacke an, dann öffnet er die Haustür und ist verschwunden.

Ich bleibe ein bisschen hilflos mitten im Raum stehen, bis sich meine Füße wie von selbst in Bewegung setzen und ich zum Fenster gehe, um hinauszuschauen.

Tate ist gerade dabei, in den Mietwagen zu steigen, den er vor meiner Tür geparkt hat.

Als würde er meinen Blick auf sich spüren, sieht er zum Fenster hin und lächelt mich an, während er den Motor startet und davonfährt.

Ich bleibe am Fenster stehen, bis sein Auto aus meinem Sichtfeld verschwunden ist, und auch noch eine ganze Weile danach, bis mir schließlich klar wird, dass ich mich verhalte wie ein liebeskranker Teenager.

Was soll's! Es gibt genügend erwachsene Frauen, die vermutlich kreischend in Ohnmacht fallen würden, wenn sie Tate Birdie persönlich begegnen würden, und ich bin ihm nicht nur einfach *begegnet*.

Er ist extra meinetwegen hergekommen und wir hatten Sex auf meinem Sofa. Oder vielmehr hatte ich Sex, zu mehr sind wir ja nicht gekommen, aber trotzdem, ich meine, wem passiert denn so was? Es fühlt sich völlig unwirklich an, und ich kann es eigentlich kaum glauben.

Seufzend schüttle ich den Kopf und lache gleichzeitig.

Vielleicht rufe ich später Madison an, um ihr davon zu erzählen, doch jetzt werde ich erst mal meinen freien Sonntag nutzen und meinen Vater besuchen, wie ich es versprochen habe.

* * *

KAUM DASS ER LOSGEFAHREN IST, klingelt sein Handy. Manchmal hasst er das verdammte Ding wirklich inbrünstig.

„Dein Flug geht in zwei Stunden, schaffst du das?“ Carter kommt gerne direkt auf den Punkt.

„Ich bin schon unterwegs.“ Wenn auch nur widerwillig.

„Was, verdammt noch mal, machst du eigentlich in Midway, Tate?“

„White Crossing, nicht Midway. Und das geht dich einen Scheiß an.“

„Alter, was ist denn mit dir los heute? Bist du hinter irgendeiner Braut her und nicht zum Schuss gekommen?“

Ganz genau so! Nur, dass er *zum Schuss gekommen* wäre, wenn Carter sich wenigstens eine halbe Stunde mehr Zeit mit seinem verdammten Anruf gelassen hätte.

„Das geht dich erst recht nichts an!“, zischt Tate zurück und seufzt tief. Letztendlich kann Carter ja nichts dafür, er macht auch nur seinen Job. „Aber ich werde rechtzeitig am Flughafen und auch rechtzeitig zurück in New York sein, wenn dich das beruhigt.“

„Wenn du dann noch bessere Laune mitbringst …“

„Kann ich nicht versprechen.“ Er könnte versprechen, dicke Eier mitzubringen, doch vermutlich ist das nichts, was Carter ernsthaft interessiert. „Du könntest mir einen Gefallen tun und für nächste Woche einen geschützten Bereich auf dem Konzert in Boston organisieren.“ Obwohl es eigentlich unüblich ist, machen sie das manchmal für Freunde und Verwandte. Sie trennen einen kleinen Bereich direkt vor der Bühne ab und schützen ihn mit einigen Securityleuten. Einen Bereich, von dem aus man zwar alles vom Konzert mitbekommt und auch mitten dabei ist, aber nicht durch die Menschenmasse gefährdet wird. Wyatt hat damit angefangen, als seine Frau das erste Mal schwanger war, sie die Band jedoch trotzdem unbedingt weiter spielen sehen wollte.

„Geschützter Bereich? Für wie viele Personen?"

„Für eine."

„Deine Mom?"

„Nein."

„Du bist wirklich sehr gesprächig heute."

„Genügt es nicht, wenn ich das für das dämliche Interview nachher bin?"

„Auch wieder wahr." Einen Moment lang herrscht Schweigen. „Tate, du bist doch nicht in irgendwelchen Schwierigkeiten, oder?"

„Zumindest in keinen, bei denen mein nackter Arsch in der Zeitung auftaucht. Reicht dir das?"

„Ich schätze schon."

„Gut. Dann sehen wir uns später."

„Bye."

Seufzend fährt Tate weiter, damit er rechtzeitig am Flughafen sein kann, obwohl er eigentlich viel lieber umkehren würde.

* * *

„HALLO, Daddy!" Als ich das Zimmer betrete, kann ich nur seinen breiten Rücken sehen. Irgendwer hat ihn ans Fenster geschoben, damit er hinaussehen kann, und ich muss lächeln, denn das hat er früher schon gerne getan, auch wenn er selten Zeit dazu hatte. Mein Dad hat früher als Handwerker gearbeitet, ursprünglich hat er Elektriker gelernt, aber er hat alles repariert und gebaut, was er durfte, und hatte immer gut zu tun.

„Hallo, Peanut!" Ich muss über den Kosenamen lächeln. So nennt er mich, seit ich denken kann, es sei denn, er hat mit mir geschimpft. Dann hat er meinen vollen Namen verwendet.

„Autumn Irene Holmes! Was hast du dir nur dabei gedacht?" Oder so etwas in der Art.

Wahrscheinlich wird er nie wieder so mit mir schimpfen können, und ich hätte niemals gedacht, dass ich deswegen mal traurig sein könnte. So ist es eben mit manchen Dingen, man weiß sie erst zu schätzen, wenn man sie nicht mehr hat.

Er hat nach wie vor Schwierigkeiten damit, zu sprechen, und viele Wörter klingen völlig verwaschen, aber zumindest versteht man ihn mittlerweile wieder halbwegs.

Ich nehme mir einen Stuhl, den ich neben seinen Rollstuhl stelle, um mich zu ihm zu setzen.

„Wollen wir ein bisschen draußen spazieren gehen oder ist es dir zu kalt?"

„Lieber hierbleiben", nuschelt er und greift nach meiner Hand. Seit er sich nicht mehr so viel bewegen kann, friert er leicht, obwohl ihm die Kälte früher nie etwas ausgemacht hat.

Also machen wir, was wir bei meinen Besuchen fast immer tun, wir sitzen einfach schweigend da und schauen nach draußen. So ist das eben, wenn man einen Vater hat, der nicht gerne redet. Er war noch nie ein Mann vieler Worte, und seit ihm das Sprechen so schwerfällt, redet er fast gar nicht mehr.

Manchmal erzähle ich ihm etwas von meinem Tag, von meiner Woche, aber heute ist mir nicht danach, mich zu unterhalten. Alles, woran ich denken kann, ist Tate, und über ihn möchte ich wirklich nicht mit meinem Vater sprechen. Ich glaube, dass Tate Birdie nicht unbedingt der Typ von Mann ist, den mein Dad sich für mich gewünscht hätte. Wahrscheinlich würde Dad ihn mit einer Schrotflinte vom Hof jagen, wenn er von ihm wüsste und noch dazu in der Lage wäre.

Ich mag schon manchmal etwas spießig sein, aber mein Vater ist noch viel schlimmer. Traditionell eingestellt ist gar kein Ausdruck, ich habe manchmal gedacht, dass sein Werte- und Normensystem um mindestens sechzig Jahre hinterherhinkt.

Männer sind für ihn nur dann gute Männer, wenn sie ihr täglich Brot mit einem *richtigen* Job verdienen, am besten ein Handwerk, vielleicht käme auch noch ein Soldat oder Polizist infrage. Außerdem muss ein Mann ordentlich sein, Jeans werden nur zum Grillen getragen und Tätowierungen haben nur *durchgeknallte Hippies,* was eine der schlimmsten Beleidigungen ist, die es für meinen Vater gibt, und es wird nur noch getoppt von *Kommunisten.*

Obendrein weiß ich gar nicht, was das zwischen Tate und mir ist. Bisher ist es ja auch nichts außer Sex – und über mein Sexualleben will ich beim besten Willen nicht mit meinem Vater sprechen.

Also bleibe ich nur still bei ihm sitzen, bis ich bemerke, dass mein Dad eingeschlafen ist.

Dann stehe ich auf und küsse ihn auf den Kopf, bevor ich gehe.

Es ist jedes Mal ein komisches Gefühl, ihn hierlassen zu müssen.

Vielleicht war es nicht immer einfach mit ihm, aber er

war stets für mich da, und ich weiß, dass er mich mehr liebt als jeden anderen Menschen auf dieser Welt. Ich bin mir sicher, dass es alles andere als leicht für ihn war, allein mit einem Kind dazustehen, und das, obwohl er sicherlich der Meinung war, dass Kindererziehung im Allgemeinen und die Erziehung einer Tochter im Speziellen eine reine Frauenaufgabe ist. Obendrein hat er sicherlich sehr getrauert, nachdem meine Mom bei meiner Geburt gestorben war, aber er hat mich niemals spüren lassen, dass ich ein Problem für ihn bin.

„Mach's gut, Daddy! Bis nächste Woche."

Mein schlechtes Gewissen bringt mich jedes Mal fast um, aber momentan schaffe ich es vor lauter Arbeit nicht, ihn öfter zu besuchen, denn wenn ich Feierabend mache, sind die Besuchszeiten hier schon lange vorbei.

Nach einer halben Stunde Fahrt bin ich wieder zu Hause, und obwohl ich den Tag eigentlich genießen wollte, weiß ich nun nichts mehr mit mir anzufangen.

Also nehme ich mir doch die Post, öffne alle Briefe, die ich bisher nicht beachtet habe, und sortiere die aus, die keine Rechnungen enthalten. Der Stapel ist leider im Verhältnis zum Rest ziemlich klein.

Die Rechnungen sortiere ich nach denen, die ich möglichst sofort bezahlen muss, und nach denen, die auch noch etwas Aufschub vertragen können. Leider sieht das alles andere als rosig aus, und wenn kein Wunder geschieht, dann werde ich wohl spätestens im Frühjahr mein Haus verlieren.

Seufzend schiebe ich alle Rechnungen wieder zusammen und packe sie in meine Küchenschublade, um sie zumindest nicht ständig sehen zu müssen.

Hoffentlich wirft das Weihnachtsgeschäft genug ab, damit ich wenigstens noch ein bisschen Aufschub bekomme.

15

Ich bin gerade dabei, mir etwas zu essen zu kochen, als mein Handy auf dem Küchentisch vibriert, weil Madison anruft.

„Hallo, Maddy!"

„Hast du mir nichts zu erzählen, Autumn?" Sie klingt aufgeregt und zugleich empört.

„Wenn du so fragst, gehst du vermutlich davon aus, dass ich etwas zu erzählen habe, aber versäumt habe, es auch zu tun."

„Ich gehe nicht nur davon aus, es ist so. Ich liege gerade auf dem Sofa und schalte mich gemütlich durch die Fernsehsender, die sonntags alle bloß Blödsinn bringen, und bleibe bei der Live-Übertragung eines Konzerts hängen ... Eines Konzerts der Black Jellybeans."

„Oh, sie sind live?", frage ich und muss zugeben, dass ich ein bisschen zu enthusiastisch klinge, zu interessiert. Ich beiße mir auf die Lippe und gehe dann zum Herd zurück, um die Flamme herunterzudrehen, damit mir nichts überkochen kann. Denn wenn das Konzert im Fernsehen übertragen wird, wenn ich Tate live sehen kann, will ich mir das nicht entgehen lassen.

„Sie sind live, Autumn. Und die Moderatorin, die zwischendurch immer mal ein paar blöde Kommentare von sich gibt, ist völlig außer sich, weil Tate Birdie eine Telefonnummer auf dem Unterarm stehen hat. Eine mit ganz vielen Herzchen und deinem Namen."

„Oh!" Ich höre mich an wie ein Einfaltspinsel und suche hektisch nach der Fernbedienung. „Auf welchem Sender läuft das Konzert?", frage ich, bevor ich sie endlich gefunden habe, und Madison schnauft.

„Etwas anderes hast du nicht dazu zu erzählen, Autumn? Ich bin doch nicht doof. Auch wenn die meisten der Zahlen unkenntlich gemacht worden sind, erkenne ich trotzdem deine Nummer. Und deine Handschrift erkenne ich auch. Niemand macht so viele Schnörkel beim Schreiben wie du! Wie kommt deine Nummer heute auf seinen Arm?"

Ich habe den Sender endlich gefunden, aber gerade findet irgendeine Umbaupause statt, und weil Madison ja immer noch am Telefon ist, stelle ich den Ton ab.

„Könnte sein, dass ich sie ihm draufgeschrieben habe, als er heute bei mir war."

Am anderen Ende der Leitung herrscht einen Moment Stille.

„Ich bin in fünf Minuten bei dir!", sagt Madison schließlich und legt dann auf.

Tatsächlich braucht sie nur vier Minuten, bis sie hier ist und ihr Auto mit quietschenden Reifen unter meinem Küchenfenster zum Stillstand kommt.

Als ich an der Haustür angekommen bin, steht sie

schon davor und hat eine Flasche Weißwein in der einen und eine Familienpackung Chips in der anderen Hand. Sie trägt eine schlabberige Jogginghose, ein uraltes Sweatshirt und Hausschuhe an den Füßen, anscheinend hat sie sich nicht mal die Zeit genommen, um sich umzuziehen.

Ich muss lachen.

„Hast du dich meinetwegen so schick gemacht?“, frage ich und schließe die Haustür hinter ihr. Dann hole ich zwei Weingläser sowie den Korkenzieher aus dem Schrank, während Madison es sich schon auf dem Sofa bequem macht und den Ton vom Fernseher wieder anschaltet.

„Daaaaaa!“, kreischt sie los und ich lasse vor lauter Schreck beinahe die Gläser fallen. „Siehst du es? Da ist es, das ist es, was ich meine.“ Wie eine Irre fuchtelt sie mit ihrem Finger herum und zeigt auf den Fernseher, und jetzt sehe ich es auch.

Tate erscheint auf dem Bildschirm. Er trägt derbe, schwarze Boots, eine schwarze Jeans und ein schlichtes weißes Shirt, und als er die rechte Hand hebt, um das Mikrofon zu umfassen, sieht man in aller Deutlichkeit das Kugelschreiber-Love-Tattoo, das ich ihm heute Morgen verpasst habe.

Zuerst denke ich, dass er vielleicht keine Zeit gefunden hat, es abzuwaschen, ich weiß, dass Kugelschreiber manchmal hartnäckig sein kann; aber dann erkenne ich, dass ein Teil der Ziffern meiner Telefonnummer mit weiteren Herzchen übermalt worden ist, wahrscheinlich, um sie für andere unkenntlich zu machen. Allerdings hat das sicherlich deutlich länger gebraucht, als einfach zu Wasser und Seife zu greifen.

Mein Herz macht einen dummen, kleinen Hüpfer und ich beiße mir auf die Unterlippe.

„O mein Gott …", flüstere ich schließlich. Madison dreht ihren Kopf vom Fernseher weg und zu mir her.

„Allerdings. Die Moderatorin ist vorhin deswegen fast in Ohnmacht gefallen, und es wird wüst darüber spekuliert, ob es diese Autumn tatsächlich gibt oder ob sie nur ein PR-Gag sein könnte." Madison beugt sich vor, um zwei Gläser Wein einzuschenken, und drückt mir eins davon in die Hand. „Aber ich *weiß,* dass es dich wirklich gibt. Immerhin sitzt du ja gerade vor mir." Sie stößt mit ihrem Weinglas gegen meins, bevor sie einen Schluck davon trinkt. „Was ich allerdings noch nicht weiß, ist, wieso du auf Tate Birdies Arm stehst."

„Da stehen bloß mein Name und meine Nummer …", stelle ich ziemlich kleinlich fest. Obwohl ich auch auf seinen Arm stehe, ich stehe einfach auf alles an ihm. „Er ist gestern plötzlich bei mir im Laden aufgetaucht, um meine Speicherkarte zurückzugeben und sich bei mir zu entschuldigen. Wir haben zusammen gegessen und geredet, und heute Morgen war er wieder hier zum Frühstücken."

„Nur Frühstück?"

Ich spüre, dass ich rot werde.

„Vielleicht haben wir auch ein bisschen rumgemacht. Dann musste er aber früher gehen, als er geplant hatte, und weil er meine Nummer haben wollte und ich auf die Schnelle keinen Zettel gefunden habe … na ja." Mit einer etwas hilflosen Geste deute ich in Richtung des Fernsehers. „Du siehst ja, was danach passiert ist."

Madison schaut mich an, für einen Augenblick wirkt sie völlig fassungslos.

Schließlich bricht sie in lautstarkes Gelächter aus und ich

stimme mit ein. Wir lachen, bis uns die Bäuche wehtun, bevor wir wieder auf den Fernseher starren.

Auf der Bühne ist Tate knapp zwei Meter große Energie. Wenn ich nicht sowieso bereits völlig fasziniert von diesem Mann wäre, wäre ich es wohl spätestens jetzt, und jedes Mal, wenn die Kamera ihn in Nahaufnahme zeigt, beginnt mein Herz so heftig gegen meinen Brustkorb zu wummern, dass es beinahe schon schmerzhaft ist.

„O mein Gott, Autumn. Er ist wirklich sexy!", flüstert Madison irgendwann andächtig. „Das darf Janos zwar niemals zu Ohren bekommen, aber ich kann echt verstehen, dass du auf Tate Birdie abfährst."

Ich nicke, ohne meinen Blick vom Fernseher zu nehmen.

„Ja, das ist er ...", antworte ich und muss an seine Küsse und an seine Hände denken und daran, dass er dafür sorgt, dass sich alle meine Knochen wie weiches Wachs anfühlen, sobald er mich berührt. „Ich weiß nur nicht, wo das alles hinführen soll. Und ob es überhaupt irgendwo hinführt." Ich seufze tief und greife nach der Tüte Chips, die bisher noch ungeöffnet auf dem Couchtisch lag. Nachdem ich sie aufgerissen habe, stopfe ich mir eine Handvoll davon in den Mund und kaue bedächtig, bevor ich weiterspreche. „Um ehrlich zu sein, verwirrt es mich zutiefst. Ich meine, ich bin ja nun nicht unbedingt die Art von Frau, der Typen wie er sonst reihenweise zu Füßen liegen."

Madison legt den Kopf schief und betrachtet mich nachdenklich.

„Du bist eine tolle Frau, Autumn. Du bist hübsch, du bist intelligent, und du bist der netteste Mensch, den ich kenne. Wenn Typen wie er sonst nicht auf dich stehen, dann liegt das wohl eher daran, dass die meisten von ihnen Volltrottel sind.“ Sie greift ebenfalls nach den Chips. „Außerdem ist es ja eigentlich egal, was andere Kerle tun oder lassen, denn dieser da“, ihr Kopf nickt in Richtung des Fernsehers, „steht ganz offenkundig auf dich.“ Beinahe sehnsuchtsvoll seufzend richtet sie ihren Blick wieder auf den Bildschirm. „Ich meine, mal ehrlich, die Sache mit deiner Telefonnummer kommt in meinen Augen fast einer Liebeserklärung gleich; soweit ich weiß, hat er so etwas sonst noch nie gemacht. Er scheint nicht unbedingt der Typ zu sein, der sich überhaupt jemals auf Beziehungen einlässt.“ Wenn sie das so sagt, klingt es beinahe positiv, als wäre er einfach vorsichtig mit solchen Dingen.

„Soweit ich weiß, ist er sonst eher der Typ für One-Night-Stands. Zumindest, wenn man nach dem geht, was man so über ihn liest.“

„Danach sollte man vermutlich nicht unbedingt gehen. Aber selbst wenn das so wäre: Für unbedeutenden Sex hat er ganz schönen Aufwand betrieben. Und wenn du nicht gerade eine magische Muschi haben solltest, muss wohl mehr dahinterstecken als nur eine schnelle Nummer.“

„Eine magische Muschi?“ Ich muss lachen. „Was soll das denn bitte sein?“

„Keine Ahnung, ich habe schließlich keine.“ Madison lacht ebenfalls, dann beugt sie sich zu mir vor und wuschelt mir durchs Haar, so wie sie es früher immer gemacht hat, um mich zu ärgern. „Ich weiß, dass dir so etwas schwerfällt, warte doch einfach mal ab, was passiert.“ Schulterzuckend isst sie eine weitere Handvoll Chips. „Etwas anderes bleibt dir momentan ohnehin nicht übrig. Bei den wenigsten Beziehungen weiß man am Anfang, ob etwas aus ihnen wird oder nicht. Und wenn nichts daraus werden sollte: Hey, der Typ ist echt scharf. Vögel ihn, sooft du kannst, damit du ein paar heiße Erinnerungen hast, die dich in kalten Nächten warm halten."

Bei Madison klingt das alles so einfach, aber ich befürchte, dass die ganze Sache so heiß sein könnte, dass ich mir irgendwann gehörig die Finger daran verbrennen werde.

16

* * *

Nach dem vierten Klingeln nimmt sie ab. Tate lehnt sich auf dem Sofa zurück und schließt die Augen.

„Hallo?“ Ihre Stimme klingt ganz verschlafen und ein bisschen verwirrt.

„Hey, Honey!“ Ein Lächeln breitet sich auf Tates Gesicht aus. „Ich hoffe, ich habe dich nicht geweckt.“

„Doch, aber das macht nichts.“ Ein leises Rascheln ist zu hören, wahrscheinlich liegt sie bereits im Bett und setzt sich gerade auf. „Ich freue mich, dass du anrufst.“

„Ich wollte einfach noch mal deine Stimme hören und mich entschuldigen, dass ich heute so überstürzt abgehauen bin.“

„Alles okay, du konntest ja nichts dafür.“ Erneutes Rascheln. „Wie war dein Konzert? Ich habe dich im Fernsehen gesehen.“

„Hast du?“ Der Gedanke daran lässt ihn lächeln, schon allein, weil es bedeutet, dass sie offensichtlich an ihn gedacht hat.

„Ja …“ Ihre Stimme klingt rauchig und sexy. Er würde sie gerne mal singen hören. Oder noch mal seinen Namen stöhnen hören, so wie heute Morgen. „Du warst toll. Aber du hast für einigen Wirbel gesorgt, weil du dein *Love-Tattoo* nicht entfernt hast.“

Lächelnd streicht Tate über die Stelle auf seinem Unterarm, an der man es immer noch sehen kann, trotz der Dusche, die er vorhin genommen hat.

„Die Presse ist doch froh, wenn sie etwas zu erzählen hat, und mir hat es gefallen. So warst du immer noch irgendwie bei mir.“

„Du hast tatsächlich Herzchen über die Zahlen gemalt.“ Sie klingt eine Spur erstaunt.

„Dafür braucht man keine sonderlichen künstlerischen Fähigkeiten, weißt du … Außerdem kann ich eigentlich ganz gut malen.“ Ziemlich gut sogar, doch er will ja nicht angeben.

„Wahrscheinlich nicht.“ Er kann das leise Lachen hören, das in ihrer Stimme mitschwingt. „Ich hätte dich nur nicht für einen Herzchen-Maler gehalten, weißt du …“ Eine kleine Pause entsteht und Autumn räuspert sich. „Aber ich habe mich sehr darüber gefreut“, sagt sie schließlich so leise, dass er sie kaum noch versteht.

„Ich habe schon vor langer Zeit damit aufgehört, mir Gedanken darüber zu machen, was andere über mich denken, von wenigen Ausnahmen mal abgesehen.“ Tate zuckt mit den Schultern. „Wenn mir nach Herzchenmalen ist, male ich welche, und für dich male ich gerne Herzchen.“

Er lächelt. „Wenn ich das nächste Mal lieber Pistolen oder Totenköpfe nehmen soll …“

„Nein!“, sagt sie und lacht nun lauter. „Nein, nein, Herzchen sind ganz großartig.“

„Dann ist gut. Ich musste mir ja auch nur etwas einfallen lassen, dass dich heute nicht jeder Idiot anruft, um herauszufinden, wer du bist.“

„Sie wären wahrscheinlich enttäuscht, wenn sie es herausfinden würden. Oder zumindest erstaunt. Ich bin wahrscheinlich nicht unbedingt das, was man von der … Bekannten eines Stars erwartet.“

Bekannte … das Wort gefällt ihm nicht, er befürchtet allerdings, dass er sie erschrecken würde mit jedem Wort, mit dem er sie korrigieren könnte.

„Du bist viel mehr, als man von so einer *Bekannten* erwartet. Du bist sexy und wunderschön, intelligent und liebenswert. Du bist eine kleine Elfe mit Goldaugen.“

„Eine Elfe mit Goldaugen …“, wiederholt sie flüsternd, und er ist sich sicher, dass sie gerade so entzückend errötet, wie sie es manchmal macht. Er mag es, wenn sie rot wird. „Du bist wirklich ein Schatz, Tate.“

„Danke schön!“, antwortet er schlicht. „Wenn du das Konzert heute schon im Fernsehen verfolgt hast … Hättest du vielleicht mal Lust, eines live zu erleben? Ich habe bis Weihnachten jedes Wochenende zu tun und komme nicht mehr weg, und ich dachte, wir könnten uns bei der Gelegenheit vielleicht mal treffen.“ O Mann, er redet hier um den heißen Brei herum wie ein stotternder Vollidiot. „Ich würde dich gerne wiedersehen, Autumn. Hättest du vielleicht Lust, mich nächste Woche in Boston zu treffen?“ Es raschelt erneut, dann ist das Gespräch plötzlich beendet.

Fassungslos starrt Tate auf sein Handy, und als es plötzlich zu klingeln beginnt, lässt er es beinahe fallen.

„Sorry, ich habe versehentlich das Handy aus dem Bett geworfen.“ Autumn klingt verlegen. Dann holt sie ganz tief Luft. „Aber ja, Tate. Ja. Ich würde dich gerne nächste Woche treffen und dich auf der Bühne sehen.“

Ihm fällt ein Stein vom Herzen, von dem er vorher gar nicht gewusst hat, dass er überhaupt vorhanden ist.

„Das ist großartig, Honey. Schlaf jetzt, es ist schon spät, und du musst morgen bestimmt früh raus. Wann musst du aufstehen?“

„Um sechs“, flüstert sie. „Ich muss um sieben im Laden sein, damit ich alles vorbereiten kann. Im Moment ist wahnsinnig viel zu tun. Weihnachtsgeschäft eben.“

„Okay, in diesem Fall solltest du nun wirklich dringend schlafen. Ich melde mich morgen bei dir. Gute Nacht, Baby!“

„Gute Nacht!“, antwortet sie, und er wartet, bis sie aufgelegt hat, bevor er das Telefon ebenfalls zur Seite legt.

* * *

Ich brauche ziemlich lange, bis ich wieder einschlafen kann, dennoch bin ich am nächsten Morgen schon vor dem Weckerklingeln wach.

Nur um sicherzugehen, dass ich nicht einfach bloß geträumt habe, öffne ich die Anruferliste meines Handys, aber ich habe tatsächlich vergangene Nacht telefoniert.

Bevor ich ins Bad gehe, speichere ich Tates Telefonnummer ab. Es ist ein seltsames Gefühl, seinen Namen einzugeben, denn auch wenn ich ihn vor Kurzem noch gar nicht kannte, ist mir mittlerweile ja durchaus bewusst, dass es nicht bloß irgendein Name ist.

Kopfschüttelnd werfe ich das Handy aufs Bett und gehe dann duschen.

Als ich zurück ins Schlafzimmer komme, ist es kurz nach sechs, und ich bin zufrieden, dass ich mir ausreichend Zeit lassen kann. Ich hasse es, mich morgens früh schon hetzen zu müssen.

Mein Handy vibriert auf dem Bett und ich bekomme kurzfristig Panik.

So früh am Morgen meldet sich eigentlich nie jemand bei mir, und ich hoffe nur, dass es keine Nachricht von Suzie ist, die heute nicht kommen kann, weil eines ihrer Kinder oder sie selbst krank geworden sind.

Stattdessen ist es eine Nachricht von Tate.

Guten Morgen, Honey.
Ich hoffe, du hast gut geschlafen.
Wann bist du heute Abend zu Hause?
Ich rufe dich an, wenn du magst.
Hab einen schönen Tag, kleine Elfe.
T.

Dann folgen seiner Nachricht ein Totenkopf, eine Pistole und anschließend eine ganze Reihe von Herzchen in allen möglichen Farben.

Auf meinem Gesicht erscheint ein Grinsen, das so breit ist, dass ich später bestimmt Muskelkater davon bekommen werde.

Mein Gott!

Tate hat sich gemerkt, wann ich aufstehen muss, und er hat mir eine Textnachricht geschickt, um mir einen guten Morgen zu wünschen. Dabei hat er seinen Schlaf bestimmt genauso nötig wie ich.

Guten Morgen, du Herzchen!
Danke für deine Nachricht.
Ich weiß noch nicht genau, wann
ich Feierabend haben werde.
Ich melde mich, wenn ich zu Hause bin.
Ich wünsche dir ebenfalls einen
schönen Tag.

Ich zögere einen Moment, bevor ich noch drei x für Küsse unter meine Nachricht setze. Eigentlich finde ich so etwas ja albern, aber nach den vielen Herzen kommt es mir nur richtig vor.

Meine Arme und mein Kopf stecken gerade in dem dunkelroten Wollkleid, das ich mir anziehen will, als mein Handy schon wieder vibriert, und ich beeile mich so, meinen Kopf und meine Hände zu befreien, dass ich dabei beinahe umfalle.

Freue mich.
T.

Wer hätte gedacht, dass so einfache Worte ausreichen, um bei mir Herzrasen auszulösen? Wahrscheinlich werde ich heute den gesamten Tag mit einem Dauergrinsen herumlaufen.

17

* * *

„Ist es was Ernstes zwischen dir und Autumn?" Wyatt hängt schon wieder auf seinem Schreibtisch und stört ihn dabei, die Verse aufzuschreiben, die sich heute mit einer solchen Leichtigkeit zu Papier bringen lassen, dass Tate es selbst kaum glauben kann. Er schreibt etwas über ein Mädchen mit goldenen Augen, und auch die Melodie dazu summt er schon den ganzen Tag vor sich hin ...

„Interessiert dich das tatsächlich, oder sitzt Lara dir im Nacken, weil sie es vor lauter Neugierde nicht mehr aushalten kann?"

„Beides." Wyatt grinst. „Du weißt ja, wie sie ist." Ohne eine Spur von Verlegenheit beugt er sich vor, um Tates Songtext zu lesen. „Ich will es auch wissen. Ich bin mindestens genauso neugierig wie Lara."

„Autumn kommt am Samstag mit nach Boston, dann kannst du sie ja selbst fragen."

„Sie kommt zum Konzert?“ Wyatt reißt den Kopf so schnell nach oben, dass sich Tate Sorgen macht, ob er sich dabei vielleicht etwas gezerrt haben könnte. „Für sie ist der gesicherte Bereich? Ich dachte, deine Mutter würde mal wieder aufs Konzert kommen.“

„Nein, Mom macht zurzeit irgendeine abgefahrene Stille-Meditationsphase durch. Da kann sie Konzertlärm nicht gebrauchen. Dafür schreibt sie mir Briefe, anrufen darf ich sie im Moment nicht.“ Briefe, in denen sie völlig aus dem Häuschen ist, weil ihre Karten ihr etwas über eine neue Gefährtin in Tates Leben verraten haben.

„Aha“, sagt Wyatt und glotzt Tate an, als wäre ihm gerade ein zweiter Kopf gewachsen.

„Ja, aha“, äfft Tate ihn nach. Er mag Wyatt eigentlich. Er ist sein ältester Freund, und er würde ihm blind sein Leben anvertrauen, aber diese Fragestunde hier geht ihm gerade gehörig auf den Geist. Sein Handy piept, weil eine Nachricht eingegangen ist, und Wyatt will danach greifen, doch Tate ist schneller. Er nimmt es an sich und schafft es außer Wyatts Reichweite.

„Ist die Nachricht von ihr?“ Er grinst. „Vermutlich ist sie das, ansonsten würdest du dein Handy wohl nicht auf einmal bewachen, als wäre es dein zweiter Schwanz. Es interessiert dich doch sonst nicht, wer dir alles Nachrichten schickt.“

„Du willst ernsthaft mit mir über solche Teile meiner Anatomie diskutieren, Kumpel? Ich meine, ich mag dich echt, aber weiß Lara von deinen … *Neigungen*?“

Wyatt lacht.

„Manchmal bist du echt ein Arschloch, Birdie. Allerdings mag ich dich auch, trotzdem. Und wenn du darauf bestehst, frage ich halt am Samstag tatsächlich deine Autumn, was da zwischen euch ist. Findet sie bestimmt überhaupt nicht peinlich oder unangenehm."

„Untersteh dich, Alter!", zischt Tate, doch Wyatt zwinkert ihm nur zu und verschwindet dann so schnell er kann aus Tates Tonstudio.

Zum Glück kann er sich ziemlich sicher sein, dass Wyatt Autumn nicht wirklich danach fragen wird, dafür ist er viel zu nett. Denn ja, er würde sie tatsächlich in Verlegenheit bringen, weil sie wahrscheinlich ebenso wenig weiß, was da zwischen ihnen ist, wie es Tate beantworten kann.

Was ist es, wenn man ständig an ein und dieselbe Frau denken muss und sie einem einfach nicht mehr aus dem Kopf geht?

Sie haben in dieser Woche jeden Abend telefoniert, und Tate lässt sein Handy kaum noch aus den Augen, weil sie sich schreiben, wann immer sie Zeit dafür finden.

Er hat so etwas noch nie vorher erlebt. Das letzte Mal, dass er tatsächlich in ein Mädchen verknallt war, war er noch auf der Highschool, und das lässt sich wohl kaum mit dem hier vergleichen.

Seufzend lehnt er sich in seinem Stuhl zurück, um zu lesen, was Autumn ihm geschrieben hat.

* * *

ICH ZÄHLE die Stunden bis Samstag und fühle mich dabei wie ein kleines Kind, das auf den Weihnachtsmann wartet, bloß dass mein Weihnachtsmann ziemlich sexy und stark tätowiert ist.

Am Donnerstag beschäftige ich mich damit, jegliche halbwegs annehmbare Unterwäsche, die ich besitze, vor dem Spiegel anzuprobieren, weil ich für das Date mit Tate gut aussehen möchte.

Ich möchte auch sexy sein, wenigstens ein bisschen.

Tatsächlich ist die Wahl bei der Wäsche letztendlich nicht sonderlich schwer.

Ich besitze nur drei Sets, die dafür infrage kommen, und eines davon ist unbequem.

Ich würde mir eigentlich gerne etwas Neues für diesen Anlass kaufen, aber da das finanziell nicht drin ist, entscheide ich mich für einen BH und ein dazu passendes Höschen aus schwarzer Spitze, und finde sogar noch ein Paar halterloser Strümpfe im Schrank, die dort schon seit einer Ewigkeit vor sich hinvegetieren, weil ich Strumpfhosen sonst immer praktischer finde und die Strümpfe sowieso niemand zu Gesicht bekommt.

Ich bin unglaublich aufgeregt, und ich freue mich so wahnsinnig auf Tate, dass ich nachts kaum noch schlafen kann.

Jeden Abend fiebere ich dem Moment entgegen, in dem er mich anruft, und wenn ich dann seine Stimme höre, bekomme ich weiche Knie.

Er hat eine wunderschöne Stimme, auch wenn er nur spricht und nicht singt. Tief, melodisch und ein bisschen rau. Wenn es mit dem Singen mal nicht mehr klappen sollte, könnte er mit dieser Stimme bestimmt auch mit Telefonsex reich werden; wobei es vermutlich genügen würde, wenn er Kochbücher vorliest oder Bedienungsanleitungen für Rasenmäher. Mich jedenfalls würde wohl selbst das schon scharf werden lassen.

Am Freitagabend sitze ich nach Ladenschluss bei Madison und ärgere mich darüber, dass es so spät keinen Flug mehr gibt, denn ich kann es kaum abwarten, endlich zu Tate zu kommen.

„Du hast dir wirklich den Samstag und den Montagvormittag freigenommen?“ Madison lacht und stellt mir meinen Kakao hin. „Wer bist du und was hast du mit meiner Autumn gemacht?“

„Ich weiß es auch nicht, ich bin wahrscheinlich verrückt geworden. Ich habe sogar heute Abend eine halbe Stunde früher Schluss gemacht, damit ich Dad noch besuchen kann.“ Ich starre auf die Tasse vor mir und schließe meine Hände fest darum, weil sie heute den ganzen Tag nicht richtig warm werden wollen.

„Weiß er von Tate?“

„Nein. Bist du verrückt? Er würde wahrscheinlich ausflippen. Du kennst ihn, ihm ist doch ohnehin nie jemand gut genug gewesen. Selbst der angepasste Henry nicht. Und jemand wie Tate ... Wenn er davon wüsste, würde er wahrscheinlich einen Herzinfarkt bekommen.“

„Wahrscheinlich hast du recht.“ Nachdenklich legt Madison ihren Kopf schief. „Zumal das Gute am Erwachsenwerden ja auch ist, dass wir unseren Eltern nicht mehr alles auf die Nase binden müssen. Du bist eine erwachsene Frau, und du kannst dich treffen, mit wem immer du möchtest.“

„Ganz genau!“ Ich nippe an meinem heißen Kakao und das süße Getränk beruhigt meine aufgewühlten Nerven ein bisschen. Vielleicht ist es auch Madison, die mit ihrer pragmatischen Art dafür sorgt, dass es mir besser geht.

„Ich bin jedenfalls gespannt, wie dir das Konzert gefallen wird. Und wie es mit Tate sein wird, wenn du ihn wiedersiehst. Du musst mir genaustens Bericht erstatten, hörst du? Ich kenne sonst niemanden, der einen Superstar datet. Das ist wirklich aufregend."

„Ja, oder?" Wobei ich Tate auch aufregend finden würde, wenn er ein Niemand wäre. „Maddy?"

„Hm?" Sie ist gerade damit beschäftigt, die Kaffeemaschine abzuwischen, und dreht sich nur halb zu mir um.

„Du erzählst doch niemandem davon, oder?"

„Bist du verrückt?" Jetzt dreht sie sich ganz zu mir herum. „Ich erzähle nichts, von dem du nicht sagst, dass ich es erzählen darf, okay? Aber du musst dir darüber im Klaren sein, dass du es nicht ewig geheim halten kannst, wenn ihr euch noch weiterhin treffen solltet. Da, wo Tate ist, sind auch immer jede Menge Fotografen, und wenn man euch des Öfteren zusammen sieht, wird es viele Fragen geben – und dein hübscher Hintern wird wahrscheinlich die Titelseite von Klatschzeitungen zieren."

„Verdammt ...", murmle ich. Es mag ja grenzenlos naiv von mir sein, doch ich habe mir tatsächlich noch nie Gedanken darüber gemacht. Mir fällt die kichernde Japanerin wieder ein, die uns in Vegas fotografiert hat. Damals konnte ich das nicht wirklich zuordnen, aber im Gegensatz zu mir hat sie vermutlich gewusst, wer Tate Birdie ist. „Vielleicht sollte ich mir eine gute Tarnung überlegen. Einen großen Schlapphut und eine Hexennase oder so etwas in der Art."

„Steht dir bestimmt hervorragend. Und die Hexennase passt ja auch, wo du doch schon eine magische Muschi hast." Sie zwinkert mir zu, und ich muss lachen.

Trotzdem habe ich nun noch ein Problem mehr, über das ich nachdenken muss.

18

Ich bin so aufgeregt, dass ich davon Bauchschmerzen habe.

Ich meine, Tate einfach so zu besuchen, wäre bereits aufregend genug, aber dann ist da auch noch das Konzert – und dann ist da noch die Sache mit dem Sex.

Natürlich haben wir uns schon geküsst, und das mehr als einmal, und wir haben miteinander rumgemacht, doch bisher ist es noch nicht zum Äußersten gekommen. Zum Äußersten ... ich höre mich an wie eine verkorkste, verklemmte alte Schachtel, allerdings bin ich tatsächlich nicht gut darin, über solche Dinge zu sprechen. Madison zieht mich immer damit auf, dass ich sogar rot werde, wenn ich das Wort *Schwanz* nur höre. Zum Glück weiß sie nicht, dass ich auch rot werde, wenn ich es nur denke.

Ich lege meine kalten Hände an meine glühenden Wangen und schüttle über mich selbst den Kopf. So ergeht es mir immer, wenn ich wirklich nervös bin, mein Gesicht glüht rot, meine Hände sind eiskalt, und ich kann beides überhaupt nicht leiden.

Ich packe meine letzten Sachen zusammen, die noch auf dem Bett liegen. Madison hat es sich nicht nehmen lassen, mir ein paar ihrer Klamotten für das Konzert heute aufzudrängen und neben einer schwarzen, glänzend beschichteten Jeans, die mir selbst gehört, liegt dort jetzt auch noch ein knallrotes Shirt mit kurzen Ärmeln und einem gewagt-tiefen Ausschnitt, durch den man die schwarzen Spitzen meines BHs blitzen sehen kann. Außerdem hat sie mir ein paar Boots von sich geliehen, der Absatz ist breit und bequem genug, sodass ich zur Not den ganzen Abend darauf stehen kann, aber auch hoch genug, damit meine Beine ein bisschen länger aussehen. Obendrein sind diese Boots mit zig silbernen Schnallen versehen, und ich finde sie total lässig und viel cooler als die Schuhe, die ich so im Schrank stehen habe, denn die sind entweder zu schick oder zu schlicht für einen solchen Anlass.

Ich bin viel zu früh dran, als ich in mein Auto steige, um zum Flughafen zu fahren. Um mir den Flug leisten zu können, habe ich den Wintermantel verkauft, den ich aus Vegas mitgebracht habe, und – Online-Auktionshäusern sei Dank – eine ganz hübsche Summe dafür bekommen. Das Teil war zwar wunderschön, doch mein eigener Wintermantel tut sicherlich auch noch zwei oder drei Jahre lang seinen Dienst, und andere Dinge sind eigentlich wichtiger. Vielleicht wäre es sogar noch wichtiger gewesen, ein paar Rechnungen von dem Geld zu bezahlen, statt meinen Hormonen nachzujagen und Tate zu besuchen, aber ich habe in diesem Fall auf das Erstellen von Pro-und-Kontra-Listen verzichtet. Manchmal, wenn man das Ergebnis nicht wissen will, muss man das einfach tun, und ich habe mich wie ein Schneekönig über seine Einladung gefreut.

Ich schnappe mir meine kleine Tasche, klein genug, dass sie als Handgepäck durchgeht, sowie meine Handtasche, kontrolliere noch einmal, ob ich alles eingesteckt habe und der Akku meines Handys vollständig geladen ist, dann verlasse ich das Haus.

Heute ist Samstag, und Suzie vertritt mich im Atelier, sodass ich ruhigen Gewissens wegfahren kann.

Nachdem ich mein Gepäck in den Kofferraum geworfen habe, fahre ich los und ignoriere dieses seltsame Geräusch, das mein Wagen schon seit über einer Woche von sich gibt.

Der Weg zum Flughafen führt durch eine ziemliche Einöde, es gibt hier nichts außer Bergen, Wäldern und gelegentlich kleinen Häusern, die sich in die idyllische Landschaft schmiegen. Alles ist mit einer dünnen, weißen Schicht Schnee überzogen, das Sonnenlicht glitzert darin und lässt die Landschaft um mich herum wie verzaubert aussehen.

Ich habe ungefähr die Hälfte der Strecke geschafft, als das seltsame Geräusch meines Autos lauter wird, und dann kann ich plötzlich kein Gas mehr geben. Egal, was ich mache – es passiert einfach nichts mehr.

Fluchend lenke ich es an den Straßenrand, bremse ab und stelle den Motor aus. Vielleicht beruhigt er sich ja, wenn ich ihn ein bisschen auslasse und anschließend versuche, neu zu starten. Bei anderen Dingen funktioniert das schließlich auch manchmal. Eine kleine Pause, ein hübscher Neustart und alles ist wieder gut.

Leider ist mein Auto weniger kooperativ, als es mein

Laptop ist, bei dem diese Taktik meistens aufgeht. Auch nach dem vierten Neustart funktioniert es immer noch nicht, und langsam, aber sicher spüre ich Panik in mir aufsteigen.

Wie soll ich zum Flughafen kommen, wenn die Scheißkarre nicht mehr anspringt?

Fuck!

Zähneknirschend steige ich schließlich aus dem Auto und öffne die Motorhaube – auch wenn das eigentlich völliger Quatsch ist, weil ich ohnehin nicht das kleinste bisschen Ahnung von Autos habe. Trotzdem habe ich irgendwie das Gefühl, dass man das so macht, wenn man eine Panne hat.

Ich starre eine Weile sinnlos auf das, was ich unter der Motorhaube entdecke, und kann dabei keine zwei Teile benennen. Letztendlich mache ich sie mit zu viel Schwung wieder zu und klemme mir dabei beinahe die Finger.

Ich hätte auf mein Auto achten sollen, als es komische Geräusche von sich gegeben hat. Wenn es schon mit mir spricht, sollte ich auch darauf hören und es in die Werkstatt bringen. In eine Reparatur meines Autos wäre mein Geld vermutlich besser investiert gewesen als in ein Flugticket, denn – das wird mir gerade bewusst – durch mein kaputtes Auto kann ich nicht nur nicht zum Flughafen fahren, ich habe auch keine Ahnung, wie ich zurück nach Hause kommen soll.

Ich stecke bei Minusgraden auf dieser verschissenen Landstraße fest.

Mein Date mit Tate kann ich knicken, denn ich sehe keine Chance, meinen Flug noch zu bekommen.

Das ganze Geld, das ich leichtfertigerweise dafür ausgegeben habe, ist nun einfach futsch, zum Fenster hinausgeworfen.

Ich blinzle gegen ein paar Tränen an und höre sofort die Stimme meines Vaters in meinem Kopf.

„Weinen hilft nicht weiter, Autumn. Reiß dich zusammen, hör auf zu heulen, und sieh zu, wie du die Sache löst."

Allerdings ist das meistens leichter gesagt als getan.

Madison ist heute nicht da, sie ist mit Janos über das Wochenende zu seinen Eltern gefahren, und ansonsten habe ich niemanden, den ich anrufen kann und der mich hier abholen würde. Früher hätte ich meinen Dad angerufen. Bei dem Gedanken kommen mir beinahe schon wieder die Tränen.

Nachdem ich eine Weile nachgedacht habe, suche ich die Nummer der einzigen Autowerkstatt in Midway heraus, die einen Abschleppdienst hat. Was bleibt mir auch anderes?

Pro: Sie holen mich und das Auto hier weg.

Kontra: Ich muss Geld dafür bezahlen, das ich eigentlich nicht habe.

Pro: Sie können mein Auto auch gleich reparieren, denn in einem kleinen Kaff wie White Crossing ist man auf ein Auto wirklich angewiesen.

Kontra: Ich werde vielleicht das Seidenkleid verkaufen müssen, das ich in Vegas gekauft habe.

Pro: Ich muss hier draußen nicht erfrieren.

Das war einfach, die Sache mit dem Abschleppdienst gewinnt.

* * *

Manchmal ist er Hotelzimmer leid, genau wie er es manchmal satthat, so viel unterwegs zu sein. Tate hätte Autumn eigentlich lieber zu sich in seine Wohnung eingeladen, als sich hier mit ihr zu treffen, weil das viel persönlicher gewesen wäre. Sie hat ihm ihr zu Hause gezeigt, und er hätte ihr gerne das seine präsentiert, auch wenn er dort nur wenig Zeit verbringt. Sein Zeitplan macht ihm diesbezüglich einen Strich durch die Rechnung, und da Autumn momentan durch ihre Arbeit ebenfalls wenig Zeit hat, bleibt ihm nichts anderes übrig, als sie hierher nach Boston einzuladen.

Was auf der anderen Seite natürlich den Vorteil hat, dass sie ihn auf der Bühne sehen kann. Er hat keine Ahnung, warum ihm das so wichtig ist, aber wahrscheinlich ist es wichtig, weil es einfach einen Teil von ihm ausmacht, den er ihr unbedingt zeigen möchte.

Vielleicht sollte er noch ein paar Blumen kommen lassen oder so etwas in der Art, irgendetwas, was das Zimmer ein bisschen weniger unpersönlich macht. Obwohl ein arrangiertes Blumengesteck da vermutlich auch nicht das Richtige ist. Ohnehin ist er sich gar nicht sicher, ob Autumn auf solche Dinge viel Wert legt, ihm zumindest war das alles egal, solange der Raum, in dem sie sich treffen, nur Autumn und ein Bett enthält, wobei er auf das Bett zur Not auch verzichten könnte.

Sein Handy beginnt zu vibrieren und fällt dabei beinahe von dem glatt polierten Esstisch, der im Wohnraum der Suite steht, die er für dieses Wochenende gebucht hat.

In letzter Sekunde rettet er sein Handy vor dem Absturz und erkennt Autumns Nummer auf dem Display.

„Hey, Honey ...“

„Hey …"

Da ist etwas in ihrer Stimme, was sich nicht so anhört, wie es sich anhören sollte.

„Ist alles in Ordnung bei dir?"

„Nein …" Er kann hören, wie sie ganz tief Luft holt. „Ich kann leider nicht zu dir kommen. Es tut mir so leid!" Sie sagt es so hektisch, als wolle sie es möglichst schnell hinter sich bringen; anschließend atmet sie langsam wieder aus.

„Was ist passiert, Honey? Geht's dir gut?"

„Mir ist nichts passiert oder so. Nur mein Auto hat auf halber Strecke zum Flughafen seinen Geist aufgegeben."

Fuck!

Er hat diese alte Schrottkarre schon kritisch begutachtet, als er bei Autumn in White Crossing war. Zum Glück ist nicht Schlimmeres passiert. Es sollte wirklich verboten werden, in solchen Autos herumzufahren.

„Wo bist du jetzt, Babe?"

„Ich sitze im Abschleppwagen zurück nach White Crossing." Ihre Stimme klingt dünn, es ist ihr deutlich anzuhören, dass die Situation sie belastet. „Aber der Flug, den ich gebucht habe, ist weg." Sie seufzt zittrig. „Und selbst wenn nicht, hätte ich ohne Auto keine Möglichkeit mehr, zum Flughafen zu kommen."

„Bleib bitte kurz dran, okay?" Tate klappt seinen Laptop auf und gibt ein paar Daten ein. „Wo bist du jetzt genau?"

„Irgendwo zwischen White Crossing und dem Flughafen von Midway …"

Tate lacht leise.

„Das weiß ich selbst, Honey. Aber wo dort *genau*?"

Er hört, wie Autumn leise mit jemandem spricht, vermutlich mit dem Abschleppwagenfahrer. Dann nennt sie ihm ein paar Kilometerangaben und die Himmelsrichtung.

„Okay, pass auf: Du bleibst sitzen und ich schicke dir ein Taxi entgegen, und ich lasse dir am Flughafen Tickets für einen späteren Flug hinterlegen, in Ordnung?"

„Tate ..." Er weiß genau, was jetzt kommt, und er unterbricht sie, bevor sie es aussprechen muss.

„Ich zahle das alles, okay? Mach dir bitte keine Gedanken." Er ist ein aufmerksamer Beobachter, das war er schon immer. Er hat die vielen Rechnungen, die auf Autumns Esstisch lagen, gesehen, bevor sie sie weggeräumt hat. Er hat ihr uraltes Auto gesehen und den Zustand ihrer Möbel. Ihm ist klar, dass sie eine lange Taxifahrt sowie einen neuen Flug nicht mal eben aus der Portokasse bezahlen kann. Im Gegensatz zu ihm.

„Aber ich möchte nicht, dass du das alles für mich bezahlst, Tate. Ich will nicht, dass du Geld für mich ausgibst."

Er seufzt tief, er hätte es kommen sehen müssen.

„Pass auf, Honey. Ich weiß nicht, wie gut du über mich recherchiert hast, aber ich habe Geld wie Heu. Wirklich. Ich weiß, dass man über solche Dinge nicht reden soll, doch es entspricht nun mal den Tatsachen. Es hat nichts mit Angeberei zu tun, wenn ich dir jetzt sage, dass ich selbst dann genug Geld hätte, wenn ich in meinem Leben noch nicht eine einzige Stunde gearbeitet hätte. Meine Großmutter hat jede Menge Fonds für mich angelegt, die Familie meines Vaters ist sehr, sehr wohlhabend. Dazu kommt, dass ich gearbeitet habe, seit ich das College verlassen habe, und zwar hart. Ich habe mehr Geld verdient, als die meisten Menschen jemals in ihrem ganzen Leben ausgeben können. Wenn ich dir den Flug und das Taxi bezahle, sind das Summen, von denen ich kaum etwas merke." Er seufzt noch einmal. „Ich würde dir das alles gar nicht erzählen, weil es eigentlich nicht wichtig ist, aber ich möchte trotzdem, dass du es begreifst. Das Geld macht mir nichts aus. Was mir sehr wohl etwas ausmacht, ist, dich heute nicht zu sehen. Ich habe mich wie ein Tier auf dich gefreut und ich will dich unbedingt hier haben. Ich würde auch noch viel mehr ausgeben als das Geld für ein Taxi und einen Flug. Ich würde dich auch mit einem Privatjet einfliegen lassen, wenn ich nicht davon ausgehen muss, dass du dich vermutlich mit Händen und Füßen dagegen wehren würdest. Und obwohl ich so ziemlich alles für dich tun würde, mache ich das vor allem für mich. Ich will dich sehen. Unbedingt. Ich! Will! Dich! Sehen!"

Am anderen Ende der Leitung herrscht Schweigen, und Tate seufzt erneut. „Bitte, Honey. Tu mir den Gefallen, ja? Ich organisiere alles, du musst nur in das Taxi steigen, das ich rufe, und dich danach in das Flugzeug setzen und anschließend zu mir kommen." Immer noch Schweigen. „Bitte!"

Er kann hören, wie sie schluckt und sich dann räuspert.

„Okay", flüstert sie schließlich, und Tate atmet erleichtert aus. „Aber ich mache es wieder gut, ja? Irgendwie mache ich es wieder gut."

„Oh, ich bin mir sicher, dass du das tun wirst, sei dir gewiss, dass ich dafür sorgen werde ...", raunt er leise ins Telefon. „Mir fallen viele, viele Möglichkeiten ein, wie du es wiedergutmachen könntest. Zum Beispiel damit, dass du meinen Namen schreist, während du heute Nacht nackt unter mir liegst." Autumn lacht nervös, und wenn Tate die Augen schließt, sieht er ihr Bild ganz genau vor sich, sieht, wie sie so entzückend errötet, wie sie es immer macht, wenn er ihr unanständige Sachen erzählt. Er muss lächeln. Er sollte ihr noch sehr viel häufiger solche Dinge sagen, denn er mag es, wenn sie auf diese spezielle Art verlegen wird. „Also dann sind wir uns einig?“

„Ich denke schon“, flüstert sie und als er gerade auflegen will: „Ich habe mich auch tierisch auf dich gefreut.“

19

* * *

Ich habe keine Ahnung, wie Tate das angestellt hat, aber binnen einer halben Stunde entdecke ich das Taxi, das uns entgegenfährt.

Mit einem vernünftigen Auto verläuft die Fahrt bis zum Flughafen völlig reibungslos, und ich vertreibe mir die Zeit damit, Tate Bilder von der Umgebung zu schicken, damit er weiß, wo ich gerade bin.

Eigentlich hatten wir geplant, dass er mich vom Flughafen abholt und wir zusammen erst ins Hotel und dann zum Konzert fahren, aber da ich nun viel zu spät dafür dran bin, muss ich direkt zum Konzert kommen und wir sehen uns erst im Anschluss daran.

Zum Glück verläuft am Flughafen alles reibungslos, das Ticket, ist für mich hinterlegt und wird mir, nachdem ich meinen Ausweis vorgezeigt habe, sofort ausgehändigt.

Tate hat einen Flug in der ersten Klasse für mich gebucht,

und obwohl mir das ein bisschen unangenehm ist, weil er nun noch mehr Geld für mich ausgegeben hat, freue ich mich auch darüber, weil er sich so liebevoll um mich kümmert.

Erste Klasse für mich?
Du bist ja verrückt!
Danke schön. <3

Es dauert keine Minute, bis seine Antwort ankommt.

Jeder weiß, dass ich verrückt bin.
Ich dachte, du hättest im Internet über
mich recherchiert. ;-) Also gewöhn
dich besser gleich daran!
Freue mich auf dich – übrigens
wie verrückt.
Herzchen vom Herzchen.
<3 <3 <3 <3

Ich muss schmunzeln, aber da das Boarding gerade beginnt, komme ich erst wieder dazu, ihm zu antworten, als ich bereits im Flugzeug sitze. Ich schicke ihm ein Foto von meinem schicken, komfortablen Platz.

Hier werde ich sitzen und
mich auch auf dich freuen.
Muss das Handy jetzt ausschalten,
bevor ich noch Ärger von der
Stewardess bekomme. Sie schaut

schon ganz vorwurfsvoll.

Ich will gerade auf den Ausschalteknopf drücken, als mich seine Nachricht noch erreicht.

Melde dich bitte, wenn du gelandet bist,
sonst habe ich später keine ruhige Minute.
Ich schicke dir einen Wagen, der Fahrer
wird dich zum Stadion bringen und dort
an Vincent übergeben – Vincent ist bei der Security
und wird gut auf dich aufpassen, bis
ich endlich Zeit für dich habe.
Kann es kaum erwarten.
T.

Ich überlege, ob ich ihm noch etwas antworten soll, aber da die Stewardess mich bereits im Visier hat, riskiere ich lieber nichts und schalte das Handy endlich aus.

Den ganzen Flug denke ich darüber nach, dass ich mich wahrlich sehr, sehr glücklich schätzen kann, weil ich ein Date mit Tate Birdie habe.

Eigentlich habe ich mir etwas zum Lesen eingepackt, doch ich bin viel zu nervös und ich lese jeden Satz dreimal und weiß dann am Ende doch nicht mehr, was am Anfang stand.

Schließlich gebe ich auf.

Ich schnappe mir meine Tasche und gehe auf die Toilette, um mich umzuziehen – das habe ich ja eigentlich fürs Hotel eingeplant.

Da das Shirt zu dünn ist, ziehe ich einen einfachen, grauen Rollkragenpullover darüber an.

Mein Haar binde ich zu einem hohen Pferdeschwanz und meine Lippen male ich tiefrot an. Passend zu meinem Shirt.

Viel mehr kann ich hier auf der Toilette leider nicht machen, aber ich finde, dass ich hübsch aussehe, und ich hoffe, dass Tate es ebenso empfinden wird.

Wieder zurück auf meinem Platz kuschle ich mich in den Sitz und beschäftige mich damit, sinnlos aus dem Fenster zu starren, bis wir schließlich landen.

20

Ich war noch niemals zuvor auf einem Konzert wie diesem. Selbst wenn ich es jemals gewesen wäre, hätte ich niemals einen solch grandiosen Platz bekommen, abgeschottet genug, um keine Platzangst oder Panik zu erleiden, dennoch so sehr mit dabei, dass ich die Stimmung hautnah spüren kann.

Die Vorband gibt ihr Bestes und das Publikum feiert fleißig mit, aber als die Black Jellybeans die Bühne betreten, verändert sich die Atmosphäre schlagartig.

Es wird geschrien und applaudiert, so laut, dass es mir in den Ohren dröhnt und in meinem Körper widerhallt.

Dann erklingen die ersten Akkorde, die Tate auf seiner Gitarre spielt, und es herrscht schlagartig Stille, allerdings nur so lange, bis seine Fans den Song erkennen.

Es ist eine von diesen wehmütigen Rockdingern, bei der es um Sehnsucht und Freundschaft geht, vielleicht auch um Liebe; der Text zu kryptisch, um ihn wirklich zu verstehen, aber wahrscheinlich ist der Song gerade deshalb einer der erfolgreichsten der Black Jellybeans: Er lässt jede Menge Freiraum für Interpretationen, und man kann ihn somit in so ziemlich jeder Lebenslage hören. Ja, ich habe meine Hausaufgaben gemacht. Ich habe fleißig recherchiert, mir Songs angehört und Informationen über Tate und seine Band gelesen.

Seine Stimme ist wirklich einmalig, tief, melodisch, mit einer Spur von Rauch. Wie ein Feuer an einem kalten, nebligen Herbsttag. Ich habe schon vorher verstanden, warum man sich Musik wie diese anhört, doch erst jetzt wird mir so richtig klar, dass es Tate ist, der die Band zu etwas Einzigartigem macht.

Ich kann es schlecht beschreiben, seine Präsenz ist schlicht einzigartig, die Aura, die ihn auf der Bühne umgibt, raubt mir fast den Atem. Er singt mit geschlossenen Augen, und als er sie schließlich öffnet, sucht sein Blick nach mir. Ich neige wirklich nicht sonderlich zu hysterischem Fangehabe, aber zum ersten Mal in meinem Leben kann ich verstehen, was Frauen dazu bewegt, ihre Höschen auf die Bühne zu werfen und vor lauter Verzücken in Ohnmacht zu fallen.

An meinem gesamten Körper bildet sich eine Gänsehaut, und als Tate dann lächelt, habe ich das Gefühl, dass er einzig für mich singt – ach, was sage ich, nur für mich lebt und ich nur für ihn.

Allerdings würde ich wetten, dass es so ziemlich allen weiblichen Fans ebenso ergeht, denn als sein Lächeln auf der großen Leinwand erscheint, auf der die Bühne gefilmt wird, damit man auch in der letzten Reihe des ausverkauften Stadions noch etwas von den Jungs sehen kann, rauscht ein Seufzen durch die Menge, gefolgt von einem disharmonischen Chor von weiblichem Kreischen.

Ich hätte gedacht, dass ich in solchen Momenten vor Eifersucht brennen würde, doch stattdessen macht sich ein ganz anderes Gefühl in meiner Brust breit.

Es ist Besitzerstolz.

Die anderen Frauen können kreischen, soviel sie wollen, denn ich werde diejenige sein, die nachher zu Tate hinter die Bühne geht, ich bin diejenige, die ihn berühren und ausziehen darf, sobald wir allein sind.

Ich lächle zu Tate zurück und sein Gesichtsausdruck sorgt erneut für ein Kreischen, und ich könnte dieses Spiel den gesamten Abend lang spielen.

Kreischt nur, ihr Weiber! Er gehört mir! Einzig und allein mir!

Ein wenig befürchte ich, dass ich demnächst *mein Schaaaaaaaatz* murmeln werde, mir alle Haare ausfallen, ich einen Buckel bekomme und merkwürdig werde, aber, verdammt noch mal, es ist ein grandioses Gefühl. Ein Gefühl von „Mehr davon, bitte“ gepaart mit einer Portion „Und das bitte schnell“.

Es schmeichelt meinem Ego, dass er sich für mich entschieden hat, und es rührt etwas in meinem Herzen, von dem ich vorher gar nicht gewusst habe, dass es da ist.

Bei Henry habe ich nie so empfunden, obwohl ich fest davon ausgegangen bin, dass ich ihn geliebt habe.

Dennoch habe ich ihn niemals so sehr gewollt, wie ich Tate will. Ich habe mich noch niemals zuvor nach einem Menschen so sehr verzehrt wie nach Tate.

Ich genieße den Abend in vollen Zügen, denn ich kann das Objekt meiner Begierde die ganze Zeit über bewundernd anstarren, ohne dass mir das in irgendeiner Form peinlich sein müsste oder mich jemand für besessen halten könnte, denn alle anderen Menschen um mich herum machen es ja ebenso.

Außerdem bin ich absolut besessen von ihm, und ich bin mir ziemlich sicher, dass ich das ohnehin sehr schlecht verbergen kann.

* * *

Es wird immer wieder behauptet, dass man das Publikum nur als eine einzige, wabernde Masse wahrnimmt, wenn man selbst auf der Bühne steht, aber das ist ein Gerücht. Zumindest die Menschen in den ersten Reihen sind hervorragend zu erkennen, und er hat Autumn in dem Moment entdeckt, in dem er die Bühne betreten hat.

Heute war sein Lampenfieber so schlimm wie schon lange nicht mehr, und er war froh darüber, dass er Backstage einen Raum für sich hatte, sodass er die Jungs nicht damit anstecken konnte.

Tate konnte keine halbe Minute lang still sitzen und ist in dem kleinen Raum, den er als Umkleide genutzt hat, auf und ab getigert, während er abwechselnd auf die Uhr und auf sein Handy geschaut hat.

Autumn hat ihm die ganze Fahrt über Bilder und kleine Nachrichten geschickt, ihn darüber informiert, wo sie gerade ist, aber seit sie an der Konzerthalle angekommen ist, war damit Schluss.

Vermutlich hat sie hier keinen Empfang, die Netze sind bei solchen Veranstaltungen aufgrund der Menschenmassen oft völlig überlastet. Sein eigenes Handy funktioniert auch nur, weil ihnen Backstage ein eigenes WLAN-Netz zur Verfügung steht.

Obwohl er das alles weiß, war er so nervös wie noch nie zuvor, als er die Bühne betreten hat, weil er nicht sicher wissen konnte, ob Autumn tatsächlich da sein würde. Vielleicht war er auch so nervös, weil er wusste, dass sie da ist, weil er vor ihr singen und ihr eine Seite von sich zeigen würde, die sie noch nicht kennt. Weil er sich nicht sicher sein kann, ob sie diese Seite auch leiden mögen wird, und weil er aus Erfahrung weiß, dass es etwas völlig anderes ist, live bei einem Konzert mit dabei zu sein, als es nur im Fernsehen zu erleben.

Dann kam er auf die Bühne und hat sie gesehen.

Sie stand vollkommen reglos da, in diesem winzigen, blutroten Shirt und den dazu passend geschminkten Lippen, doch als er zu singen begonnen hat, war ihr Blick voller Emotionen.

Er sucht ihre Augen bei jedem verdammten Song aufs Neue, und er kann genau erkennen, dass sie das Gleiche fühlt, wie er es beim Singen empfindet, je nachdem, welcher Song gerade dran ist. Er nimmt sie mit auf seine emotionale Reise durch Liebe, Freude, Hass, Melancholie und Trauer, und er ist sich sicher, dass sie die ganze Zeit bei ihm ist. Immer, wenn er kurze Zeit zum Luftholen hat, bleibt sein Blick an dem Ausschnitt dieses verdammten roten Oberteils hängen, und er kann an nichts anderes denken als daran, was er heute noch alles für Emotionen in ihr auslösen will.

* * *

Das Konzert ist der absolute Wahnsinn, und es stürzt mich in eine Achterbahn der Gefühle, von betrübt, zu übermütig, zu am Boden zerstört und glücklich, je nachdem, was Tate gerade singt.

Am Ende bin ich völlig fertig, und ich frage mich, wie er selbst es schafft, so etwas manchmal mehrere Abende nacheinander zu bewältigen, zumal er zwischenzeitlich auch noch wie ein Irrer auf der Bühne herumspringt und seinem Publikum die perfekte Show bietet.

Die Black Jellybeans geben an diesem Abend gleich drei Zugaben, und ich habe den Eindruck, dass die Jungs sich genauso wenig vom Publikum trennen mögen wie umgekehrt.

Vielleicht ist das ein wichtiger Teil dieser Chemie zwischen ihnen und dem Publikum, die vermutlich jeder an diesem Abend spüren konnte.

Als sie schließlich hinter der Bühne verschwinden, hören die Fans trotzdem nicht damit auf, rhythmisch zu klatschen, aber ich weiß, dass das Konzert vorbei ist, als ich Vincents Hand auf meiner Schulter spüre.

Es ist zu laut, um ihn zu verstehen, er macht eine Kopfbewegung in Richtung des Ausgangs, der hinter die Bühne führt, und dann baut er sich vor mir auf, um mir einen Weg zwischen Securityleuten und Publikum zu bahnen.

Hinter der Bühne, in den Umkleideräumen, ist die Stille beinahe ohrenbetäubend. Das Klatschen von draußen klingt bloß noch gedämpft.

Ich fühle mich, als hätte ich irgendein Rauschmittel genommen, als wäre ich betrunken gewesen und würde nun wieder nüchtern werden, und es ist ein seltsames Gefühl.

Allerdings dauert es nur so lange, bis Vincent eine Tür aufstößt, sie aufhält und mir bedeutet, hineinzugehen.

Mit einem leisen Klicken fällt sie hinter mir ins Schloss, doch ich bekomme es kaum mit, weil ich nur noch Augen für Tate habe.

Er sitzt in einem Sessel, die Ellenbogen auf die Knie gestützt, und in den Händen hält er eine Flasche Wasser. Sein Kopf hängt herunter, er wirkt lässig, aber ziemlich erledigt, und als er die Tür hört, blickt er zu mir auf. Er sieht mir direkt in die Augen, und dann zeigt sich dieses kleine, schiefe Lächeln auf seinem Gesicht, das er einzig und allein für mich parat hat.

Sofort ist alles wieder da, was ich vorher gespürt habe, mein Rausch kommt zurück mit mindestens der dreifachen Intensität.

„Hi!" Meine Stimme klingt ganz seltsam dünn, und meine Beine zittern leicht, als ich langsam auf ihn zugehe.

Tate beobachtet, wie ich näher komme, er beobachtet jeden meiner Schritte, als wäre er ein Jäger, der jeden Moment zuschlägt, um seine Beute zu erledigen.

Und ich?

Ich bin sein williges Opfer.

Er lässt mich zu sich herankommen, bis meine Knie schon fast die seinen berühren, dann schnappt er zu. Die Wasserflasche fällt mit einem Poltern zu Boden, und bevor ich weiß, wie mir geschieht, stehe ich zwischen Tates Beinen und er zieht mich zu sich hinab, um mich zu küssen.

Keinen von diesen kleinen, zarten Begrüßungsküssen, die er mir das letzte Mal gegeben hat, als wir uns gesehen haben.

Stattdessen ist sein Kuss roh und wild, gierig und tief. Er will alles haben, was ich ihm geben kann, und ich halte nichts zurück. Wir küssen einander, bis wir beide völlig außer Atem sind. Tate schmeckt salzig und riecht nach frischem Schweiß sowie nach sich selbst, und all meine Sinne spielen völlig verrückt.

Ich will ihn.

Ich.

Will.

Ihn.

Verdammt noch mal, ich will ihn so sehr!

Seine Hände verkrallen sich in meinem Haar, lösen das Zopfgummi, bis es mir in weichen Wellen über die Schultern fällt und er seine Hände darin vergraben kann, um meinen Kopf weiter nach hinten zu ziehen, um mit seiner Zunge noch tiefer in meinen Mund eindringen zu können.

Ich beginne zu stöhnen, laut und verzweifelt, und Tate lässt mich los, schiebt mich ein kleines Stück von sich, um mich ansehen zu können.

Das kleine schiefe Lächeln von vorhin wird nun durch ein breites Grinsen ersetzt, und ich kann mich einfach nicht entscheiden, was mir besser gefällt.

„Hi …", sagt Tate nun ebenfalls, wenn auch mit einiger Verspätung. Er ist ein bisschen heiser, und ohnehin wirkt er etwas derangiert, meine Hände, die sein Haar völlig durcheinandergebracht haben, haben einiges dazu beigetragen. „Du siehst heiß aus, Autumn. Ich liebe diese Hose, und dazu erst dieses Shirt …" Sein Blick bleibt an meinem Ausschnitt hängen. „Seit ich dich da unten in der Menge entdeckt habe, will ich dich unbedingt haben." Er zieht mich wieder an sich und drückt sein Gesicht seitlich an meinen Hals, atmet tief ein, und ich kann sein Lächeln an meiner Haut spüren. „Ich wollte dich so sehr, dass ich mich kaum noch auf etwas anderes konzentrieren konnte." Seine Zähne kratzen über meinen Puls, und ich erschaudere in seinen Armen, presse mich näher an ihn, weil ich mehr von ihm will.

„Du warst großartig da auf der Bühne. Ich meine, ich wusste, dass du toll sein würdest, aber das war … Ich habe eigentlich gar keine Worte dafür." Ich drücke mich noch ein wenig enger an ihn, aber weil er sitzt und ich vor ihm stehe, habe ich das Gefühl, ihm einfach nicht nahe genug kommen zu können. „Tate …", flehe ich, umschließe sein Gesicht mit beiden Händen und versuche ihn zu einem Kuss zu mir zu ziehen. Wenn ich ihn nicht bald spüre, seine nackte Haut an meiner fühle, werde ich wahnsinnig.

Tate hält mich einen Moment lang an sich gedrückt, dann steht er beinahe abrupt auf.

„Komm mit!", knurrt er und zieht an meiner Hand, damit ich ihm folge. „Komm mit, lass uns von hier verschwinden, damit ich eine Dusche nehmen und dich anschließend in mein Bett verfrachten kann. Ich will, dass du heute Nacht für mich schreist, Honey, aber ich will nicht, dass dich jemand außer mir dabei hört. Ich will dich nur für mich."

* * *

BESESSENHEIT.

Das ist eines der Wörter, deren tatsächlicher Bedeutung er sich nie so wirklich bewusst war, bevor er Autumn getroffen hat.

Die letzten Tage ohne sie konnte er an nichts anderes als an sie denken. An ihren Duft, an ihr Lachen, an ihre Küsse und ihren unglaublichen Körper, der so perfekt zu seinem passt.

Vielleicht ist Besessenheit gar nicht wirklich das richtige Wort, denn es klingt so, als wäre es etwas Schlimmes, bei dem man sich unter Krämpfen zu winden beginnt und letztendlich einen Exorzisten rufen sollte.

Tate allerdings hat nicht das Gefühl, dass er einen brauchen würde, ganz im Gegenteil. Sosehr er sich auch nach Autumn verzehrt, sorgt sie gleichzeitig dafür, dass er ruhiger wird, dass er nicht mehr das Gefühl hat, von etwas getrieben zu werden, was ihn immerzu dazu zwingt, weiterzumachen, mehr und mehr zu geben, als wäre er ein durchgeknallter Hamster in einem Laufrad, bis er manchmal das Gefühl hat, manisch oder depressiv zu werden, wenn er nicht damit aufhört.

Seine Mutter würde wahrscheinlich sagen, dass Autumn ihn erdet, und tatsächlich ist dieser Begriff gar nicht so abwegig. Sie bringt ihn zur Ruhe, und gleichzeitig macht sie ihn verrückt, aber auf die gute Art und Weise.

Sie da unten fast zwei Stunden stehen zu sehen, sie im Publikum zu sehen, das hat ihn fast um den Verstand gebracht, und zum ersten Mal, seit er Konzerte gibt, ist er nicht in ein Loch gefallen, nachdem er von der Bühne gegangen ist. Weil er etwas hatte, worauf er sich noch mehr gefreut hat als auf den Auftritt, etwas, was für noch mehr Endorphine und diverse andere Hormone in seinem Blut sorgt, die ihn sich ganz ohne Drogen wie berauscht fühlen lassen.

Er greift nach Autumns Hand und geht mit ihr zusammen auf den Flur, durch die vielen leeren Gänge, vorbei an den Securityleuten und dann zum Hinterausgang, an dem bereits sein Fahrer wartet, in einem unauffälligen Kleinwagen mit getönten Scheiben, dem er eine große, schwarze Limousine als Ablenkung folgen lässt.

Es hat sich herausgestellt, dass dies eine gute Taktik ist, denn die meisten Fans fallen auf das Ablenkungsmanöver herein, lassen den Kleinwagen unbehelligt passieren und stürzen sich stattdessen auf die Limousine, während Tate schon längst über alle Berge ist; die anderen Mitglieder seiner Band handhaben es ähnlich.

„Komm, Honey …“ Er öffnet ihr die Tür zum Fond und lässt sie einsteigen, bevor er sich zu ihr setzt und sofort wieder nach ihrer Hand greift.

21

* * *

Die Fahrt bis zum Hotel dauert nur ein paar Minuten, und die gesamte Fahrt über hält Tate meine Hand fest in seiner, liebkost mit seinem Daumen meine Handfläche und jagt mir damit kleine Schauer über den Rücken.

Damit und mit diesem umwerfenden Lächeln, mit dem er mich ansieht, ein Lächeln, bei dem ich genau weiß, dass er daran denkt, was er später noch alles mit mir anstellen will.

Sein Blick wandert über meinen Ausschnitt und bleibt an meinen Nippeln hängen, die sich aufrichten, als hätte er sie liebkost.

Tates Grinsen wird noch breiter.

„Nur Geduld, Babe!“, flüstert er mir ins Ohr, sodass der Fahrer uns nicht hören kann. „Später werde ich mich dir und deinen unglaublichen Brüsten noch in aller Ruhe widmen.

Ich habe nicht vergessen, dass du der Meinung bist, etwas gutmachen zu müssen, und glaube mir, ich bin bereit, diese Einstellung schamlos auszunutzen. Ich bin bei solchen Dingen kein sehr guter Mensch, weißt du …“

Kurz darauf halten wir an und Tate zieht mich beinahe ungeduldig hinter sich her, bringt mich in den Fahrstuhl und anschließend in das größte Hotelzimmer, das ich mir vorstellen kann. Selbst mein Zimmer in Vegas kommt mir im Vergleich wie ein Kaninchenstall vor.

Ich wäre ja gerne mit ihm zusammen duschen gegangen, aber Tate scheint andere Pläne zu haben.

„Setz dich!“, befiehlt er, als wir in seinem Hotelzimmer angekommen sind. „Ich bin in fünf Minuten wieder bei dir. Mach schon mal den Champagner auf.“ Er deutet auf die Flasche, die fleißiges Hotelpersonal in einem silbernen Champagnerkühler bereitgestellt hat. „Falls du dich auch frisch machen möchtest, es gibt noch ein weiteres Bad hinter dieser Tür dort.“ Er zeigt in die entsprechende Richtung, dann ist er verschwunden, und ich ziehe mich ebenfalls kurz ins Bad zurück, um die Toilette zu benutzen sowie mir die Hände zu waschen und ein bisschen Wasser ins Gesicht zu spritzen, nur so viel, um mein Make-up nicht zu ruinieren. Ich schnuppere kritisch an mir und lege noch etwas Deo auf, bevor ich zurück in das große Schlafzimmer gehe.

Dort beschäftige ich mich tatsächlich mit der Flasche Champagner. Schon allein, damit ich irgendetwas zu tun habe, bevor Tate zurückkommt, da ich befürchte, ansonsten wahnsinnig zu werden.

Ich habe die Flasche gerade geöffnet, als er zu mir zurückkommt.

Mit nichts an als einem weißen Handtuch um die Hüften.

Um ein Haar hätte ich die Flasche fallen lassen, aber es gelingt mir gerade noch so, sie unfallfrei auf den Tisch zurückzustellen.

„Da bist du ja …“, murmle ich und mein Blick wandert von seinen Augen über seinen Mund zu seiner Brust. Ich betrachte die festen Muskeln, die sich unter seiner glatten Haut abmalen, und dann fällt mein Blick auf den schmalen Streifen dunkler Haare, der unter dem an der Hüfte zusammengerafften Handtuch verschwindet.

Ich muss schlucken.

Als mein Blick schließlich wieder bei seinem Gesicht angelangt ist, lächelt Tate träge.

„Komm her …“, flüstert er, und ich setze mich wie von selbst in Bewegung, bis ich schließlich so nah vor ihm stehe, dass meine Brüste ihn berühren würden, wenn ich tief einatme.

Er riecht einfach himmlisch, nach nasser Haut und frisch gewaschenem Mann.

Wir beide verharren einen Moment in völliger Regungslosigkeit, bis Tate seinen Zeigefinger unter mein Kinn legt und es ein paar Zentimeter anhebt.

Er sieht mich an, aus diesen unglaublichen, braunen Augen, und ich versinke in seinem Blick. Mein Mund öffnet sich, und mein Herz beginnt zu flattern, als wäre es ein panischer Kolibri.

Ich bin mir sicher, dass Tate das alles sehr genau registriert. Er hat diese Art, Menschen ganz exakt zu beobachten, als würde er Fallstudien für seine Songtexte betreiben, und obwohl mich solche Dinge sonst schnell verunsichern, genieße ich gerade diese intensive, völlig ungeteilte Art der

Aufmerksamkeit in vollen Zügen. Sein Lächeln intensiviert sich, als wäre er zufrieden mit dem, was er gerade sieht, dann beugt er sich zu mir herab, um mich zu küssen.

* * *

MANCHMAL MUSS MAN SICH ZWINGEN, Dinge ruhig angehen zu lassen, schon allein, damit sie nicht sofort vorbei sind. Man muss bestimmte Sachen entschleunigen, egal, wie sehr und wie schnell man sie gerade will, damit man sie wirklich auskosten und genießen kann.

Tate hat sich so lange auf diesen Moment gefreut, er hat sich tagelang nach Autumn verzehrt, dass er es nun auf gar keinen Fall überstürzen will, egal, wie sehr er sie in diesem Moment auch will.

„Komm, Honey ...“, flüstert er an ihrem Ohr und atmet dabei ihren unglaublichen Duft ein, der ihn völlig berauscht. „Komm mit, ich will unbedingt sehen, was du unter diesem Shirt trägst.“

Er zieht sie in Richtung des Bettes, setzt sie auf die Bettkante und kniet sich vor ihr auf den Boden.

Mit je einer Hand umfasst er ihre Knie und schiebt sie ein Stück auseinander, damit er näher an sie herankommen kann, dann sieht er zu ihr auf, blickt in ihr wunderhübsches Gesicht, die goldenen Elfenaugen, die leicht verhangen sind, weil sie ihn vermutlich genauso will wie er sie. Zumindest hofft er das.

Er nimmt sich einen Moment lang Zeit, das alles hier zu genießen, ihr Bild tief in sich aufzunehmen. Es sind Momente wie diese, an die er sich sein Leben lang erinnern will, und er will sich so genau wie möglich erinnern können.

Seine Hände wandern höher, streichen an der Innenseite ihrer Schenkel nach oben zu ihrem Zentrum, und er ist sich sicher, dass sie schon feucht und bereit für ihn ist.

Lächelnd legt er seinen Kopf auf ihrem Oberschenkel ab. Autumn streckt ihre Finger aus, streichelt ihm durchs Haar, und ihre Daumen kreisen mit gerade dem richtigen Druck über die verspannte Muskulatur an seinen Kopfgelenken.

Tate schließt die Augen und seufzt tief, genießt den Augenblick in vollen Zügen, bis er es nicht mehr aushalten kann.

Er zwingt sich nach wie vor dazu, langsam zu machen, richtet sich auf, als hätte er alle Zeit der Welt, und schiebt Autumn nach hinten, bis sie flach auf dem Bett liegt.

Anschießend schiebt er ihr Shirt nach oben, Zentimeter für Zentimeter, küsst die nackte Haut, die darunter zum Vorschein kommt, liebkost ihren Bauchnabel mit der Zunge. Er zieht es noch höher, bis er den BH aus schwarzer Spitze freilegt, der so durchsichtig ist, dass er mehr enthüllt, als er verbirgt.

„Ist das für mich, Autumn? Hast du diese Wäsche für mich ausgesucht?“ Sie nickt und beißt sich auf die Unterlippe, als wäre sie verlegen. „Gibt es ein passendes Höschen dazu? Denn wenn ja, will ich es unbedingt sehen.“ Ein erneutes Nicken, diesmal wird es von einem kleinen Lächeln begleitet. Tate streift ihr zunächst das Shirt komplett über die Schultern, zieht es ihr über den Kopf und widmet sich dann den Knöpfen an ihrer Hose, zwingt sich dazu, jeden einzeln zu öffnen, statt sie einfach mit einem festen Ruck aufzureißen.

Als er sie endlich geöffnet hat, hebt Autumn das Becken an, damit er ihr die Hose von den Hüften schieben kann und zieht sie ihr zusammen mit ihren Socken aus. Achtlos lässt er beides auf den Boden fallen, während er den Blick nicht von Autumns Körper lassen kann. Als würde sie sich in seinem Blick sonnen, hebt sie die Arme über den Kopf und rekelt sich leicht, streckt sich, hebt sich ihm entgegen, bis er sie an den Hüften packt und auf das Bett drückt, ihren Mund mit seinem erobert und sie küsst, bis sie beide völlig außer Atem sind.

Schließlich lässt er von ihrem Mund ab und widmet sich ihren wunderschönen Nippeln, die sich wie kleine, feste Kiesel gegen den transparenten Stoff ihres BHs abmalen. Er fährt mit dem Daumen darüber, nimmt sie in den Mund, leckt über den rauen Spitzenstoff, bis Autumn zu stöhnen beginnt und sich ihre Fingernägel in seinen Rücken krallen, während sie ihr Becken drängend gegen seinen harten Schwanz presst.

„Tate ...“, fleht sie und öffnet die Beine, sodass er sich dazwischen legen kann. „Bitte ... ich will dich so sehr.“

In ihren Augen leuchtet etwas auf, ein kleines Funkeln, und er kann es kaum erwarten, bis eine große Flamme daraus wird, ein Leuchtfeuer, das sie beide verschlingen wird.

Plötzlich hat er keine Geduld mehr dazu, langsam vorzugehen.

Er öffnet den Vorderverschluss von Autumns BH, und wenn er nicht davon ausgehen würde, dass sie es ihm übel nimmt, wenn er ihre schicken Dessous zerstört, würde er ihr Höschen einfach zerreißen, damit es schneller geht.

Stattdessen schiebt er es ihr so weit über die Beine nach

unten, bis sie es herunterstrampeln kann, wobei sie gleichzeitig sein Handtuch löst und es vom Bett wirft.

Seine Hand fährt zwischen ihre Beine, öffnet die zarten Stellen dazwischen, fühlt Wärme und die Nässe, und sie beginnt sich an seiner Hand zu reiben, als könne sie es nicht mehr abwarten. Vermutlich würde er nicht lange brauchen, um sie auf diese Art und Weise zum Kommen zu bringen, aber er will, dass sie mit ihm zusammen kommt, während er ganz tief in ihr ist.

Autumn beginnt zu stöhnen und wirft den Kopf nach hinten.

Fuck.

Er kann auf gar keinen Fall mehr länger warten.

„Bist du bereit für mich, Honey?“ Eigentlich kennt er die Antwort auf diese Frage bereits, doch sein männliches Ego will sie unbedingt hören. „Willst du mich?“

Sie nickt, und ihre Goldaugen schimmern verlangend.

„Ich will dich, Tate!“ Ihre Stimme ist rau vor Verlangen.

Mit einer Hand zieht er sie zu sich hoch, sodass sie ihm gegenübersitzt, damit er sie besser küssen kann, mit der anderen greift er nach den Kondomen, die er heute extra dort deponiert hat.

Nur wenige Augenblicke später hat er es sich übergestreift und dreht sie beide herum, sodass sie sich auf ihn setzen und das Tempo und die Intensität bestimmen kann, bis er weiß, was sie braucht und was sie will.

„Langsam, Honey. Wir haben so viel Zeit …“ Er lässt sie auf sich hinabgleiten, dann überlässt er ihr das Tempo, auch wenn er sich mit aller Kraft zurückhalten muss, um sich nicht mit einem einzigen tiefen Stoß in ihr zu versenken.

Stattdessen beugt er ihr Gesicht zu sich herunter und

beginnt sie zu küssen, damit sie sich entspannt, küsst sie so lange, bis sie ein tiefes, kehliges Stöhnen von sich gibt und ihre Position leicht verändert, bis sie ihn schließlich komplett in sich aufgenommen hat.

Einen Moment lang verharrt sie beinahe ungläubig und sieht ihm tief in die Augen, bis sie den Kopf in ihren Nacken fallen lässt und sich zu bewegen beginnt.

Verdammt, sie ist wirklich das Schönste, was er jemals gesehen hat.

Ihre Brüste wippen vor ihm auf und ab, und er umfasst sie, reizt ihre Nippel mit seinen Daumen, während sie ihn reitet, völlig selbstvergessen, und dabei erst leise und dann lauter stöhnt.

Er kommt ihr bei jeder ihrer Bewegungen entgegen, intensiviert ihre Berührungen, bis er sie beide beinahe in den Wahnsinn treibt. Schließlich zieht er sie ganz zu sich, bis sie eng auf ihm liegt, umklammert ihren Po mit beiden Händen und stößt in sie, bis er spürt, wie sie sich um ihn herum zu pulsieren und zu krampfen beginnt. Sie stöhnt seinen Namen, presst ihr Gesicht gegen seine Schulter und beißt schließlich zu, als sie kommt, und auch Tate braucht nicht viel mehr.

Nach zwei weiteren tiefen Stößen folgt er ihr und hält sie fest, während er ebenfalls zum Höhepunkt gelangt.

* * *

ICH HATTE NOCH NIE mit einem Mann wie Tate Sex.

Wir verbringen die ganze Nacht damit, wieder und wieder, und dabei ist kein Mal wie das davor. Er flüstert mir schmutzige Worte ins Ohr, bringt mich zum Lachen, und er kann mit seiner Zunge und seinen Fingern Dinge anstellen, die einfach absolut unglaublich sind, und als er mich in dieser Nacht zum letzten Mal nimmt, schreie ich so laut, als er mich zum Höhepunkt bringt, dass er mir den Mund zuhalten muss, weil sonst vermutlich der Sicherheitsdienst des Hotels vor der Tür stehen würde, um zu schauen, ob er mich gerade umgebracht hat.

„Wir sollten langsam schlafen, Honey. Ich habe morgen noch einiges mit dir vor."

Tate kommt aus dem Badezimmer zurück und kuschelt sich zu mir in die weichen Laken des Hotelbettes.

„Das hast du vor zwei Stunden auch vorgeschlagen, aber der kleine Tate scheint jedes Mal anderer Meinung zu sein." Ich deute mit dem Finger in Richtung seines besten Stücks, das sich schon wieder halbsteif gegen meinen Oberschenkel presst, und Tate beginnt zu lachen.

„Ich hatte eher gehofft, dass du erwähnst, wie groß er ist, statt ihn *kleiner* Tate zu nennen – aber wie auch immer, der kleine Tate mag dich eben." Er zieht mich an sich, sodass mein Kopf auf seiner Brust zu liegen kommt, und küsst mich auf die Stirn. „Der große Tate mag dich übrigens auch, Honey." Mein Herz schlägt ein bisschen schneller und Tate streicht gedankenverloren mit zwei Fingern an meiner Wirbelsäule auf und ab. „Sehr sogar. Es ist schön mit dir, ganz besonders schön."

Ich richte mich ein wenig auf, um ihn ansehen zu können und etwas zu erwidern, doch er legt mir seinen Zeigefinger auf die Lippen und schüttelt den Kopf.

„Pst. Nichts sagen, Honey. Nimm es einfach so hin und lass uns jetzt schlafen." Lächelnd löscht er das Licht und positioniert uns erneut so, dass ich seine Brust als Kissen verwenden kann.

Erstaunlicherweise schlafe ich tatsächlich beinahe umgehend ein, schlafe tief und traumlos und so gut wie schon lange nicht mehr.

22

Als ich am nächsten Morgen aufwache, ist es draußen schon taghell, was eher ungewöhnlich für mich ist, da ich normalerweise eine Frühaufsteherin bin, aber so ist das wohl, wenn man die Nächte mit anderen Dingen als mit schlafen verbringt.

Von Tate ist weit und breit nichts zu sehen, und unsere Sachen, die wir gestern wild auf dem Fußboden verteilt haben, sind ordentlich über die Lehne eines Stuhles gelegt worden – ich hätte ihm gar nicht zugetraut, dass er einen Hang zum Aufräumen hat.

Ich gähne kräftig, bevor ich die Decke beiseite strample und aufstehe, um ins Bad zu gehen. Ich muss dringend zur Toilette, und eine Dusche habe ich außerdem nötig, und zwar sehr.

Ich schaffe es so gerade, mir die Zähne zu putzen und mich unter das heiße Wasser zu stellen, als die Badezimmertür aufgeht und Tate hereinkommt.

Er trägt eine Laufhose und ein blaues, enges Shirt, und als er mich unter der Dusche sieht, beginnt er zu lächeln.

Mit wenigen, knappen Bewegungen hat er sich ausgezogen und steht bei mir unter der Dusche.

„Guten Morgen, Honey!", flüstert er in mein Ohr, bevor er mich zu einem Kuss zu sich heranzieht, der dafür sorgt, dass meine Knie weich werden.

„Gute Morgen, Tate!"

„Oh, und ob es ein guter Morgen ist!" Er lächelt. „Genau genommen könnte ich mir kaum einen besseren vorstellen." Lächelnd greift er nach dem Duschgel und beginnt es in seiner Hand aufzuschäumen, bevor er es überall auf meinem Körper verteilt, nur nicht da, wo ich seine Hände unbedingt spüren möchte. Stattdessen massiert er meine Schultern, wäscht mich unter den Armen, spült alles mit jeder Menge heißem Wasser wieder ab.

Dann greift er zum Shampoo, massiert meine Kopfhaut und wäscht mein Haar mit langsamen, zärtlichen Bewegungen, bis ich mich beinahe schnurrend an ihn lehne; doch er hält mich auf Abstand.

„Nichts da, Honey. Wenn ich deinen süßen Hintern an mir spüre, der sich vermutlich genau gegen meinen *kleinen Tate* drücken wird, wenn du dich jetzt an mich schmiegst, dann kommen wir hier niemals heraus. Ich habe heute noch einiges mit dir vor, schon vergessen? Und damit meine ich nicht nur jede Menge heißen Sex – der kann bis heute Abend warten. Auch wenn der kleine Tate da anderer Meinung ist." Grinsend schaut er an sich hinab, und als mein Blick ihm folgt, sehe ich, dass er bereits wieder hart ist. „Sei also brav und bleib genau da stehen, bis ich fertig bin. Ich brauche bloß eine Minute." Er wäscht sich mit schneller Effizienz, und ich schaue ihm dabei zu.

Ich könnte ihn stundenlang einfach anstarren oder die vielen Tattoos auf seinen Armen und seinem Rücken mit den Fingern nachmalen. Er ist einfach unglaublich schön und ebenso sexy.

Er lächelt mich an, während er seinen Schwanz wäscht, ihn ein- oder zweimal mehr einseift, als es wahrscheinlich nötig wäre.

„Gefällt dir das, Autumn?" Er grinst mich an, und ich nicke, während ich mir auf die Unterlippe beiße. „Vielleicht lasse ich dich später zusehen, heute Nacht, wenn wir im Bett liegen." Dann dreht er sich um, um sich abzuspülen, bevor er das Wasser abstellt und mich an der Hand nimmt, um mit mir zusammen die Dusche zu verlassen.

Schnell hüllt er mich in ein Handtuch und wickelt ein weiteres um mein Haar, bevor er sich ebenfalls abtrocknet.

Er beugt sich vor, um mir einen Kuss auf die Schulter zu hauchen.

„Ich lasse dich besser mal alleine hier, sonst komme ich hinterher doch noch auf dumme Gedanken. Lass dir so viel Zeit, wie du brauchst. Ich warte draußen auf dich. Deine Sachen sind gestern Abend noch angekommen, ich habe sie für dich ausgepackt – dein ganzer Kosmetikkram ist hier." Er deutet auf mein rosa geblümtes Kulturtäschchen, das auf der Ablage neben dem Waschbecken auf mich wartet. Noch einmal beugt er sich zu mir herunter, um mich auf die Stirn zu küssen. „Bis gleich!" Dann verlässt er das Badezimmer.

Ich beeile mich so gut es geht, lege nur ein wenig getönte Tagescreme, Mascara und einen getönten Lippenpflegestift auf und föhne mein Haar mit dem Hotelföhn, mit dem ich gefühlte Stunde brauche, bis es endlich trocken ist.

Dann wickle ich mich in einen der weißen, flauschigen Hotelbademäntel und gehe ins Schlafzimmer, um mir etwas anzuziehen.

Da ich keine Ahnung habe, was Tate heute mit mir vorhat, und meine Auswahl ohnehin nur sehr begrenzt ist, entscheide ich mich für eine schwarze, enge Jeans, eine taupefarbene Bluse und eine dazu passende Strickjacke, die ich gerne im Laden trage, weil sie bequem und schick zugleich ist.

Als ich in den Hauptraum der Suite komme – unglaublich, dass es überhaupt Hotelzimmer mit mehreren Räumen gibt –, sehe ich Tate schon am Esstisch sitzen.

Er trägt eine dunkelblaue Jeans und einen grauen Wolltroyer und liest in einer Tageszeitung. Als er mich kommen hört, lässt er sie sinken und schaut stattdessen mich an.

„Du siehst toll aus, Honey. Vielleicht sollte ich doch alles, was ich für heute geplant habe, absagen und dir stattdessen die Klamotten wieder ausziehen, die du dir gerade angezogen hast."

Lächelnd setze ich mich zu ihm an den Tisch.

„Oh, du hast mich so neugierig gemacht mit deinen Plänen, nun möchte ich bitte auch wissen, was du dir alles ausgedacht hast." Ich greife nach einem Croissant und ... „Oh, ist das Chai-Latte?" Erst jetzt nehme ich den Duft nach Gewürzen, Tee und Milch wahr, und Tate schiebt ihn lächelnd zu mir hin.

„Den magst du doch, oder?"

„Ja, sehr sogar!", erwidere ich erstaunt, denn ich habe niemals erwähnt, dass ich eine Schwäche für diesen süßen

Gewürztee habe. Ich nippe daran und verdrehe genüsslich die Augen. „Er ist sogar mit Honig statt mit Zucker gesüßt!“, sage ich erstaunt, denn das ist eigentlich nicht Standard.

Tate lächelt.

„Den hast du getrunken, als ich dich in White Crossing besucht habe.“ Sein Lächeln wird noch breiter. „Du hast danach geschmeckt, als wir uns geküsst haben. Das mit dem Honig weiß ich allerdings nur, weil er auf dem Tisch stand.“ Er zwinkert mir zu, und auch wenn ich zuzwinkern sonst albern finde, wirkt es bei ihm unglaublich cool. Es ist schon merkwürdig, dass es Menschen gibt, die immer souverän und lässig wirken, und dass es Menschen wie mich gibt, die eher das Gegenteil von dem sind.

„Du bist ein Schatz, dass du dir solche Dinge merkst“, sage ich, nehme noch einen weiteren Schluck Tee und greife nach einem der Croissants, die in einer Schale auf dem Tisch liegen.

„Ich interessiere mich eben für dich“, antwortet Tate. Er streckt seine Hand aus, um mir eine Haarsträhne hinter das Ohr zu streichen. „Ich liebe es, wenn du dein Haar offen trägst.“

„So wie letzte Nacht?“, hauche ich mit einer Sexy-Kätzchen-Stimme und erkenne mich selbst kaum wieder. Dieser Mann, der mir hier gegenübersitzt und gerade so hochzufrieden mit sich selbst und der ganzen Welt aussieht, sorgt dafür, dass ich mich verändere, wobei ich zugeben muss, dass mir diese neue Autumn-Version gut gefällt. Ich habe fast nur Punkte auf meiner Pro-Liste stehen, weil ich finde, dass ich selbstbewusster geworden bin. Der Sex macht mir mehr Spaß – unvergleichlich viel mehr als früher –, auch wenn ich vielleicht Gefahr laufe, ein klitzekleines bisschen süchtig nach Sex mit Tate zu werden.

„Worüber denkst du gerade nach, Honey?" Seine tiefe, schöne Stimme reißt mich aus meinen Gedanken, und ich schaue von meiner Tasse hoch und stattdessen ihn an.

„Über nichts ...", lüge ich. „Und über unseren Tag heute. Ich bin gespannt, was du alles vorhast!" Das zumindest ist keine Lüge, denn es interessiert mich tatsächlich. „Und dann ist mir aufgefallen, dass ich mich noch gar nicht bei dir bedankt habe, dass du mir einen Flug gebucht und bezahlt und ein Taxi geschickt hast."

Er lächelt mich an und greift ebenfalls nach einem Croissant.

„Oh, mir war so, als hättest du dich schon bei mir bedankt vergangene Nacht. Als du diese Sache mit deiner Zunge an meinem Schwanz angestellt hast, die mich beinahe um den Verstand gebracht hat." Er grinst mich breit an. „Wirst du etwa rot, Autumn?"

Ich strecke die Schultern durch und versuche es ebenfalls mit einem Grinsen.

„Du solltest mich nicht zu sehr damit aufziehen, Tate, denn wenn ich mich recht erinnere, warst du zuletzt derjenige, der um Gnade gefleht hat. Wenn du nicht brav bist, weiß ich nicht, ob ich sie dir beim nächsten Mal gewähre."

Mit verschränkten Armen lehnt er sich auf seinem Stuhl zurück und mustert mich von Kopf bis Fuß.

„So grausam könntest du sein? Du siehst so süß und unschuldig aus."

„Der äußere Schein kann eine ziemlich trügerische Angelegenheit sein, wusstest du das nicht? Obendrein liegt es an dir, sei einfach brav und ärgere mich nicht, und alles wird gut.“

Er sieht mich weiterhin an, dann nickt er und tut so, als würde er salutieren, indem er sich die ausgestreckte, abgewinkelte Hand in Richtung seiner Stirn bewegt.

„Ma'am! Yes, Ma'am! Ich verspreche, ein braver Junge zu sein, es sei denn, du bittest mich darum, es nicht mehr zu sein.“ Er beugt sich zu mir herüber, und ich kann ein Funkeln in seinen Augen erkennen. „Und glaube mir, ich werde später alles daransetzen, dass du mich anflehst, es nicht mehr zu sein.“ Anschließend richtet er sich wieder auf. „Aber jetzt sei du auch brav und iss auf. Wir müssen in einer halben Stunde los, sonst schaffen wir unser geplantes Tagesprogramm nicht mehr.“

23

* * *

Zwar kann er ihr seine Wohnung in New York nicht zeigen, und um sie seiner Mutter vorzustellen, ist es vielleicht noch ein bisschen zu früh; aber Boston ist die Stadt, in der er aufgewachsen ist – und so kann er ihr zumindest all die Plätze zeigen, die ihm als Kind und Jugendlicher etwas bedeutet haben.

„Auf diese Schule bist du gegangen?“ Grinsend dreht sie sich zu ihm um. „Ernsthaft? Du warst auf einer dieser sauteuren Privatschulen? Musstest du Schuluniformen tragen oder so etwas in der Art?“

„Nein, aber für dich würde ich eine anziehen, solltest du darauf stehen ...“

Autumn lacht, ein wunderbares, volltönendes Lachen, das er sich den ganzen Tag anhören könnte.

„Um ehrlich zu sein, stehe ich vor allem darauf, wenn du

gar nichts anhast. Sind Schuluniformen nicht eher die Fantasie von perversen männlichen Japanern über fünfzig?“

Tate zuckt mit den Schultern.

„Da ich noch nie eine Schuluniform tragen musste, kenne ich mich auf diesem Gebiet nicht wirklich gut aus. Aber heute Abend ziehe ich alles für dich an, was du willst.“

„Zieh einfach alles aus ...“, flüstert sie nah an seinem Ohr. So nah, dass ihre Lippen sein Ohr streifen und er schlagartig hart wird. Das passiert ihm in ihrer Anwesenheit ständig, und er macht sich langsam ernsthafte Gedanken darüber, ob die daraus resultierende ständige Unterversorgung seines Gehirns wohl dauerhaften Schaden anrichten kann.

Leider können sie die Schule nur von außen ansehen, denn sonntags ist sie selbstverständlich geschlossen.

„Bist du gerne zur Schule gegangen?“, fragt sie und starrt mit schief gelegtem Kopf auf das Gebäude.

„Es hat mir zumindest nichts ausgemacht. Schule ist mir nicht schwergefallen. Im Nachhinein würde ich behaupten, dass ich wahrscheinlich ein ziemlicher Außenseiter war, aber ich war einer von denen, die so seltsam sind, dass sie nichts davon mitbekommen.“

„Warum warst du ein Außenseiter?“ Ihre Goldaugen ruhen auf ihm und sehen ihn an, als könnten sie jedes seiner Geheimnisse lesen.

„Ich habe nicht übertrieben, als ich dir gesagt habe, dass ich stinkreich bin. So reich, dass ich selbst in einer Gruppe von privilegierten, reichen Kindern etwas Besonderes war. Schon damals habe ich ständig Gedichte geschrieben und mich in Melodien verloren. Und außerdem ist da meine Mutter ...“

„Deine Mutter?“

„Ja. Sie war früher beim Zirkus als Wahrsagerin und Akrobatin. Mein Vater hat sie kennengelernt, als er gerade zwanzig Jahre alt war. Meine Mom war achtzehn, er hat sie bei einem Auftritt gesehen und sich unsterblich in sie verliebt. Die beiden haben geheiratet, und acht Monate später kam ich zur Welt. Leider ist mein Vater vor zehn Jahren gestorben." Er dreht sich in Autumns Richtung und zwinkert ihr zu. „Meine Mom ist ... nun ... sie ist besonders. Aber sie ist eben auch ein Zirkuskind unter lauter Countryclubmitgliedern per Geburtsrecht." Lächelnd zuckt er mit den Schultern. „Obendrein hat sie einen ziemlich ausgeprägten Hang zur Esoterik. Selbst für Zirkusverhältnisse ist sie vermutlich das, was andere als abgedreht bezeichnen würden. Wenn sie ihr schmeicheln wollen. Während andere Kinder also von ihren Eltern darin unterrichtet worden sind, wie sie ihr ganzes Vermögen am sinnvollsten anlegen und verwalten, hat meine Mom mir beigebracht, wie man meditiert und seine Aura reinigt."

„Du meditierst?"

„Ja, tatsächlich meditiere ich bis heute regelmäßig. Es ist ... na ja. Es bringt mich runter, wenn ich viel Stress habe." Erneutes Schulterzucken. „Vielleicht klingt es, als hätte ich es nicht leicht gehabt, aber das war nicht so. Ich glaube, die anderen hatten es viel schwerer als ich. Natürlich ist mir irgendwann klar geworden, dass meine Mutter anders als andere Mütter ist. Aber zu diesem Zeitpunkt hatte sie mir schon beigebracht, dass es völlig egal ist, was die anderen von einem denken und dass es nur darauf ankommt, dass man mit sich selbst glücklich und mit dem Universum im Reinen ist. Außerdem hat sie mich vorbehaltlos geliebt. Macht sie bis heute. Sie stand immer hinter mir, solange ich mich nicht gerade wie ein Arschloch aufgeführt habe."

„Das klingt, als wäre sie eine tolle Frau."

„Das ist sie. Sie würde dich übrigens gerne kennenlernen."

„Sie weiß von mir?" Autumns Blick fliegt zu ihm, und er weiß nicht sicher, ob er darin Panik, Erstaunen oder Entzücken lesen kann – vielleicht ist es eine Mischung aus allem.

„Manchmal glaube ich, dass an ihren Fähigkeiten als Wahrsagerin tatsächlich etwas dran ist. Zumindest habe ich schon vor vielen, vielen Jahren aufgegeben, etwas vor ihr verheimlichen zu wollen."

„Du hast ihr also von mir erzählt?" Wieder dieser Blick, und Tate beugt sich vor, um Autumn einen Kuss auf die Nasenspitze zu geben.

„Natürlich habe ich das. Warum sollte ich nicht?"

Autumn zuckt mit den Schultern.

„Ich weiß es nicht. Erzählst du ihr von all deinen Frauen?"

„Ich erzähle ihr nicht von meinen Bettgeschichten, ich bin schließlich nicht pervers. Also nein, ich erzähle ihr nicht von all meinen Frauen, und wenn du es genau wissen willst, ist es schon eine ganze Weile her, dass ich ihr überhaupt von einer erzählt habe." Das letzte Mal war das, als er noch auf dem College war, aber das braucht Autumn vielleicht nicht zu wissen. Er beugt sich zu ihr, um sie zu küssen, und als er sanft an ihrer Oberlippe knabbert, gibt sie dieses süße, leise Seufzen von sich, das er so sehr mag. „Also, was sagst du? Bereit für die nächste Station?"

„Bereit!", antwortet sie, und ihr Lächeln lässt sein Herz schneller schlagen.

* * *

Diese Stadtrundfahrt ist wirklich etwas ganz Besonderes, und ich kann kaum glauben, dass Tate das alles für mich geplant hat. Er zeigt mir die Garage eines Freundes, in der sie ihre ersten Bandproben abgehalten haben, die erste Bühne, auf der sie einen Auftritt hatten, die Bank am Bostoner Hafen, auf der er immer gesessen hat, wenn er Zeit für sich selbst brauchte, und noch zig andere Stellen, die in irgendeiner Form eine Bedeutung für ihn hatten.

Zwischendurch gehen wir an seiner früheren Lieblingsimbissbude etwas essen, und am Ende dieses wundervollen Tages habe ich das Gefühl, ihn besser zu kennen, als ich Henry jemals gekannt habe – und das, obwohl wir quasi miteinander aufgewachsen sind.

Hand in Hand spazieren wir am Hafen entlang, und es fühlt sich so wunderbar und unkompliziert mit ihm an, dass ich es kaum glauben kann.

Tate trägt ein Basecap und eine Sonnenbrille sowie einen grauen Wollschal, und ich bin erstaunt, wie gut seine Tarnung funktioniert, denn wir werden kein einziges Mal angesprochen. Vielleicht liegt es auch an seiner Kleidung, die wirklich eher schlicht ausfällt. Er trägt Jeans, eine schwarze Cabanjacke sowie einfache schwarze Boots – ein ziemlich neutraler Allerweltslook, und wenn Tate nicht, egal in welchen Klamotten auch immer, generell einen zweiten und auch einen dritten oder vierten Blick wert wäre, würde sich vermutlich kein Mensch nach mir umdrehen.

„Wirst du nie erkannt, wenn du unterwegs bist?“ Ich hatte es mir um ehrlich zu sein anstrengend vorgestellt, wenn er sich in der Öffentlichkeit zeigt, aber bisher hat uns weder jemand fotografiert noch hat ihn jemand angesprochen und um ein Autogramm gebeten oder so etwas in der Art.

Tate zuckt mit den Schultern.

„Nein, meistens erkennt mich früher oder später doch irgendwer." Er lächelt mich an und zieht meine Hand an seinen Mund, um sie zu küssen. „Wahrscheinlich rechnet einfach niemand damit, dass ich mich Händchen haltend mit einer Frau in der Öffentlichkeit blicken lasse, das ist sonst nicht unbedingt meine Art." Seine schönen, weißen Zähne blitzen kurz auf. „Ich wollte ohnehin mit dir darüber sprechen. Ich würde gerne jemanden zu deiner Sicherheit bei dir in White Crossing wissen, jemand, der einen Blick auf dein Haus und deinen Laden hat. Und auf dich."

„Wie bitte?" Das kann doch wohl nicht sein Ernst sein. Ich lasse seine Hand los und sehe ihn an, vermutlich völlig entgeistert. Sicher völlig entgeistert! Ich meine, ich treffe mich heute zum dritten Mal mit ihm, und er spricht von Security für mich?

„Honey, ich weiß, dass das seltsam klingt." Er greift wieder nach meiner Hand. „Aber sobald uns jemand zusammen sieht und mich erkennt, wird sich die Presse darauf stürzen, und glaub mir – die können absolut gnadenlos sein. Du hast keine Vorstellung, was die sich alles einfallen lassen, nur um ein paar Fotos und eine zur Not auch an den Haaren herbeigezogene Story zu bekommen."

„Tate! Ich wohne in einem kleinen Ort. Einem Kaff. Da kennt jeder jeden, und alle passen aufeinander auf. Sollten fremde Menschen vor meinem Haus herumlungern oder vor meinem Atelier, glaub mir, es würde mir ganz sicher auffallen. Genauso wie meinen Nachbarn."

Ich meine, ich habe über die Sache mit der Presse ja

schon nachgedacht, nachdem Madison mich darauf angesprochen hat, und ich sehe ja ein, dass es damit Probleme geben kann, Aber ich kann mir beim besten Willen nicht vorstellen, dass jemand nach White Crossing kommt, und wenn doch, wird er sich die Zähne an den Leuten ausbeißen, denn die meisten von ihnen sind noch sturer, als ich es bin.

* * *

Er hat so eine Reaktion schon befürchtet, und vielleicht ist es tatsächlich noch ein bisschen früh, um mit Security vor ihrem Haus aufzuwarten.

Allerdings ist es zu spät, wenn die Presseleute erst mal auftauchen, denn wenn sie da sind, sind sie wie eine Plage, wie ein Schwarm gefräßiger Heuschrecken, die erst wieder verschwinden, wenn es nichts mehr zu holen gibt – und hinterlassen dann Verwüstung und Elend.

Vielleicht klingt das ein wenig überzogen, aber er hat wirklich bereits mehr als einmal erlebt, was die Presse alles anrichten kann. Erst neulich musste eine Bekannte seinetwegen wochenlang untertauchen, nur weil er sich zweimal nacheinander mit ihr getroffen hat. Irgendwer hat Fotos davon gemacht und dann ist sie von der Presse regelrecht belagert worden.

„Autumn, bitte. Sei so gut und denk darüber nach, ja?"

Er drückt ihre Hand und sie sieht zu ihm hoch.

„Das mache ich, fest versprochen. Und ich werde mich melden, sobald es irgendwelche Probleme gibt, in Ordnung?"

„In Ordnung." Er beugt sich zu ihr, um sie auf die kleine

Sorgenfalte zu küssen, die sich auf einmal auf ihrer Stirn gebildet hat; er hat ein schlechtes Gewissen. Es wird nicht dauerhaft möglich sein, sie aus der Regenbogenpresse herauszuhalten, dafür ist das mediale Interesse an ihm einfach zu groß. Vielleicht hätte er das bedenken sollen, bevor er sie hierhergeholt hat oder auch schon bevor er mit ihrem Namen auf dem Arm im Konzert in New York aufgetreten ist. Zumindest kann er dafür sorgen, dass die Paparazzi ihr nicht zu sehr zusetzen, aber nur, wenn sie ihn lässt. In diesem Moment schaut sie ihn an und ihr Lächeln verfärbt ihre Augen von Whisky zu flüssigem Gold.

Er bleibt mitten auf der Straße stehen, um sie zu küssen, nimmt keine Rücksicht darauf, dass ihnen andere Menschen ausweichen müssen, weil sie nun ein Hindernis darstellen. Tate zieht Autumn so eng in seine Arme, wie es möglich ist, ohne ihr dabei wehzutun.

Es werden noch harte Zeiten auf sie zukommen, wenn es erst mal offiziell ist, dass er eine Freundin hat.

Bis dahin will er die Ruhe vor dem Sturm genießen, so gut es nur eben geht.

24

* * *

Tate bringt mich zum Flughafen, und ich bekomme zum ersten Mal einen Vorgeschmack darauf, wie unangenehm es sein kann, im Rampenlicht zu stehen, denn bereits im Eingangsbereich wird Tate erkannt und von einer kreischenden Horde junger Frauen umlagert und um Autogramme gebeten.

Er signiert ihnen ein paar Notizbücher, aber als eine ihr Shirt hochhebt, damit er ihr ein Autogramm auf den Bauch geben kann, lächelt er nur freundlich und geht einfach weiter.

Er legt den Arm um mich und hindert mich daran, mich noch einmal nach den kreischenden Weibern umzudrehen, die jetzt so laut kichern, dass ich mir Sorgen mache, dass sie vielleicht hyperventilieren und in Ohnmacht fallen könnten.

„Weitergehen, Honey ...“, raunt er in mein Ohr, und wie immer bekomme ich eine Gänsehaut, weil seine Lippen mein

Ohr berühren. „Wenn du dich umdrehst, wirst du sie nie wieder los. Sie sind wie eine Horde Bluthunde und wittern die kleinste Schwäche, um sich im richtigen Moment gnadenlos in ihrem Opfer zu verbeißen."

„Das klingt lebensgefährlich."

„Es ist eher ziemlich lästig, aber man lernt mit der Zeit, damit umzugehen. Am einfachsten ist es meistens, wenn man ihnen ein paar Autogramme gibt, ein bisschen nett lächelt und so schnell wie möglich das Weite sucht."

Mittlerweile sind wir am richtigen Gate angekommen und ich krame in meiner Handtasche nach meinem Ticket.

„Also dann ...", flüstere ich, als ich es endlich gefunden habe, weil meine Stimme mir auf einmal nicht mehr richtig gehorcht. „Sehen wir uns wieder?"

Tate reißt die Augen weit auf, anschließend wird sein Blick ganz weich. Er schaut mich an und lehnt seine Stirn gegen meine, sein Daumen gleitet an meiner Schläfe hinab, verharrt an meinem Kinn.

„War das eine ernst gemeinte Frage, Honey?" Sein Kuss ist weich und unendlich zärtlich. „Natürlich sehen wir uns wieder. Es sei denn, du willst nicht." Er macht einen halben Schritt nach hinten, um mich besser anschauen zu können. „Aber du willst doch, oder?" Es klingt beinahe flehentlich, halb nach Bitte, halb nach Frage.

„Natürlich will ich!", antworte ich eine Spur zu schnell, um souverän zu klingen, man kann mir meine Erleichterung deutlich anhören. Ich seufze tief. „Du wirst mir fehlen bis dahin." Ich stelle mich auf die Zehenspitzen, um ihn noch einmal zu küssen.

„Sag mir bitte Bescheid, sobald du gelandet bist und

wenn du zu Hause ankommst, ja? Eigentlich müsste ein Taxi am Flughafen auf dich warten."

„In Ordnung."

Tate lächelt schief und streicht mir dann mit dem Daumen über die Wange.

„Und jetzt sieh zu, dass du in das Flugzeug steigst, und zwar schnell, bevor ich versuche, dich davon abzuhalten." Er dreht mich um und gibt mir einen sanften Schubs in Richtung des Check-ins, und ich muss schmunzeln. Allerdings hat er recht, irgendwann muss man einen Abschied auch hinter sich bringen.

Dennoch spüre ich seinen Blick die ganze Zeit in meinem Rücken, aber ich traue mich nicht, mich noch einmal umzudrehen, weil ich befürchte, dann schwach zu werden und einfach wieder zu Tate zurückzulaufen.

Aber es gelingt mir schließlich doch, nach Hause zu kommen, und zum Glück wartet im Laden momentan so viel Arbeit auf mich, dass ich wenigstens ein bisschen davon abgelenkt werde, wie sehr ich Tate eigentlich vermisse.

Wir schicken uns diverse Nachrichten, und abends telefonieren wir so lange, bis ich einschlafe.

* * *

Wie jeden Morgen geht Tate mindestens eine Stunde auf dem Laufband laufen und stemmt dann noch eine Stunde lang Gewichte.

Als er noch in der Highschool und auf dem College war, war er im Baseballteam, und eine Weile hat er darüber nachgedacht, eine Profikarriere anzustreben, aber eigentlich gab es für ihn immer nur die Musik. Trotzdem hat er das Training fest in seinen Tagesablauf integriert, und wenn er es mehrere Tage nicht schafft zu trainieren, merkt er selbst, dass er schlechte Laune bekommt.

Der Sport ist sein Ausgleich, und er liebt es, sich bis an den Rand seiner körperlichen Belastbarkeit auszupowern, was ihm bei allen Konzerten sehr zugutekommt.

Außerdem schafft er es dabei, eine Weile abzuschalten. Seine Mutter würde ihm wahrscheinlich empfehlen, zu meditieren, statt wie ein Irrer in der Gegend herumzurennen, aber er hatte schon immer Probleme damit, still zu sitzen, bevor er sich nicht körperlich ausreichend verausgabt hat.

Nach dem Training und einer ausgiebigen Dusche fährt er ins Studio, um sich dort mit Wyatt zu treffen.

Durch ihre Weihnachtstour ist sein Zeitplan in den letzten Wochen nahezu mörderisch gewesen, aber jetzt neigt die Tour sich dem Ende zu und die letzten drei Konzerte werden alle in New York stattfinden, was wenigstens ein bisschen den Stress nimmt; denn die vielen Flüge und jeden Tag in einem anderen Hotelbett aufzuwachen und erst in den Kalender schauen zu müssen, um zu wissen, wo man eigentlich gerade ist, ist ein Aspekt, den Tate an seinem Job noch nie leiden konnte.

Wyatt ist schon da, als er ins Studio kommt.

* * *

Ich arbeite heute nur bis zum frühen Nachmittag, weil ich einen Termin mit meiner Bankberaterin in Midway habe, die darauf bestanden hat, dass ich ihn auch wahrnehme.

Obwohl ich generell kein Feigling bin, zumindest meistens nicht, wäre ich lieber nicht hierhergekommen.

Meine Absätze klappern laut über den Marmorboden, als ich zu dem Büro gehe, in dem ich mich melden soll, und ich frage mich, ob Banken so etwas wohl mit Absicht machen, nur um ihre Kunden einzuschüchtern und dafür zu sorgen, dass sie bereits schüchtern schleichend zur Tür hereinkommen.

Leider habe ich allen Grund dazu, mich elend zu fühlen, denn ich weiß ganz genau, worum es heute gehen wird.

Ich kann meine Schulden nicht bezahlen, und das wird Konsequenzen haben, und über diese Konsequenzen werde ich heute vermutlich aufgeklärt werden.

„Guten Tag, Ms. Holmes." Meine Beraterin ist stets tadellos angezogen, ihr Alter ist unmöglich zu schätzen, sie könnte genauso gut meine Mutter wie meine jüngere Schwester sein, und sie lächelt immer, als würde sie gar keinen anderen Gesichtsausdruck kennen. Wenn ich genauer darüber nachdenke, könnte ich sie mir auch perfekt in Vegas vorstellen, auf der Party, auf der ich Tate kennengelernt habe. „Leider habe ich keine guten Nachrichten für Sie." Ihr Lächeln wird jetzt eine Spur schwächer, sie zieht sogar für eine Sekunde die Mundwinkel nach unten, was vielleicht so etwas wie Mitleid ausdrücken soll. „Wie Sie ja unserem letzten Schreiben bereits entnommen haben, können wir Ihnen keinen weiteren Kredit mehr gewähren, und mit Ihren Raten sind Sie in deutlichem Rückstand. Sie haben seit drei Monaten keine einzige Rate mehr begleichen können, und auch in dem halben Jahr davor waren Ihre Zahlungen eher unregelmäßig. Ich weiß, dass Sie um einen Aufschub gebeten haben, aber unseren Berechnungen zufolge werden Sie auch in den nächsten Monaten kaum dazu in der Lage sein, Ihre Raten regelmäßig abzubezahlen." Jetzt lächelt sie wieder unverändert. „Wir möchten nicht, dass Sie über die Feiertage auf der Straße stehen, ansonsten würden wir sofort handeln, aber so gewähren wir Ihnen noch einen einmaligen Aufschub bis Mitte Januar. Sollten Sie bis dahin nicht alle offenstehenden Posten beglichen haben ..." Sie wirft mir einen Blick zu, der besagt, dass sie ganz genau weiß, dass ich das nicht kann. „Dann werden wir Ihr Haus leider zwangsvollstrecken lassen müssen, und es wird zum nächstmöglichen Termin versteigert werden." Sie tippt irgendetwas in ihren Rechner, anschließend sieht sie mich wieder an. „Haben Sie noch irgendwelche Fragen?" Ich schüttle nur stumm den Kopf. Was soll ich dazu fragen? Ich weiß ja selbst, wie aussichtslos meine Situation ist, und auch ich habe keine Idee, wie ich es ändern könnte. „In Ordnung", sagt meine Beraterin, und für sie ist es das sicherlich auch. „Dann seien Sie bitte noch so nett und unterschreiben hier, dass ich mit Ihnen gesprochen habe. Der Durchschlag ist für Sie, auf dem ist alles Relevante noch mal notiert."

Ich nicke stumm, unterschreibe, und als sie mir den Durchschlag reicht, murmle ich „Danke", obwohl ich gerade gar keine Dankbarkeit empfinde, eher eine Mischung aus Verzweiflung und blanker Panik.

Ich verlasse das Gebäude, drücke das Dokument eng an meine Brust, bis ich im Auto angekommen bin; dort werfe ich es achtlos auf die Rückbank.

Nach einem Blick auf die Uhr stelle ich fest, dass es sich nicht mehr lohnt, noch ins Atelier zu fahren, zumal ich mich wohl ohnehin auf nichts mehr werde konzentrieren können. Also fahre ich stattdessen zu meinem Vater.

Das Haus war immer sein ganzer Stolz.

„Schuldenfrei!" Das hat er mir mehr als einmal erklärt, und als er es mir zu meinem einundzwanzigsten Geburtstag überschrieben hat, hatte er Tränen in den Augen – und er hat sonst niemals geweint, nicht einmal, wenn der Todestag meiner Mutter sich gejährt hat und wir auf den Friedhof gegangen sind. „Ich will, dass du immer ein Dach über dem Kopf hast, egal was passiert." Das waren seine Worte, und wenn die Dinge anders gelaufen wären, wäre es bestimmt auch so gekommen, aber ich habe es nicht geschafft. Egal, wie viel ich auch gearbeitet habe, es ist mir nicht gelungen, die Kredite für mein Atelier und die monatlichen Gebühren für den Pflegeplatz meines Dads zu bezahlen.

Die Alternative wäre natürlich, alles aus meinem Atelier zu verkaufen, aber ich bin diese Möglichkeit schon zigmal durchgegangen:

Pro: Ich könnte das Haus noch eine Weile behalten.

Kontra: Ich würde kein Geld mehr verdienen können.

Kontra: Ich würde meine Schulden auch nicht bezahlen können, weil ich kein Geld mehr verdiene.

Kontra: Ich würde langfristig weder den Pflegeplatz noch meinen Lebensunterhalt bestreiten können.

Mit meinem Job habe ich zumindest noch eine Chance. Ich kann im Hinterzimmer schlafen, die Miete ist ja sowieso bezahlt, und dort wäre genügend Platz für ein Bett, ein kleines Badezimmer gibt es auch.

Der Gedanke deprimiert mich, genau wie das Weiß der Winterlandschaft, die mich umgibt. Die Sonne geht gerade unter, die Dämmerung taucht alles in ein unfreundliches Grau, und ich beginne zu frieren.

Heute sitzt mein Vater vor dem Fernseher statt vor dem

Fenster und schaut sich ein Footballspiel an. Früher haben wir oft zusammen Football geschaut. Wir haben vor dem alten Fernseher mit der Wallnussholzverkleidung gesessen, der noch von meiner Mom stammte, er hat ein Bier und ich eine Limonade getrunken. Bei jedem Touchdown ist er aufgesprungen, als hätte er ihn selbst gemacht, und bei jedem Punkt für die gegnerische Mannschaft ist er ebenfalls aufgesprungen, diesmal um sich aufzuregen.

Football anzusehen war immer sein Heiligtum, und es durfte ihn niemand dabei stören.

Jetzt sitzt er da, starrt auf den Fernseher und bleibt mehr oder weniger regungslos.

Als ich hereingekommen bin, hat er gelächelt – ansonsten habe ich das Gefühl, dass er gar nicht wirklich mitbekommt, was um ihn herum eigentlich geschieht.

Ich bleibe bei ihm sitzen, bis das Spiel zu Ende ist. Unsere Mannschaft hat haushoch gewonnen, doch Daddy lächelt nicht einmal.

„Mach's gut, Dad!“, flüstere ich, als ich mich verabschiede und ihn auf die Wange küsse. Meine Stimme klingt dünn und brüchig. Obwohl sein Schlaganfall nun schon ein Dreivierteljahr her ist, habe ich manchmal noch immer Schwierigkeiten, es zu akzeptieren, und manchmal glaube ich, dass es für ihn vielleicht besser gewesen wäre, wenn er es nicht überlebt hätte.

Aber für mich nicht.

Für mich wäre es noch viel schlimmer gewesen, ich kann mir nicht vorstellen, wie es sein wird, wenn er mal nicht mehr da ist und ich überhaupt keine Familie mehr auf dieser Welt habe. Außer ein paar schrullige, alte Tanten, die ich noch nie leiden konnte und zu denen ich überhaupt keinen Bezug habe.

Ich muss mich dazu zwingen, das Pflegeheim mit angemessenem Tempo zu verlassen und nicht zu rennen.

Eigentlich hätte ich so viel zu sagen gehabt, aber nichts davon kann ich ihm erzählen. Ich kann es ihm nicht erzählen, weil es ihn aufregen und erschüttern würde, obwohl es ihm ohnehin schon schlecht genug geht, ich kann es ihm nicht erzählen, weil ich mir wie eine Versagerin vorkomme.

Draußen steige ich in mein Auto, das zum Glück wieder funktioniert, und bleibe ein paar Minuten still sitzen, bis es mir zu kalt wird.

Dann starte ich den Motor und drehe die Heizung hoch, doch obwohl sie auf voller Kraft läuft, wird mir einfach nicht mehr richtig warm.

Zu Hause schließe ich die Tür auf und gehe in ein leeres, stilles Haus. Der vertraute Geruch nach Zuhause hüllt mich ein, und die lose Holzdiele im Eingang quietscht unter meinen Füßen.

Das alles ist so vertraut, es ist mein Zuhause, seitdem ich denken kann. Bald wird es jemand anderes gehören.

Ich fühle mich einsam und mir ist nach Heulen zumute.

Als ich das Licht anmache, ruft Tate mich an.

„Hey, Honey!“ Ich liebe seine Stimme, und am Telefon nehme ich sie noch viel deutlicher wahr als sonst. Jedes Mal, wenn er mit mir spricht, bringt er meinen Körper zum Summen.

„Guten Abend, Tate.“ Es tut so gut, ihn zu hören. „Hattest du einen schönen Tag?“

„Ich habe dich vermisst. Dafür habe ich mit Wyatt ein

paar neue Grooves ausprobiert und das Timing optimiert. Der Tag war also zumindest erfolgreich. Und deiner?“

„So ähnlich wie deiner. Nur gab es bei mir Bildoptimierung, keine Songs.“ Müde streife ich mir die Schuhe von den Füßen und werfe sie in eine Ecke. Eigentlich habe ich heute zu wenig gegessen, aber ich bin viel zu erledigt, um noch Appetit zu haben, also gehe ich gleich nach oben. Kurz überlege ich, ob ich Tate von meinem Vater erzähle, aber ich will nicht herumjammern. Ich will mich lieber ein bisschen ablenken lassen, als über meine Probleme zu sinnieren, zumal es ja Dinge sind, die ich ohnehin nicht ändern kann.

„Fotografierst du mich auch mal?“

Erstaunt reiße ich die Augen auf.

„Als ich das das letzte Mal versucht habe, hast du mich beschimpft, bestohlen und bist dann abgehauen ...“ Mein Versuch, ernst zu bleiben, gelingt mir nicht sonderlich gut.

„Du weißt doch langsam, dass ich verrückt bin und verrückte Dinge mache. Ich hoffe zumindest, dass du es weißt, denn eigentlich weiß es jeder.“ Tate lacht leise, und ich halte das Telefon ein bisschen fester, als könne ich ihm damit näher sein.

„Und ich dachte, ich soll nicht alles glauben, was ich über dich lese. Du hast mir zumindest am Wochenende bei der Ehre deiner Mutter versichert, dass du noch nie Sex mit Außerirdischen hattest, obwohl das im Internet steht.“ Bei der Erinnerung an seinen Gesichtsausdruck, als ich ihm diesen Artikel gezeigt habe, muss ich noch immer lachen.

„Stimmt auch wieder. Wobei der Sex mit dir auf alle Fälle außerirdisch gut ist.“ Seine Stimme wird eine ganze Oktave tiefer und beschwört damit Bilder in meinem Kopf, die mich sehnsuchtsvoll seufzen lassen.

„Ich habe vorher nicht gewusst, dass Sex so sein kann." Das wollte ich ihm schon sagen, als ich noch bei ihm war, doch am Telefon fällt es mir irgendwie leichter, über solche Dinge zu reden.

„Hmm." Der Laut, den er von sich gibt, ist eine Mischung aus Schnurren und zufriedenem Brummen. „Hättest du heute Abend noch gerne Sex mit mir?"

Ich habe mich gerade auf mein Bett fallen lassen, aber jetzt richte ich mich wieder auf.

„Wie bitte?" Natürlich habe ich ihn ganz genau verstanden, aber ich bin mir nicht sicher, worauf er hinauswill, und ich glaube, dass Telefonsex nicht so wirklich mein Ding ist. Obwohl Tates Stimme mich zu vielen dummen Dingen verlocken könnte.

„Na ja ...", antwortet er lang gezogen. „Ich habe bis Freitagnachmittag frei, und du weißt ja, dass ich ein bisschen verrückt bin. Was das angeht, lügt die Presse mal ausnahmsweise nicht." Ich höre ihn tief ein- und ausatmen und dann das Klappern einer Autotür und ein paar Schritte, knirschend, als würde er über Schnee laufen. „Es könnte sein, dass ich gerade vor deiner Tür stehe."

„Wie bitte?" An dem Umfang meines Vokabulars sollte ich vielleicht mal ein bisschen arbeiten, ebenso wie an der Verarbeitungsgeschwindigkeit meines Gehirns, denn irgendwie komme ich gerade nicht hinterher.

„Wenn dir das zu viel ist, kann ich auch in der Pension oben übernachten. Mrs. Baker wäre bestimmt hocherfreut. Als ich das letzte Mal da war, hat sie versucht, mir den Hintern zu tätscheln ..."

„Nein! Auf keinen Fall! Bist du verrückt?" Ich stürze die Treppe hinunter, so schnell ich kann.

„Das Thema hatten wir doch schon, und ja, ich bin verrückt."

Noch bevor Tate seinen Satz ganz zu Ende gesprochen hat, reiße ich die Tür auf und stürze mich in seine Arme. Ich springe ihn regelrecht an, aber er lacht nur überrascht und fängt mich auf, umschließt mich mit seinen Armen und drückt mich an sich. Mit dem Fuß gibt er der Haustür einen Tritt, sodass sie hinter ihm ins Schloss fällt.

Ich quietsche in sein Ohr, weil die Alternative lautes Kreischen wäre und ich das noch peinlicher finden würde.

Meine Beine umklammern seine Taille, während ich meine Hände an sein Gesicht lege.

„Du bist wirklich hier!", flüstere ich ziemlich fassungslos und streiche über sein raues Kinn, an dem sich schon wieder unzählige schwarze Bartstoppeln gebildet haben, obwohl ich weiß, dass er sich jeden Morgen rasiert. Er riecht nach frischer, kalter Luft und so himmlisch nach ihm selbst, dass ich am liebsten in ihn reinkriechen würde.

„Ich hatte Zeit." Er zuckt mit den Schultern, als würde das alles erklären. „Und ich habe dich vermisst." Er setzt mich auf dem Küchentisch ab, um sich die Jacke auszuziehen, und ich starre ihn noch immer an, weil ich es einfach nicht glauben kann.

„Ich habe dich auch vermisst!", flüstere ich rau und ziehe ihn zurück in meine Arme, sobald er seine Jacke losgeworden ist.

Ich presse mein Gesicht an seinen Hals und atme seinen Duft und seine Wärme ein, während er mir über den Rücken streichelt.

„Hey, alles in Ordnung mit dir, Honey?" Er schiebt mich ein bisschen nach hinten und schaut mich besorgt an.

„Ja, jetzt ist alles in Ordnung." Ich versuche zu lächeln, aber ich weiß nicht, ob es mir richtig gelingt, umfasse seinen Kopf und beuge ihn zu mir, um ihn küssen zu können.

Sein Kuss ist so wunderbar!

Erst sanft und zärtlich und dann wilder, und bevor ich mich überhaupt bewusst dazu entschieden habe, bin ich schon dabei, an seinem Shirt zu zerren und seine Hose zu öffnen.

Meine Hände sind eiskalt, im Verhältnis dazu kommt mir seine Haut glühend heiß vor, aber er zuckt nicht einmal zusammen, als ich meine Finger über seine Bauchmuskeln gleiten lasse.

Als wüsste er ganz genau, was ich gerade brauche, küsst er mich einfach weiter und lässt mich gewähren, lässt mich mit ihm anstellen, was immer ich will.

Er hilft mir, ihm das Shirt über den Kopf zu streifen, und er hilft mir auch mit meinem Pulli, und ich mache weiter, bis wir beide nackt sind.

„Bitte …", flüstere ich zwischen zwei Küssen, und ohne noch weitere Worte verschwenden zu müssen, weiß Tate genau, was ich will. Er bückt sich, um ein Kondom aus seiner Jackentasche zu holen, streift es sich über und dringt mit einem einzigen tiefen Stoß komplett in mich ein.

Ich könnte heulen vor Glück, und endlich, endlich fühle ich mich nicht mehr leer und einsam. Er schließt mich eng in seine Arme, bis ich das wunderbare Gefühl habe, überall von ihm umgeben zu sein, und ich mache meine Augen zu, um nichts von seinen Berührungen zu verpassen. Wir finden einen langsamen, beinahe trägen Rhythmus, und jedes Mal, wenn er in mich stößt, brummt er leise, als könne es gar nicht genug Nähe zwischen uns geben.

Mein Herz schlägt schnell und heftig, Tate und ich sind uns so nah, dass wir dieselbe Luft atmen.

Als er mein Gesicht mit beiden Händen umfasst und mit seiner Zunge tief in meinen Mund eindringt, komme ich so heftig, dass ich Sterne sehe, und Tate folgt mir umgehend.

Ich zittere am ganzen Körper, als er mich schließlich an sich zieht und festhält, mich mit seiner Wärme und seiner Nähe überall umgibt, und dann fange ich an zu weinen.

Ich will es vor ihm verbergen, weil es mir unendlich unangenehm ist, aber da ich zu schluchzen beginne, gelingt mir das nicht lange.

„Hey, Baby …" Er nimmt mein Gesicht wieder zwischen seine Hände und sieht mich an. „Was ist los? Habe ich dir wehgetan?"

Stumm schüttele ich den Kopf.

„Ich bin nur so froh, dass du da bist!" Und das bin ich wirklich. Es ist das erste Mal heute, dass ich mich gut und wie ich selbst fühle, dass mir mein Leben nicht trist und grau vorkommt, und trotzdem kann ich nicht damit aufhören, zu weinen.

Tate betrachtet mich weiterhin, schließlich küsst er mich auf den Scheitel.

„Warte kurz, okay?" Er lässt mich los, bückt sich und streift mir sein Shirt über den Kopf, damit ich nicht frieren muss, dann geht er zum Mülleimer hinüber, um das Kondom loszuwerden, und wäscht sich an der Küchenspüle.

Als er damit fertig ist, kommt er umgehend zu mir zurück. Seine Hände schieben sich unter meinen Po, und er hebt mich hoch und trägt mich nach oben, während ich mich an ihn klammere wie ein kleines Äffchen.

Ohne mich loszulassen, schlägt er die Bettdecke zur Seite

und lässt mich darunter krabbeln, während er noch einmal kurz aufsteht, um das Licht auszumachen.

Ich spüre, wie sich die Matratze bewegt, und dann ist Tate wieder da, bettet meinen Kopf an seiner Schulter, streichelt mir den Rücken und summt leise, beruhigende Melodien für mich, bis ich schließlich eingeschlafen bin.

25

* * *

Die ganze Nacht über hält Autumn ihn umklammert, als würde sie ertrinken, wenn sie ihn loslassen würde, und obwohl er eigentlich immer geschworen hätte, dass ihm so etwas bei einer Frau entsetzlich auf die Nerven gehen würde, gefällt es ihm bei Autumn. Es fühlt sich gut an, dass sie ihn braucht und dass er ihr etwas geben kann, damit es ihr ein bisschen besser geht.

Irgendetwas scheint mit ihr nicht zu stimmen, doch Tate will sie nicht bedrängen. Wenn sie reden will, wird sie das schon von selbst tun, und wenn nicht, will er wenigstens so gut es geht für sie da sein.

Morgens früh um sechs klingelt der Wecker, aber sie sind beide schon lange wach und haben sich geliebt, zärtlich und träge.

„Am liebsten würde ich einfach liegen bleiben", murmelt

Autumn, nachdem sie aufgestanden ist, um den Wecker auszuschalten, und schaut sehnsüchtig zurück zum Bett.

„Ich hätte nichts dagegen, aber ich befürchte, deine Kunden fänden das nicht ganz so witzig."

Sie lächelt.

„Nein, das fänden sie wirklich nicht. Ich habe heute ein paar Termine für Familienfotos und Portraitaufnahmen. Für einige Familien ist das so etwas wie eine Weihnachtstradition." Sie schluckt und schaut ihn an. „Bist du heute Abend noch hier?" Etwas in ihrem Blick sorgt dafür, dass sein Herz sich schmerzvoll zusammenzieht.

„Ja, Baby. Ich bin heute Abend noch da. Wenn du das willst." Er steht auf, um sie in seine Arme zu ziehen, und sie kuschelt sich schon wieder auf diese bestimmte Art und Weise an ihn, als wäre er ihre Rettung.

„Ja, das will ich", murmelt sie an seiner Brust, dann löst sie sich langsam von ihm; ihr Blick wirkt nun klarer. „Kannst du eigentlich Schlittschuhlaufen?"

Tate sieht sie irritiert an.

„Ja, warum fragst du?"

Sie zuckt mit den Schultern.

„Ich habe gestern gelesen, dass einer der Seen hier fürs Schlittschuhlaufen freigegeben ist. Ich dachte, du hättest vielleicht Lust, mit mir dort heute Abend hinzugehen." Erneutes Schulterzucken. „Wir könnten etwas zu essen mitnehmen und dann eine Runde laufen." Als er nicht sofort reagiert, zieht sie ihre Augenbrauen kurz zusammen. „Aber wir müssen nicht, wenn du nicht willst."

„Doch, ich will gerne mit dir dorthin. Du musst mir nur sagen, wo ich Schlittschuhe herbekomme, ich habe zufällig keine mit." Er zwinkert ihr zu.

„Ich könnte meine Freundin Madison fragen, ob du dir die Schuhe ihres Verlobten leihen kannst.“

„Oh, ich glaube, ich besorge mir lieber selbst welche.“ Tate lächelt. „Zum einen habe ich Schuhgröße 47, und ich bezweifle, dass mir seine passen werden. Zum anderen bin ich bei Schuhen ein bisschen eigen. Ich leihe mir nicht gerne welche. Einer der Gründe, aus denen ich Bowling früher gehasst habe.“

Sie lächelt und rümpft dabei ihr kleines hübsches Näschen.

„Ich hasse es vor allem deshalb, weil ich es nicht kann.“ Dann wirft sie einen Blick auf die Uhr. „Ich muss mich beeilen, sonst komme ich zu spät ... Eine meiner Kundinnen wollte die Bilder, die sie hat machen lassen, gerne noch vor der Arbeit abholen.“

Mit einer schnellen Bewegung schlüpft sie an ihm vorbei und verschwindet im Bad, und Tate zwingt sich, nicht nach ihr zu greifen, weil er nicht möchte, dass sie seinetwegen Stress mit ihren Kunden bekommt.

Also zieht er sich etwas über und geht dann nach unten, um das Frühstück vorzubereiten.

* * *

„Wie kommt denn der Milchschaum auf meinen Chai-Tee?“ Erstaunt puste ich auf das kleine Häubchen aus weißem Schaum, das auf meiner Tasse schwimmt.

Tate lächelt.

„Er befand sich vorher in dem Topf dort.“ Er deutet in Richtung Herd. „Es ist erstaunlich, wie schnell man Dinge mit der richtigen Technik erst steif bekommt und dann überschäumen lassen kann, Autumn. Du solltest das doch wissen, du bist schließlich Expertin auf diesem Gebiet." Sein Blick wandert vielsagend in Richtung seiner Hose, und als ich ihm folge, sehe ich die deutliche Beule, die sich dort schon wieder gebildet hat.

Ich muss grinsen.

„Aber ich habe doch gerade gar nichts gemacht."

„Und ob du etwas gemacht hast!", widerspricht er mir. „Du hast den Raum in diesem Strickkleid betreten, und du hast dir Milch von der Oberlippe geleckt!" Er küsst mich kurz, um sich anschließend mir gegenüber an den Tisch zu setzen. „Um auf deine Frage zurückzukommen: Neben einem Milchaufschäumer oder Wasserdampf bekommt man es auch auf die altmodische Variante mit heißer Milch und einem Schneebesen ganz gut hin. Ich dachte, so schmeckt es vielleicht besser."

„Absolut köstlich", murmle ich, während ich an meinem Tee nippe. Dann fällt mein Blick auf die Uhr. „Verdammt, ich muss los", fluche ich, denn als ich vorhin aus dem Bad kam, nur mit einem Handtuch um, bin ich nach unten gegangen, um zu sehen, ob Tate zurechtkommt, mit dem Erfolg, dass ich anschließend noch einmal duschen gehen musste.

Ich schnappe mir meinen Mantel und trinke noch einen weiteren Schluck Tee, gebe Tate einen Kuss und flitze zur Tür. In letzter Sekunde fällt mir ein, dass er gar keinen Schlüssel hat, und ich werfe ihm meinen zu, den er ziemlich lässig und mit einer Hand auffängt, während er mir grinsend dabei zusieht, wie ich meine Stiefel anziehe und dabei verzweifelt versuche, irgendwie das Gleichgewicht zu halten.

„Lach du nur!", sage ich und versuche böse zu klingen, was mir aber nicht gelingt. „Ich werde mich später dafür rächen", setze ich hinzu und Tates Grinsen wird noch breiter.

„Ich kann es kaum erwarten, Honey!" Ich bekomme eine Gänsehaut und stelle fest, dass ich es eigentlich auch kaum erwarten kann.

Ich nehme mir den alten Haustürschlüssel meines Vaters aus dem Kistchen, in dem ich so etwas aufbewahre, schnappe mir meine Handtasche und verschwinde, bevor ich es nicht mehr schaffe zu gehen.

* * *

NACHDEM AUTUMN heute Morgen zur Arbeit gegangen ist, geht Tate laufen. Hier draußen ist es wirklich wunderschön, einsam, ein kleines bisschen wild, und durch die dünne Schicht Schnee, die bereits liegt, hat es etwas von einem verzauberten Winterwald.

Er kann gut verstehen, dass es Autumn hier so gut gefällt, seine Mom würde einen Ort wie diesen auch lieben. Einen Platz, an dem man das Gefühl hat, der Natur deutlich näher zu sein, als man es in der Stadt jemals kann.

Als Tate noch ein Kind war, haben sie an Orten wie diesen Urlaub gemacht, sind gewandert oder haben in der Wildnis gecampt, und damals hat er sich immer vorgenommen, ein Haus auf dem Land zu kaufen, wenn er mal groß ist.

Jetzt binden ihn die Band und das Studio an New York, und obwohl er das Großstadtleben eigentlich genießt, stellt er hier fest, wie sehr er die Natur und die frische Luft in den letzten Jahren vermisst hat.

Irgendwann fangen seine Beine an zu brennen und zu zittern, und er muss umkehren. Die letzten Meter bis zu Autumns Haus geht er, statt zu laufen, damit sein Kreislauf sich wieder ein bisschen beruhigen kann.

Sie hat ein schönes Haus.

Roter Backstein, ein rotes Dach und weiße Fenster – ein Haus, das zu einer kleinen Elfe perfekt passt.

Der Garten ist klein, aber wirkt gepflegt, und er fragt sich, welche Farbe wohl die Blüten der Kletterrose im Sommer haben werden, die nun nur noch wenige dunkelgrüne Blätter tragen.

Nach einer Dusche setzt er sich an Autumns Esstisch, holt seinen Rechner heraus und schreibt ein paar der Notensätze um, an denen er gestern mit Wyatt gearbeitet hat, um sie ihm anschließend zu schicken.

Obwohl er sonst manchmal Probleme hat, sich auf seine Arbeit zu konzentrieren, wenn er nicht an seinem Schreibtisch sitzt, funktioniert es hier erstaunlich gut, und der Vormittag und Mittag sind im Nu vorbei.

Gegen Nachmittag setzt er sich in seinen Leihwagen und macht sich auf den Weg, um Schlittschuhe kaufen zu fahren.

Manchmal, wenn ihn jemand erkennt, können solche Einkäufe anstrengend sein, aber in dem kleinen Laden, der einige Sportartikel sowie Outdoor-, Angel- und Arbeitskleidung verkauft, arbeitet bloß ein freundlicher, älterer Herr, der ihn ausgiebig und sehr gut berät und wahrscheinlich, ebenso wie Autumn, sonst eher ein Countryfan ist.

Zu den Schlittschuhen ersteht Tate auch noch eine große Thermoskanne; heiße Getränke können bei diesen Temperaturen schließlich nicht schaden, auch wenn ihnen beim Eislaufen sicherlich schnell warm werden wird.

Auch im Supermarkt, wo er vorsichtshalber sein Basecap trägt, obwohl seine Mom ihm beigebracht hat, dass sich das in geschlossenen Räumen nicht gehört, läuft es besser, als er gedacht hätte.

Er kauft ein paar Zutaten für Sandwiches ein und verlässt den Laden wieder, ohne dass ihn jemand um ein Autogramm gebeten oder fotografiert hätte.

Voller Optimismus betritt er schließlich das kleine Café, weil er welche von den Cookies kaufen will, die ihm in der Auslage des Schaufensters ins Auge gefallen sind.

Es ist kurz vor Feierabend und das Café ist menschenleer, bis auf eine Frau, die hinter dem Tresen steht und ihm den Rücken zugewandt hat, als er hereinkommt.

In dem Moment, in dem sie sich zu ihm umdreht, werden ihre Augen groß, und das Körbchen mit den Teelöffeln in ihrer Hand fällt scheppernd auf den Boden.

„Heilige Scheiße, du bist Tate Birdie!“, flucht sie, und Tate zieht lächelnd eine Augenbraue hoch, während die Rothaarige hinter dem Tresen sich bückt, um die Löffel aufzusammeln, und dabei etwas murmelt, was sich nach Autumn und – er könnte es schwören – Autumns *magischer Muschi* anhört.

„Wie bitte?“, fragt er schließlich nach, nur um sicherzugehen.

„Nichts!“ Die Rothaarige richtet sich mit so viel Schwung auf, dass sie das Körbchen mit den Löffeln beinahe noch ein zweites Mal hinuntergeworfen hätte. „Ich habe bloß gesagt, dass mir das hier deinetwegen nun schon zum zweiten Mal passiert und …“ Sie schüttelt kurz den Kopf und schließt dann die Augen. Als sie sie wieder öffnet, scheint sie sich etwas besser im Griff zu haben.

Betont ruhig stellt sie das Körbchen auf den Tresen und streckt ihm die Hand entgegen.

„Hi. Ich bin Madison. Ich bin Autumns beste Freundin. Es freut mich sehr, dich kennenzulernen." Erneut schüttelt sie den Kopf und lässt seine Hand los. „Ich bitte mein seltsames Benehmen zu entschuldigen. Ich war bloß erstaunt, dich hier zu sehen. Autumn hat gar nicht erzählt, dass du hier bist."

„Ich bin gestern ziemlich spontan hergekommen." Irgendwie hat er das Gefühl, das erklären zu müssen, lässt es schließlich aber doch. Beste Freundin hin oder her, er ist hier schließlich niemandem Rechenschaft schuldig. „Wie auch immer – ich wollte welche von den Cookies kaufen, die du im Schaufenster hast."

Madison nickt.

„Für sie oder für dich?"

„Für uns beide."

„Okay. Autumn liebt diese hier, mit Cashewkernen und weißer Schokolade. Die mit Karamell und gesalzenen Mandeln kann ich außerdem sehr empfehlen, und ... ach. Eigentlich sind sie alle super. Ich lasse sie von einem kleinen Unternehmen aus Boston herschicken und kann sie wirklich alle empfehlen."

„Dann nehme ich von jeder Sorte zwei Stück, bitte."

Madison packt sie ihm schweigend ein, bevor sie sie über den Tresen reicht und den Betrag für die Kekse in ihre Kasse eintippt.

„Das macht genau zwölf Dollar bitte."

Er reicht ihr zwanzig, und sie hält den Schein in ihrer Hand fest, während sie ihn mustert.

„Tate?“

„Ja?“

„Wenn du ihr wehtust, werde ich dich eigenhändig kastrieren.“

Komischerweise glaubt er ihr das aufs Wort.

„Ähm, stimmt so!“, murmelt er, schnappt sich die Tüte mit den Keksen und verschwindet.

* * *

DEN GANZEN TAG über war ich völlig überdreht, aber jetzt habe ich endlich das Gefühl, ein bisschen zur Ruhe kommen zu können.

Es ist dunkel, als wir am See ankommen, und um diese Zeit an einem Wochentag ist hier niemand mehr unterwegs. Dafür scheint der Mond heute so hell, dass es mehr als genug Licht gibt.

Ich weiß nicht, warum er mal weiß und mal gelb erscheint, aber heute Abend taucht er alles in ein goldenes Licht und lässt den See wie verzaubert wirken.

Vielleicht hätte ich meine Kamera mitnehmen sollen, aber ich will in Momenten wie diesen nicht an Arbeit denken, sondern sie mit Tate zusammen genießen. Ohnehin ist es nicht sonderlich gut ausgegangen, als ich das letzte Mal mit einer Kamera auf ihn gezielt habe …

Ich ziehe meine Stiefel aus und schlüpfe in die Schlittschuhe, die mein Vater mir vor vielen Jahren zu Weihnachten geschenkt hat. Es sind dick gefütterte, weiße Schlittschuhe mit einem üppigen Pelzrand, die die Füße auch dann noch warm halten, wenn man Stunden auf der

Eisfläche verbringt, so wie ich es früher manchmal gemacht habe.

Tate wartet schon auf der Eisfläche auf mich, und ich fahre schließlich lachend auf ihn zu, drehe eine Pirouette und fahre weiter zu ihm, bis ich ihm so nah bin, dass ich ihn küssen kann.

„Wow, du hast wohl heimlich geübt."

Er beobachtet mich, während ich rückwärts über die Eisfläche gleite und einen kleinen Sprung versuche, ihn aber nicht exakt schaffe.

Ich zucke mit den Schultern.

„Madison und ich haben das früher stundenlang geübt. An den Wochenenden waren wir oft von morgens bis abends hier, und wenn es nicht kalt genug gewesen ist, dann haben wir manchmal unsere Eltern überreden können, dass sie uns nach Midway fahren. Neben der Eishalle, in der die Profis trainieren, gibt es noch eine kleinere, in der die Juniormannschaften spielen. Außerhalb der Trainingszeiten ist die auch für alle anderen geöffnet." Ich fahre wieder zu ihm und greife nach seiner Hand, und wir drehen eine Runde zusammen. Tate fährt ebenfalls eindeutig nicht zum ersten Mal, denn er ist schnell und sicher unterwegs.

„Dann wolltest du mal Eiskunstläuferin werden?", fragt er mich, während er meine Hand ein bisschen fester fasst.

Ich seufze tief.

„Eigentlich wollte ich Kunst und Fotografie studieren."

„Aber?"

„Das Geld dafür hat nie gereicht und für ein Stipendium war ich nicht gut genug. Außerdem wollte ich meinen Vater nicht alleinlassen und er wollte hier niemals weg. Und ich wollte das auch nie. Das hier ist mein Zuhause, ich kann mir nicht vorstellen, dauerhaft woanders zu leben.“ Auch wenn ich zumindest aus meinem Haus bald ausziehen muss. Aber ich will nicht darüber sprechen, es ist viel zu schmerzhaft. „Also habe ich eine Zeit lang in einem Atelier in Midway gearbeitet und dort jede Menge über Fotografie gelernt und mich schließlich selbstständig gemacht. Obwohl es nicht das ist, was ich mir früher erträumt habe, bin ich trotzdem sehr glücklich damit. Ich liebe meinen Beruf, die Menschen, die Bilder ...“ Wenn ich daran denke, muss ich lächeln. „Und im Normalfall schreit mich auch niemand an, weil ich Fotos von ihm mache.“ Ich zwinkere Tate zu und er lacht, tief und volltönend.

„Das verzeihst du mir nie, oder?“

Er beugt sich zu mir herunter und küsst mich, bis ich mich völlig flatterig fühle.

„So schnell nicht“, antworte ich an seinen Lippen und lasse ihn dann los, um ihm davonzufahren.

Er fährt tatsächlich noch viel besser, als ich dachte, denn ich bin schon ziemlich schnell, aber er ist noch schneller, und innerhalb kürzester Zeit ist er hinter mir, umfängt meine Taille und hält mich fest.

„Übrigens habe ich heute deine Freundin Madison kennengelernt.“ Tate zieht mich eng an sich. „Sie hat mir damit gedroht, mich zu kastrieren, wenn ich nicht nett zu dir bin. Darüber mache ich mir wenig Sorgen, denn ich habe vor, noch *sehr* nett zu dir zu sein.“ Er presst sein Becken gegen meinen Po, sodass ich seine Erektion durch die vielen Schichten von Bekleidung spüren kann, und mir wird ganz heiß. „Eine Frage habe ich aber dennoch: Was hat es mit dir und deiner magischen Muschi auf sich?“

Einen Moment bin ich völlig perplex, dann muss ich so

heftig lachen, dass ich mich nicht mehr auf den Beinen halten kann.

Ich ziehe Tate mit mir hinab aufs Eis, und als ich mich beruhigt habe und wieder halbwegs Luft bekomme, beginnt er mich zu küssen, bis ich erneut nach Atem ringe.

26

Es ist seltsam, wie sehr die Gefühlswelt plötzlich von einer einzigen Person abhängen kann, und ich bin mir nicht sicher, ob mir das gefällt oder entsetzliche Angst einjagt.

Die gesamte Zeit über, die Tate hier gewesen ist, war ich glücklich, und seit er sich gestern von mir verabschiedet hat, geht es mir wieder elend.

Zum Glück ist es ihm irgendwie gelungen, mich zu überreden, ihn am Samstag in New York besuchen zu kommen, auch wenn ich nur eine einzige Nacht bleiben kann.

Ich muss wirklich verrückt sein, aber er hat die Flugtickets einfach oben auf dem Bett liegen lassen, und es wäre doch wirklich zu schade, sie wegzuwerfen, oder nicht?

Da ich am Samstag arbeiten muss, schaffe ich es dieses Mal definitiv nicht, ihn noch auf der Bühne zu sehen, und ich muss gestehen, dass ich eifersüchtig auf all diejenigen bin, denen das heute Abend möglich ist.

Ich tröste mich einfach damit, dass ich dafür noch ganz

andere Dinge von ihm zu Gesicht bekommen werde, und vielleicht kann ich ihn ja auch dazu überreden, nur für mich ein bisschen zu singen, ich finde, das hört sich absolut großartig an.

Kurz bevor ich zum Flughafen aufbreche, bekomme ich noch eine Nachricht von ihm.

Hey Honey,
bitte pack deine Schlittschuhe
ein. Ich bin fest entschlossen,
dir die schönsten Seiten New Yorks zu
zeigen.
<3 <3 <3
T.

Stirnrunzelnd packe ich also auch noch meine Schlittschuhe ein und werfe meine Tasche ins Auto – da es repariert worden ist, bin ich guter Dinge, dass es mich diesmal sicher zum Flughafen bringen wird.

In New York angekommen, fühle ich mich total hibbelig, denn obwohl es erst zwei Tage her ist, dass Tate bei mir war, kommt es mir wie eine halbe Ewigkeit vor.

Ich entdecke ihn gleich, als ich das Gate verlasse, denn er ist kaum zu übersehen. Er überragt die meisten anderen Wartenden um einen halben Kopf.

Er trägt wieder eins seiner Basecaps, Jeans und eine schwarze Lederjacke, sein Blick ist nach unten gerichtet, und er wirkt ganz wie der finstere, grüblerische Rockstar, den er für die Außenwelt so gerne darstellt.

Langsam komme ich näher und er hebt den Kopf, vielleicht hat er irgendwie instinktiv gespürt, dass ich da bin.

Dann geht eine unglaubliche Veränderung mit ihm einher, und es ist, als würde er auf einmal mit seinem gesamten Körper zu lächeln beginnen.

Er macht ein paar Schritte vorwärts, um mich in seine Arme zu schließen, und all meine Nervosität ist auf einmal verflogen und wird durch ein warmes, kribbelndes Gefühl ersetzt, das ich so oft in Tates Nähe habe.

„Da bist du ja endlich …“, flüstert er an meinem Ohr, so, als ob ich ihn Stunden hätte warten lassen; dabei ist das Flugzeug pünktlich gelandet.

Eng umschlungen gehen wir zur Gepäckausgabe, und zum Glück dauert es nicht lange, bis mein kleiner Koffer da ist.

„Ich habe mich nicht getraut, meine Schlittschuhe mit ins Handgepäck zu packen.“ Ich lächele Tate entschuldigend an, während er sich meinen Koffer schnappt.

„Solange ich mit dir zusammen warten kann, ist doch alles bestens.“

Nachdem wir mein Gepäck in Empfang genommen haben, verfrachtet Tate mich in seinen Wagen, einen unauffälligen SUV in Grau, und deutet auf den Fußraum, in dem ein Picknickkorb steht.

„Ich habe noch eine Überraschung für dich. Falls du dich vorher ein bisschen stärken möchtest, habe ich etwas vorbereitet …“

„Du hast mir ein Flugticket für die erste Klasse gekauft, und selbst auf der kurzen Strecke bis nach New York gab es ein Drei-Gänge-Menü. Ich bin völlig satt.“ Obendrein bin ich in seiner Gegenwart manchmal noch so aufgeregt, dass ich gar keinen großen Appetit habe; wahrscheinlich mögen die

Schmetterlinge in meinem Bauch einfach ihren Platz, sodass für Essen nicht mehr so viel davon bleibt.

„Gut." Tate greift nach meiner Hand und legt sie auf sein Bein, um sie dann mit seiner eigenen zu bedecken. Ich kann spüren, wie sich die Muskeln seines Oberschenkels beim Gasgeben und Bremsen an- und entspannen, und ich könnte stundenlang hier sitzen und mit ihm durch das winterliche New York fahren.

„Wo fahren wir eigentlich hin?", frage ich nach einer Weile, und Tate lächelt.

„Du hast mir deinen Lieblingsort zum Schlittschuhlaufen gezeigt, und ich will dir meinen zeigen. Meine Mom mag ja eigentlich das Leben auf dem Land deutlich lieber als den Trubel in der Großstadt, aber wir sind jedes Jahr vor Weihnachten zusammen am Rockefeller Center zum Eislaufen gewesen." Tate setzt den Blinker, wir biegen rechts ab und bleiben dann kurz stehen, während Tate einen Code für eine Schranke eingibt. „Ein Bekannter hat mir erlaubt, das Auto ein paar Stunden auf seinem Parkplatz abzustellen, von hier aus ist es nicht mehr weit und wir können zu Fuß weitergehen." Er stellt den Wagen in einer Parklücke ab, die so klein ist, dass ich erstaunt darüber bin, dass sein Wagen überhaupt hineinpasst. Ich müsste wahrscheinlich stundenlang kurbeln, damit ich das hinbekomme, aber ich bin eben auch ein echtes Landei – bei uns gibt es überall genug Platz, sodass so etwas gar nicht nötig ist.

Ich quetsche mich etwas mühevoll aus dem Auto heraus, um das danebenstehende Fahrzeug nicht zu beschädigen.

„Komm!" Tate steht am Ende des Wagens und streckt mir seine Hand entgegen, und als er mich anlächelt, beginnt mein gesamter Körper zu kribbeln. Ich stelle mich auf die

Zehenspitzen, um ihn zu küssen, schlinge meine Arme um seinen Nacken und schmiege mich so eng es nur geht an ihn.

„Ich habe dich vermisst …“, flüstere ich, als er meine Umarmung erwidert.

„Oh, und ich dich erst!“ Er beugt sich zu mir herunter und küsst mich ganz sanft, anschließend streicht er mir mein Haar aus dem Gesicht. „Es kursieren immer wieder jede Menge Gerüchte über die Drogen, die in der Musikszene konsumiert werden. Ich habe mich immer davon ferngehalten. Aber nach dir, Honey, nach dir bin ich süchtig. Du bist meine persönliche Droge. Mächtig, süß und berauschend. Und wie jeder echte Süchtige will ich immer mehr von dir.“ Noch ein Kuss und in meinen Ohren dröhnt laut das Wummern meines Herzens. Tate schiebt mich sanft von sich, mir ist ein bisschen schwindelig, als er mich loslässt. „Jetzt lass uns gehen, ich möchte dir so vieles von New York zeigen und wir haben so wenig Zeit, und wenn wir uns jetzt weiterküssen, dann will ich nur noch eines: nämlich dich über meine Schulter werfen und in mein Bett bringen.“

Ich muss schmunzeln.

„So wie ein Neandertaler?“ Irgendetwas an dem Gedanken gefällt mir.

„Genau so. Und ich kann dir nicht einmal versprechen, dabei nicht wie einer zu grunzen.“ Das gefällt mir nicht ganz so gut, obwohl ich bei Tate selbst das in Kauf nehmen würde, denn wenn ich ehrlich sein soll, bin ich mindestens genauso süchtig nach ihm.

„Vielleicht können wir das später ja trotzdem ausprobieren.“ Ich zwinkere ihm zu und er beginnt breit zu grinsen.

„Euer Wunsch ist mir Befehl, Mylady. Doch jetzt lasst uns zum Tanze eilen.“ Galant hält er mir seine Hand hin, die ich erneut ergreife, und ich genieße das wunderbare warme Gefühl seiner Finger, die meine fest umschließen.

* * *

Vielleicht ist es kitschig, aber er liebt diesen Platz, weil er ihn als Kind immer mit Weihnachten verbunden hat.

Jedes Jahr ist er mit seiner Mutter, die für solche Dinge sonst nicht sonderlich viel übrig hatte, ein Wochenende nach New York geflogen, um hier eislaufen zu gehen, und jedes Jahr hat er den gigantischen Weihnachtsbaum bewundert, der prunkvoll und mächtig vor der Eisfläche leuchtet.

Die bunten Lichter jetzt in Autumns Augen funkeln zu sehen, ist ein ganz besonderer Moment.

„O Tate, es ist wunderschön“, flüstert sie andächtig und setzt sich auf die freie Bank hinter ihnen. „Ich wünschte, ich hätte meine Kamera dabei!“ Anschließend lächelt sie versonnen. „Obwohl sich manche Dinge auf Fotos nicht wiedergeben lassen. Man kann zwar ein Bild davon schaffen, das halbwegs stimmig ist, aber es fehlt der gesamte Rest. Die Gerüche, die Geräusche …“ Kurz drückt sie seine Hand. „Und natürlich die Gefühle. Ach, es ist so wunderschön hier!“

Er liebt die Art, wie sie Dinge betrachtet, die ihr gefallen, diese Hingabe, mit der sie manche Anblicke regelrecht in sich aufzusaugen scheint.

Manchmal sieht sie auch ihn so an, und er kann von dieser Art von Blicken gar nicht genug bekommen.

Um sie nicht zu stören, zieht er erst sich selbst seine Schlittschuhe an, und dann widmet er sich Autumn, streift ihr die Stiefel von den Füßen und schnürt ihre Schlittschuhe. Sie registriert es mit einem kurzen Lächeln, bevor sie ihre Aufmerksamkeit wieder auf die Eisfläche und die vielen Menschen richtet, die vor dem großen Weihnachtsbaum ihre Runden drehen, auf die Kinder, die sich kichernd an ihren Müttern festhalten, um nicht hinzufallen, auf die Liebespaare, die dort Hand in Hand fahren und zufrieden lächeln ... Es ist ein Bild wie auf einer kitschigen Postkarte.

„Mylady, wärt Ihr so weit, mit mir eine Runde über die Tanz... äh ... Eisfläche zu drehen?"

Autumns Blick findet zu ihm zurück, und sie lächelt so strahlend, dass ihm ganz warm davon wird.

* * *

Zeit mit Tate zu verbringen ist einfach das Beste, was ich jemals gemacht habe.

Der Ausflug zum Rockefeller Center war wunderschön, romantisch, beinahe kitschig, aber ich habe jede Sekunde davon geliebt. Mit ihm Hand in Hand über die Eisfläche zu gleiten, hat sich angefühlt, als wäre man Teil eines Films, den man sonst immer bewundert hat und in dem man nun selbst die Hauptrolle spielt.

Jetzt sitze ich ihm am Esstisch gegenüber, in seiner Wohnung, von der aus man einen gigantischen Blick über den Central Park hat, und Tate hat für uns gekocht.

Es gibt selbst gemachte Lasagne, die einfach himmlisch schmeckt, dazu Rotwein, der ebenso köstlich ist, und als wir mit dem Essen fertig sind, wirft er mich über seine Schulter und bringt mich grunzend in sein Bett, während ich so heftig lachen muss, dass mir davon die Tränen kommen.

Am nächsten Morgen stehe ich am Küchenfenster und schaue auf den verschneiten Central Park.

Tate kommt zu mir und drückt mir einen Chai-Tee mit Milch und Honig in die Hand, genau so, wie ich ihn mag.

„Du hast ein tolles Haus!“ Er hat mich gestern überall herumgeführt, und es ist wirklich die coolste Wohnung, die ich jemals gesehen habe.

Das Haus erstreckt sich über sechs Stockwerke, in den unteren befinden sich eine Garage, Tates Aufnahmestudio und ein großer Fitnessraum, die oberen drei sind als Wohnräume vorbehalten.

Alles ist toll eingerichtet. Mit viel rustikalem Holz sowie Grau- und dunklen Blautönen, eine echte Männerhöhle, aber im positivsten Sinne. Ich würde sofort hier einziehen wollen.

Am besten gefallen mir die Bilder an den Wänden, die aussehen wie Teile seines Tattoos. Gestern hat er mir erzählt, dass er beides selbst gemalt hat, und ich bin wirklich beeindruckt von seinem Können.

„Es freut mich, dass es dir hier gefällt“, flüstert Tate an meinem Ohr.

„Sehr sogar. Besonders schön finde ich den Kalender in deiner Küche ...“

Ich kann spüren, wie sich sein Mund an meinem Hals zu einem Lächeln verzieht.

„Den mag ich auch ganz besonders gern. Er ist von einer tollen Fotografin aus einem kleinen Ort an der kanadischen Grenze, weißt du ... Und weil das Jahr schon fast vorbei ist, habe ich ihn für einen Spottpreis bekommen!“ Ich habe gestern Abend nicht schlecht gestaunt, als ich einen Kalender mit Fotos, die ich für einen Verlag gemacht habe, in Tates Küche entdeckt habe. Das Ding ist DIN-A0-groß und zeigt Fotos von White Crossing und Umgebung, alles Landschaften zu unterschiedlichen Jahreszeiten, und in Tates Küche hängt der Dezember, ein Bild mit einer Schneelandschaft, das ich tatsächlich sehr liebe. „So habe ich das Gefühl, dass ich dir ein bisschen näher bin, auch wenn wir nicht zusammen sind."

Ich seufze tief.

„Am liebsten würde ich mich nie wieder von dir trennen müssen."

Sanft nimmt Tate mir meine Tasse aus der Hand, stellt sie zur Seite und dreht mich zu sich um.

„Und ich würde dich am liebsten nie wieder gehen lassen."

Dann küsst er mich so lange, bis ich an nichts anderes mehr als an ihn denken kann.

27

Ich bin völlig übermüdet, als ich in Midway aus dem Flugzeug steige, und innerlich bin ich noch gar nicht wieder richtig hier angekommen.

Alles, was ich gerade möchte, ist, umzukehren, in das nächstbeste Flugzeug nach New York zu steigen und mich zurück in Tates Arme zu werfen.

Ich habe mir früher nie sonderlich viele Gedanken über Fernbeziehungen gemacht, höchstens dass das ewige Hin-und-Her-Reisen anstrengend sein muss und die Zeit, in der man sich nicht sieht, schlimm ist.

Was ich niemals bedacht habe, ist, dass man ständig voneinander Abschied nehmen muss und dass es jedes Mal wehtut.

Seufzend schalte ich mein Handy an, um Tate wenigstens mitzuteilen, dass ich gut gelandet bin. Früher habe ich diesem kleinen Apparat nie sonderlich viel Bedeutung zugemessen, es war eine praktische Angelegenheit, mehr jedoch nicht. Ich habe nie zu den Leuten gehört, die ständig an ihrem Handy gehangen haben, aber seit ich mit Tate zusammen bin, ist es fast so, als wäre ich abhängig davon geworden.

Mit Tate zusammen ...

Der Gedanke bringt mich zum Lächeln, es fühlt sich schön an, das zu denken, und genau das will ich ihm gerade schreiben, als es plötzlich losgeht.

Kaum dass ich auf den Einschaltknopf gedrückt habe und sich mein Telefon ins Netz gewählt hat, hört es nicht mehr auf zu piepen. Ich habe zwanzig Anrufe in Abwesenheit und noch mehr Textnachrichten, und in genau diesem Augenblick fängt es wieder an zu klingeln.

„Hallo, Tate! Ich bin gerade gelandet ..."

„Hast du den Flughafen schon verlassen?", unterbricht er mich und klingt dabei ziemlich hektisch.

„Nein, warum? Was ist los?"

„Setz bitte deine Kapuze auf."

„Wie bitte?" Spinnt der jetzt? Ich bleibe erstaunt stehen.

„Bitte, Honey. Hier ist die Hölle los. Überall im Internet sind Fotos von uns aufgetaucht. Vom Schlittschuhlaufen, vom Flughafen ... Ich weiß nicht, wie schnell jemand herausfindet, wo du wohnst, aber im Normalfall sind die Leute von der Presse sehr schnell. Setz die Kapuze auf und sieh zu, dass du so zügig wie möglich zu deinem Auto kommst. Ruf mich an, sobald du drinsitzt, okay?"

„In Ordnung."

Ich schüttle den Kopf über seine Sorgen. Ich meine, wir sind in White Crossing, hier sagen sich Fuchs und Hase Gute Nacht, niemand interessiert sich für einen Ort wie diesen.

Nachdem ich unbehelligt in mein Auto gestiegen bin,

fahre ich nach Hause und telefoniere die ganze Zeit über mit Tate.

Auch vor meinem Haus gibt es weder Paparazzi noch wütende weibliche Fans, die mich mit faulen Eiern bewerfen oder so etwas in der Art.

Ich rufe Tate an, wir sprechen über unsere Pläne für Weihnachten und unterhalten uns über das vergangene Wochenende, außerdem über das nächste, an dem ich ihn erneut in New York besuchen kommen soll.

Er hat bis einschließlich ersten Weihnachtstag noch zwei Benefiz-Konzerte, die er geben muss, und ich will meinen Vater nicht allein lassen, sodass wir uns erst danach wiedersehen werden, aber anschließend kommt er nach White Crossing, und wir haben beide ein paar Tage frei.

Ich freue mich darauf wie ein Kind auf ... na ja, auf Weihnachten eben, auch wenn Weihnachten dann schon vorbei sein wird.

* * *

Auch wenn Autumn nicht begeistert davon ist, kümmert sich Tate noch in derselben Nacht um einen Securitydienst, der zumindest ihr Haus und ihr Atelier unauffällig überwachen soll. Denn wenn er in den über fünfzehn Jahren, die er bereits im Scheinwerferlicht steht, etwas gelernt hat, dann, dass die Paparazzi sich auf solche Storys stürzen wie die Geier auf ein saftiges Stück Aas und dabei wenig Rücksicht auf Verluste nehmen.

„Hey, Nick ...“ Der Chef des Sicherheitsdienstes, den Tate immer in Anspruch nimmt, ist zum Glück eine echte Nachteule. „Ich brauche ein bisschen Unterstützung in White Crossing."

„Ah, das ist wohl der Ort, wo deine geheime neue Liebe herkommt?" Nick ist wie immer bestens informiert.

„Ganz genau. Ich weiß ja nicht, wie schnell du jemanden dorthin bringen kannst …"

Tate kann die Tastatur eines Computers klappern hören.

„Ich gehe davon aus, dass du am liebsten gleich morgen früh jemanden dahaben möchtest?"

„Ganz genau."

„Okay, das sollte kein Problem sein. Midway liegt gleich um die Ecke, dort gibt es einen Securitydienst, mit dem wir manchmal zusammenarbeiten. Dort sind einige Ex-Eishockeyspieler beschäftigt, die auf die aktuellen Superstars der Branche aufpassen. Aber sie nehmen auch andere Aufträge an. Ich habe einen Kontaktmann dort, ich rufe ihn gleich an, dann sage ich dir Bescheid. Ich bräuchte nur noch die Kontaktdaten deiner neuen Flamme – am besten per Textnachricht, dann habe ich gleich alles schriftlich."

Tate fällt ein Stein vom Herzen.

„Ich danke dir, Nick." Deutlich erleichtert lässt er sich in einen Sessel fallen.

Nick lacht leise.

„Ich werde mich darum kümmern. Schick mir einfach alle notwendigen Informationen, dann kannst du heute Nacht beruhigt schlafen."

Tate hat dennoch eine unruhige Nacht. Wenn man keine Paparazzi kennt, kann es mitunter unvorstellbar sein, wie dreist diese Menschen sein können, und er hasst sich dafür, dass er Autumn in so eine Situation bringt. Leider war es mehr als vorhersehbar, es wundert ihn, dass es überhaupt so lange gedauert hat.

Als er morgens aufwacht, dauert es nicht lange, bis sein Telefon klingelt.

„Scheiße, Tate – hier ist die Hölle los." Autumn klingt hilflos und den Tränen nah. „Draußen sind überall Leute mit Kameras. Sie sind sogar in meinem Vorgarten und zertrampeln meine Kletterrose!"

Tate atmet tief durch.

Verdammt.

Am liebsten würde er jeden einzelnen dieser Typen höchstpersönlich verprügeln, allerdings ist er sich ziemlich sicher, dass das nicht viel bringen dürfte außer jeder Menge negativer Schlagzeilen – und Stress mit dem neuen Plattenboss, der keine negativen Schlagzeilen mag.

„Pass auf, Honey!", antwortet er dann so ruhig wie möglich. „Die haben auf deinem Grundstück nichts zu suchen. Das ist Hausfriedensbruch, und die wissen das auch genau. Du rufst jetzt die Polizei an; meistens genügt es, wenn diese vorfährt. Niemand von den Presseleuten will ernsthaft eine Anzeige riskieren. Am besten bleibst du ein paar Tage zu Hause, die Hälfte von denen verliert dann das Interesse oder ist schon an einer anderen Story dran."

„Das kann ich nicht, Tate! Ich muss zur Arbeit und ich muss meinen Dad besuchen. Außerdem werde ich wahnsinnig, wenn ich nur zu Hause herumsitze." Autumn klingt panisch und entsetzt und Tate hat eine solche Aussage bereits befürchtet.

„Okay. Dann machen wir Folgendes. Ich schicke dir gleich die Daten eines Typen, der an deine Tür klopfen wird und seinen Ausweis vorzeigt. Den lässt du bitte rein. Sobald die Polizei da ist, wird er mit dir zusammen zum Atelier gehen und aufpassen, dass dich niemand zu sehr belästigt, in Ordnung?“

„Ich denke, das bekomme ich hin.“ Autumn räuspert sich. „Du hast nicht auf mich gehört und mir trotzdem Security besorgt, oder?“

„Ja. Ich dachte mir schon, dass so etwas passieren würde.“ Genau genommen hat er es sogar gewusst, aber er will jetzt nicht so kleinlich sein.

„Tate?“

„Ja?“

„Danke, dass du nicht auf mich gehört hast.“

Er lacht.

„Kann ich diesen Satz bitte schriftlich haben? Dann kann ich ihn die nächsten achtzig Jahre immer wieder hervorholen, wenn wir uns mal streiten sollten …“

28

* * *

Dieser Tag war der absolute Horror. Ich glaube, dass die verdammten Paparazzi so ziemlich jeden Bewohner White Crossings über mich befragt haben, den sie erwischen konnten, und sie haben mir heute wirklich überall aufgelauert, einer von ihnen hat sogar den Inhalt meines Einkaufswagens im Supermarkt fotografiert.

Die örtliche Polizei hat alle Hände voll damit zu tun, sie von Privatgrundstücken fernzuhalten, und ich hätte niemals gedacht, dass ich Teleobjektive mal hassen würde, aber ich habe mich permanent beobachtet gefühlt und als Erstes die Rollläden geschlossen, als ich vorhin nach Hause gekommen bin.

Auch wenn ich weiß, dass es bescheuert ist, bin ich mittlerweile so paranoid, dass ich mich nicht getraut habe, auf der Toilette das Licht anzumachen, als ich vorhin pinkeln musste, aus lauter Angst, dass es jemand schafft, mich dabei zu fotografieren.

Ich habe keine Ahnung, wie Tate das immer aushält, und als ich abends mit ihm telefoniere, frage ich ihn danach.

„Zum Glück ist es ja nicht immer so extrem. Du wirst sehen, dass viele von ihnen ganz schnell das Interesse verlieren, wenn sie ein paar Fotos gemacht haben, und ansonsten feststellen, dass sie keine große Story bekommen." Tate zögert einen Moment. „Diese Typen können sehr beharrlich sein, Honey. Wenn du also etwas zu verbergen hast, irgendwelche Leichen im Keller haben solltest, dann erzähl mir lieber jetzt davon, und wir überlegen gemeinsam, wie wir uns gegebenenfalls darum kümmern können. Denn ansonsten kann so etwas extrem unschön werden." Wieder Zögern. „Ich verspreche dir im Gegenzug, zu allem Rede und Antwort zu stehen, was du aus der Vergangenheit über mich liest. Und in Zukunft bist du ja hoffentlich ohnehin über alles informiert. Aber das ist wichtig, Autumn. Es wird so viel Mist geschrieben, so viele Gerüchte werden verbreitet; es kann mit uns nur funktionieren, wenn wir uns absolut vertrauen können. Natürlich sollte das in jeder Beziehung letztendlich so sein, doch in unserer Situation ist es noch viel wichtiger."

„Das verstehe ich!", murmle ich, aber ich weiß wirklich nicht, was ich ihm erzählen soll. Das Einzige, was ich zu verbergen habe, ist die Sache mit meinen Schulden, und das will ich Tate auf gar keinen Fall erzählen, weil ich nicht will, dass er sich zu irgendetwas verpflichtet fühlt. Ich bin wirklich nicht an seinem Geld interessiert, und ich will nicht, dass er das denkt.

Ich bin so froh, als diese Woche endlich vorbei ist, und ich hätte niemals gedacht, dass es so anstrengend sein kann, zu jeder Frage, die einem gestellt wird, beharrlich zu schweigen.

Obendrein konnte ich mir vorher kaum vorstellen, wie dreist manche Menschen sein können und dass es anscheinend Individuen gibt, die sich kein bisschen dabei schämen, wildfremden Menschen die intimsten Fragen zu stellen. Einer hat mich sogar nach Tates Penisgröße gefragt, und ich hätte ihn vermutlich fassungslos angestarrt, wenn Tate mir nicht eingetrichtert hätte, einfach immer auf den Boden zu schauen.

Im Atelier muss ich das Telefon abstellen, weil es permanent klingelt und mir irgendjemand unpassende Fragen stellt.

Zum Glück hat Tate die Leute von der Security engagiert, die dafür sorgen, dass mir niemand zu nahe kommt, und die Polizei fährt Sonderschichten vor meinem Haus und dem Atelier, sodass zumindest meine Rosen und meine Kunden halbwegs verschont bleiben. Im Atelier tauchen lauter Unbekannte auf und wollen angeblich plötzlich Fotos von sich machen lassen, dann aber doch nur unbequeme Fragen stellen.

Das einzig Gute an dieser Situation ist, dass Madisons Café brummt wie nie zuvor; anscheinend mögen Journalisten Kaffee, und zwar jede Menge davon, außerdem nutzen sie das Café, um sich aufzuwärmen.

Madison wollte zuerst alle rauswerfen, aber ich habe sie vom Gegenteil überzeugt, auf diese Art hat wenigstens sie etwas davon, dass diese Situation ist, wie sie ist.

Bis zum Wochenende hat sich die Lage zumindest ein bisschen beruhigt, anscheinend hat ein großer Teil der Paparazzi wirklich schon eine andere Story gefunden, vielleicht haben sie auch festgestellt, dass es hier nicht viel zu holen gibt, denn sie haben wohl so ziemlich jeden, den sie erwischen konnten, bereits über mich ausgequetscht. Das ist wahrscheinlich einer der Vorteile an einem kleinen Ort, die Anzahl der Menschen, die etwas über einen sagen können, ist ziemlich begrenzt. Und ich hoffe, dass es nicht viel Negatives gibt, das sie über mich sagen können.

Dennoch ist es nervenaufreibend und anstrengend gewesen, und als ich schließlich bei Tate bin, falle ich regelrecht in seine Arme.

Natürlich hängen auch am Flughafen überall Paparazzi herum, aber ich bin in den letzten Tagen so oft fotografiert worden, dass es mir nun auch egal ist, wenn jemand Bilder davon macht, wie ich Tate küsse.

„Da bist du ja endlich, Honey!“ Er drückt mich fest an sich, und ich kann spüren, dass er genauso erleichtert ist, dass wir uns endlich wiedersehen, wie ich es auch bin. „Lass uns hier verschwinden, so schnell es nur geht. Draußen steht schon ein Wagen mit Fahrer für uns, damit wir keine Zeit verlieren. Hast du noch Gepäck, auf das wir warten müssen?“

„Diesmal habe ich keine Schlittschuhe mit, also nein.“ Ich deute auf meine kleine Sporttasche, in der ich alles Nötige für das Wochenende gepackt habe. „Nur die Tasche.“

„Gut.“ Tate schnappt sich meine Tasche und hängt sie sich über die Schulter, die Finger seiner freien Hand verschränken sich mit meinen. „Und jetzt heißt es bis zum Ausgang lächeln, Honey. Ich will ein paar schöne Fotos von uns haben. Wenn dir nachher nicht die Wangen vom vielen Grinsen wehtun, dann hast du etwas falsch gemacht.“ Er zwinkert mir zu, und ich lächle automatisch, bis wir schließlich sicher im Auto sitzen.

„Eigentlich wollte ich dich dieses Wochenende schick zum Essen ausführen“, sagt Tate, als er sich zu mir auf die Rückbank setzt. „Aber aufgrund des ganzen Medienrummels habe ich es mir anders überlegt. Du hattest diese Woche genug Theater mit der Presse, das muss erst mal reichen.“ Er nimmt wieder meine Hand und hält sie zwischen seinen beiden fest, als hätte er Angst, dass ich ihm davonlaufe. „Ich habe Wyatt und seine Frau heute Abend zu uns zum Essen eingeladen, ich hoffe, das ist in Ordnung für dich. Wyatt und ich kennen uns schon eine halbe Ewigkeit, er ist ein sehr guter Freund. Ich wollte gerne, dass ihr euch kennenlernt. Du wirst ihn sicher mögen und seine Frau Lara ebenfalls.“

„Oh, das klingt toll!“, antworte ich und versuche zu verbergen, wie sehr ich mich darüber freue. Dass er mich seinen Freunden vorstellt, bedeutet mir etwas, weil es für mich ein wichtiger Schritt in einer Beziehung ist. Auch wenn ich daran keine tatsächlichen Zweifel hatte, macht es noch einmal klar, dass ich mehr für ihn bin als nur eine flüchtige Affäre und dass das zwischen uns wirklich etwas Ernsteres ist. „Kochst du wieder?“ Ich muss an seine Lasagne denken, die absolut köstlich war und die ich beinahe verschlungen habe, obwohl ich sonst so wenig Appetit habe, wenn er dabei ist.

„Ja, beziehungsweise ich dachte, wir könnten vielleicht zusammen kochen. Kochst du gern, Autumn? Du hast mir erzählt, dass du gerne backst – aber kochen und backen ist ja zweierlei.“

„Eigentlich schon, aber für mich alleine lohnt es sich manchmal nicht.“

„Es sollte sich eigentlich immer lohnen. Gerade für einen selbst!“ Er küsst die Knöchel meiner Finger. „Für heute

Abend habe ich Entenbrust, Pasta und Salat geplant – ich hoffe, das ist dir recht."

„Das klingt super. Du weißt doch, ich esse fast alles, außer Fisch."

Tate lächelt.

„Ich erinnere mich noch sehr gut an die Lachshäppchen in Vegas ..."

Wir müssen beide lachen, und mit jedem Moment, den ich mit ihm verbringe, wird deutlicher, wie wertvoll und besonders das ist, was wir miteinander haben.

So anstrengend die letzte Woche auch gewesen ist, Tate ist all das mehr als wert.

* * *

Zufrieden lehnt Tate sich auf seinem Stuhl zurück, greift nach seinem Glas Rotwein und beobachtet Autumn dabei, wie sie über eine der Anekdoten lacht, die Lara über ihre Kinder erzählt.

Die beiden haben sich auf Anhieb gut verstanden, und das, obwohl Lara zwar sehr herzlich, aber durchaus wählerisch bei den Menschen ist, denen sie etwas von sich erzählt.

„Die beiden mögen sich." Wyatt lehnt sich ebenfalls auf seinem Stuhl zurück. „Lara hat ein gutes Gespür für Menschen. Wenn sie deine Autumn mag, mag ich sie auch."

„Und ohne Laras Sympathien würdest du sie nicht mögen?"

„Ich mag beinahe jeden, das weißt du doch. Bei mir bedeutet das nicht viel. Bei Lara aber schon. Ich glaube, deine Freundin ist etwas ganz Besonderes."

„Ja, das ist sie.“ Tate kann seinen Blick noch immer nicht von ihr abwenden. Autumns Goldaugen leuchten im Schein der Kerzen, genau wie ihr Haar, das sie heute Abend offen trägt und in langen, hellbraunen Wellen über ihren Rücken und ihre Schultern fällt.

„Wie hat sie ihre erste Bekanntschaft mit der Presse diese Woche verkraftet?“

Tate zuckt mit den Schultern und trinkt noch einen Schluck von seinem Wein.

„Erstaunlich gut. Ich weiß, es war ziemlich anstrengend für sie, trotzdem hat sie das alles sehr souverän gehandhabt.“

„Sie hat das einzig Sinnvolle gemacht, was man in solchen Momenten machen kann, und einfach die Klappe gehalten?“

„Genau.“

„Dann ist sie echt tough. Ich weiß noch, dass Lara das am Anfang nicht immer gelungen ist. Manche Fragen sind so unverschämt, dass man das Gefühl hat, dringend darauf antworten zu müssen, weil sie in eine bestimmte Richtung abzielen.“

„Allerdings. Aber im Gegensatz zu Lara damals haben wir beide zumindest genug Erfahrung, um ihr ein paar Tipps zu geben. Trotzdem bin ich unglaublich stolz auf mein Mädchen.“ Tate lächelt und reibt sich über die Brust. Er ist wirklich stolz. Autumn hat das grandios gemeistert.

* * *

Der Abend mit Wyatt und Lara war sehr schön, dennoch bin

ich froh, als sie endlich weg sind und Tate und ich Zeit für uns allein haben.

Wir gehen früh ins Bett, bekommen wenig Schlaf und stehen am nächsten Morgen spät wieder auf.

Gegen Mittag muss Tate für ein Interview zu irgendeinem Fernsehsender, aber ansonsten haben wir das ganze Wochenende Zeit für uns.

Wir haben gerade geduscht, sitzen auf dem Sofa und trinken Tee beziehungsweise Kaffee, als das Telefon klingelt und Tates Manager ihm mitteilt, dass er unbedingt den Fernseher einschalten soll.

Es dauert nicht lange, bis Tate den richtigen Sender gefunden hat, und dann vergehen nur Sekunden, bis ich begreife, warum wir einschalten sollten.

Fassungslos starre ich auf den Fernseher, und ich kann spüren, wie sich Tate neben mir versteift.

Mein Haus sieht im Fernsehen viel kleiner aus, als es mir in Wirklichkeit immer vorkommt, dafür wirkt mein altes Auto noch schäbiger, und als es näher herangezoomt wird, um zu zeigen, was auf dem Rücksitz liegt, kann man sogar erkennen, wie abgenutzt die Polster sind.

Die Moderatorin, die sich anhört, als wäre sie eine überdrehte Sechzehnjährige, aber aussieht, als wäre sie fünfzig und würde versuchen, wie zwanzig zu wirken, erzählt von meinen Geldproblemen und davon, dass ich mein Haus verkaufen muss.

Warum das so ist, erzählt sie nicht, stattdessen werden Bilder von Tate und mir gezeigt, auf denen wir sehr verliebt aussehen, und dann welche von mir allein, auf denen ich alles andere als einen glücklichen Eindruck mache und obendrein irgendwie unsympathisch wirke.

Die Moderatorin resümiert darüber, dass ich wohl vor allem aus finanziellen Gründen mit Tate zusammen sei, und den Rest bekomme ich gar nicht mehr mit, weil mein Herzschlag auf einmal so laut in meinen Ohren dröhnt, dass ich kein Wort mehr verstehe.

Mir ist schlecht.

Meine Finger sind eiskalt.

Meine Augen tränen.

Das alles fühlt sich merkwürdig surreal an.

Ich habe ja in der letzten Woche bereits mitbekommen, wie die Presse so sein kann, aber ich hätte niemals damit gerechnet, dass sie mir tatsächlich schaden könnten – zumindest nicht so.

Ich kann nur weiter auf den verdammten Fernseher starren und habe das Gefühl, keine Luft mehr zu bekommen.

Das darf einfach nicht wahr sein.

Ich wollte nie, dass jemand davon erfährt, und schon gar nicht auf diese Weise. Natürlich hätte ich es irgendwann nicht mehr verheimlichen können, spätestens, wenn das Haus dann weg gewesen wäre, aber bis dahin ... Ich fühle mich, als hätte ich völlig versagt, ich schäme mich zutiefst dafür.

„Autumn?" Der Klang von Tates Stimme reißt mich aus seinen Gedanken, und ich drehe meinen Kopf ganz langsam in seine Richtung, weil ich mir nicht sicher bin, ob ich ihm tatsächlich in die Augen schauen kann.

„Autumn? Ist das wahr?" Tate richtet sich auf und sieht mich an.

Ich muss schlucken.

Was denkt er denn von mir? Angst und Anspannung

breiten sich in mir aus, liegen in meinem Magen wie ein eisiger Klumpen.

„Was soll wahr sein? Dass ich nur hinter deinem Geld her bin?“ Herausfordernd funkle ich ihn an. „Glaubst du das wirklich?“ Das leise Zittern in meiner Stimme verrät mich, auch wenn ich versuche, so gelassen wie möglich zu wirken. Ich will keine Schwäche zeigen, nicht jetzt, wo so viel mehr von mir entblößt wurde, als ich je offenbaren wollte.

Tate beugt sich vor und betrachtet mich einen Moment lang eingehend.

„Das glaubst du? Dass ich so was von dir denken könnte?“

Ich halte seinem Blick stand und verschränke die Arme vor der Brust.

„Ich weiß nicht, was du denkst, du siehst mich an, als hätte ich etwas falsch gemacht, etwas Gravierendes falsch gemacht … und das habe ich auch. Ich habe …“ Auf einmal muss ich blinzeln, weil ungebetene Tränen in meine Augen aufsteigen. „Das mit dem Haus und meinen Schulden …“ Nervös knete ich meine Hände. Ich habe keine Ahnung, was ich ihm eigentlich sagen will, ich schäme mich so sehr dafür, und ich verachte mich selbst. Ich kann es sogar nachvollziehen, wenn er mich ebenfalls verachtet.

„Warum hast du mir nicht einfach davon erzählt, Autumn?“ Statt ihm eine Antwort zu geben, starre ich ihn nur schweigend an. Was soll ich ihm denn sagen? Dieser blöde Beitrag hat mich schon genug blamiert und um ehrlich zu sein, bin ich gerade mit all dem hier komplett überfordert.

Eine Weile betrachte ich meine Hände, bevor ich zu Tate hochsehe.

„Weil es dich nichts angeht, weil es einzig und allein mein Problem ist.“ Denn genau so ist es doch. Wenn ich es ihm gesagt hätte, hätte er sich verpflichtet gefühlt, mir Geld zu geben, zumindest vermute ich das, und ich will sein Geld nicht. Ich will nicht, dass er mir auf diese Art und Weise hilft, ich will nicht in seiner Schuld stehen. Für meine Probleme bin ich ganz und gar alleine verantwortlich.

„Wie bitte?“ Tates Stimme ist gefährlich leise.

„Ich habe gesagt, dass es dich nichts angeht, weil es …“

„Ich habe sehr wohl gehört, was du gesagt hast, Autumn!“, unterbricht er mich. „Ich habe es nur nicht verstanden.“ Deutlich hörbar holt er Luft. „Wir haben über Vertrauen gesprochen, erinnerst du dich noch? Und ich für meinen Teil, ich vertraue dir. Ich habe keine Geheimnisse vor dir.“ In seinen Augen funkelt etwas, was ich nicht richtig deuten kann. „Deine Probleme gehen mich also nichts an, ja?“ Jetzt wird seine Stimme, die bis gerade noch so beherrscht und leise war, lauter. „Ich dachte, wir hätten eine *Beziehung*. In einer Beziehung gehen die Probleme des einen den anderen sehr wohl etwas an.“

„Das sehe ich anders. Manche Dinge muss man einfach alleine regeln.“ Ich habe immer alles allein geregelt, seit ich alt genug dafür bin. Mein Dad hatte manchmal zwei Jobs gleichzeitig, und er hätte mich einen Kopf kürzer gemacht, wenn ich ständig fremde Hilfe in Anspruch genommen hätte.

„Autumn!“ Mit beiden Händen fährt Tate sich durchs Haar, steht vom Sofa auf, bloß um sich gleich darauf wieder hinzusetzen. „Wie soll man einander vertrauen, wenn man sich solche großen Probleme verschweigt?“

Ich zucke mit den Schultern.

„Es ist doch nur ein Haus …“

„Es ist nicht nur ein Haus, es ist dein Zuhause, und ich

weiß, wie sehr du daran hängst. Ich kann mit vielem umgehen, aber nicht damit, dass du mich anlügst!"

„Ich habe nicht gelogen", sage ich laut. „Ich habe es dir lediglich nicht erzählt", füge ich dann leiser hinzu.

„Und du meinst, das macht die Sache besser? Wir haben darüber geredet, verdammt noch mal. Ich habe dir gesagt, dass du mir lieber erzählen sollst, wenn du etwas zu verbergen hast, weil es so oder so herauskommen würde ..."

„Das mit dem Haus ist einzig und allein mein Problem!", wiederhole ich beinahe stoisch.

„Nein, ist es nicht. Wie du siehst, ist es nun auch mein Problem!" Er deutet auf den Fernseher, in dem gerade aufgeführt wird, wie viel Geld er mutmaßlich in den letzten Jahren verdient hat. „Und unabhängig davon wäre es auch mein Problem. Du bist Teil meines Lebens, und dadurch ist *jedes* deiner Probleme ebenfalls *mein* Problem." Ich sage immer noch nichts, ich starre nur auf meine Hände. Ich habe keine Ahnung, wie ich damit umgehen soll. „Ist es nicht das, was eine Beziehung ausmacht? Dass man füreinander da ist und einander vertraut?"

Ich sage immer noch nichts, obwohl ich mir dabei albern vorkomme. Er hat ja recht. Andererseits ist Vertrauen etwas, was erst wachsen muss. Auch wenn ich das Gefühl habe, dass mit uns alles ein bisschen schneller geht, als es vielleicht bei einer Durchschnittsbeziehung der Fall sein mag, kennen wir uns erst seit ein paar Wochen.

„Tate ..." Ich will nach seiner Hand greifen, überlege es mir dann aber schließlich anders. „Du kannst doch nicht ernsthaft von mir erwarten, dass ich alles auf einmal mit dir teile. Die Sache mit meinem Haus und meiner finanziellen Situation ist einzig und allein meine Angelegenheit.

Ich bin selbst dafür verantwortlich. Bloß weil wir eine Beziehung haben, bleibe ich ja trotzdem noch ein erwachsener, unabhängiger Mensch! Ich kann auf mich allein aufpassen."

Er betrachtet mich mit schief gelegtem Kopf.

„Du stehst kurz davor, dein Haus zu verlieren. Für mich sieht es so aus, als hättest du ein großes Problem und könntest ein bisschen Hilfe ziemlich gut gebrauchen!"

Jetzt wird es mir aber zu dumm.

„Ich will deine Hilfe nicht und auch sonst keine Hilfe. Meine finanziellen Probleme haben etwas mit meinem Dad zu tun, und mein Dad ist und bleibt meine eigene Angelegenheit. Er würde das niemals anders wollen und ich schulde ihm Loyalität."

Tate sagt eine ganze Zeit lang nichts und betrachtet mich schweigend. Er sieht aus, als hätte ich ihm erst jahrelang erzählt, dass ich den Weihnachtsmann persönlich kennen würde, nur um ihm jetzt zu sagen, dass es ihn eigentlich doch nicht gibt.

Dann steht er auf und verlässt schweigend den Raum.

Ich starre ihm fassungslos hinterher.

Keine Ahnung, wie lange ich auf die Tür starre, durch die er verschwunden ist, aber ich weiß, dass ich erst damit aufhöre, als mein Handy wie wild zu klingeln beginnt.

* * *

Auf dem Weg in die Tiefgarage hallen seine Schritte laut und beinahe bedrohlich durchs Treppenhaus. Zum Glück gibt es in diesem Haus nichts als Tates Wohnung sowie sein

Studio, ansonsten hätte er heute Abend vermutlich mehrere Beschwerden aufgrund von Lärmbelästigung in seinem Briefkasten.

Ärgerlich lässt er die Tür zur Garage mit zu viel Schwung hinter sich ins Schloss fallen. Das laute Krachen lässt ihn beinahe zusammenzucken, bringt jedoch gleichzeitig etwas seltsam Befriedigendes mit sich.

Vielleicht hätte er nicht gehen sollen, ohne das alles mit Autumn in Ruhe zu klären.

Doch zum einen muss er in einer Dreiviertelstunde in der Maske für diese verdammte Talkshow sitzen und ist ohnehin schon spät dran, zum anderen ist er gerade viel zu wütend, um irgendetwas in Ruhe zu klären.

Vertrauen ist die Basis einer jeden Beziehung.

Zumindest ist er davon bisher immer ausgegangen.

Natürlich kann er nachvollziehen, dass es nicht gerade angenehm ist, mit jemandem über seine Schulden zu reden, aber es ist ja nun auch nicht so, als hätte Autumn solche finanziellen Probleme, weil sie in Saus und Braus lebt und das Geld mit beiden Händen zum Fenster hinauswirft, sondern weil sie den Pflegeplatz für ihren Vater finanzieren muss.

Er hat sich ohnehin schon gefragt, wie sie das alles hinbekommt.

Ach … verdammt. Er hätte sie wahrscheinlich einfach darauf ansprechen sollen; für ihn war es allerdings immer selbstverständlich, dass man sich solche Dinge erzählt, wenn man in einer Beziehung ist.

Zumal er sie mehrfach darauf hingewiesen hat, dass die Wichser von der Presse dazu neigen, alle Leichen im Keller zu finden, die man so hat. Das ist einer der Gründe, aus denen er selbst Autumn gegenüber immer ehrlich gewesen ist: Besser, sie erfährt bestimmte Dinge von ihm, als dass sie sie in irgendeinem Schundblatt liest.

Kurz bevor er dazu kommt, seinen Wagen aufzuschließen, fällt ihm der Schlüssel hinunter und rutscht unter das Auto.

Tate hebt ihn auf und stößt sich den Kopf, als er sich wieder aufrichten will.

Er flucht so laut, dass seine Stimme dröhnend von den Wänden zurückgeworfen wird.

So ein verdammter Scheiß!

Hoffentlich ist wenigstens die Moderatorin dieses dämlichen Musiksenders, zu dem er gleich fährt, wahlweise nicht informiert genug oder aber so fair, dass sie sich nur an die vorbereiteten Fragen hält, die Tate bereits zugeschickt worden sind.

29

* * *

Nachdem ich aufgelegt habe, renne ich hinter Tate her, aber er ist schon weg, und in der Garage hängt nur noch ein Hauch von Abgasen, die davon zeugen, dass hier vor Kurzem ein Auto weggefahren ist.

Scheiße!

Einen Moment lang starre ich auf das geschlossene Tor und blinzle einige Tränen fort, bevor ich langsamer wieder nach oben gehe.

Ich habe keine Ahnung, was dieser Streit zu bedeuten hat, denn ich habe mit solchen Dingen nicht sonderlich viel Erfahrung.

Henry und ich haben uns eigentlich nie gestritten. Nicht, weil wir immer einer Meinung waren oder alles so toll gewesen ist, sondern weil wir vermutlich beide nicht den Mut hatten, Dinge anzusprechen, die uns stören. Wenn ich mich über ihn geärgert habe, dann bin ich ihm ein paar Tage aus dem Weg gegangen, und anschließend haben wir wieder so weitergemacht wie vorher. Wahrscheinlich ist das wirklich nicht die beste Möglichkeit, mit Konflikten umzugehen, und unsere Trennung war vorprogrammiert; außerdem hat es dazu geführt, dass ich überhaupt keine Ahnung habe, wie ich mich jetzt verhalten soll.

Als ich wieder in Tates Wohnung ankomme, laufe ich direkt Wyatt in die Arme, und zwar wortwörtlich.

„Hey, was ist denn mit dir los? Hab ich dich erschreckt? Die Haushälterin hat mich reingelassen …“ Er fängt mich auf, als ich mitten in ihn hineinstolpere, und hält mich so lange an den Schultern fest, bis er sicher ist, dass ich wieder allein stehen kann.

„Ich habe mich mit Tate gestritten“, flüstere ich. „Und jetzt ist er weg, und ich muss auch weg, weil es meinem Vater schlecht geht, vermutlich hat er das auch alles gesehen mit dem Haus und meinen Schulden …“ Ich schüttle den Kopf, als mir einfällt, dass Wyatt vielleicht gar nichts darüber weiß, aber er scheint meine Gedanken lesen zu können.

„Ich habe den Bericht auch gesehen. Paparazzi können echte Arschlöcher sein.“ Er legt seine große Pranke auf meine Schulter, drückt sie sanft und lässt dann wieder los.

„Ja.“ Ich versuche zu lächeln, aber ich merke selbst, dass es mir nicht gelingt. „Wie auch immer …“ Zittrig atme ich ein. „Ich muss unbedingt zum Flughafen und zurück nach Hause, um nach meinem Vater zu sehen. Das Pflegeheim hat mich angerufen. Mein Dad ist im Krankenhaus. Und ich muss Tate eine Nachricht hinterlassen …“

„Ich fahre dich hin. Pack deine Sachen zusammen, in der Zwischenzeit schaue ich nach einem Flug und dann bringe ich dich zum Flughafen, okay? Um Tate kümmere ich mich auch. Lass uns einfach zusehen, dass du so schnell wie möglich zu deinem Dad kommst."

„Danke schön!" Mir fällt wirklich ein Stein vom Herzen, denn ich bin gerade derartig durcheinander, dass ich mich schon konzentrieren muss, um nicht über meine eigenen Füße zu stolpern.

Sechs anstrengende Stunden später steige ich in Midway aus dem Flugzeug, aber nur, weil ich unglaubliches Glück hatte, da ich sofort einen Flug bekommen habe und Wyatt mir geholfen hat, während ich wie ein kopfloses Huhn auf und ab gelaufen bin.

Außerdem hat er mir das Flugticket bezahlt, obwohl ich das nicht wollte, aber weil ich es eilig hatte, nach meinem Dad zu sehen, habe ich es angenommen und ihm versprochen, ihm das Geld ganz bald zurückzugeben.

Bevor ich das Flugzeug verlassen habe, habe ich mir die Zeit genommen und mir ein Basecap aufgesetzt, einen Schal umgewickelt, den ich mir beinahe bis zum Mund hochgezogen habe, und die Kapuze mit dem dicken Rand aus Kunstpelz darüber gezogen.

Ich sehe damit ein bisschen aus wie eine vermummte Verbrecherin, die gleich eine Bank überfallen möchte, aber zum Glück ist es draußen so kalt, dass sich niemand etwas dabei denkt.

Vor dem Flughafengebäude sind keinerlei Paparazzi zu sehen, und auch die Fahrt zum Krankenhaus verläuft unkompliziert.

Als ich das Krankenhaus schließlich betrete, ist mir dennoch speiübel.

* * *

MANCHMAL MUSS man ein Haus gar nicht erst betreten, um zu wissen, dass es leer ist.

Irgendwie hat Tate schon vorher geahnt, dass Autumn weg ist, genau wie all ihre Sachen. Einfach verschwunden.

Enttäuschung und Wut flammen in ihm auf, hinterlassen einen bitteren Geschmack in seinem Mund.

Er hätte wirklich mehr erwartet als das; er war sich so sicher, dass sie etwas Besonderes miteinander haben, aber anscheinend stand er damit völlig allein da. Ansonsten wäre Autumn wohl nicht einfach abgehauen. Kopfschüttelnd lässt er sich aufs Sofa fallen.

Zumindest ist das Interview gut gelaufen, die Fragen zu Autumn hat er einfach nicht beantwortet und auf seine Privatsphäre verwiesen, und die Moderatorin war zu höflich, um weiter nachzubohren. Der Rest war nur ganz normaler Standard – er hat so etwas schon Hunderte von Malen gemacht, dennoch hat es ihn heute irgendwie angestrengt.

Er hat Kopfschmerzen.

Draußen ist es schon dunkel und normalerweise würde er jetzt mit Autumn telefonieren … Ohne dass er tatsächlich eine bewusste Entscheidung diesbezüglich getroffen hat, greift er nach seinem Handy und wählt ihre Nummer, aber es meldet sich sofort die Mailbox, anscheinend hat sie ihr Handy ausgeschaltet.

Fuck.

Ärgerlich wirft er sein Telefon mit so viel Schwung in eine Ecke, dass es in zig Einzelteile zerspringt. Das Geräusch, das es dabei macht, hat etwas an sich, was nach mehr schreit, und zum ersten Mal kann Tate verstehen, warum jemand erst zu viel Whisky trinkt und anschließend alles kurz und klein schlägt – ihm wäre gerade ebenfalls danach.

Vielleicht ist er zu vernünftig, um es tatsächlich durchzuziehen, aber auf keinen Fall ist er zu vernünftig, um zu der Flasche Whisky zu greifen, die in seiner Bar steht.

Er gießt sich das erste Glas ein, zwei Fingerbreit einer Flüssigkeit, die ihn an Autumns Augen erinnern. Natürlich, woran auch sonst. Nachdem er den Whisky auf ex hinuntergestürzt hat, schenkt er sich ein weiteres Glas ein. Nach dem dritten hat er auf diesen Aufwand keine Lust mehr und trinkt einfach aus der Flasche.

* * *

Ich werde davon wach, dass mir jemand eine Hand auf meine Schulter legt, und schrecke aus meiner unbequemen Lage hoch.

Blinzelnd und durcheinander schaue ich in das runde Gesicht einer Krankenschwester, die mich mit einem besorgten Lächeln ansieht, und brauche ein paar Sekunden, um zu mir zu kommen, bis ich wieder weiß, wo ich eigentlich bin und warum.

„Sie sollten nach Hause fahren und ein bisschen schlafen, Ms. Holmes. Sie sind jetzt seit fast sechs Stunden hier, und es hilft Ihrem Vater nicht, wenn Sie hinterher zusammenbrechen. Obendrein sind die Besuchszeiten jetzt vorbei. Sie müssen wirklich gehen!" Sie tätschelt mir die Schulter. „Fahren Sie nach Hause, schlafen Sie ein paar Stunden und nehmen Sie eine heiße Dusche. Dann können Sie, wenn Sie mögen, wieder herkommen. Und bis dahin verspreche ich Ihnen, dass wir Sie sofort anrufen werden, wenn sich an dem Zustand Ihres Vaters etwas ändern sollte. Heute Abend können Sie ohnehin nichts mehr für ihn tun." Sie lächelt, aber ich bin mir sicher, dass sie mich zur Not auch mit Gewalt nach draußen befördern würde, und wahrscheinlich hat sie recht. Ich habe vielleicht drei Stunden geschlafen, seit ich gestern Morgen in New York aufgestanden bin, und mittlerweile einen Zustand erlangt, in dem ich mich seltsam körperlos fühle. Vielleicht auch emotionslos, selbst darüber bin ich mir nicht mehr ganz sicher. Aber ich weiß genau, dass ich langsam zu müffeln beginne und den Geruch auch nicht mehr lange mit noch mehr Deo überdecken kann.

Mein Gott.

Über was für lächerliche Dinge ich mir hier Gedanken mache!

Mein Vater liegt nach einem Herzinfarkt auf der Kardiologie an gefühlt tausend Apparaten, ich durfte mich nur mit Mundschutz, sterilem Kittel und Handschuhen zu ihm setzen – schließlich kann man zu dieser Jahreszeit einen Infekt nicht ausschließen und vermutlich habe ich entsprechend bleich und zerknautscht ausgesehen. In seinem jetzigen Zustand darf er sich nicht auch noch erkälten. Man hat ihn leicht sediert, damit man ihm irgendwelche Katheter in den Körper schieben konnte, um das verstopfte Herzkranzgefäß mit einem Ballon zu öffnen und eine metallische Stütze einzusetzen, damit das Gefäß auch offen bleibt. Das ist alles gut gelaufen, hat man mir gesagt. Ich solle mir keine Sorgen machen, haben sie gesagt, er würde jetzt schön schlafen und vermutlich keine zusätzlichen bleibenden Schäden erleiden. Trotzdem will ich ihm in die Augen sehen und von ihm hören, dass es überstanden ist; und mit Tate habe ich seit unserem Streit nicht mehr gesprochen.

Leicht schwankend stehe ich auf und versuche die Krankenschwester anzulächeln. Es ist wohl besser, wenn ich jetzt brav gehe, ich bin wirklich am Ende.

„Ich danke Ihnen!“, murmle ich und versuche sie anzulächeln, was mir nicht wirklich gelingt.

„Nichts zu danken.“ Bei ihr klappt es mit dem freundlichen Gesichtsausdruck deutlich besser. „Kommen Sie einfach wieder, wenn Sie sich erholt haben. Morgen Mittag, wenn er wach ist, wird Ihr Vater sich über ein bekanntes Gesicht sicherlich freuen.“

Ich nicke nur noch, weil ich für eine andere Reaktion zu müde bin, nehme meine Tasche vom Stuhl neben mir und schlurfe nach draußen.

Keine Ahnung, wie ich es schaffe, in mein Auto zu kommen und unfallfrei nach Hause zu fahren, aber irgendwann liege ich in meinem Bett und bin eingeschlafen, bevor ich überhaupt wirklich registriert habe, dass ich hier bin.

30

Nach wunderbaren und unglaublichen elf Stunden Schlaf werde ich irgendwann wach. Im ersten Moment fühle ich mich noch träge und wohlig in der Wärme meines Bettes geborgen, als wäre es mein kleines, beschützendes Nest, dann überkommt mich die blanke Panik.

Als ich gestern ins Krankenhaus kam, habe ich mein Handy ausgeschaltet, hinterher habe ich vergessen, es wieder anzuschalten.

Mit zittrigen Händen schalte ich es schließlich wieder ein, und als es einen Anruf in Abwesenheit anzeigt, lasse ich es vor lauter Panik beinahe fallen.

Der Anruf ist zum Glück nicht vom Krankenhaus, sondern von Tate, und mir wird bewusst, dass ich mich die ganze Zeit nicht bei ihm gemeldet habe.

Im Krankenhaus war ich so aufgewühlt, dass ich einfach nicht dazu gekommen bin, und später, zu Hause, war ich viel zu erledigt. Ich trage noch immer die Sachen, die ich auf dem

Flug hierher anhatte, habe mir lediglich die Schuhe und den Pullover ausgezogen, bevor ich ins Bett gekrochen bin.

Ich wähle seine Nummer, aber er ist momentan nicht erreichbar.

Also hinterlasse ich ihm eine Nachricht auf seiner Mailbox, nehme dann eine heiße Dusche und ziehe mir endlich saubere Kleidung an.

Danach versuche ich erneut, Tate anzurufen, jedoch immer noch ohne Erfolg.

Ich vermisse ihn.

Ich finde es schrecklich, dass wir uns im Streit getrennt haben, und wenn ich jetzt so darüber nachdenke, hätte ich mir wirklich die Zeit nehmen sollen, um ihm eine Nachricht zu schreiben, wenigstens von unterwegs, allerdings war ich überhaupt nicht mehr in der Lage, klar zu denken.

Nun ist er sicherlich wütend auf mich – und das völlig zu recht.

Andererseits hat Wyatt ja versprochen, ihm zu erzählen, warum ich einfach verschwunden bin, insofern hoffe ich, dass er mir verzeihen wird.

Trotzdem habe ich eiskalte Hände und Magenschmerzen, als ich mich wieder auf den Weg ins Krankenhaus mache, und das nicht nur aufgrund der gesundheitlichen Probleme meines Vaters.

Tate hat mir Kraft und Halt gegeben, und ohne diesen Halt fühle ich mich, als ob all meine Probleme plötzlich viel intensiver auf mich einprasseln würden.

Außerdem fühle ich mich, als würde ein Stück von mir fehlen, als hätte mir jemand einen wichtigen Teil meiner selbst amputiert. Mein Herz vielleicht, obendrein ein Teil meines Hirns, denn anders kann ich es mir nicht erklären, warum ich so ungehalten auf die verdammten Fotografen reagiere, die immer noch vor meinem Haus herumlungern.

Gestern Abend habe ich direkt vor meiner Haustür geparkt und konnte so ziemlich unbehelligt ins Haus kommen, doch über Nacht hat es erneut geschneit und es liegt bestimmt ein halber Meter Neuschnee. Die Straße ist zwar geräumt, aber wenn ich mein Auto irgendwie dorthin bekommen will, muss ich Schnee schippen. Eine Aufgabe, die ich ohnehin schon nicht sonderlich gerne erledige, und unter fremder Beobachtung schon gar nicht. Noch schlimmer ist es allerdings, wenn einem dabei zusätzlich jemand indiskrete Fragen entgegenbrüllt und gleichzeitig eine Kamera auf einen gerichtet hält.

Ich schweige beharrlich, doch als die Fragen immer lauter werden, hakt in meinem Kopf irgendetwas aus.

Ich richte mich auf und halte meinen Mittelfinger in die Kamera. Ich könnte vor Wut und Frustration einfach nur noch schreien.

Zum Glück bin ich jetzt fertig mit dem verdammten Schnee, sodass ich in mein Auto steigen und umgehend wegfahren kann.

Von unterwegs aus rufe ich bei Suzie an, um sie zu bitten, mich in den nächsten Tagen im Laden zu vertreten. Es steht eigentlich nur noch der Verkauf an, das schafft sie auch gut allein. Außerdem hinterlasse ich Madison eine kurze Nachricht auf ihrer Mailbox, damit sie sich keine Sorgen macht.

Einzig denjenigen, von dem ich mir am sehnlichsten wünsche, ihn zu erreichen, den erreiche ich immer noch nicht.

* * *

„Wie kommst du denn hier rein?“ Tate hebt den Kopf an, um es gleich wieder zu bereuen, weil die Schmerzen ihn beinahe umbringen.

„Deine Haushälterin hat mich reingelassen. Nachdem sie mich angerufen hat.“ Wyatt verschränkt die Arme vor der Brust und schaut von oben auf Tate hinab. „Sie hat sich Sorgen um dich gemacht, weil du nicht aufstehst, aber anscheinend hat sie zu viel Feingefühl, um in dein Schlafzimmer zu kommen, solange du möglicherweise nackt bist.“ Wyatt deutet mit dem Kopf in Tates Richtung. „Sie meinte, dass es vielleicht sinnvoll wäre, wenn mal jemand nach dir schaut. Da du allerdings geschnarcht hast wie ein Bär, hat sie mich angerufen und keinen Krankenwagen. Sie meinte, dass es schon nicht so schlimm wäre, solange du noch atmest …“

Statt einer Antwort brummt Tate irgendetwas, dessen Bedeutung er selbst nicht versteht, und lässt seinen Kopf wieder in die Kissen sinken.

„Steh auf.“ Wyatts Stimme duldet nun eigentlich keinerlei Widerspruch mehr, doch Tate bleibt trotzdem liegen. „Du stinkst, Kumpel, du brauchst dringend eine Dusche. Ich gehe jetzt raus und koche dir Kaffee. Wenn du in zehn Minuten nicht geduscht und mit frischen Klamotten in der Küche stehst, komme ich und wasche dich höchstpersönlich, und zwar mit einem Eimer voll kaltem Wasser, das ich einfach über dich gieße.“

Erneut brummt Tate irgendwas.

„O doch, du kannst dir sicher sein, dass ich das durchziehe. Ich an deiner Stelle würde daran keinerlei Zweifel hegen.“

Mit diesen Worten verlässt Wyatt Tates Schlafzimmer

und schließt die Tür hinter sich, so leise, als wäre er nie hier gewesen.

Achteinhalb Minuten später steht Tate tatsächlich in der Küche, sauber und mit einer frischen Jeans sowie einem ebenfalls frischen Hoodie bekleidet.

„Ich habe dir schon Aspirin hingelegt." Wyatt deutet zu dem Teller, auf dem neben einem Käsetoast eine weiße Tablette liegt. „Vielleicht solltest du erst etwas essen. Kaffee ist auch gleich fertig."

„Du bist wie eine Mutter zu mir ...", brummt Tate, immerhin spricht er nun wieder in allgemein verständlichen Worten. „Aber ich glaube, ich mag diese Art von Mutter nicht leiden."

Wyatt lächelt völlig unbeeindruckt.

„Das macht nichts, mein Schätzchen. Das liegt nur an den Kopfschmerzen und dem vielen Alkohol. Iss deinen Toast, nimm deine Tablette, trink deinen Kaffee und schon in einer halben Stunde wirst du feststellen, dass du mich eigentlich doch schrecklich lieb hast."

So weit würde Tate zwar auch eine halbe Stunde später nicht gehen, aber er muss sich nun zumindest eingestehen, dass er Wyatt tatsächlich sehr mag und schätzt, vor allem deswegen, weil dieser für eine ganze Weile einfach die Klappe gehalten und darauf gewartet hat, dass sich dieser seltsame Nebel in Tates Kopf halbwegs verzogen hat.

Sie haben die gesamte Zeit schweigend zusammen in der Küche gesessen und Kaffee getrunken, Tate schwarz und Wyatt mit Milch und Zucker.

Wyatt seufzt schließlich und stellt seine Tasse zur Seite.

„Was ist eigentlich mit deinem Handy los?"

„Hab's zerlegt ...", murmelt Tate, der seine Kaffeetasse noch immer fest umklammert hält.

„Okay, das ist zumindest eine logische Erklärung, warum du weder auf Textnachrichten noch auf Anrufe reagierst." Wyatt steht auf, um eine große Flasche Orangensaft aus dem Kühlschrank zu holen, und schenkt ihnen beiden ein Glas davon ein. „Schade um dein Handy. Man sollte mit solchen Dingen achtsamer umgehen, weißt du?" Er trinkt einen Schluck Saft. „Außerdem ist ein Handy enorm praktisch, vor allem dann, wenn man so wie du meint, dass ein Festnetzanschluss völlig überflüssig wäre. Ich habe mehrfach versucht, dich zu erreichen."

„Ich hatte kein sonderliches Interesse an sozialen Kontakten, weißt du ..."

„Das habe ich schon gemerkt. Aber manche Dinge sind wichtig." Der Kaffee ist mittlerweile durchgelaufen und Wyatt holt die Kanne. „Zum Beispiel hätte ich dir wirklich gerne mitgeteilt, dass Autumn wegmusste, weil ihr Vater wohl einen Herzinfarkt hatte wegen dieser verdammten Schuldengeschichte. Er hat den Bericht anscheinend auch im Fernsehen gesehen." In aller Seelenruhe rührt sich Wyatt nun Milch und Zucker in seinen Kaffee. „Ich hatte dir eine Textnachricht geschickt, gleich, als ich vom Flughafen zurück war, und außerdem auf die Mailbox gesprochen. Dass dein dämliches Handy nicht mehr an war, ist mir erst heute Morgen aufgefallen. Lara und die Kinder hatten nämlich einen Magen-Darm-Infekt, und ich war voll und ganz damit beschäftigt, Kotzeimer zu leeren, Betten frisch zu beziehen und ... ach ... die restlichen Details erspare ich dir lieber."

„Bitte was?" Tate springt so schnell von seinem Stuhl auf, dass dieser umfällt, und stößt sich sein Schienbein derartig heftig am Tischbein, dass ihm einen Augenblick lang die Luft wegbleibt.

„Magen-Darm-Infekt. Alle haben gekotzt, außer mir. Es war wirklich heftig, mein Freund. Keine Ahnung, warum ich selbst verschont geblieben bin, aber ich bin ziemlich froh darüber."

„Nicht das ..." Mit einer Hand hält Tate sich sein schmerzendes Schienbein, mit der anderen fuchtelt er wild in der Luft herum. „Ich meine das mit Autumn und ihrem Vater."

„Ach so. *Das.*" Wyatt zuckt mit den Schultern. „Ich war hier, weil ich mit dir wegen des Refrains von einem der neuen Songs sprechen wollte. Mir war wegen der Melodie etwas eingefallen, es war ja noch nicht ganz rund ... Na ja. Jedenfalls hatte ich vergessen, dass du ja das Interview hast und gar nicht da bist. Aber Autumn war da und ziemlich durch den Wind. Sie musste so schnell wie möglich nach Hause, sie hatte gerade einen Anruf bekommen. Ich habe ihr einen Flug gebucht und sie zum Flughafen gefahren. Ich habe dich auch umgehend davon in Kenntnis gesetzt, ich konnte ja nicht ahnen, dass du es nicht liest und hörst."

„Scheiße!", flucht Tate laut und läuft zum Sofa hinüber, um nach den Resten seines Handys zu suchen, aber anscheinend hat seine Haushälterin bereits sauber gemacht und alles weggeworfen.

„Du bringst es wie immer auf den Punkt, mein Freund. Dein Umgang mit Worten ist zu Recht legendär, du bist ein wirklicher Poet."

Wyatt bückt sich gerade noch rechtzeitig, um der Fernbedienung auszuweichen, die Tate nach ihm geworfen hat.

* * *

Mein Dad kommt zu sich, wenn auch nur sehr langsam, was normal ist, sagen die Ärzte, und ich bin unendlich erleichtert, als er mich das erste Mal ansieht und ich den Eindruck habe, dass er mich auch erkennt.

„Autumn …", murmelt er verwaschen.

„Daddy!" Ich greife nach seiner Hand und halte sie ganz fest in meiner. „Es tut mir alles so unendlich leid, Daddy!"

Er sieht mich an, dann streckt er seine Hand aus, um mir ungelenk und unter großer Anstrengung die Wange zu tätscheln.

„Alles gut", lallt er, um kurz darauf wieder einzuschlafen, während ich zu weinen beginne, bis ich das Gefühl habe, dass alles in mir wund ist. Wenigstens bin ich wieder in der Lage, etwas zu fühlen.

Alles gut ist alles, was ich an Vergebung von ihm brauche. Mein Vater war noch nie gut darin, zu lügen, um die Gefühle von irgendwem zu schonen, und manchmal war das mehr als anstrengend und auch sehr verletzend. Aber jetzt gerade bin ich dankbar dafür, denn ich weiß, dass er mir wirklich vergibt, dass ich sein Haus nicht mehr halten kann, und dass er mir auch vergibt, dass ich mich in einen durchgeknallten Rockstar verliebt habe; denn, verdammt noch mal, das habe ich, auch wenn ich befürchte, dass das mittlerweile keine Rolle mehr spielt.

Ich habe Tate mehrfach versucht anzurufen, doch jedes Mal, wenn ich es versucht habe, ist nur die Mailbox drangegangen.

Entweder er hat sein Handy nicht an oder aber er hat mich blockiert, und da er sein Handy sonst immer angeschaltet hat, eigentlich Tag und Nacht, ist das Letztere die wahrscheinlichere Variante.

Eigentlich will ich gar nicht genauer darüber nachdenken, was das alles bedeutet. Im Prinzip müsste ich zu ihm fliegen in der Hoffnung, das zwischen uns noch irgendwie klären zu können, doch das würde bedeuten, dass ich mindestens anderthalb Tage weg wäre, und so lange will ich meinen Vater im Moment auf gar keinen Fall allein lassen, und ich weiß auch nicht, wo ich das Geld für den Flug hernehmen soll.

Zum einen ist sein Zustand noch immer nicht stabil, zum anderen ist übermorgen Weihnachten – und wer weiß, ob es nicht unsere letzte gemeinsame Weihnachtsfeier sein wird.

Ich bleibe bei meinem Vater, bis die Besuchszeit vorbei ist.

Als ich herauskomme, ist die verdammte Presse da. Es war wahrscheinlich heute Morgen nicht sehr geschickt von mir, auf dem direkten Weg zum Krankenhaus zu fahren; es muss ein Leichtes gewesen sein, mir zu folgen.

* * *

„Fuck!“

Er versucht Autumn bestimmt schon zum zehnten Mal anzurufen, aber sie geht nicht an ihr Handy.

Vielleicht liegt es daran, dass sie seine neue Nummer nicht kennt, denn leider ist seine alte SIM-Karte mitsamt den Resten seines Handys im Müll verschwunden.

Er versucht es auch mehrfach im Atelier, doch dort ist immer besetzt, wahrscheinlich haben sie das Telefon danebengelegt, um nicht ständig von der Presse belästigt zu werden. In einem kleinen Ort wie White Crossing ist es nicht zwingend nötig, telefonisch erreichbar zu sein, kurzfristig nehmen es die Kunden vermutlich durchaus auch in Kauf, einfach vorbeizukommen, wenn sie etwas fragen wollen.

Obendrein ist Autumn vermutlich ohnehin nicht im Laden, weil sie bei ihrem Vater im Krankenhaus ist.

Nach White Crossing fahren würde natürlich helfen, aber dummerweise spielen sie heute und morgen noch ein Benefizkonzert vor je ausverkauften Hallen, das er unmöglich einfach ausfallen lassen kann, weil die Institutionen, für die sie spielen, fest mit dem Geld rechnen, und es außerdem hoffentlich weitere Spenden nach sich ziehen wird.

Er muss also Geduld haben – leider war das noch nie seine Stärke.

31

* * *

Wieder mal hat irgendein Vollidiot meine Handynummer herausbekommen, mein Telefon klingelt ohne Unterlass mit einer mir unbekannten Nummer, bis ich sie schließlich blockiere. Es ist schon das vierte oder fünfte Mal, dass das passiert, und ich frage mich wirklich, wie die Presseleute das anstellen, zumal meine Handynummer eigentlich nirgendwo offiziell auftaucht – zumindest nicht, dass es mir bewusst wäre.

Meinem Vater geht es heute deutlich besser als gestern. Er durfte bereits auf der Bettkante sitzen und soll neben seinen Infusionen wenigstens Tee trinken und heute Mittag Schonkost erhalten. Die Ärzte machen mir Hoffnungen, dass er in zwei Wochen wieder zurück ins Pflegeheim kann, wo er sich vermutlich deutlich wohler fühlt als hier – auch wenn es sein Zuhause niemals ersetzen kann.

Zwischendurch versucht er mit mir zu reden, aber es

strengt ihn sichtlich an, was allerdings nichts Neues ist, denn damit hat er bereits seit seinem Schlaganfall Probleme.

Weihnachten im Krankenhaus ist eine nüchterne Angelegenheit, da können auch die Fensterbilder von Santa nicht drüber hinweghelfen, die irgendwer ans Fenster geklebt hat.

Mein Vater und ich haben keine Geschenke füreinander, wir schenken uns schon seit Jahren nichts mehr, und es wäre mir auch komisch vorgekommen, wenn ich ihm etwas besorgt hätte, ohne dass er die Chance hat, auch mir etwas zu schenken. Nicht etwa, weil ich ein Problem damit habe, nichts von ihm zu bekommen, aber ich weiß, wie unangenehm es ihm wäre, wenn es sich um eine einseitige Angelegenheit handeln würde.

Ich bleibe bei ihm, bis die Besuchszeit vorbei ist, dann beuge ich mich vor und küsse ihn auf die Stirn.

„Fröhliche Weihnachten, Daddy! Ich komme morgen wieder."

Es fällt mir schwer, ihn hier allein zu lassen, nicht nur seinetwegen, sondern auch, weil ich es hasse, wieder zurück nach Hause zu müssen.

Zurück in ein Haus, das nicht mehr lange meins sein wird und das sich so leer und gleichzeitig so randvoll mit Problemen anfühlt, dass ich es kaum aushalten kann, ohne laut zu schreien, was zumindest eine effektive Wirkung gegen die widerliche Stille hätte.

Doch irgendwie fehlt mir zum Schreien die Energie.

Stattdessen ziehe ich mir eines der letzten Weihnachtsgeschenke meines Vaters an: einen Jogginganzug mit einem Elch auf dem Kapuzenpullover. Dann kuschele ich mich mit einer Decke auf mein Sofa und schalte den Fernseher ein.

Scheiß-Weihnachten.

Ich habe das Gefühl, dass auf beinahe allen Sendern Filme wie *Tatsächlich Liebe* laufen, und heute hasse ich jeden einzelnen davon.

Natürlich hätte ich zu Madison gehen können, sie hat mich für heute sogar eingeladen, aber mir ist so gar nicht nach fremder Gesellschaft.

Ich vermisse Tate so sehr, dass es mir körperlich wehtut, und ich weiß nicht, wie ich die Sache mit ihm wieder geradebiegen soll. Außerdem weiß ich gar nicht, ob ich das überhaupt noch will.

Er hat sich nicht bei mir gemeldet, die ganzen Tage über nicht, und ich werde mit jeder Stunde wütender auf ihn.

Wenn er nicht bereit ist, noch mal mit mir zu reden, wenn er nicht bereit ist, mir zu verzeihen, wie viel kann ihm unsere Beziehung dann schon wert gewesen sein?

Nicht sehr viel lautet die ernüchternde Antwort, die ich mir schließlich selbst gebe, bevor ich irgendwann auf dem Sofa einschlafe.

* * *

Konzerte an Weihnachten – wer denkt sich bloß so einen Mist aus? Solche Feiertage sollte man mit seiner Familie verbringen und nicht auf irgendeinem bekloppten Konzert. Wohltätiger Zweck hin oder her.

Normalerweise genießt Tate ein Konzert in vollen Zügen, doch heute strengt es ihn bloß an, und als es vorbei ist, fühlt er sich einfach nur noch ausgepowert.

Er will unter die Dusche und in sein Bett, er will seine Ruhe … und er will Autumn.

Als er nach Hause kommt und die Tür zu seiner Wohnung aufschließt, kann er sie riechen, bevor er sie sieht. Nicht Autumn, sondern seine Mutter.

Sie hinterlässt überall diese Spur von Patschuli und Weihrauch, die sie immer verrät.

Eigentlich ist sie gerade die letzte Person, die er sehen möchte, was nicht zuletzt daran liegt, dass er außer Autumn überhaupt niemanden sehen möchte.

„Hallo, mein Sohn!“ Sie kommt ihm entgegengeschwebt, eingehüllt in den Duft ihres Parfüms und das Klimpern von Armreifen; ihr bodenlanger Seidenrock bedeckt ihre Füße, sodass es wirklich ein bisschen so wirkt, als würde sie schweben.

„Mom …“ Er geht zu ihr und umarmt sie. „Was machst du denn hier?“

„Es ist Weihnachten, mein Schatz. Da wird eine Mutter ihren Sohn ja wohl besuchen dürfen!“

„Du machst dir doch schon lange nichts mehr aus religiösen Feiertagen.“ Nicht mehr, seit er selbst zu Hause ausgezogen ist und ebenfalls keinen sonderlichen Wert mehr darauf legt.

„Ich hatte trotzdem Sehnsucht nach dir.“

Sie schwebt zurück zum Sofa und schiebt ihre schwarzen Locken aus dem Gesicht, die mittlerweile von einigen silbrigen Fäden durchzogen werden.

„Möchtest du etwas trinken, Mom?“ Er gießt sich selbst ein Glas Whisky ein, wobei er sich Gedanken darüber macht, ob es langsam zur Gewohnheit werden könnte.

„Nein, danke. Und du solltest auch nicht so viel trinken, mein Schatz. Ich denke, du hast es in den letzten Tagen ein bisschen übertrieben.“ Seine Mutter lächelt sanft, Tate lässt sein Glas sinken und starrt sie an.

„Jetzt kenne ich dich schon mein gesamtes Leben lang, Mom, trotzdem verblüffst du mich immer aufs Neue. Woher weißt du solche Dinge? Manchmal glaube ich ja fast, dass du wirklich eine hellseherische Begabung hast.“

„Oh, aber die habe ich ja auch, Schatz. Das weißt du doch.“ Sie lächelt noch immer. „Aber für manche Dinge muss man nicht hellsehen können. Ich habe zwei leere Flaschen in deinem Mülleimer gesehen, und du hast diese ganz bestimmte Art von Ringen unter den Augen, die dein Vater auch immer bekommen hat, wenn er ausnahmsweise mal zu tief ins Glas geschaut hat.“ Einen Moment lang wird ihr Blick von Trauer und einer unbestimmten Sehnsucht trüb, doch kurz darauf hat sie sich wieder im Griff. „Aber deswegen bin ich nicht hier. Ich bin hier, weil ich dir sagen wollte, dass du dringend zu deiner Freundin fahren sollst. Sicher hat sie deine neue Nummer nicht und versucht verzweifelt, dich zu erreichen.“ Sie hebt eine Hand hoch, um Tate daran zu hindern, etwas zu sagen. „Auch dafür muss man nicht hellsehen können, mein Schatz. Ich erreiche dich auch seit Tagen nicht, also habe ich Wyatt angerufen, der hat es mir erzählt.“ Sie seufzt tief. „Dennoch haben mir meine Karten etwas verraten, sie haben mir nämlich gezeigt, dass Autumn dein Schicksal ist, deine Seelengefährtin, und dass du um sie kämpfen solltest.“ Sie lächelt selig, als würde sie ihm gerade das Happy End eines Märchens vorlesen, das ihr gut gefällt. „Wenn ich dir einen Rat geben soll: Frauen gewinnt man am besten zurück, wenn man zugibt, alles falsch gemacht zu haben, und sie um Verzeihung anfleht.“

Jetzt wird ihr Blick streng. „Ich gehe davon aus, dass du einiges falsch gemacht hast."

„Ich denke schon, Mom."

Er hätte sich vielleicht wirklich nicht so aufspielen sollen, denn es war ja auch nicht so, als hätte Autumn ihn betrogen oder so etwas in der Art, und wenn er ehrlich zu sich selbst ist, dann kann er gar nicht einschätzen, wie er sich selbst verhalten hätte, schon allein deshalb, weil Geld in seinem Leben niemals ein Thema gewesen ist. Er hatte immer genug davon, sogar mehr als genug.

„Siehst du, mein Schatz, manchmal ist es doch ganz einfach." Sie tätschelt ihm die Wange, so wie sie es früher gemacht hat, als er noch ein kleiner Junge war. „Meine Karten sagen, dass alles gut werden wird, wenn du nur zu ihr fliegst und Reue zeigst. Und mein Verstand sagt mir, dass du ein kluger Junge bist und sicherlich eine Lösung für all deine und ihre Probleme finden wirst." Jetzt lächelt sie wieder. „Wo wir diese Dinge geklärt haben, verrat mir doch bitte noch, wie der Sex mit ihr war. Fühlst du dich besser, seit ich dein Sexualchakra gelöst habe?"

„Mom …" Lachend lässt er sich zu ihr aufs Sofa fallen. „Egal, was du auch machst, ich werde immer zu verklemmt bleiben, um dir so etwas zu verraten."

Seufzend schüttelt sie den Kopf, und obwohl sie zu den seltsamsten Menschen gehört, die Tate kennt, ist er auf einmal froh, dass sie hier ist, um ihn zu besuchen.

32

* * *

„Geh auf den Ball.“

Das ist der längste Satz, den mein Dad seit Langem gesprochen hat, und ich starre ihn ziemlich fassungslos an.

Der Ball ist der jährliche Weihnachtsball in White Crossing, auf dem ich sonst jedes Jahr gewesen bin, seit ich alt genug dafür bin, um ihn allein besuchen zu können. Mein Dad hasst solche Veranstaltungen, trotzdem hat er mir extra dafür das Tanzen beigebracht, was er erstaunlich gut konnte, auch wenn ich ihn davor und danach niemals auf einer Tanzfläche gesehen habe.

„Dad ... mir ist überhaupt nicht danach.“

Eigentlich muss ich dorthin, auch wenn ich zugeben muss, dass ich gar nicht mehr daran gedacht habe, denn in den letzten Jahren habe ich alle Teilnehmer fotografiert.

Ich habe Bilder von Paaren, Familien und Singles

gemacht und sie bei ihrer Ankunft auf dem Ball vor einem Vorhang abgelichtet, bevor ich selbst tanzen gegangen bin. Viele Leute bekommen über Weihnachten Besuch von ihren weit fortgezogenen, erwachsenen Kindern mit deren Familien, deshalb sind auf dem Ball oftmals doppelt so viele Gäste, wie White Crossing Einwohner hat.

Die Bilder kann man sich später bei mir im Atelier ansehen und kaufen, und es war jedes Jahr ein gutes Geschäft. Eigentlich kann ich es mir gar nicht leisten, nicht dorthin zu gehen.

„Geh!" Obwohl seine Stimme kaum mehr als ein Flüstern ist, lässt sie keinerlei Widerspruch zu, und ich merke, wie ich von meinem Stuhl aufstehe, ohne es eigentlich zu wollen. Mein Vater kann sehr überzeugend sein, das konnte er schon immer, und ich traue mich anscheinend bis heute nicht, ihm etwas entgegenzusetzen, wenn er so ist wie heute.

Obendrein habe ich langsam das Gefühl, dass ich explodieren muss, wenn in mein Leben nicht ein bisschen Normalität einkehrt; ich brauche irgendetwas, was mir das Gefühl gibt, wieder halbwegs am Leben teilzunehmen und meine Zeit nicht nur zwischen Krankenhaus und unendlichem Liebeskummer zu verbringen.

Vielleicht ist der Ball wirklich das Richtige dafür, egal, wie wenig Lust ich dazu habe, mich dort blicken zu lassen, schon allein, weil ich keine gesteigerte Lust auf die neugierigen Blicke und Fragen habe.

Andererseits werde ich mich dem früher oder später ohnehin stellen müssen, spätestens, wenn ich nächste Woche zurück in meinem Atelier bin, und in den meisten solcher Fälle ist früher besser als später.

„Hab Spaß", krächzt mein Vater vom Bett aus, während er etwas versucht, was einem Lächeln verdächtig nahekommt.

„Ich werde mich bemühen, Dad!" Allerdings befürchte ich, dass es genau dabei bleiben wird – einem jämmerlichen Versuch; mehr kann ich im Moment wohl wirklich nicht von mir verlangen.

Bevor ich den Raum verlasse, beuge ich mich noch mal zu meinem Dad und küsse ihm die Stirn. Er gibt nur ein schläfriges Geräusch von sich, wahrscheinlich waren diese wenigen Worte fast zu anstrengend für ihn.

Zu Hause suche ich das violette Seidenkleid aus Vegas aus meinem Schrank, von dem ich mich einfach noch nicht habe trennen können, und lege es auf mein Bett, lasse meine Finger beinahe sehnsüchtig über die glatte, weiche Seide streichen.

Vielleicht wäre es klüger, heute Abend irgendetwas anderes anzuziehen, aber es ist das schönste Kleidungsstück, das ich besitze, und wenn ich es heute mit anderen Erinnerungen als mit welchen an Tate verknüpfe, kann ich es vielleicht eines Tages wieder tragen, ohne dass mir dabei die Tränen kommen.

Bis zum Ball sind noch vier Stunden Zeit, so lange brauche ich niemals, um mich fertig zu machen, also gehe ich stattdessen in die Küche und backe Kekse, damit ich irgendetwas zu tun habe.

Obwohl es Weihnachtszeit ist, bin ich bisher gar nicht dazu gekommen, welche zu machen, dabei habe ich sonst um diese Jahreszeit immer kiloweise Plätzchen hergestellt.

Ich schlage ein Rezeptbuch auf und entscheide mich schließlich für einen Traum aus weichem Schokoladenkeks, der mit Puderzucker umhüllt wird und sich *Frozen Kisses* nennt.

Die vertrauten Abläufe beim Backen, das Abwiegen, das Kneten und Rühren haben eine beruhigende, beinahe meditative Wirkung auf meine völlig überlasteten Nerven, und als irgendwann der süße Duft von Schokoladenplätzchen meine Küche durchströmt, setze ich mich an den Tisch, schaue aus dem Fenster und denke zum ersten Mal seit Tagen in aller Ruhe nach.

Zum Glück sind die Reporter allesamt zu ihren Familien heimgekehrt und auch der Securitydienst lungert nicht länger dort draußen herum.

Ich vermisse Tate, ich vermisse ihn ganz furchtbar. So sehr, dass ich das Gefühl habe, dass es mich innerlich zerreißt. Gleichzeitig bin ich auch wütend auf ihn, weil er all das, was wir hatten, einfach so aufgegeben hat, ohne mich überhaupt wirklich zur Sprache kommen zu lassen. Er hat mir keine Chance gegeben, die Dinge wieder ins Lot zu bringen, und das, obwohl er vorher beteuert hat, wie wichtig ich ihm sei.

Ich fühle mich, als hätte er mich angelogen, mir etwas vorgemacht. Denn ansonsten würde er mich wohl kaum so mir nichts, dir nichts aus seinem Leben streichen.

Ich bin enttäuscht. Ich bin traurig, verletzt und wütend, und letztendlich beschließe ich, mich an dieser Wut so gut es geht festzuhalten, weil ich die Befürchtung habe, dass mich die anderen Gefühle früher oder später auffressen werden. Die Wut jedoch gibt mir Kraft, und ich bin mir sicher, dass sie früher oder später von selbst verschwinden wird – aber bis dahin haben sich vielleicht auch meine anderen Emotionen ein kleines bisschen abgeschwächt, sodass ich besser mit ihnen umgehen kann und sie mir nicht mehr wie ein großer, dunkler Abgrund erscheinen, der jeden Moment droht, mich zu verschlingen und auf Nimmerwiedersehen verschwinden zu lassen.

Kontra: Wut ist ein Scheißgefühl.

Pro: Alle anderen Gefühle sind noch viel beschissener.

Pro: Ich weiß nicht, wie ich die nächsten Tage ansonsten überstehen soll.

Manche Dinge sind doch gar nicht so schwer, wenn man sie rein rational überdenkt. Nun muss ich nur noch meine Gefühle dazu bringen, auf meinen Verstand zu hören.

Entschlossen und gestärkt stehe ich vom Tisch auf, um nach oben zu gehen und eine Dusche zu nehmen.

* * *

„FUCK." An Weihnachten einen Flug von New York nach Midway zu bekommen, ist deutlich komplizierter, als er sich das vorgestellt hat.

„Du sollst nicht so viel fluchen, mein Junge. Denk an dein Karma …" Eine weiche, zarte Hand, eingehüllt in das Klimpern von Armreife und den Duft von Patschuli, legt sich von hinten auf seine Schulter. Tate schließt kurz die Augen und atmet ein paarmal tief durch, was erstaunlicherweise dazu führt, dass er etwas ruhiger wird.

„Ich dachte immer, bloß lügen wäre ein Problem."

„Alles, was für eine negative Energie sorgt."

„Wenn ich nicht fluche, bekomme ich vermutlich ein Magengeschwür."

„Du solltest stattdessen meditieren, mein Schatz! Besonnenheit ist der Schlüssel zu einem glücklichen Leben. Hättest du besonnener reagiert, als du von Autumns Schulden erfahren hast, würdest du jetzt gar nicht in diesem Schlamassel stecken und hättest keinen Grund zu fluchen."

„Mom ...", zischt Tate drohend, auch wenn er sich eingestehen muss, dass die Theorie seiner Mutter nicht einer gewissen Logik entbehrt.

„Schon gut, mein Schatz." Sie seufzt resignierend. „Ich weiß, dass diese Art zu leben nicht für jeden etwas ist." Mit gerunzelter Stirn schaut sie auf den Bildschirm seines Laptops. „Ich würde übrigens den 16:11-Uhr-Flug noch mal anschauen. Mein Gefühl sagt mir, dass da gerade etwas frei geworden ist."

Manchmal ist die Intuition seiner Mom wirklich beängstigend, denn pünktlich um sechzehn Uhr und elf Minuten sitzt Tate in einem Flugzeug von New York nach Midway, in dem er den letzten freien Platz bekommen hat.

33

* * *

Jeder, aber auch wirklich jeder spricht mich auf Tate und all die Dinge, die über mich in den Medien liefen, an, und ich versuche die Taktik zu fahren, die sich auch gegenüber aufdringlichen Paparazzi bewährt hat, nur eben freundlicher: Ich zucke mit den Schultern und hülle mich in Schweigen.

Das hindert natürlich niemanden daran, hinter meinem Rücken über mich zu reden, aber davon kann man die Menschen ohnehin niemals abhalten. Zumindest sorgt es dafür, dass ich nicht öffentlich in Tränen ausbreche. Obendrein: Was soll ich schon erzählen? Ja, ich hatte was mit Tate Birdie. Ja, ich bin pleite und muss mein Haus verkaufen. Ja, ich bin ein böses Mädchen. Ende der Geschichte, die mittlerweile wirklich schon jeder hier kennt.

Die Einzige, die mehr Details kennt, ist Madisons, denn

vor ihr kann ich ohnehin nichts verheimlichen – und das will ich auch gar nicht.

Normalerweise liebe ich es, die Gäste auf dem Ball zu fotografieren.

Die Leute haben sich schick gemacht, und man kann ihnen ansehen, dass sie sich anders fühlen als sonst, schöner, feierlicher, die meisten sind ganz gelöst und gut gelaunt, und es macht einfach Spaß, solche besonderen und glücklichen Momente für die Ewigkeit in einem Bild festzuhalten.

Sogar wenn ich selbst nicht so gut drauf bin, steckt mich die Stimmung hier meistens an; heute habe ich allerdings das Gefühl, zwischen all den vielen Menschen völlig allein zu sein. Als würden sie alle etwas teilen, an dem ich nicht teilhaben kann.

Ich mache meine Bilder und versuche zu lächeln, so gut ich kann, und bereits nach kurzer Zeit beginnt mein Gesicht davon zu schmerzen.

Nachdem keine weiteren Gäste mehr neu dazukommen, packe ich meine Kamera zurück in mein Auto, damit ich die Hände frei habe. Am liebsten würde ich mich auch selbst ins Auto setzen und gleich zurück nach Hause fahren, allerdings befürchte ich, dass das auffallen und zu Fragen führen würde, die ich im Moment auf gar keinen Fall beantworten möchte, und wahrscheinlich könnte ich mich nicht schon wieder mit einem Schulterzucken aus der Affäre ziehen.

Draußen ist es kalt, und ich wickele mich enger in den Schal, als ich in den Saal zurückgehe.

Erstaunlicherweise ist hier weit und breit nichts von der Presse zu sehen, und auch um mein Haus herum ist es jetzt um Weihnachten ruhig geworden, anscheinend haben auch Paparazzi Familien und über die Feiertage Besseres zu tun.

Ich sehe mich im Saal um und entdecke Suzie mit ihrem Mann, die mich zu sich hinüberwinkt und mir ein Glas Sekt in die Hand drückt.

„Frohe Weihnachten, Autumn." Sie küsst mich auf die Wange.

„Das wünsche ich euch ebenso." Wir stoßen mit unseren Sektgläsern an. „Ich wollte mich auch noch bei dir bedanken, dass du in den letzten Tagen für mich eingesprungen bist."

„Ach, nichts zu danken. Außerdem bezahlst du mich dafür, schon vergessen?"

Zum ersten Mal an diesem Abend gelingt mir ein Lächeln, das sich nicht total gekünstelt anfühlt.

„Vielleicht sollte ich dich zur Mitarbeiterin des Jahres machen."

„Da ich deine einzige Mitarbeiterin bin, solltest du das vielleicht wirklich tun." Sie zwinkert mir zu. „Aber du weißt, dass ich gerne bei dir arbeite. Wenn du nicht so flexibel wärst, hätte ich niemals die Möglichkeit gehabt, wenigstens ab und an zu fotografieren, so oft, wie ich wegen der Kinder bei dir absagen muss." Sie umarmt mich herzlich, und als sie mich wieder loslässt, fühle ich mich gleich ein bisschen besser.

Wir unterhalten uns noch kurz, und ich erzähle ihr, wie es meinem Vater geht, bis sie von anderen Bekannten abgelenkt wird, die sie begrüßen – wie das auf solchen Feiern eben immer so ist.

Ich selbst habe Madison mit ihrem Verlobten entdeckt und gehe zu ihr hinüber, und zum Glück zwingt sie mich nicht, zu reden, sondern drückt mir schweigend ein weiteres Glas Sekt in die Hand.

Sie legt den Arm um mich und wir stehen eine Weile lang

einfach nur schweigend da, beobachten die Paare auf der Tanzfläche und verdrehen in stillschweigendem Einvernehmen die Augen über Mrs. Baker, die ein knallpinkes Kleid mit Puffärmel trägt, das mindestens zwei Nummern zu eng und seit den Achtzigern aus der Mode ist und sie aussehen lässt wie eine Karikatur von Miss Piggy. Wahrscheinlich hat sie es seit einer Ewigkeit im Schrank hängen, denn normalerweise besucht sie über Weihnachten immer ihre Tochter und ist dieses Jahr seit Langem mal wieder hier, weil sie einen neuen Freund hat.

„Hat sie dir jetzt zugezwinkert?", bricht Madison schließlich das Schweigen und runzelt die Stirn.

„Ich glaube ja, sie wirft mir schon die ganze Zeit über so seltsame Blicke zu. Als wolle sie andeuten, dass sie ein Geheimnis hätte, das mich interessieren könne, es mir aber nicht verraten will." Ich stürze den Rest meines Sekts hinunter und Madisons Verlobter Janos besorgt mir kommentarlos ein neues.

„Sie macht sich wichtig, so wie immer …" Madison zuckt mit den Schultern, dann deutet sie mit dem Kopf in Richtung Tür. „Da kommt der Vollpfosten von deinem Ex-Verlobten, dieser arrogante Gockel." Ich muss lachen. Madison konnte Henry noch nie leiden. Allerdings vergeht mir das Lachen, als er mich ins Visier nimmt und direkt auf mich zugesteuert kommt. Das hat mir gerade noch so gefehlt zu meinem Glück …

* * *

IN SOLCH KLEINEN Orten wie White Crossing herrschen

eindeutig andere Gesetze als in Großstädten. In New York oder Boston wäre es völlig undenkbar, dass einem jemand einen Schlüssel zu einer Pension unter der Fußmatte hinterlässt, weil er selbst auf einem Ball ist.

„Ihre Autumn wird bestimmt auch dort sein. Der Weihnachtsball in White Crossing ist immer etwas ganz Besonderes!", hat Mrs. Baker verschwörerisch am Telefon geflüstert, als Tate sie angerufen hat, um ein Zimmer bei ihr zu reservieren. „Aber ich werde ihr von Ihrem Besuch nichts verraten, fest versprochen!"

Tate kann nur hoffen, dass sie ihr Wort auch wirklich hält, denn er vermutet, dass er das Überraschungsmoment gut gebrauchen kann. Autumn weiß nichts davon, dass er nur aufgrund seiner Handypanne nicht erreichbar war, und er an ihrer Stelle wäre mittlerweile ziemlich angefressen. Weit mehr als das sogar ...

Nervös wirft er seine Reisetasche auf das Bett und wischt sich die schwitzenden Handflächen an seiner Jeans ab.

Seine Mom war heute der Meinung, dass alles gut werden würde, und sie hat sogar schon damit begonnen, einen Menüplan zu erstellen, weil sie darauf bestanden hat, dass Tate und Autumn sie im neuen Jahr in Boston besuchen.

Tate selbst ist sich da nicht so sicher, und auch wenn er diese Nacht lieber bei Autumn verbringen würde, schien ihm die Pension doch die bessere Wahl, denn im schlimmsten Fall im Auto zu schlafen ist bei diesen Temperaturen wirklich keine Alternative.

* * *

„GUTEN ABEND, Autumn." Henry lächelt mich an, während ich selbst ihn vermutlich anstarre, als ob ich eine Erscheinung hätte. Ich mustere sein blondes, kurz geschnittenes Haar, seine hellblauen Augen, seinen akkurat sitzenden Anzug, in dem er seriös und ... nett aussieht, aber auch ein bisschen so, als würde er sich verkleiden und einen Erwachsenen spielen, der er noch gar nicht ist. Wahrscheinlich kommt es mir aber auch nur so vor, denn im Vergleich zu Tate wirkt Henry wie ein zu groß geratener, braver Schuljunge. Ich unterziehe den armen Henry einer ganz genauen Musterung, die ihn immer unruhiger werden lässt. Dabei versuche ich lediglich meine Gefühle zu sortieren, denn obwohl wir so viele Jahre lang ein Paar waren, ist da nichts mehr, was ich für ihn empfinde außer dem sehr oberflächlichen Gefühl von Bekanntschaft.

Obwohl White Crossing ein solches Kaff ist, haben wir es meisterlich geschafft, uns seit unserer Trennung aus dem Weg zu gehen, und um ehrlich zu sein, hätte ich gedacht, dass da mehr sein würde, wenn wir uns mal wieder begegnen. Mehr als nur solch ein lauwarmes Gefühl, das nicht sonderlich angenehm, aber auch nicht unangenehm oder gar schmerzhaft ist.

„Hallo, Henry!", antworte ich schließlich, und mein Lächeln ist genauso aufgesetzt wie den meisten anderen Anwesenden gegenüber heute Abend auch.

„Hast du vielleicht einen Moment Zeit für mich?" Er knetet sich nervös seine Finger. „Ich würde gerne ein paar Minuten mit dir sprechen." Er wirft einen schnellen Blick in Madisons Richtung, die ihn anstarrt, als wolle sie ihm gerne in den Hintern treten.

„In Ordnung!", antworte ich. Ich habe zwar keine

Ahnung, worüber er mit mir sprechen will, aber rein emotional fühlt sich dieser Abend ohnehin schon so merkwürdig an, dass es mir generell egal ist, was immer er mir auch zu sagen hat.

Leider sind die Orte, an denen man ungestört miteinander reden kann, bei Veranstaltungen wie diesen ziemlich begrenzt, und schließlich stehen wir in einer zugigen, kleinen Nische, irgendwo zwischen den Toiletten und dem Hinterausgang, gleich vor der Garderobe.

Wir hätten uns natürlich auch *in* die Garderobe stellen können, aber das ist mir ein deutlich zu intimer Platz, um mich dort mit meinem Ex zu unterhalten.

„Also, Henry, worum geht es?“ Frierend wickle ich mir meinen Schal enger um die Schultern, und Henry bemerkt es sofort. Er zieht sich stillschweigend sein Jackett aus und hängt es mir über die Schultern. Es riecht nach seinem Aftershave, und während ich diesen Geruch früher mochte, würde ich es nun am liebsten wieder ausziehen. Allerdings habe ich auch kein sonderliches Interesse daran, mich hier zu erkälten, denn krank zu werden ist mit das Letzte, was ich gerade gebrauchen kann, also lasse ich es da, wo es ist.

„Stimmt es, dass du mit diesem Tate Birdie zusammen bist?“

Ich blinzle kurz.

„Ich glaube nicht, dass dich das etwas angeht.“

„Ich war immerhin jahrelang dein Freund.“

„Du *warst* mein Freund, ganz genau.“

Er seufzt und schaut dann auf die Spitzen seiner Schuhe, bevor er zu mir hochsieht.

„Und wenn ich gerne wieder dein Freund sein würde? Ich

könnte die Sache mit deinem Haus lösen und … ach, manchmal fehlst du mir einfach."

„Spinnst du jetzt völlig?" Das ist zugegeben keine sonderlich sensible Reaktion auf seine Frage, aber mir fällt wirklich keine bessere ein. „Du hast gesagt, dass du es mit mir nicht mehr aushältst, weil ich kalt wie ein Fisch bin und nur an meine Arbeit denke. Du hast gesagt, dass du dich bei mir nicht geliebt fühlst, es mit mir im Bett keinen Spaß macht und du gar nicht weißt, warum wir überhaupt zusammen sind! Warum solltest du das jetzt alles wieder sein wollen?"

„Na ja … weil ich festgestellt habe, dass ich dich vermisse."

Er macht einen Schritt auf mich zu, und ich mache einen zurück, weg von ihm, aber Henry war schon immer zu unsensibel, um solche simplen Signale nonverbaler Kommunikation zu begreifen, darum folgt er mir, bis ich mit dem Rücken an der Wand stehe und ihm nicht weiter ausweichen kann.

„Ich würde dich gerne küssen", flüstert er, doch ich schüttle heftig den Kopf.

„Das solltest du eindeutig besser lassen, Henry!"

„Ganz genau, Kumpel. Du solltest das lassen und dich so schnell wie möglich verpissen", mischt sich nun eine dritte Stimme ein. Eine Stimme, die tief und melodiös ist, ein Feuer an einem nebligen, kalten Tag, und die dafür sorgt, dass sich in meinem Bauch etwas zusammenzieht und mein Körper zu kribbeln beginnt.

34

* * *

So hatte er sich das hier nicht vorgestellt.

Nicht, dass er einen sonderlich ausgeklügelten Plan gehabt hätte, aber Autumn mit diesem Volltrottel anzutreffen, der gerade Anstalten macht, sie zu küssen, stand definitiv nicht in seinem Drehbuch.

Er sollte derjenige sein, der sie küsst, und nicht dieser dämliche Wichser, der sie hat sitzen lassen.

Tate hat genug von Autumns Gespräch mit Henry mitbekommen, um zu wissen, worum es ging, und er würde diesem Kerl am liebsten den Hals umdrehen.

Da er allerdings befürchtet, dass das nicht ganz so gut bei Autumn ankommen könnte, ballt er seine Hände seitlich zu Fäusten und begnügt sich mit seinem allerbesten bösen Blick, den er diesem degenerierten Muttersöhnchen zuwirft.

„Verpiss dich!“, sagt Tate noch einmal. Zu seinem Glück

scheint Henrys Überlebensinstinkt ausgeprägt genug zu sein, um sich tatsächlich vom Acker zu machen.

„Wir sehen uns!“, sagt der Typ in Autumns Richtung, und Tate gibt ein wütendes Knurren von sich.

„Ich glaube nicht“, zischt er ihm hinterher. Als er seinen Blick wieder auf Autumn richtet, sprühen ihre Goldaugen Feuer.

„Du wagst es, einfach hierherzukommen, nachdem du dich tagelang nicht gemeldet hast, und dann die Menschen, mit denen ich mich gerade unterhalte, so dermaßen anzufahren und zu vertreiben? Ohne mich vorher zu fragen, ob mir das recht ist?“

Jetzt ist es Tates Überlebensinstinkt, der Alarm schlägt, aber sie mit Henry hier zu sehen, lässt in seinem Kopf etwas herumbrüllen, das seinen Überlebensinstinkt laut übertönt.

* * *

MEINE GEFÜHLE ÜBERSCHLAGEN SICH, mein armes, überlastetes Gehirn kommt irgendwie nicht mehr mit, und ich habe den Eindruck, dass es mit quietschenden Reifen einfach zum Stillstand kommt.

In mir nimmt diese seltsame Unruhe überhand, die ich schon den ganzen Abend spüre.

Tate drängt mich mit seinem Körper nach hinten, und ich weiß nicht, ob ich mich ihm an den Hals werfen soll oder ihm ausweichen will, verdammt, ich kann ja kaum begreifen, dass er hier ist.

Ich stolpere rückwärts und wir landen in der Garderobe,

in die ich mit Henry lieber nicht gehen wollte. Hier ist es auch nicht wesentlich wärmer als auf dem Flur, und ich wickle Henrys Jackett enger um mich, während Tate sich zu mir beugt und an mir schnuppert.

„Du stinkst nach diesem Vollpfosten." Tate zerrt mir das Jackett von den Schultern, anschließend zieht er sich seinen Hoodie aus. „Arme hoch!", befiehlt er, und ich bin noch immer viel zu überrumpelt, um in irgendeiner Form ernsthafteren Widerstand zu leisten.

Wie ferngesteuert hebe ich meine Arme nach oben, Tate zieht mir seinen Pulli darüber und streift ihn mir dann über den Kopf.

Im Gegensatz zu Henrys Jackett duftet Tates Pulli einfach himmlisch, nämlich nach dem Mann, der gerade vor mir steht, nach seinem würzigen Aftershave und nach ihm selbst. Ich kann seine Körperwärme noch in seinem Pulli spüren und all meine Nervenenden beginnen auf einmal zu prickeln und völlig verrücktzuspielen.

Verzweifelt schließe ich einen Moment lang die Augen. Unter normalen Umständen würde es vermutlich helfen, ein paarmal tief durchzuatmen, um meinen Kopf wieder etwas freier zu bekommen, aber nicht, wenn ich Tates Hoodie trage und somit seinen Duft tief in meine Lungen einsaugen würde. Ich weiß, was sein Geruch mit mir anstellen kann, also strecke ich meinen Kopf ein wenig nach oben, auch wenn ich dabei vermutlich aussehe wie eine Schildkröte.

„Was um Himmels willen willst du hier, Tate?" Meine Hände ballen sich zu Fäusten, während ich noch immer versuche, mich irgendwie zu sammeln.

Tate sieht mich an, und eine Weile lang ruht sein Blick einfach nur auf mir, während er selbst schweigt.

Dann schließlich blinzelt er kurz, so kurz, dass ich es nicht wahrgenommen hätte, wenn ich ihn nicht ganz genau beobachten würde.

„Ich bin hier, weil ich dich sehen wollte."

Ich lache rau auf, es klingt höhnisch und gleichzeitig verletzt.

„Du hast mich einfach so in deiner Wohnung stehen lassen und bist zu deinem Interview verschwunden, danach warst du nicht mehr für mich erreichbar."

„Autumn, es tut mir leid. Ich habe mich wie ein Volltrottel verhalten. Ich habe mein Handy zerlegt und konnte dich nirgends mehr erreichen. Erst heute ist mir eingefallen, dass ich es über den Securitydienst hätte versuchen können, aber da war schon alles zu spät. Obendrein bin ich jetzt selbst hier. Ich ... Ach, verdammt. Es tut mir so leid."

Sein Blick bleibt an meinem Mund hängen, und ich weiß genau, dass er in diesem Augenblick darüber nachdenkt, mich zu küssen. Allein die Erinnerung an seine Küsse lässt mich nach Luft schnappen, was sich als Fehler erweist. Denn nun atme ich doch tief ein, und damit gelangen all diese Pheromone, die Tate in beinahe toxischen Dosen von sich zu geben scheint, in meinen Körper und sorgen dafür, dass meine Hormone verrücktspielen.

Tate setzt erneut an, um etwas zu sagen, aber ich will es nicht hören. Ich will nicht reden, ich will keine Entschuldigung haben, ich will ... Ach, ich weiß es eigentlich selbst nicht so genau. Ich will ihn. Gleichzeitig will ich, dass er geht. Ich bin so entsetzlich wütend auf ihn, dass ich ihn gerne erwürgen würde. Gleichzeitig würde ich ihn so gerne küssen.

„Autumn, bitte, hör mir zu. Nur ganz kurz."

Das will ich definitiv nicht. Zum Zuhören fehlt mir

gerade eindeutig die Geduld, also mache ich das Erstbeste, das mir stattdessen einfällt, und presse meine Lippen auf Tates.

„Halt doch einfach die Klappe!", zische ich und schaffe es dabei kaum, mich von ihm zu lösen. Es liegt nichts Zärtliches in diesem Kuss. Es ist ein wütender Angriff meinerseits, und ich höre, wie Tate kurz nach Luft schnappt, bevor er meinen Kuss erwidert, seinen Mund für mich öffnet und seine Zunge auf meine trifft.

In meinen Ohren rauscht das But, als ich ihn nach hinten dränge, bis er mit dem Rücken an der Wand steht. Unsere Münder pressen sich so stark aufeinander, dass unsere Zähne zusammenknallen, aber es ist mir egal.

Ich beiße ihm in die Lippe, bis ich Blut schmecke, und obwohl er aufgrund des unerwarteten Schmerzes kurz zusammenzuckt, lässt er mich gewähren, krallt seine Finger in mein Haar, bis es sich löst und mir über die Schulter fällt.

Ich fühle mich, als wäre ich in einem Rausch, als hätte ich meine Sinne nicht mehr wirklich beieinander. Mein Körper presst sich gegen ihn, und ich spüre seine Erektion, die sich hart gegen meinen Bauch drückt.

Es ist, als würde mein Körper sich selbstständig machen, einfach ohne mein Einverständnis handeln, und ich weiß kaum, was ich da eigentlich tue, als meine Hände nach seinem Gürtel greifen, ihn öffnen, voller Ungeduld an seinem Hosenbund zerren, sich schließlich hineinschieben, um seinen harten Schwanz zu umfassen.

Wir stöhnen beide gleichzeitig auf.

O verdammt, ich habe Tate so sehr vermisst, ich habe mich so sehr nach ihm gesehnt!

„Autumn ...", keucht er rau an meinem Ohr. „Tu das

nicht, bitte. Ich kann nicht mehr aufhören, wenn du es nicht tust, und ich glaube nicht, dass das hier wirklich das ist, was du gerade willst."

Er macht eine Geste, die ihn, mich und die Garderobe einschließt, und zieht dann entschlossen meine Hände aus seiner Hose.

„Schreib mir gefälligst nicht vor, was ich will und was nicht!", zische ich und küsse ihn erneut. Dabei ziehe ich ihn so nah wie möglich an mich heran und beginne damit, mein Becken an ihm zu reiben.

„O Honey!", stöhnt er in mein Ohr und dreht uns herum, sodass nun ich diejenige bin, die mit dem Rücken zur Wand steht. „Was tust du nur, Baby?" Ich antworte ihm nicht, denn ich kann spüren, wie seine Hände zu meinem Po wandern, ihn umfassen und er mich hochhebt, sodass sein harter Schwanz genau gegen meine empfindliche Mitte drückt. Ich stöhne auf, schlinge meine Beine um seine Hüften und vergrabe meinen Kopf an seiner Schulter, beiße ihm in seinen Hals, und mein völlig benebeltes Gehirn freut sich darüber, dass er an dieser Stelle morgen vermutlich einen gigantischen Knutschfleck haben wird. Tate gibt ein leises Knurren von sich, bevor er sein Becken gegen meines kippt und zwischen meinen Beinen die Art von Druck erzeugt, die mich ganz verrückt werden lässt. „Ist es das, was du willst, Baby?" Er wiederholt die Bewegung noch einmal, und ich habe schon jetzt das Gefühl, jeden Moment kommen zu müssen. „Ist es das wirklich, was du willst?" Ich will nicht reden und suche erneut mit meinem Mund nach seinem, um ihn zu küssen, statt ihm eine Antwort zu geben, aber Tate entzieht sich mir. „Wenn es das ist, musst du es mir sagen,

Autumn. Antworte mir! Ich muss es hören. Willst du, dass ich dich hier und jetzt ficke? Hier? An dieser Wand?“

„Ja“, sage ich schließlich, und meine Stimme klingt seltsam fremd und heiser. „Das will ich. Ich will, dass du mich fickst, Tate!“ Wenn ich nicht so verzweifelt wäre, würde ich mich vermutlich dafür schämen, doch gerade in diesem Augenblick ist mir alles egal, solange ich nur bekomme, was ich will, und in diesem Augenblick will ich Tate, und zwar so tief in mir, wie es möglich ist.

„Bist du dir ganz sicher?“, fragt er mich noch einmal, und meine Finger krallen sich in sein Haar, während ich ihn ansehe.

„Mach es. Jetzt!“

Von diesem Augenblick an gibt es für uns beide kein Halten mehr. Ich spüre Tates Hände, die sich unter mein Kleid schieben, ich spüre, wie er erstaunt innehält, als er den Saum meiner halterlosen Strümpfe und die nackte Haut darüber bemerkt, dann zerrt er kurz und entschlossen an meinem Höschen, bis es nachgibt und zerreißt. Ich höre das Knistern eines Kondompäckchens und beinahe im selben Moment ist Tate in mir und ich keuche auf.

„Tue ich dir weh, Baby?“ Er hält inne, und obwohl er mich so stark dehnt, dass es tatsächlich beinahe schmerzhaft ist, will ich auf keinen Fall, dass er aufhört.

„Mach weiter!“, antworte ich und komme ihm entgegen, sporne ihn an, schneller und tiefer zuzustoßen, bis unsere Becken bei jedem Stoß aufeinanderprallen.

Der Sex mit Tate ist rau und ohne jede Raffinesse, wir treiben es miteinander wie wild gewordene Tiere, und trotzdem brauche ich nicht lange, um zu kommen.

Ich beuge mich vor und beiße Tate erneut, dieses Mal auf

die andere Seite seines Halses, und habe das Gefühl, dass alles in mir und um mich herum zu explodieren beginnt. Tate stößt noch ein-, zweimal zu, bevor er mir folgt, seinen Kopf in den Nacken wirft und ein lang gezogenes Stöhnen von sich gibt.

Ich gönne mir ein paar Sekunden, um zu Atem zu kommen, dann löse ich mich von ihm und schiebe ihn von mir.

Ich ziehe mein Kleid wieder nach unten über meine Hüften und streife mir den zerfetzten Rest meines Höschens vom Fußgelenk, anschließend streiche ich mit den Fingern durch mein Haar, um es notdürftig zu glätten.

Schließlich drehe ich mich um und gehe.

Ich gehe, ohne Tate noch einmal anzusehen, weil ich genau weiß, dass ich es sonst nicht mehr könnte.

* * *

FUCK!

Der Abend ist beim besten Willen nicht so gelaufen, wie Tate sich das vorgestellt hätte.

Natürlich hat er insgeheim auf Sex mit Autumn gehofft, allerdings nicht so.

Völlig verwirrt starrt er auf die Tür, die sie gerade hinter sich geschlossen hat, und fühlt sich auf einmal absolut ratlos.

Irgendwie hat er gedacht, dass alles gut werden würde, sobald er sich bei ihr entschuldigt.

Dass sie dahinschmelzen würde, sobald sie ihn sieht, in Tränen ausbrechen und ihm um den Hals fallen würde.

Das ist sie letztendlich natürlich auch, nur nicht so, wie er es sich erhofft hat.

Er hat sie sich weicher vorgestellt, zärtlicher, sanfter. Dankbarer.

Um ehrlich zu sein, ist er davon ausgegangen, dass sie ihn ziemlich mühelos zurücknehmen würde.

Stattdessen hat sie ... na ja ... ihn irgendwie benutzt und ist dann abgehauen.

Nicht, dass es ihn stören würde, von ihr benutzt zu werden, immerhin ist er ja durchaus auch auf seine Kosten gekommen, aber das Problem ist, dass es ihn keinen Schritt weitergebracht hat.

Ganz im Gegenteil. Es hat ihn vermutlich sogar zurückgeworfen.

So eine verdammte Scheiße!

Tate lässt den Kopf nach hinten gegen die Wand sinken, an die er Autumn noch bis vor wenigen Augenblicken gepresst hat, und schließt kurz seine Augen, bevor er sich damit beschäftigt, seine Hose wieder nach oben zu ziehen und zu schließen; und zwar keine Sekunde zu früh, denn in genau diesem Augenblick öffnet sich die Tür zur Garderobe, und der Volltrottel, der Autumn sein eklig stinkendes Jackett geliehen hat, kommt herein.

„Oh! Verzeihung, ich wollte nicht stören ...“, stammelt er, als er Tate ansieht, der vermutlich reichlich derangiert aussieht.

Tate lächelt ihn auf diese Art und Weise an, die deutlich macht, dass er sich in Acht nehmen soll.

„Ich muss dich enttäuschen, Kumpel. Autumn ist schon weg. Sie hat dein Jackett dagelassen. Ich soll schön grüßen.“ Henry starrt ihn nur an und sieht dabei ziemlich dumm aus, noch dümmer, als er Tate bisher erschienen ist. Kopfschüttelnd stößt Tate sich von der Wand ab und schlendert auf Henry zu, der beinahe ängstlich einen Schritt zur Seite macht. Tate bückt sich, hebt Autumns zerrissenes Höschen auf und steckt es sich demonstrativ in die Tasche seiner Jeans. „Schönen Abend dann noch." Er grinst süffisant und verlässt die Garderobe, wohl wissend, dass er sich gerade wie ein absolutes Arschloch verhält, aber es ist ihm in diesem Moment völlig egal.

35

* * *

Ich schließe mich auf der Toilette ein und beginne zu heulen wie ein Schlosshund. Bloß viel leiser, damit mich niemand hört. Ich ziehe sogar die Füße hoch, sodass hoffentlich keiner mitbekommt, dass ich hier drin bin.

Über mir flackert eine Neonröhre und gibt ein kaltes, weißes Licht von sich, das vom Weiß der Fliesen sowie vom hässlichen Grau der Trennwände reflektiert wird.

Ich habe schon bessere Weihnachtsbälle erlebt, wirklich.

Dieser Abend ist ... nun ja ... er ist eine einzige Katastrophe und wird wahrscheinlich als furchtbarster Weihnachtsball aller Zeiten in die Geschichte eingehen. Zumindest in meine persönliche.

Ich hatte gedacht, dass es mir ein bisschen besser gehen würde, nun, da ich beschlossen habe, wütend auf ihn zu sein. Dass es nur noch ein paar Tage, Wochen oder Monate brauchen würde, bis ich Tate vergessen könnte. Dass er in nicht allzu ferner Zukunft bloß noch eine skurrile Erinnerung sein würde, von der ich eines Tages mal meinen Enkelkindern erzählen kann oder meinen zwanzig Katzen für den Fall, dass es mit den Enkelkindern niemals klappen sollte.

„Damals, als eure Grandma noch jung war, da hat sie mal einen Superstar getroffen. Sagt euch der Name Tate Birdie etwas?"

Meine Enkelkinder würden mich dann mit diesem genervt-leeren Blick ansehen, weil sie die Geschichte schon zum hundertsten Mal anhören müssen. Meine Katzen nicht – die würden einfach weiterschlafen. Wenn ich mir das so überlege, wird Familie eigentlich völlig überbewertet.

Trotzdem fühle ich mich schrecklich.

Tate wieder zu begegnen, war, als würde man mitten in einen Tornado rennen.

Natürlich habe ich es auch nicht gerade besser dadurch gemacht, dass ich über ihn hergefallen bin. Ich wollte nur, dass er die Klappe hält, dass er verschwindet und mich in Ruhe lässt. Gleichzeitig wollte ich ihn – und zwar so sehr, dass ich nicht widerstehen konnte.

Jetzt muss ich den Preis für mein Verhalten bezahlen, denn gerade fühlt es sich so an, als würde ich nie mehr über ihn hinwegkommen. Niemals in meinem ganzen Leben.

Ich habe mir eingebildet, dass ich vergessen könnte, wie gut er schmeckt. Wie gut er sich anfühlt. Wie begehrt ich mich in seiner Nähe fühle und wie sehr ich ihn begehre. Wie sehr ich ihn mag. Wie gut es ist, sich stundenlang mit ihm zu unterhalten, und wie sehr wir uns verstehen, obwohl wir so unterschiedlich erscheinen. Wenn ich mit Tate zusammen bin, dann fühle ich mich, als hätte ich einen Teil von mir selbst gefunden, den ich vorher immer vermisst habe.

Ich habe mich in ihn verliebt, Hals über Kopf, obwohl ich

mir so fest vorgenommen habe, dass mir das nicht passieren würde.

Laut schniefend lasse ich meinen Kopf nach hinten gegen die kühlen Fliesen sinken, als ich höre, wie jemand die Toiletten betritt.

„Autumn? Bist du da drin?“ Es ist Madison, und statt zu antworten, schließe ich die Tür auf und komme langsam hinaus.

„Scheiße! Süße, geht's dir gut?“ Madison starrt mich ungläubig an. „Ich war kurz an der frischen Luft, und als ich wiederkam, waren alle ganz aus dem Häuschen, weil angeblich Tate Birdie hier sein soll. Süße, ist das wahr?“ Sie kommt ein paar Schritte näher und streicht mir sanft über die Wange, damit ich sie ansehe. Als ich hochschaue, weiten sich ihre Augen, und sie schlägt sich eine Hand vor den Mund.

Ich weiß, wie ich aussehe, denn ich habe vorhin einen kurzen Blick auf mein Spiegelbild erhascht.

Mein Haar steht in alle Richtungen von meinem Kopf ab, meine Lippen sind rot und geschwollen, meine Augen sind vom Weinen verquollen, darunter haben sich große, schwarze Ringe gebildet, weil meine Mascara nicht wasserfest ist – ich habe etwas von einem liebeskranken Waschbären an mir, der beim Überqueren der Straße unter die Räder gekommen ist, wobei wohl eher ein Truck als ein Kleinwagen involviert war.

Ich sehe scheiße aus.

Und völlig fertig.

„Mir geht es gut. Glaube ich.“ Ich klinge noch immer heiser, und Madison beugt den Kopf, um mich genauer unter die Lupe nehmen zu können.

„Tate ist also wirklich hier?“, knurrt sie und ich nicke nur.

„Verdammt noch mal, hat er dir irgendetwas getan? So wie du aussiehst, hat er das. Ich werde ihn umbringen. Ich schwöre es. Ich werde ihn erst vierteilen und dann kastrieren. Oder vielleicht besser andersherum, damit er auch was davon hat!“ Sie dreht sich um, und ich habe keinen Zweifel daran, dass sie ihren Worten Taten folgen lassen wird, wenn ich sie nicht aufhalte.

Also lege ich ihr die Hand auf den Arm und schüttle mit dem Kopf.

„Nicht, Maddy. Er hat nichts getan.“

„Du siehst aber nicht so aus, als hätte er nichts getan, Liebes.“ Sie kommt langsam zurück und streichelt mir übers Haar, glättet es sorgfältig mit den Händen und streift es mir aus dem Gesicht, schiebt es hinter meine Ohren.

„Eigentlich war ich diejenige, die etwas getan hat. Ich ...“ O Mann, ich bin mir nicht ganz sicher, ob ich das wirklich erzählen kann, denn mittlerweile ist mir mein Verhalten ziemlich peinlich. Andererseits ist es schwer, Madison etwas vorzumachen. Sie kennt mich besser als jeder andere Mensch. Wir sind schon unser gesamtes Leben lang beste Freundinnen und haben alles miteinander geteilt. Sie kennt mich, kennt mich viel zu gut, und ich vermute, dass sie ohnehin schon eine grobe Ahnung hat, was geschehen ist. Ich räuspere mich, gehe zum Waschbecken hinüber und wasche mir das Gesicht mit jeder Menge kaltem Wasser, dann trockne ich es sorgfältig mit einem Papierhandtuch ab. Schließlich seufze ich tief und fahre mir mit den Fingern zum wahrscheinlich hundertsten Mal durchs Haar, in dem ich Tates Griff noch immer spüren kann, und leider muss ich mir eingestehen, dass ich ihn vermisse. „Tate war hier, um sich zu entschuldigen. Aber ich war viel zu wütend auf ihn, um mir seine Entschuldigungen anzuhören. Nicht zuletzt, weil er sich wie ein Neandertaler verhalten hat, als er mich mit Henry gesehen hat. Daraufhin habe ich ihn zum Schweigen gebracht, indem ich ...“ Ich zucke verlegen mit den Schultern. „Na ja ... ich habe ihn geküsst und bin wohl ein bisschen über ihn hergefallen.“

„Du hast ihn dazu gebracht, dich in der Garderobe zu vögeln?“ Madison grinst breit und ich werde rot.

„Ja, das habe ich wohl.“

Sie mustert mich noch einmal.

„Es war vermutlich eher wild als zärtlich?“ Ihr Grinsen wird noch breiter.

„Kann man so sagen ...“, murmle ich verlegen. Madison fängt an zu lachen.

„Autumn Irene Holmes. Du kannst ja eine richtige Wildkatze sein! Wer hätte das gedacht?“ Madison bricht in schallendes Gelächter aus, und ich sehe ihr einen Moment lang schweigend dabei zu, wie sie sich beinahe ausschüttet vor Lachen, dann stimme ich ebenfalls mit ein.

Ich lache, bis mir der Bauch wehtut und ich das Gefühl habe, jeden Moment ersticken zu müssen, aber danach ist es, als wäre ein großer Teil der Anspannung von mir abgefallen. Wahrscheinlich ist heute der Tag der paradoxen Gefühlswelten.

„Soll ich dich wieder herrichten, und wir gehen weiterfeiern?“, fragt mich Madison, nachdem wir uns irgendwann beruhigt haben. „Oder soll ich Janos fragen, ob er dich nach Hause bringt?“

„Ich würde gerne nach Hause. Aber ich denke, ich gehe zu Fuß.“

„In den Schuhen und im Abendkleid? Ich weiß ja, dass

du erwachsen bist, trotzdem möchte ich anmerken, dass ich das für keine sonderlich kluge Idee halte und du morgen vermutlich krank im Bett liegen wirst, wenn du das ernsthaft versuchst."

„Ich habe im Auto noch ein paar winterfeste Ersatzschuhe liegen und eine Jacke." Da ich nie genau weiß, wo ich ein Fotomotiv entdecke, und manchmal spontan anhalte, wenn ich mit dem Auto unterwegs bin und mich in die Wildnis schlage, ist warme Notfallkleidung eine praktische Angelegenheit. „Ich brauche ein bisschen frische Luft, um einen klaren Kopf zu bekommen."

„Du könntest auch einfach das Fenster öffnen und den Kopf herausstrecken, während Janos dich fährt, wenn es dir nur um die frische Luft geht. Mir wäre dabei deutlich wohler zumute, als wenn du mitten in der Nacht und so durcheinander wie du bist zu Fuß nach Hause läufst." Madison seufzt und zuckt dann resignierend mit den Schultern. „Aber ich kann dich eh nicht überreden, dich fahren zu lassen, oder?"

„Nein." Ich lächle sie ein wenig schief an. „Außerdem ist den Kopf aus einem fahrenden Auto zu halten sehr viel gefährlicher, als in White Crossing nachts zu Fuß nach Hause zu gehen. Mal ehrlich, Maddy – was soll mir schon passieren?"

„Außer einer Lungenentzündung, der Begegnung mit einem Braunbären, der aus dem Winterschlaf erwacht, oder multiplen Knochenbrüchen? Hmmm ... lass mich mal überlegen. Du könntest einem perversen Triebtäter begegnen, der dich entführt."

„Hier in White Crossing? Hier kennt doch jeder jeden. Wer sollte mich schon entführen?"

Sie zuckt erneut mit den Schultern.

„Es sind doch angeblich immer diejenigen, von denen man es am wenigsten vermutet."

„Du schaust dir zu viele Krimiserien an!" Ich muss lachen. „Aber jetzt mal im Ernst: Ich habe das Gefühl, einen Spaziergang zu brauchen, damit ich wieder ein bisschen klarer denken kann, und bis nach Hause sind es doch nur zehn Minuten zu Fuß. Die werde ich sicherlich unbeschadet überstehen. Ich melde mich bei dir, sobald ich zu Hause bin, okay?"

„In Ordnung." Madison kommt zu mir, um mich zu umarmen. „Versprich mir, dass du mir Bescheid sagst, sobald du gut angekommen bist, okay?" Sie drückt mich noch einmal enger an sich.

„Mache ich!", murmle ich und beobachte sie dabei, wie sie den Kopf zur Tür hinausstreckt und sich umschaut.

„Die Luft ist rein, wenn du jetzt durch den Hinterausgang verschwindest, besteht eine gute Chance, dass dich niemand bemerkt." Lächelnd drückt sie mir meine Handtasche in die Hand, von der ich vor lauter Gefühlschaos gar nicht bemerkt habe, dass sie weg war. „Die habe ich Henry abgenommen, der sie bewacht hat wie eine Glucke ihr Ei. Er hat sie erst herausgerückt, als ich ihm gesagt habe, wie lächerlich er mit einer Damenhandtasche wirkt." Sie holt kurz Luft und grinst breit. „Dass ich finde, dass er ohne genauso albern aussieht, habe ich ihm verschwiegen. Er tat mir ein bisschen leid. Aber nur ein bisschen ... du weißt, ich konnte ihn noch nie sonderlich leiden." Sie zwinkert mir zu, und ich gehe zu ihr, um sie noch ein letztes Mal zu umarmen.

„Du bist einfach die Allerbeste, Maddy!" Bevor ich die Toiletten verlasse und Richtung Ausgang verschwinde, küsse ich sie noch schnell auf die Wange. Dann beeile ich mich, denn ich habe momentan wirklich keine Lust, noch irgendwem bei meiner Flucht zu begegnen.

Die Nacht ist kalt und klar, und ich fange trotz meiner dicken Daunenjacke und den Winterstiefeln im Nu zu frieren an. Um auf Nummer sicher zu gehen und keinem Auto in die Quere zu kommen, laufe ich am Rand der Straße entlang, und unter meinen Schritten knirscht der Schnee, während mein Atem Wolken in der Luft bildet.

Der Mond lässt die Nacht gespenstisch hell wirken, und es ist so kalt, dass ich zu zittern beginne und meine Zähne dabei unkontrolliert aufeinanderschlagen. Es war eine saudumme Idee, zu Fuß nach Hause zu gehen, und das, obwohl ich mir die Jogginghose unter mein Kleid gezogen habe, die bei der Jacke in meinem Auto lag. Wenn ich mir überlege, dass ich bei diesen Temperaturen untenherum nackt hätte nach Hause laufen müssen, habe ich schon bei dem bloßen Gedanken daran das Gefühl, eine Blasenentzündung zu bekommen.

Mittlerweile sehe ich ein, dass es besser gewesen wäre, wenn ich auf Madison gehört hätte, und mich von Janos fahren lassen. Dann wäre ich längst zu Hause und würde vermutlich schon in meinem kuscheligen Bett liegen, geborgen und warm. Doch jetzt wieder umzukehren kommt nicht für mich infrage, zumal ich ohnehin schon beinahe die Hälfte der Strecke hinter mich gebracht habe – und zurück bergauf laufen müsste.

Als ich endlich ankomme, bin ich bis auf die Knochen durchgefroren. Mein ganzer Körper fühlt sich wie betäubt an, leider hat dies keinerlei Auswirkungen auf meine Gedanken und Emotionen, die nach wie vor verrücktspielen. Dabei hätte ich gar nichts dagegen, wenn sie ebenso betäubt wären, wie es der Rest von mir ist.

Zitternd schäle ich mich zu Hause aus meinen Klamotten, schicke Madison eine beruhigende Textnachricht und stelle das Wasser der Dusche auf lauwarm, weil ich befürchte, mehr gerade nicht auf meinem völlig unterkühlten Körper ertragen zu können. Als ich endlich unter der Dusche stehe, fühlt es sich dennoch wie tausend Nadelstiche an, und ich brauche Ewigkeiten, bis ich die Temperatur nach und nach erhöhen kann und mir wieder halbwegs warm wird.

Als ich die Dusche schließlich verlasse, bin ich völlig übermüdet und ebenso durcheinander. Während ich mir das Gesicht eincreme und die Zähne putze, vermeide ich es, mein Spiegelbild zu betrachten, denn ich weiß nicht, was ich schlimmer finden würde: dass man mir immer noch ansieht, dass ich heute Abend Sex mit Tate hatte, oder dass man es mir nicht mehr ansieht, dass ich alle Spuren von ihm draußen in der kühlen Nacht hinter mir gelassen oder vorhin im Abfluss meiner Dusche hinuntergespült habe.

Ich ziehe mir ein frisches Höschen an, mein altes liegt vermutlich noch in der Garderobe. Irgendwer wird es morgen beim Aufräumen finden und sich vermutlich seinen Teil dazu denken, aber zum Glück weiß ja niemand, wem es gehört – und wenn doch, dann kann es mir auch egal sein.

Schlaftrunken greife ich nach Tates Hoodie und ziehe ihn wieder über.

Der weiche Stoff rutscht über meine Schultern und über meine Brüste, meine Nippel richten sich auf, und es fühlt sich beinahe ein wenig so an, als würde Tate mich umarmen. Natürlich ist es nicht ganz so gut wie seine Umarmung, dafür ist es unkomplizierter, und ich laufe weniger Gefahr, verletzt zu werden.

Obendrein ist es heute Nacht alles, was ich habe.

Barfuß tapse ich in mein Schlafzimmer hinüber und kuschele mich in mein Bett.

Tates Pulli schmiegt sich tröstend an mich und sein Duft hüllt mich ein. Erstaunlicherweise brauche ich nicht sehr lange, bis ich tief und traumlos schlafe.

36

* * *

Im Wagen vor Autumns Haus zu sitzen und darauf zu warten, dass dort endlich das Licht angeht, stand eigentlich nicht ganz oben auf Tates Prioritätenliste der Dinge, die er gern noch einmal wiederholen würde.

Vielleicht wäre auch dieses Mal klingeln die bessere Wahl gewesen, und zwar noch vergangene Nacht, damit Autumn gar keine Zeit hat, lange über die Dinge nachzudenken, die gestern passiert sind.

Andererseits wollte er sie nicht überrumpeln ... Alles, was er wirklich will, ist, sie wiederzubekommen, weil sich das Leben einfach so viel besser anfühlt, wenn sie darin die weibliche Hauptrolle spielt.

Vielleicht hat sie ja heute mehr Zeit und Geduld, ihm zuzuhören, und vielleicht finden sie heute eine gemeinsame Lösung für eine Zukunft.

* * *

Wenn ich versuche, nicht zu weinen, obwohl ich es eigentlich will, tut mir irgendwann der Gaumen weh, so, als würde ich jeden Moment einen Krampf dort bekommen, obwohl das anatomisch vermutlich gar nicht möglich ist.

Dieses Gefühl ist mein Begleiter, seit ich heute Morgen um halb vier wach geworden bin und nicht mehr einschlafen konnte.

Ich frage mich, ob es wohl Menschen gibt, die an zurückgehaltenen Tränen erstickt sind, denn ich selbst habe den Eindruck, als würde ich kurz davorstehen.

Ersticken oder platzen, ich bin mir nicht ganz sicher, was wahrscheinlicher ist, allerdings sehne ich es langsam sogar herbei, damit ich irgendetwas anderes empfinde als Verwirrung und Einsamkeit.

Ich habe keine Ahnung, was ich machen soll. Ich habe keine Ahnung, wo Tate ist, ob er überhaupt noch hier ist und was es bedeutet, falls er noch da ist.

Dies ist bereits das zweite Mal, dass er einfach so nach White Crossing kommt, herkommt, um mich zu sehen, um sich bei mir zu entschuldigen, und na ja … Ich habe vielleicht nicht unbedingt angemessen reagiert.

Ich hätte mir unbedingt anhören sollen, was er zu sagen hat, statt ihn zu vögeln und dann abzuhauen, und dieses Mal kann ich es wirklich verstehen, wenn er wütend auf mich ist und nicht mehr mit mir reden will, mich nicht mehr sehen will. Mich nicht mehr will.

Draußen ist es noch dunkel, als ich irgendwann aufstehe und ins Badezimmer schlurfe. Ich kann einfach nicht mehr schlafen und sehe keinen Sinn darin, im Bett zu liegen und mich von einer auf die andere Seite zu drehen.

Vielleicht finde ich ja eine sinnvollere Aufgabe, wenn ich aufgestanden bin.

Meine Socken nach Kaufdatum zu sortieren oder so etwas in der Art.

Ich putze mir die Zähne und vermeide dabei den Blick in den Spiegel. Ich will mich selbst nicht sehen, meinen fragenden Blick lieber ignorieren und auch die Bissspuren an meinem Hals, die ich gestern Abend bereits entdeckt habe, möchte ich heute lieber ignorieren.

Ich trage noch immer Tates Pullover und ich will ihn auch nicht ausziehen. Also kombiniere ich ihn nur mit einer Leggins und dicken Socken, da es ansonsten selbst im Haus zu kalt werden würde, denn es hat schon wieder angefangen zu schneien.

Verdammter Schnee.

Aber das bedeutet zumindest, dass ich nachher etwas zu tun habe. Schneeschippen macht den Kopf klar und kräftigt den Körper, wenigstens hat Dad das immer behauptet, und vielleicht hilft es ja wirklich ein bisschen.

Doch dafür werde ich abwarten, bis es draußen hell wird, ich will schließlich nicht, dass meine Nachbarn mich für eine durchgeknallte Irre halten, jedenfalls nicht noch mehr, als sie es ohnehin schon tun.

Seufzend gehe ich die Treppe hinunter und schalte in der Küche das Licht an.

Keine Minute später klopft es an meiner Tür.

* * *

AUTUMN ÖFFNET die Tür und sieht ihn an. Sie sieht ihn einfach nur an, ohne auch nur ein Wort zu sagen. „Guten Morgen, Honey." Er kann erkennen, dass sie bei diesem Kosenamen zusammenzuckt, und er weiß nicht, ob er es als gutes oder als schlechtes Zeichen deuten soll, aber immerhin bedeutet es, dass sie überhaupt noch auf ihn reagiert. Wobei er daran nach gestern Abend eigentlich ohnehin keine Zweifel mehr haben sollte, auch wenn es wahrlich nicht die Reaktion war, mit der er gerechnet hat. „Ich habe Frühstück mitgebracht. Croissants und Orangensaft, so, wie du es magst." Er hält die beiden Tüten hoch, die er in den Händen hat. „Außerdem habe ich diesen Chai-Tee mitgebracht, den du so liebst, und Milch, falls keine mehr im Haus sein sollte." Autumn dreht sich zu ihm um und wirkt irgendwie seltsam. Ihr Gesicht ist verzerrt, so, als hätte sie Schmerzen. „Geht es dir gut, Honey?"

„Mir tut nur der Gaumen weh …", flüstert sie tonlos und wendet sich ab, als hätte sie etwas vor ihm zu verbergen.

Ach, scheiß drauf! Rücksichtsvoll zu sein wurde schon immer völlig überbewertet.

Er kann es nicht ertragen, wenn sie so ist, weil ihm selbst dann alles wehtut, weil es dieses Gefühl von Enge in seiner Brust auslöst, das einfach unerträglich ist.

Obwohl er sich eigentlich vorgenommen hat, ihr Zeit und Raum zum Nachdenken zu lassen, legt er die mitgebrachten Tüten auf der Bank neben ihrem Haus ab, anschließend ist er mit wenigen schnellen Schritten bei Autumn.

„Hey …" Er legt ihr die Hand auf die Schulter und sie erstarrt unter seiner Berührung, nur um darauf zu zittern zu beginnen. „Hey …", wiederholt er noch einmal und dreht sie zu sich um, zieht sie in seine Arme und drückt sie an sich.

Sie lässt es geschehen, erst völlig steif, irgendwann kann er spüren, wie etwas mit ihr geschieht, wie ihr Körper weich und nachgiebig wird, das Zittern erst ab-, und dann wieder zunimmt. Da sie keine Anstalten macht, sich gegen seine Umarmung zu wehren, hält er sie einfach weiter fest. Schließlich beginnt sie zu weinen, und Tate geht mit ihr in Richtung der kleinen Holzbank vor ihrem Haus und setzt sich hin, wobei er sie mit sich zieht. Autumn krabbelt auf seinen Schoß, birgt den Kopf an seiner Schulter und schlingt die Arme um Tate, als würde sie sich festklammern wollen. „Es tut mir alles so leid, Honey ..."

* * *

In meinem Kopf spielt alles verrückt, in meinem Herzen ebenfalls, denn beides fühlt sich an, als müsse es jeden Augenblick explodieren.

Als Tate gerade vor meiner Tür stand, ist mir etwas klar geworden. Vielleicht habe ich es auch schon viel früher gewusst und wollte es nur niemals wahrhaben.

Es gibt Dinge, für die man so viele Pro-und-Kontra-Listen anlegen kann, wie man will, man wird auf diese Art und Weise niemals zu einer Lösung kommen.

Die Liste auf der Kontraseite ist lang. Es gibt wirklich viele, gravierende Gründe, aus denen Tate und ich vielleicht besser kein Paar werden sollten.

Aber es gibt einen ganz gravierenden auf der Pro-Seite, der alle anderen überwiegt.

„Ich liebe dich ...", flüstere ich an seinem Ohr, dann fange ich an zu weinen.

Und Tate? Er macht das einzig Richtige. Er schaukelt mich sanft hin und her, hält mich so fest, dass ich es gerade noch aushalten kann, und lässt mich weinen, bis ich alle Tränen vergossen habe, die mir zur Verfügung stehen.

„Ach Honey …“ Er küsst mich auf den Scheitel. „Ich liebe dich auch. Und du hast nicht mal die geringste Vorstellung davon, wie sehr.“

Langsam, ganz langsam lässt das krampfige Gefühl an meinem Gaumen nach, mein Herzschlag beruhigt sich und ich kann wieder lächeln.

Dann küssen wir uns.

Vom Himmel fallen weiterhin kleine, weiße Schneeflocken, bestäuben uns, als wären sie aus Puderzucker, und wir können gar nicht mehr damit aufhören, uns zu küssen.

Zwischen zwei Herzschlägen fällt mir auf, dass ich mich nicht daran erinnern kann, schon jemals so glücklich gewesen zu sein. Vielleicht deshalb, weil ich es noch niemals zuvor war.

37

Tate sitzt in meiner Küche und isst die Kekse, die ich gestern gebacken habe.

Wir haben den ganzen Vormittag geredet und geredet, und nun fühle ich mich völlig erschlagen und gleichzeitig glücklich und erleichtert.

„Wie heißen diese Kekse? Die sind wirklich lecker!“, fragt Tate mit vollem Mund, und ich muss lächeln.

„Frozen Kisses.“

Er lächelt ebenfalls.

„Ich dachte, gefrorene Küsse wären das, was wir heute Morgen ausgetauscht haben …“

Tatsächlich haben wir draußen gesessen und uns geküsst, bis ich mich gefühlt habe, als wäre ich eingefroren, und es waren die besten Küsse, die ich jemals bekommen habe.

„Also …“ Tate schiebt sich noch einen Keks in den Mund. „Ich habe Weihnachten mit Wyatt und Lara gesprochen. Lara ist total begeistert von deinen Bildern, und da die nächste Tour voraussichtlich unsere letzte sein wird …“ Tate zuckt mit den

Schulten. „Wir brauchen einen neuen Fotografen, der uns auf der Tour begleitet. Wir nehmen uns jedes Mal einen neuen, damit die Fotos nicht so ein Einheitsbrei werden." Mit schief gelegtem Kopf schaut er mich an, als würde er jede meiner Reaktionen genau im Auge behalten wollen. Langsam setze ich mich ihm gegenüber an den Tisch und greife ebenfalls nach einem Keks. Tate räuspert sich. „Wir bezahlen unsere Fotografen ziemlich gut. Sehr gut, um genau zu sein. Da sie überall dabei sind und so theoretisch auch Bilder machen könnten, die wir nicht in der Öffentlichkeit sehen wollen, sichern wir uns damit ab. Unsere Bezahlung ist besser als die der Klatschzeitschriften. Es gibt den halben Betrag vorweg und die andere Hälfte nach Beendigung der Tour und der Studioaufnahmen."

Ich kaue bedächtig.

„Worauf genau willst du hinaus, Tate?"

Er seufzt und fährt sich mit beiden Händen durch sein Haar.

„Ich will nicht, dass du dein Haus verkaufen musst. Ich kann das nicht mit anschauen. Aber ich weiß auch, dass du mein Geld wahrscheinlich nicht annehmen würdest." Er zögert einen Moment. „Oder würdest du? Würdest du mich deine Schulden bezahlen lassen, Autumn? Wenn ich dir versichere, dass es für mich eigentlich bloß Peanuts sind?"

„Nein!", antworte ich freundlich, aber bestimmt. „Ich will dein Geld nicht, Tate. Ich will nicht in deiner Schuld stehen."

„Ich würde das nicht so sehen. Niemals. Doch sei's drum, ich habe mit so einer Antwort gerechnet. Statt meines Gelds biete ich dir hiermit einen Job als Fotografin bei unserer Tour an." Er hustet kurz. „Wie ich bereits erwähnt habe, zahlen wir dafür ziemlich gut. So gut, dass du deine Schulden los bist und den Pflegeplatz deines Vaters für die nächsten zwei Jahre davon bezahlen kannst."

„Du verarschst mich doch, Tate!" Mit verschränkten Armen lehne ich mich zurück. „Niemand zahlt so gut für ein paar Fotos."

„Na ja." Er lächelt ein bisschen schief. „Es sind mehr als nur ein paar, und du wärst auch eine Weile damit beschäftigt. Es ist schon ziemlicher Aufwand und eine sehr zeitintensive Arbeit. Du wärst oft unterwegs und könntest dich weder ums Atelier noch um deinen Dad kümmern."

„Trotzdem kann ich mir nicht vorstellen, dass ihr solche Summen dafür zahlt."

Er zuckt mit den Schultern.

„Du kannst gerne Lara nach den letzten Abrechnungen fragen, sie macht bei so was unsere Buchhaltung."

„Als ob ich das tun würde."

„Ach Honey ...", seufzt er, greift nach meiner Hand, zieht sie an seine Lippen und küsst meine Fingerknöchel. „Manchmal kann man es sich schwer machen oder aber den unkomplizierten Weg gehen. Bitte tu mir den Gefallen und denk wenigstens darüber nach, okay?"

Ein paar Sekunden lang schaue ich Tate einfach nur an und kann die Sorge, die Liebe und die Hingabe in seinem Gesicht erkennen. Schließlich drücke ich seine Hand.

„Das mache ich, fest versprochen."

„Okay." Er lächelt und wirkt auf einmal wie befreit. „Und jetzt lass uns darüber reden, was wir den Rest des Tages noch anstellen." Seine Stimme wird eine Oktave tiefer und löst wie immer diese unglaublichen Dinge in meinem Bauch aus. „Ich habe mir sagen lassen, dass in deinem Schlafzimmer ein unglaublich bequemes Bett steht. Vielleicht könntest du mir das mal genauer zeigen?"

Als es draußen bereits dunkel wird, sitzen wir wieder in meiner Küche.

„Oh, das hätte ich fast vergessen. Im Auto habe ich noch ein Geschenk für dich, Honey." Tate steht auf, um nach draußen zu gehen, und kurz darauf kommt er zurück mit einem großen Geschenk in den Armen, verpackt in rotes Papier. Er küsst mich, bevor er es mir überreicht. „Frohe Weihnachten nachträglich, Honey!"

„Ich habe gar nichts für dich ..." In den letzten Tagen war so viel los, dass ich überhaupt nicht mehr daran gedacht habe. Meine Weihnachtsstimmung war quasi nicht vorhanden, und eigentlich bin ich nicht davon ausgegangen, Tate jemals wiederzusehen.

„Ich habe schon alles, was ich mir wünsche, Autumn!", antwortet er und küsst mich erneut. „Und jetzt pack das Geschenk aus." Er klatscht in die Hände wie ein kleines Kind, das sich über etwas freut, und er lässt sie schnell sinken, nachdem ihm vermutlich selbst auffällt, was er da macht. „Los, pack aus!", wiederholt er, nachdem er sich geräuspert hat, und ich bekomme den Eindruck, dass er zu den Menschen gehört, die Dinge noch lieber verschenken, als sie geschenkt zu bekommen.

Ich lasse mich von seiner Ungeduld anstecken und reiße das Papier herunter, bis ein Karton jener knallroten Küchenmaschine zum Vorschein kommt, derentwegen ich an dem Preissauschreiben teilgenommen habe, das mich nach Vegas geführt hat.

„O mein Gott, Tate!", flüstere ich. „Das ist *meine* Küchenmaschine!"

„Ja …“ Er lächelt so strahlend, dass ich einfach dahinschmelze. „Und du musst sie unbedingt auspacken!“

„Jetzt?“

„Na klar. Du könntest sie mir vorführen und noch irgendetwas Spektakuläres backen. Etwas, was genauso gut schmeckt wie deine *Frozen Kisses.*“

Stirnrunzelnd sehe ich ihn an.

„Irgendwelche Perversionen, von denen ich wissen sollte, Tate? Stehst du etwa auf diese Hausfrauennummer?“

Er grinst breit.

„Wenn es um dich geht, stehe ich auf fast alles, Honey. Und wenn du beim Backen vielleicht eine kleine Schürze für mich tragen würdest? Hast du so ein Modell in Kariert und mit Rüschen? Darunter trägst du bitte nichts.“ Er leckt sich über die Lippen. „Strapse und High Heels würde ich vielleicht noch gelten lassen.“

Ich muss lachen.

„Vielleicht ein anderes Mal, so eine Schürze muss ich erst besorgen …“ Ich öffne den Karton und nehme die Küchenmaschine heraus. Ein Traum in Rot und Edelstahl, ich betrachte sie ausgiebig von allen Seiten. Als mein Blick ins Innere fällt, entdecke ich es: eine kleine, flache Schachtel, in etwa von der Größe meiner Handfläche.

Mit großen Augen hole ich sie heraus.

„Was ist das, Tate?“

Er lacht.

„Ein Geschenk, Baby. Es hat eine Schmuckverpackung und eine Schleife – wenn du mich fragst, dann ist es eindeutig ein Geschenk. Für nähere Informationen wirst du es schon öffnen müssen.“

Genau das mache ich und keine dreieinhalb Sekunden

später betrachte ich eine Kette mit einem kleinen Anhänger. Eine Schneeflocke aus Weißgold mit einem Diamanten in der Mitte.

Wunderschön.

Wunderschön!

„Tate, das ist wunderschön!“, flüstere ich andächtig.

Er kommt zu mir herüber, nimmt die Kette aus der Schachtel und legt sie mir um den Hals.

„Ich habe sie gekauft, damit du dich immer an unser erstes gemeinsames Weihnachten erinnerst.“ Er haucht einen Kuss auf meinen Nacken und mein ganzer Körper reagiert darauf mit einer feinen Gänsehaut. „Außerdem hat meine Mutter mir beigebracht, dass es sich nicht gehört, Küchengeräte zu verschenken.“ Lachend drehe ich mich in seinen Armen um.

„Deine Mutter ist eine kluge Frau. Ich glaube, ich mag sie.“

„Ich bin mir sicher, dass sie dich auch mögen wird.“

Dann bringt sein Kuss mich zum Schweigen, und obwohl Weihnachten eigentlich schon vorbei ist, bin ich fest davon überzeugt, dass dies zu den schönsten Weihnachtsfesten gehört, die ich jemals erlebt habe.

EPILOG

Ich halte das Booklet zu dem neuen und gleichzeitig letzten Album der Black Jellybeans in den Händen, und auch wenn man sich nicht selbst loben soll, bin ich wirklich stolz auf mich.

In den letzten Monaten habe ich mehrere tausend Bilder von Tate, Wyatt und den Jungs gemacht, und die schönsten davon wurden veröffentlicht.

Außerdem bin ich stolz auf die Jungs.

Dieses Album ist ihr erfolgreichstes aller Zeiten, der Song *Frozen Kisses* war wochenlang auf Platz eins, und Wyatt und Tate haben beschlossen, dass man aufhören sollte, wenn es am schönsten ist. Es wird noch ein großes Abschiedskonzert geben, danach löst die Band sich auf.

Meine Finger streichen zärtlich über den Songtext, als Tate hinter mich tritt und seine Arme um mich schlingt.

„Hey, Honey ...", flüstert er an meinem Ohr. „So nachdenklich heute?"

„Wirst du es vermissen?“, frage ich und schmiege mich noch enger an ihn.

„Was vermissen?“

Ich deute auf eins der Bilder, auf denen er auf der Bühne steht. Seine Augen sind geschlossen, und er ist gerade dabei, die ersten Takte eines Songs zu singen, während vor ihm ein Meer aus wogenden, in die Luft gestreckten Händen und Armen zu sehen ist.

„Auf der Bühne zu stehen. Songs zu schreiben. All das eben ...“

Tate schaut über meine Schulter und gemeinsam betrachten wir das Bild von ihm. Er lässt sich mit seiner Antwort Zeit.

„Ich habe schon lange darüber nachgedacht, aufzuhören, und Wyatt hatte es ohnehin vor. Songs werde ich weiterhin schreiben, aber ich weiß noch nicht, ob ich sie selbst vertonen will oder sie für andere schreibe. Viele Musiker machen das, wenn sie ihre aktive Karriere an den Nagel hängen. Und die Konzerte ...“ Er zuckt mit den Schultern. „Du weißt, dass ich immer gerne auf der Bühne stand. Und vielleicht werde ich es ab und an vermissen. Aber wir haben darüber gesprochen, dass wir eines Tages eine Familie haben wollen, spätestens dann wirst du mich nicht mehr begleiten können, und eines weiß ich ganz sicher: Dich würde ich noch viel mehr vermissen.“

„Ich will nicht, dass du nur meinetwegen aufhörst.“ Den Gedanken finde ich schrecklich. Ich will nicht, dass er meinetwegen etwas aufgibt, was er liebt.

Zärtlich küsst Tate die empfindliche Stelle hinter meinem Ohr und entlockt mir damit ein leises Seufzen.

„Ich würde noch ganz andere Dinge in Kauf nehmen, um

mit dir zusammen sein zu können, Autumn. Aber auch unabhängig von dir habe ich schon seit einer Weile mit dem Gedanken gespielt, etwas kürzerzutreten. Ich habe den ganzen Medienrummel satt, und ich sehne mich nach einem Leben, das ein bisschen ruhiger ist, als es das jetzt ist." Er drückt sein Gesicht seitlich an meinen Hals und lächelt. „Aber darüber haben wir doch schon gesprochen, Honey ... Du hast deine Arbeit im Atelier doch auch weitestgehend an den Nagel gehängt, nur um mehr Zeit mit mir zu verbringen, und bist darüber doch hoffentlich auch nicht unglücklich. "

„Das bin ich allerdings nicht. Ganz im Gegenteil, ich bin sogar ausgesprochen glücklich. Aber man sollte ja nicht von sich auf andere schließen ... Ich wollte es nur noch mal hören, damit ich ganz sicher sein kann, dass du es hinterher nicht bereust."

Tate dreht mich in seinen Armen herum, sodass wir uns gegenüberstehen, und ich schaue in seine unglaublichen Rehaugen, die dafür sorgen, dass sein sonst so kantiges Gesicht diese gewisse Verletzlichkeit bekommt, die ihn so menschlich wirken lässt.

„Soll ich dir auch noch mal sagen, dass ich dich liebe und du mich glücklich machst?"

Ich muss lächeln, während mein Herz ein bisschen schneller schlägt.

„Ja, bitte ...", flüstere ich, und Tate mustert mein Gesicht, lange und eindringlich, als würde er mich heute zum ersten Mal sehen.

„Ich liebe dich, und du machst mich sagenhaft glücklich, Autumn."

Dann küsst er mich, und ich vergesse Zeit und Raum, für den Augenblick gibt es nur noch uns beide.

Irgendwann lässt Tate mich los, und ich gebe einen protestierenden Laut von mir, der ihn zum Lachen bringt.

„Wir müssen los. Meine Mom hasst es, wenn man zu spät zum Essen kommt."

Das ist in der Tat so, da hat sie etwas mit meinem Dad gemeinsam, der, wenn es ums Essen geht, ebenfalls wenig Spaß versteht. Allerdings bezweifle ich, dass er an den veganen Gerichten von Tates Mutter viel Freude hätte – obwohl alles, was sie kocht, absolut köstlich ist.

Dafür kann mein Vater endlich wieder selbst essen. Er ist in einem neuen und deutlich besseren Pflegeheim, in dem er jeden Tag Besuch von einem Physiotherapeuten bekommt, und wenn alles gut läuft, dann kann er bald in ein betreutes Wohnprojekt umsiedeln, in dem er eine eigene, kleine Wohnung haben wird, aber wo er trotzdem rund um die Uhr betreut wird, wenn es nötig ist.

Es fühlt sich so an, als hätte er neuen Lebensmut gefasst, vielleicht auch deshalb, weil er nicht mehr das Gefühl hat, mir finanziell zur Last zu fallen.

Zu meinem großen Erstaunen versteht er sich mit Tate sehr gut, vielleicht nicht zuletzt deshalb, weil mein Dad merkt, wie glücklich Tate mich macht, und weil das wohl alles ist, was er sich für sein Mädchen gewünscht hat.

Als wir bei Tates Mutter ankommen, steht sie schon in der Tür und wartet auf uns.

„Hallo, ihr beiden!" Sie strahlt uns an, und ihre Armreife klimpern, als sie erst Tate und dann mich in eine Umarmung zieht. „Ich habe extra für dich Amaranth gemacht. Der ist voll von Eiweiß, Magnesium und ungesättigten Fettsäuren. Das ist gut für das Baby!" Sie strahlt und Tate und ich tauschen einen erstaunten Blick aus.

„Baby?“, frage ich, weil ich um ehrlich zu sein keine Ahnung habe, wovon sie spricht.

„Oh, aber natürlich. Es wird ein Mädchen. Sie bekommt deine Goldaugen, Liebes, und natürlich meine Fähigkeiten.“ Ihre Augen blitzen vergnügt. „Ich kann es kaum abwarten. Das wird einfach großartig!“

„Wenn ich in letzter Zeit etwas gelernt habe, dann, dass meine Mutter bei solchen Dingen immer recht hat!“ Er zieht mich lachend an sich, um mich zu küssen. „Ein Mädchen ... mit deinen Augen. Wir sollten sie Summer nennen. Und ich werde mir Madisons Schrotflinte leihen müssen, um ihr die Verehrer vom Hals zu halten.“

Tate sieht mich an, und in seinen Augen sehe ich all das, was ich selbst gerade empfinde: Liebe und reines, pures Glück.

ENDE

REZEPT: FROZEN KISSES

Zutaten für ca. 40 Stück:

130g Zucker
120g Mehl
80g weiße Schokolade, gehackt
60g Kakao (Backkakao)
50g Öl, geschmacksneutral
2 Eier
2 Päckchen Bourbon-Vanillezucker
1 TL Backpulver
1 Prise Salz
Puderzucker zum Wälzen

Zubereitung:

Öl und Eier mit der Küchenmaschine auf der höchsten Stufe aufschlagen, bis eine cremige Konsistenz entsteht. Zucker, Kakao, Salz und Vanillezucker unterrühren, dann mit

Mehl und Backpulver vermischen. Zuletzt die Schokoladenstückchen unterheben.

Den Teig in Klarsichtfolie wickeln, und min. 5 Stunden – besser noch über Nacht – in den Kühlschrank legen, ansonsten kann er sehr stark kleben!

Mit einem Teelöffel etwa haselnussgroße Stücke abteilen, zu Kugeln rollen, und in Puderzucker wälzen.

Mit Abstand auf ein mit Backpapier belegtes Backblech setzen, bei ca. 175°C 10-15 min backen.

WEITERE BÜCHER VON HANNAH KAISER

„Die Verführung des Mondes"

Eigentlich will sich Luna nur einen ruhigen, kinderlosen Abend zu Hause machen, als sie überraschend in das Leben des ebenso reichen wie attraktiven Anwalts Phillip Dawn stolpert.

Zwischen den beiden knistert es gewaltig, aber Luna ist sich nicht sicher, ob es zwischen ihnen tatsächlich eine Zukunft geben wird.

Und während sie sich noch Gedanken über die Zukunft macht, wird sie von ihrer Vergangenheit eingeholt.

März 2013 (ca. 320 Taschenbuchseiten)

„Die Verlockung des Glücks - Teil 1"

Sophie hat, nach einigen herben Enttäuschungen, den Männern eigentlich schon lange abgeschworen. Sie ist fest davon überzeugt, dass es sich alleine einfach viel besser lebt.

Doch eines Tages tritt Matt, der amerikanische Enkelsohn ihrer Nachbarin, auf sehr ungalante Art und Weise in ihr Leben. Sophie ist sich ganz sicher, dass sie diesen überheblichen Typ auf den Tod nicht ausstehen kann, denn er benimmt sich kaum besser als ein eingebildeter Neandertaler. Wäre da nur nicht dieses verdächtige Kribbeln, das sich in ihr breit macht, wann immer er in ihrer Nähe ist ...

Juni 2013 (ca. 206 Taschenbuchseiten)

„Die Verlockung des Glücks – Teil 2"
Zweiter und letzter Teil der Reihe „Die Verlockung des Glücks".

Endlich hat Sophie der Verlockung des Glücks nachgegeben und ist zu Matt in die USA geflogen.

Dort angekommen ist ihr gemeinsames Leben allerdings nicht so ungetrübt wie erhofft. Das große Interesse der Öffentlichkeit an Matt, Sophies Selbstzweifel und eine Frau, die aus Matts Vergangenheit zu kommen scheint, legen ihnen immer wieder Steine in den Weg.

Werden sie es dennoch schaffen, einen gemeinsamen Weg zum Glück zu finden?

August 2013 (ca. 238 Taschenbuchseiten)

„Die Versuchung der Hoffnung“

Hopes Leben ist auch ohne die große Liebe schon voll genug: Studium, Job, die Familie und ihr kranker Bruder fordern all ihre Zeit und Energie. Doch dann tritt John Petterson in ihr Leben, Sänger einer Rockband kurz vorm großen Durchbruch, und wirbelt ihre Gefühle und ihr Leben ordentlich durcheinander. Trotzdem reichen tiefe Gefühle allein manchmal nicht aus, um auf Dauer miteinander glücklich zu sein … oder?

Dezember 2013 (ca. 342 Taschenbuchseiten)

"Der Kuss von Vergissmeinnicht"

Junes Leben besteht vor allem aus einem – nämlich aus Arbeit.

Doch eines Tages fällt ihr das Schicksal geradezu vor die Füße. Und zwar in Form eines Mannes, der vom Mountainbike gestürzt ist und sich nun an nichts mehr erinnern kann.

Allerdings verschwindet er nach ein paar Tagen genauso abrupt wieder aus ihrem Leben, wie er darin aufgekreuzt ist. Und das, obwohl June gerade dabei war, sich in ihn zu verlieben …

März 2014 (ca. 298 Taschenbuchseiten)

„Herzkirschen“

Grayson White hat zwei große Leidenschaften: Football und Frauen. Zu seinem großen Frust darf er jedoch nach einem Unfall nicht mehr als Profi spielen und stürzt sich stattdessen in wilde Partys, ebenso wilde Affären und diverse Prügeleien.

Leider findet sein Werbepartner die negative Aufmerksamkeit, die Grayson dadurch auf sich zieht, gar nicht witzig.

Um sein Image wieder aufzupolieren, zwingen sie ihn, ehrenamtlich in einer Einrichtung für sozial benachteiligte Kinder zu arbeiten. Andernfalls winkt ihm eine dicke Vertragsstrafe. Grayson findet das überhaupt nicht witzig, zumal die Chefin der Einrichtung, Cherry Devenor, eine frustrierte Zicke zu sein scheint, die gegen seine Reize völlig immun ist ...

Juni 2014 (ca. 262 Taschenbuchseiten)

„Sein Kuss und andere Katastrophen“

Chloe Winterfield kauft eine Farm in ihrer alten Heimat Nebraska und hofft dort, die unliebsamen Erinnerungen an ihren Ex-Verlobten loszuwerden. Aber leider bleiben Erinnerungen nicht einfach an Ort und Stelle, sie reisen immer mit. Zusätzlich ist Chloe im Nu auch noch mit einer anderen Episode ihrer Vergangenheit konfrontiert, die sie beinahe schon vergessen hatte.

August 2014 (- Kurzroman - ca. 135 Taschenbuchseiten)

„Zimtzucker“

Sarah Wellington hat ihren Job verloren, der bisher ihr ganzer Lebensinhalt war. Nun macht sie sich auf den Weg zu ihrem Vater und ihrer fünfzehnjährigen Halbschwester, um den beiden in einer schweren Lebenslage zur Seite zu stehen. Doch bereits am Flughafen begegnet sie einem geheimnisvollen Fremden, den sie einfach nicht mehr aus dem Kopf bekommt.

November 2014 (ca. 272 Taschenbuchseiten)

„Pfefferminzeis“

Als Theresa Bennetts Kerzenladen abbrennt, steht sie vor dem finanziellen Ruin. Ihr bleibt nichts anderes übrig, als in einer Bar zu arbeiten, damit sie wenigstens die nächste Mahlzeit für sich und ihre neurotische Katze bezahlen kann. Dort lernt sie Devon Frenley kennen, einen Eishockey-Torhüter auf der Flucht vor einer aufdringlichen Stalkerin. Er macht Theresa ein Angebot, das sie nicht ablehnen kann. Allerdings bringt es die beiden schnell in die unmöglichsten Situationen und auch Theresas traumatische Vergangenheit lässt sich nicht so einfach ignorieren, wie sie es gerne hätte.

März 2015 (ca. 326 Taschenbuchseiten)

„Unverkäufliches Liebhaberstück“

Lilly Hurlington verlässt ihren Mann, nachdem sie ihn mit der Babysitterin im Bett erwischt hat. Die Wunden der Trennung sind noch nicht verheilt, als sie auf einem Parkplatz buchstäblich in ihre Jugendliebe hineinläuft: Ryan Stanford, dem seit ihrer Kindheit ihr Herz gehört und von dem sie sich innerlich nie ganz getrennt hat.

Im Nu stürzen komplizierte Gefühle und ungelöste Konflikte Lilly mitten ins Chaos.

September 2015 (ca.278 Taschenbuchseiten)

„Marzipanrosen“

Annabelle Sinclair war in ihrer Kindheit ein gefeierter Fernsehstar, bis ihr der Erfolg über den Kopf wuchs. Seit einigen Jahren lebt sie bei ihrer Großmutter in der Einöde Nebraskas. Sie liebt das beschauliche Landleben, die Abgeschiedenheit ihres Dorfes und ihren kleinen Catering-Service. Hier hat sie Ruhe vor ihrer Vergangenheit, ihren Problemen und vor allem vor den Männern. Als eines Tages ihr Auto mitten auf einer Kreuzung seinen Geist aufgibt, hilft ihr der erfolgreiche Unternehmer Maxwell Montgomery. Er hasst das Leben in der Pampa – und Annabelle hasst ihn. Dennoch bekommt sie ihn einfach nicht mehr aus dem Kopf, und dabei steht für Annabelle weit mehr auf dem Spiel, als sich nur unglücklich zu verlieben.

Dezember 2015 (ca. 296 Taschenbuchseiten)

„Sekundenträume“

Bevor Katelyn Montgomery mit der Leitung einer großen Baustelle im ländlichen Greenwish, Nebraska so richtig beginnen kann, geschehen bereits die ersten Katastrophen:

Ausgerechnet auf ihrer Baustelle wurde ein Skelett gefunden, und als vorläufiger Gutachter taucht Alexander McLearie auf, in den sie als Teenager hoffnungslos verliebt war. Auch jetzt noch schlägt seine geheimnisvolle Ausstrahlung sie sofort in ihren Bann. Doch beide tragen Geheimnisse aus ihrer Vergangenheit mit sich herum, die sie bis heute nicht loslassen. Außerdem ist da noch Katelyns Freund, der ungeduldig in New York auf sie wartet …

April 2016 (ca. 342 Taschenbuchseiten)

„Please don't touch – Bitte nicht anfassen"

Gwen Campbell sucht dringend einen neuen Job, um sich selbst und ihre Tochter Livie durchzubringen – und Liam Brooks sucht dringend eine Haushälterin.

Obwohl sie ihren zukünftigen Chef gleich beim Vorstellungsgespräch ausgerechnet mit dem Gärtner verwechselt, wird sie seine Angestellte – und noch viel mehr als das. Doch noch bevor Gwen sich entscheiden kann, ihre mühsam errichteten Schutzmauern fallen zu lassen, werden beide von ihrer Vergangenheit eingeholt, die alles zu zerstören droht …

September 2016 (ca. 400 Tachenbuchseiten)

„Let it Snow – Schneeflockenalram"

Kurz vor Weihnachten bekommt die toughe Anwältin Dana

Donovan noch einen Auftrag: Sie muss in das verschlafene Örtchen White Crossing fliegen, um dort einen heiklen Adoptionsfall zu klären. So schnell wie möglich will sie wieder zurück in ihr eigenes Leben, denn White Crossing bedeutet Vorstadtromantik, Familienglück und Weihnachtsidylle – alles Dinge, von denen Dana nicht viel hält. Obendrein ist da auch noch Nathan Callery, der mürrische Bruder ihrer Mandantin, der sie bereits am Flughafen nur sehr widerwillig in Empfang nimmt und den Dana lieber heute als morgen nur noch von hinten sehen würde. Doch leider hat das Leben andere Pläne: White Crossing macht seinem Namen alle Ehre und Dana sitzt auf einmal fest. Plötzlich ist sie ausgerechnet auf Nathans Hilfe angewiesen - und schon ist das Schneechaos perfekt.

Dezember 2016 (ca. 334 Taschenbuchseiten)

„A nigt for a daydream"

Es gibt nur eine große Liebe im Leben – davon ist Sally Walker fest überzeugt.

Da sie diese schon gefunden und auf tragische Weise verloren hat, erwartet sie nicht mehr viel, wenn es um Männer geht. Stattdessen gibt sie alles für ihre Familie und ihre Karriere als Assistentin einer der erfolgreichsten Anwältinnen Bostons.

Doch dann begegnet ihr Cole Cane: anziehend, sexy, mysteriös - und obendrein der gegnerische Mandant. Für Sally ist er also absolut tabu.

Egal, wie verzweifelt Sally auch versucht, sich von ihm fernzuhalten, er scheint ihr auf einmal überall zu begegnen.

Irgendwann muss sie sich entscheiden: Hält sie an alten Verhaltensmustern fest? Oder gibt sie alles auf, was ihr bisher Sicherheit gegeben hat, damit sie sich endlich wieder lebendig fühlen kann?

Mai 2017 (ca. 319 Taschenbuchseiten)

„Hearts on the road – Herzen auf Reisen"

Savannah Cane hat Dinge erlebt, die sie am liebsten für immer vergessen möchte.

Leider steht eines Tages eine ganze Horde Paparazzi vor ihrer Tür, und sie hat Angst, dass diese tiefer in ihrem Leben wühlen, als ihr lieb ist. Deshalb beschließt sie, ein paar Tage aus New York zu verschwinden und abzutauchen, bis sich die Lage wieder beruhigt hat.

Dumm nur, dass ihre Flucht nicht so gelingt wie geplant und Savannah irgendwann alleine auf einem Parkplatz im Nirgendwo steht: Ohne Geld, Papiere oder ein Telefon.

Als kurze Zeit später ein Wohnmobil bei ihr anhält, ist sie zunächst für jede Hilfe dankbar. Allerdings nur so lange, bis sich herausstellt, dass es sich bei ihrem vermeintlichen Retter ausgerechnet um Zachery Trueman handelt, ihrem personalisierten Alptraum aus Kindheitstagen.

Doch da auch Zach auf Hilfe angewiesen ist, brechen die beiden aus der Not heraus zu einem Roadtrip der besonderen Art auf.

Während sie zusammen quer durch das halbe Land

reisen, stellen sie fest, dass sie sich noch immer genauso verachten wie früher, und als wäre das alles nicht schon kompliziert genug, ist da auch noch dieses Knistern zwischen ihnen, das sich einfach nicht ignorieren lässt.

Oktober 2017 (ca. 340 Taschenbuchseiten)

Hannah Kaiser

c/o Papyrus Autoren-Club

Pettenkoferstr. 16-18

10247 Berlin

Tel.: 030 / 49997373

E-Mail: hannah.kaiser79@gmx.de

Erstellt mit Vellum

30368144R00228

Printed in Poland
by Amazon Fulfillment
Poland Sp. z o.o., Wrocław